Nadin Maari wurde in Deutschland geboren, wuchs allerdings in Österreich auf und lebt heute mit ihrer eigenen Familie wieder in Deutschland. Begeistert stöbert sie nach Worten, ersinnt Figuren und webt Geschichten – am liebsten mit einem Glitzerkörnchen Magie und Glücksende.

NADIN MAARI

DAS kleine Café ZUM Verlieben

Für Minsi
Weil Du das Coffee To Stay genauso liebst wie Claire.
I love you 3.000
♥

Kapitel 1

C wie Coffee To Stay

Café
Der behaglichste aller Orte, eine duftende Kaffeeoase voller delikater Köstlichkeiten, lädt herzlich zum Verweilen ein.

Es heißt, Nektar sei das Getränk der Götter. Dem möchte ich nicht widersprechen, denn Götter gehören gewöhnlich nicht zu meinem alltäglichen Umgang. Was ich aber definitiv weiß: Kaffee ist das Getränk von uns Menschen. Egal ob groß oder klein, dick oder dünn, monitorblass oder solariumbraun, für alle gibt es die perfekte Tasse Kaffee.

Nehmen wir einen überspannten, müden, vom Lernen gebeugten Studenten mit Prüfungsangst. Was würde den armen Kerl aufrichten? Ein schnöder Filterkaffee sicherlich nicht. Nein, hier brauchen wir mehr Raffinesse, hier brauchen wir ein Kaffeedessert – wie wäre es mit einem *Affogato al caffè*? Süßes, sinnliches Vanilleeis wird übergossen mit einem heißen Espresso, geröstet aus hawaiianischen Kona-Bohnen. Die Wärme der Bourbonvanille und das Feuer des Espressos wecken den Geist und den Körper unseres Studenten und lassen ihn durch sein Examen tanzen.

Froh, endlich die Kaffeelösung für ihn gefunden zu haben, mache ich mir in Gedanken eine Notiz für den müden Studenten, der immer mittwochs und freitags gegen halb vier in mein Café *Coffee To Stay* schleicht.

Zufrieden mit mir und der Kaffeewelt schnuppere ich an meiner dampfenden Tasse, randvoll gefüllt mit einem *Cappuccino con panna*. Die süße Sahne trifft auf die fruchtige, zartherbe Würze eines *Monsooned Malabar* und wickelt meine Sinne ein. Wäre ich jetzt eine Katze, ich würde schnurren.

Allerdings fühle ich mich in meiner menschlichen Form ebenfalls recht zufrieden, auch ohne schnurren zu können.

Ich lasse meinen Blick über die fünf Tische gleiten, die auf der Terrasse vor mir auf Gäste warten. Seidige Tischtücher flattern in einer lauen Frühlingsbrise, und aus den Kristallvasen darauf recken sich himbeerrote Akeleien einem blitzblauen Maihimmel entgegen, von dem die Sonne herunterlacht.

Für einen Moment schließe ich die Augen und strecke mein Gesicht der Wärme entgegen. Nach dem langen, nasskalten Winter, der sich skandalöserweise bis weit in den April hinzog, giert jede Zelle meines Körpers nach dem Licht der Sonne. Auf meiner Nase kribbelt es und Dutzende sandfarbener Sommersprossen erwachen darauf zum Leben.

Da es in den letzten Tagen herrlich warm geworden ist, haben mein Mitarbeiter Arian und ich gestern die schmiedeeisernen Tische und Stühle nach draußen vor das Café gestellt. Ich spüre es bis in meine hellroten Haarspitzen, die sich in alle Richtungen kringeln, dass uns ein phänomenaler Sommer bevorsteht. Zumindest so phänomenal wie ein Sommer nördlich der Alpen – sehr weit nördlich der Alpen – für Berliner Verhältnisse nur sein kann.

Mit einer Hand beschatte ich meine Augen und sehe über den breiten Kiesweg zum Rosenpark, der sich vor mir erstreckt. Dort stellen die ersten wilden Frühlingsrosen verschwenderisch ihre Blütenpracht zur Schau, und dahinter glänzt in der Sonne das Charlottenburger Schloss. Leise dringt der Lärm der Großstadt in unser adrettes Blumenviertel, fröhliches Lachen und gemurmelte Gespräche bestimmen den Alltag in meiner duftenden Kaffeeoase.

»Hei, Claire! Schon etwas zu sehen?« Kuka, die Besitzerin des *Lakka*, dem Blumenladen neben dem *Coffee To Stay*, gesellt sich zu mir. Ihr unverwechselbarer, herbfrischer Gartenduft, der sie immer umgibt, vermischt sich mit dem letzten Dufthauch aus meiner Kaffeeschale.

»Noch nicht, aber lange kann es nicht mehr dauern.« Mein Blick wandert quer über das holperige Kopfsteinpflaster auf die andere Straßenseite, nach oben zu der Schnörkeluhr an der schiefen Kirchturmspitze der *Kleinen Kirche am Rosenpark.* Just in diesem Augenblick lassen die alten Bronzeglocken elfmal ihr tiefes Läuten ertönen.

Gespannt starren Kuka und ich auf die mächtige Holzpforte der Backsteinkirche, doch sie bleibt verschlossen.

»Das reicht noch locker für einen Kaffee«, murmelt Kuka, ohne ihren Blick von dem Tor zu nehmen, gerade so, als würde sie es beschwören, weiterhin für mindestens eine Kaffeelänge geschlossen zu bleiben. Kuka misst alles in Kaffeelängen, in finnischen Kaffeelängen. Einen Geburtstagsstrauß zu binden dauert zwei Kaffeelängen, einen Brautstrauß vier, und Oma Gundel aus Hausnummer 27 bei der wöchentlichen Wahl ihres Gerberastraußes zu beraten oft fünf Kaffeelängen.

Ich bin ein echter und bekennender Kaffeemensch und ohne dieses dunkelbraune Gold mag ich nicht sein, doch Kuka steckt mich locker in ihre Gärtnertasche. Auch wenn ihr finnischer Lieblingskaffe zu neunundneunzig Prozent aus heißem Wasser besteht, dem ich in homöopathischen Dosen hell gerösteten Casa-Ruiz-Espresso beifüge – die Menge macht es, und hier reden wir von Litermengen!

Während ich hineingehe, um Kukas Kaffee zu holen, zupft sie bedächtig an dem einen oder anderen Blatt der Federnelken und Herzblumen, die sie letzte Woche in die Terrakottatöpfe rund um die Terrasse des Cafés gepflanzt hat. Dabei murmelt sie der Blütenpracht fremde Worte zu, die sich in meinen Ohren eher nach einer Blumensprache anhören als nach Finnisch.

Die Terrassentür des Cafés steht weit offen und die weiche Mailuft versüßt das *Coffee To Stay*. Dank der großen Fenster ist es darin genauso hell wie draußen. Der lichtdurchflutete Raum mit den hellen Birkenholzmöbeln und der weißen Kaffeetheke mit den passenden Regalen dahinter lädt zum Verweilen ein. Das klare skandinavische Design zählt zu meinen Favoriten, seitdem ich das erste Mal als Erstklässlerin mit wippenden Pippi-Langstrumpf-Zöpfen mit meinen Eltern den Sommer in Schwedens Schären genoss.

Eigentlich wäre es mal wieder Zeit, in die herrlichen Weiten des Nordens zu ziehen. Warum eigentlich nicht? Tobias und ich haben für diesen Sommer noch keine Urlaubspläne geschmiedet. Da das Café im Sommer natürlich gut besucht ist, wäre es unklug, einen langen Urlaub zu machen, aber ein paar Tage Richtung norwegische Fjorde? Ich werde einfach bei Gelegenheit mit Arian sprechen. Er hat sowieso vorgeschlagen, in den vollen Sommermonaten eine ehemalige Kommilitonin als Mitarbeiterin einzustellen.

Momentan ist das Café leer, denn die Berlintouristen finden in der Regel erst am Nachmittag in unsere verborgene Idylle. Meist haben sie dann bereits das Brandenburger Tor, den Kurfürstendamm und auch den Prenzlauer Berg abgehakt und fangen an, die Selfiesticks wegzupacken und sich abseits ihrer Handykameras umzusehen. Woraufhin sie den Rosenpark entdecken und unsere Altberliner Straßen mit den wundervollen, stuckverzierten Häusern, und nicht mehr weitergehen mögen.

Vormittags ist Einheimischenzeit, doch die meisten Bewohner unseres Viertels befinden sich gerade bei der Hochzeit in der Kirche. Ob offiziell eingeladen oder nicht, die Hochzeiten in der *Kleinen Kirche am Rosenpark* sind Ehrensachen, genau wie die Taufen und hin und wieder die Beerdigungen.

Die Leute in der Gegend verehren ihre Kirche, wobei die meisten von ihnen alles andere als gläubig sind, geschweige denn katholisch. Und dennoch, unser Pfarrer Ewald liebt sie alle, und trotz seiner nicht immer zielführenden Predigten hören die Kirchengäste ihm gern zu. Es ist jedes Mal großes Theater, wenn er über den schmucken Altar hinwegdonnert. Er deklamiert dann Schwänke über Sünden und die Hölle und erwähnt dabei mindestens einmal die Sintflut und/oder Evas wunderschöne Äpfel. Schließlich landet er bei Themen, welche jedem Bischof die Mütze vom Kopf katapultieren würden.

Was es wohl heute sein mag?

Versonnen schnuppere ich an der silbernen Kaffeedose mit den Arabica-Bohnen aus Panama, die ich heute Morgen frisch geröstet habe. Sie duften nussig und blumig nach Mandeln und roten Johannisbeeren, während ich sie fein mit einer Handmühle mahle. Da Kukas sehr heller, leichter Kaffee bei den anderen Gästen nicht gewünscht ist, reicht mir die übersichtliche Menge. Wobei ich für Kuka mehrmals am Tag übersichtliche Mengen mahle, insgesamt also doch auf einen recht großen Haufen komme. Egal, ich liebe meine alte, schnuckelige Handmühle mit dem von jahrelanger Nutzung weich polierten Eichenholz. Die Mühle hütete schon meine Mutter wie einen Schatz. Zur Eröffnung des *Coffee To Stay* vor drei Jahren schenkte sie sie mir, zusammen mit einer vollautomatischen Espressomaschine, die ich Bessy getauft habe, wofür ich ihr bei der Zubereitung jedes einzelnen Espressos auf Knien dankbar bin. In Kombination mit meiner Siebträgermaschine gelingt mir gewissermaßen jede Kaffeespezialität diesseits und jenseits des Äquators.

Kukas Kaffee auf finnische Art bereite ich freilich mit meiner wunderschönen Karlsbader Kanne zu, die mich an Madame Pottine erinnert und mich zum Summen diverser Disney-Klassiker animiert. So wie in diesem Augenblick, als ich *Voll gerne* summend nach einer Keksdose unter dem Tresen angele.

Abrupt muss ich mich beim Aufrichten festhalten, denn statt Sonnenstrahlen sehe ich schwarz-weiße Pünktchen vor den Augen. Mir ist schwummerig und ich brauche einen Moment, bis mein Kreislauf wieder mitmacht.

Tja, ich werde auch nicht jünger, denn bisher kannte ich Wetterfühligkeit nur vom Hörensagen.

Auf einem Tablett bringe ich Kukas Kaffee nach draußen. Sie ist derweil dabei, der letzten Blume in den Kübeln einen recht guten Morgen zu wünschen. Da ich weiß, wie hungrig Kuka immer ist, leistet ein Latte macchiato Cupcake dem Kaffee auf dem Tablett Gesellschaft.

»Mmh, vielen Dank Claire, es duftet herrlich.« In der einen Hand die Kaffeetasse und in der anderen den fluffigen Cupcake mit der gekringelten Cremehaube linst Kuka erneut hinüber zu der *Kleinen Kirche am Rosenpark*. Da öffnet sich das Tor und begleitet von einem Schwall mächtiger Orgelmusik schreitet das frischverheiratete Paar heraus. Dahinter strömen die Gäste aus der Kirche und bilden eine schnatternde Menge.

Palina, die Fotografin, die ihr Fotostudio auf der linken Seite des *Coffee To Stay* hat, steckt mit ihrer Fotobegeisterung alle an und animiert selbst den fotofaulsten Teenager der Hochzeitsgesellschaft zu einem strahlenden Lächeln.

Nach Tonnen von geworfenem Reis und mindestens so vielen Gruppenfotos, bei denen sich die Gäste mal hierhin und mal dahin schieben, schlendert Palina mit ihrer Assistentin Wibke und den Eheleuten in den Park.

»Auf geht es«, murmele ich, während Kuka mir leicht auf den Rücken klopft und zurück in ihren Blumenladen tänzelt.

»Mein Job ist getan«, ruft sie mir noch zu, ehe sie sich die pinke Gießkanne schnappt, die sie wie ein Kunstwerk auf einem geschnitzten Holzstück neben dem Eingang präsentiert.

In der Tat hat Kuka vorzügliche Arbeit geleistet. Was ich aus der Ferne von dem Brautstrauß in den Armen der Braut erkennen kann, ist ein Traum aus tiefem Granatrot und Gletscherweiß, der perfekt mit dem eleganten, langen Spitzenkleid der Braut und ihrer feuerroten Hochsteckfrisur harmoniert.

»Meine liebe Claire, es ist mir eine Ehre, auf diese wundervolle Trauung bei Ihnen mit einer guten Tasse Bohnenkaffee anstoßen zu dürfen, derweil wir auf das wunderschöne Brautpaar warten.« Pfarrer Ewald ist wie immer der Erste, der das *Coffee To Stay* betritt, begleitet von Waltraud, seinem Schatten, ich meine natürlich seiner Haushälterin. Danach folgen in streng hierarchischer Reihenfolge die illustren Bewohner unseres Blumenviertels, angefangen bei Britta Waldheim, der Inhaberin des *Strickreichs*, bis hin zu den Eltern des Bräutigams, die hier die Neuen sind.

»Fräulein Claire«, flüstert mir Waltraud Hagen zu, während sie darauf bedacht ist, mich ein Stück von Pfarrer Ewald wegzuziehen, der gewohnheitsmäßig alle Tische gründlich inspiziert, um seinen heutigen Lieblingsplatz zu erwählen. »Den guten Bohnenkaffee für den Herrn Pfarrer machen's bittschön net so stark, gell? Am besten wär er mir ja ohne Koffein und Saures, sie wissen schon, sein Magen und so. Am liebsten wär mir ja ein Pfefferminztee. Aber ich glaub des merkt er, oder Fräulein Claire, was meinen's?«

Waltraud Hagens kugelrunder Kopf mit den kugelrunden Silberlöckchen wendet sich zwischen Pfarrer Ewald und mir hin und her. Wobei mit jedem Blick all ihre Zuneigung zu dem alten Pfarrer sichtbar wird, als würde man eine Taschenlampe darauf richten. Mütterliche Liebe versteht sich, auch wenn sie beide in den Fünfzigerjahren geboren wurden.

»Ich glaube auch, dass wir uns ziemlichen Ärger mit dem verehrten Herrn Pfarrer einhandeln würden, wenn ich ihm einen Pfefferminztee statt eines Bohnenkaffees bringen würde.« Beruhigend streiche ich Waltraud Hagen über den Arm. »Ich nehme meine mildesten Bohnen und überbrühe sie schonend in der Chemex-Karaffe.«

»Ach, Fräulein Claire, können's nicht eine gute alte Kaffeemaschine nehmen statt ihrer kämischen?«

Meine Augenbrauen schieben sich in Richtung meiner Locken. Ich kann wirklich gut mit Kritik umgehen, aber nicht bei Kaffee! Deshalb nicke ich nur vage, wobei sich das anfühlt, als hätte ich einen steifen Hals.

»Liebe Frau Hagen, Sie legen jetzt erst einmal in Ruhe Ihren Hut und Ihre Strickjacke ab und suchen sich ein schönes sonniges Plätzchen und ich kümmere mich um den Kaffee.«

»Wenn's meinen. Nur nicht zu sonnig, ich vertrag die Hitze nimma so recht. Hach, als ich noch so jung war wie Sie, Fräulein Claire, da hat mir das warme Wetter nix g'macht.«

Abermals nicke ich, dieses Mal schon viel ausdrucksstärker. Mit einem Lächeln wende ich mich von ihr ab und den anderen Gästen zu.

Die Vorlieben der meisten Anwesenden kenne ich auswendig und bin entsprechend vorbereitet. Selbst wenn einer mal Lust auf einen anderen Kaffee als den üblichen hat, ahne ich dies oft im Voraus und kann denjenigen mit einer entsprechenden Leckerei erfreuen.

Dennoch statte ich jedem Tisch innerhalb und außerhalb des Cafés einen Besuch ab und lausche den Wünschen meiner Gäste. Als ich alles beisammenhabe, zupft mich Pfarrer Ewald an meiner Spitzenschürze und bedeutet mir, mich zu ihm herunterzubeugen. Mit einem Seitenblick auf Waltraud, die vor der Kuchenvitrine die Törtchen begutachtet, flüstert er mit mir. »Fräulein Claire, nicht vergessen, ich möchte bitte einen guten deutschen Bohnenkaffee. Keinen modernen Schnickschnack mit Häubchen und Pülverchen und Zischen und Dampfen. Und wenn Waltraudl mir einen Pfeffitee bestellt hat, dann vergessen Sie den ganz schnell! Tee ist kein Kaffee!«

Grinsend nehme ich Pfarrer Ewalds heutigen Geschmack zur Kenntnis und werde wie immer einen Kompromiss aus bestem gewünschten Kaffee und Fürsorge zubereiten. Wozu gibt es schließlich so zahlreiche unterschiedliche Bohnensorten, Röstungen und Mahlgrade? Genau dafür bin ich hier.

Bald nachdem auch das frisch verheiratete Paar im Café eingetroffen ist, vibriert das *Coffee To Stay* mit zufriedenen Menschen.

Vergnügt summend mahle ich Bohnen aus Santo Domingo und Jamaika, vermische sie mit charaktervollen Bohnen aus Soconusco und Java, schlage Sahne und schäume Milch zu zuckersüßen Wölkchen, die besonders bei den Kindern und älteren Leuten für glänzende Augen sorgen, vor allem, wenn ich noch das eine oder andere Stückchen Nugat in dem warmen Schaum schmelzen lasse.

Zwischen Espresso-Gugelhupf, Macarons à la Café au lait und Mokka-Käsekuchen wird dem Brautpaar mit mehr oder weniger langen und spritzigen Reden gehuldigt und je nach Fasson mächtig gekichert oder geschluchzt.

Am frühen Nachmittag ziehen sich die beiden unter Applaus zurück und fahren, begleitet von heftigem Winken, in einem Rolls-Royce im herrlichen Berliner Sonnenschein von dannen.

Ein wenig wehmütig sehe ich ihnen hinterher. Mit bereits gepackten Koffern fahren sie jetzt zum Flughafen und besteigen einen Flieger in Richtung Neuseeland, um dort die nächsten Wochen in verliebter Zweisamkeit im Land von Mittelerde zu verbringen.

Nach und nach verabschiedet sich der Großteil der Gäste und lässt eine erlesene Stammrunde zurück, die sich an den Fenstertischen neben der Terrasse zusammenfindet und völlig abgeschieden vom Rest der Großstadt in Vierergruppen Doppelkopf spielt. Hin und wieder fülle ich die altmodische Kaffeekanne aus Nymphenburg-Porzellan in ihrer Mitte nach, versuche aber ansonsten weitestgehend, bei diesem ernsthaften Spiel nicht zu stören.

Wie vermutet, trudeln die ersten Touristen im Café ein und beugen sich staunend über die Kaffeekarten, die meine Freundin Ella wundervoll schnörkelig mit saphirblauer Tinte gestaltet hat. Eine jede ist ein Unikat und wird von mir gehegt und gepflegt.

Zwischen sächsisch, bayrisch und plattdeutsch entziffere ich die Kaffeewünsche, und hilft die Sprache nicht weiter, reicht ein Zeigen auf die wunderschönen Kaffeeillustrationen.

Die genießerische Ruhe, die sich im Café ausbreitet, nutze ich für eine Pause. Der Tisch neben der Terrassentür ist frei und so setze ich mich für ein Roggensandwich, das ich mir heute Morgen bereits angerichtet habe, in die Sonne. Ein dampfendes *Schalerl Gold* komplettiert meinen Nachmittagssnack.

Kaum habe ich den ersten Bissen aus Saftschinken und zartschmelzendem Mozzarella im Mund, vibriert mein Mobiltelefon in der Schürzentasche. Bedächtig kaue ich und schlucke den Bissen hinunter, doch das Vibrieren hört leider nicht auf.

Ich werfe einen schnellen Blick auf das Display und schlage seufzend die Beine übereinander, ehe ich rangehe.

»Hey, Mama.«

»Claire, mein Schatz, ich muss dir unbedingt vorlesen, was heute in deinem Horoskop steht!«

Die Stimme meiner Mutter schallt mit Überdruck aus dem Handy und die Energie, die sie naturgemäß umgibt, lässt kurz den alten Kirschbaum neben Kukas Blumenladen erzittern.

Ich kann mir ein unwilliges Knurren nicht verkneifen, doch das hält meine Mutter nicht davon ab, weiterzureden.

»Nun hör erst einmal zu, bevor du murrst! Es gibt mehr zwischen Himmel und Erde, als wir alle ahnen. Die Astrologie ist eine uralte Wissenschaft und hat immer einen wahren Kern.«

Nur meine Mutter kann die Wörter Astrologie und Wissenschaft in einen Satz quetschen und das ernst meinen. Warum auch immer sie dieses Faible hat, denn im Grunde ist sie eine moderne, aufgeklärte, gebildete Frau mit einem preisgekrönten Job als Kostümbildnerin bei der *Komischen Oper.* Dazu lässt sie sich nicht die Butter vom Brot nehmen und sich schon gar nicht veralbern. Aber sobald sie in die Nähe eines Horoskops kommt, wird sie zu einem anhänglichen Welpen.

Für meinen Vater erstellt sie mindestens dreimal täglich ein Horoskop, was ihn mit überhöhter Geschwindigkeit aus der Haut fahren lässt. Ich glaube fast, das ist auch der Grund, warum sie es macht – einzig und allein, um ihn zu ärgern.

Allerdings mich gerade auch.

»Also, hör zu, dir steht nämlich Großes bevor! Stier, zweite Dekade, Aszendent Widder, Sonne in Haus 1 und Mond in Haus 7: Eine Nachricht aus dem Universum wird dich in den nächsten Tagen erreichen und dein Leben in eine neue Richtung drehen. Du wirst eingetretene Pfade verlassen und neue Wege beschreiten. Die Liebe in deinem Leben wird auf ein neues Niveau gehoben.«

Ich höre meine Mutter atmen, während ich sacht den nächsten Bissen von meinem Sandwich nehme.

»Sag schon was!«

»Mh, war's das?«, mümmele ich mit halbvollem Mund.

»Verstehst du denn gar nicht, was das bedeutet, Clairchen?«

Kopfschüttelnd schlucke ich den Bissen hinunter. »Sicher. Wir fangen in den nächsten Tagen an, die Feier anlässlich des Dreijährigen vom *Coffee To Stay* zu planen. Und ich habe allerhand außergewöhnliche Kaffeekreationen im Kopf, die ich so noch nicht angeboten habe. Die Leute werden diese Kaffees lieben.«

»Ach, Clairchen, sieh bloß mal über den Rand deiner Kaffeetasse hinweg, man könnte fast meinen, du wärst kaffeesüchtig.«

»Dem möchte ich entschieden widersprechen, ich bin nicht kaffeesüchtig, ich bin lediglich chronisch unterkoffeiniert.«

»Wie auch immer! Das Wichtigste ist heute dein Horoskop, es bedeutet nämlich, dass Tobias dir in den nächsten Tagen einen Antrag machen wird und ihr endlich heiraten werdet. Der neue Weg ist der Weg zum Traualtar und damit hebt ihr eure Liebe auf eine völlig neue Stufe!«

Prustend stelle ich die Tasse ab und versprühe in feinen Tröpfchen den herrlichen Kaffee, den ich gerade zu trinken versucht habe, über das weiße Tischtuch. Verstört dreht sich eine rotwangige Familie zu mir um. Lächelnd winke ich ab und nach ein paar Hustern habe ich mich wieder gefangen.

»Mama, wie kommst du denn auf so etwas?«, zische ich ins Telefon, dabei tupfe ich hektisch mit einer

Serviette auf dem Tischtuch herum, was den Kaffeefleckschaden leider nur vergrößert.

»Die Sterne lügen nicht und deine Verweigerungshaltung diesem Sachverhalt gegenüber kommt bloß dadurch, dass dein Mondzeichen Skorpion dich daran hindert, wahre Gefühle zu zeigen.«

Ich rolle mittlerweile so doll mit den Augen, dass sie mir fast herauskullern. »Mama, ich liebe Tobias wirklich sehr und ich weiß, auch er liebt mich. Dennoch, eine Hochzeit steht uns erst einmal nicht ins Haus. Irgendwann später bestimmt, aber ...« Mein Satz trudelt aus, denn so recht weiß ich selbst nicht, was hinter dem *Aber* folgen soll.

»Was aber?«, hakt meine Mutter natürlich sofort ein.

»Nichts aber.«

»Wenn du meinst! Tatsache ist jedoch, Tobias kommt mir in den letzten Wochen immer häufiger abwesend vor und ich sage dir, er plant den Heiratsantrag, vermutlich sogar schon die ganze Hochzeit, mit der er dich dann überrascht. Schließlich ist er ein Wassermann und damit schwimmt er nur so in Ideen. Und durch seinen Aszendenten Krebs findet er bei dir die emotionale Geborgenheit, nach der er sich sehnt. Basta. Und nun entschuldige mich, dein Vater ruft nach mir. Seitdem er pensioniert ist und seine Schüler nicht mehr durch die Gegend jagen kann, jagt er mich durch das Haus!«

Noch ehe ich mich von meiner Mutter verabschieden kann, legt sie mit einem gebrüllten »Was suchst du denn jetzt schon wieder!« auf.

Ein Heiratsantrag? Ab und zu haben wir über das Thema Hochzeit geredet, doch nie so richtig ernsthaft.

Tobias und mir geht es gut und es ist genau richtig, wie es ist.

Meine Augenlider drücken plötzlich schwer nach unten und ich habe Mühe, sie offen zu halten. Überhaupt fühle ich mich in letzter Zeit häufig müde. Zum zweiten Mal an diesem Tag denke ich über mein Alter nach. Vor wenigen Tagen hatte ich Geburtstag und in einem Jahr um diese Zeit werde ich dreißig sein. Bisher habe ich daran nicht unbedingt scharenweise Gedanken verschwendet … vielleicht sollte ich langsam mal damit anfangen?

Ein Heiratsantrag – eigentlich wäre das wirklich ganz cool, oder?

Kapitel 2

L wie Liebe

Latte macchiato
Warme Milch, aufgeschäumt zu fluffigem Milchschaum, übergossen mit einem heißen, aromatischen Espresso aus dunkel gerösteten Bohnen, handgepflückt an den Berghängen von Guatemalas Vulkanen.

»Bedienung!«

Vor Schreck zucke ich zusammen und stoße mir das Knie an der Tischkante. »Autsch!«

Ich war tatsächlich so tief in Gedanken versunken, dass ich den Gast übersehen habe, der an der Kaffeetheke im *Coffee To Stay* steht und mit den Fingern auf die polierte Holzplatte trommelt.

Um Haltung bewahrt rappele ich mich vom Stuhl hoch und eile in das Café. Mit meinem nettesten Gästelächeln auf den Lippen will ich ihn soeben begrüßen, als er mir zuvorkommt.

»Einen Coffee to go, schwarz mit dreimal Zucker.«

Haben? Trinken? Malen? Bitte? TO GO?

»Leider kann ich Ihnen keinen Kaffee zum Gehen anbieten. Aber Sie können sich gern setzen und ich brühe Ihnen einen köstlichen *Azúcar*.«

Er starrt auf mich herunter und ich bin mir nicht sicher, ob ich womöglich in der falschen Sprache mit ihm spreche.

»Wo gibt's denn keinen Coffee to go?«, poltert der Fels vor mir.

»Im *Coffee To Stay*, wie der Name bereits sagt.« Ich weise auf den kunstvollen Schriftzug an der linken Wand des Cafés, der mich jedes Mal mit Zuneigung und Stolz für meine geliebte Kaffeewelt erfüllt. »Einen Kaffee sollte man genießen, ihn riechen, schmecken, fühlen. Nicht im Gehen herunterschlingen.«

»Dann hole ich ihn mir eben bei der Konkurrenz!«

»Junger Mann, wenn Sie Zeit haben, sich woanders einen Kaffee zu holen, dann haben Sie auch Zeit, sich hier an einem zu erfreuen.« Pfarrer Ewald unterbricht tatsächlich seinen Doppelkopfzug und dreht sich zu dem Kaffee-zum-Gehen-Mann um.

Waltraud Hagen nickt so heftig, dass ihre Silberlöckchen aufgeregt mitwippen. »Und einen besseren Kaffee als hier finden's eh nirgends.«

»Nun?« Mit geneigtem Kopf strahle ich ihn an.

»Also, hören Sie lieber auf, mit dem netten Fräulein Claire herumzudiskutieren und trinken Sie Ihren Kaffee ordentlich«, spricht der Herr Pfarrer, dreht sich zusammen mit seiner Haushälterin um und klatscht die Karten auf den Tisch. »Schwein!«

»Ich will doch nur einen Kaffee ...«

Mein Lächeln verrutscht zu einem Grinsen, welches ich schnell in ein Hüsteln verwandele. »*Azúcar*?«

Er schielt abwechselnd von mir zu den silbernen Kaffeedosen hinter mir und den süßen Törtchen, die sich verlockend in der Kuchenvitrine präsentieren.

Er spricht mit mir, doch was in meinen Ohren ankommt, ist lediglich »Brumm, brumm, brumm«. Dennoch lässt er sich schwer auf einen Stuhl vor der Kaffeetheke fallen und beobachtet jede meiner Handbewegungen, wie ein Chirurg, der zum ersten Mal seinem Assistenzarzt die Näharbeit überlässt.

Für den Showeffekt benutze ich nicht meine Siebträgermaschine, um einen vollmundigen Espresso zu brühen, sondern meinen Kaffee-Siphon. Der *Azúcar* möge mir diese winzige Abweichung vom Protokoll verzeihen, wird er doch mindestens genauso aromatisch schmecken.

Der süße, beerige Duft des *Brasil Cerrado San Rafael* schwebt über der Kaffeemühle, als ich ihn mittelfein mahle. Die Estate-Arabica-Bohnen habe ich während des Röstens leicht kandiert, sodass der Kaffee eine süße Nuance erhält, ohne gezuckert zu sein.

In die bauchige Glaskammer des Siphons fülle ich heißes Wasser und stelle alles auf eine Edelstahlheizplatte. Bald steigt das Wasser in die obere Glaskammer, und bevor ich das Kaffeepulver dazugebe, rühre ich das Wasser um. Es sieht spektakulär aus, wie sich das Kaffeepulver von dem Wasserstrudel mitreißen lässt, und mein felsiger Gast reißt seine Augen auf. Zugleich steht sein riesiger Mund offen.

Sehr schön, exakt die Reaktion, die ich beabsichtigt habe. Dieser Mann trinkt nie wieder schnöden Wegwerfkaffee.

Nach ein paar Sekunden bildet sich eine Kruste auf dem Kaffee, die ich mit einem Löffel durchbreche, um das Ganze erneut umzurühren. Ich entferne die

Heizplatte und kurz darauf strömt durch den Unterdruck in der unteren Glaskammer der gefilterte Kaffee herab.

Voilà!

Die Doppelkopfrunden applaudieren und ordern eine Tischrunde für alle. »Also Fräulein Claire, Ihre Kaffeekunststücke sind doch immer wieder sensationell.« Waltraud Hagen prostet mir mit ihrem leeren Glas zu und wendet sich dann an den stummen Gast vor mir. »Sehn's, da ham's!«

Als i-Tüpfelchen schenke ich den Kaffee in eine Tasse, deren Rand mit einem Schnurrbart bedruckt ist, und schiebe sie über die Theke dem Mann zu. »Kaffee zum Verweilen, bitte sehr.«

Wenn ich es nicht besser wüsste, würde ich seinen Blick als angstvoll deuten. Aber wovor sollte dieser Bär von Mann Angst haben?

Misstrauisch schnüffelt er an dem herrlichen schwarzen Getränk und nimmt vorsichtig seinen ersten Schluck. Und – es ist eigentlich kaum möglich – ein Lächeln ziert sein Gesicht.

Er trinkt einen weiteren Schluck und noch einen, dann sieht er zu mir. »Unglaublich, für so eine winzige Person sind Sie unglaublich.«

Wie schön, er hat seine Sprache wiedergefunden, und so wie er den Kaffee weiterschlürft, habe ich einen neuen Stammkunden gewonnen. Das *winzig* lasse ich lieber unkommentiert stehen, denn es handelt sich hier um einen winzigen Punkt, der meinem Selbstbewusstsein mehr als winzigen Schaden zufügen könnte.

Am späten Nachmittag lösen sich die Doppelkopfrunden auf und Pfarrer Ewald und Waltraud Hagen trollen sich zu ihrem Abendgottesdienst. Bald folgen auch die anderen, bis auf Britta Waldheim, die ihr Strickzeug auspackt und sich an einem Nicht-Kaffee in Form einer heißen Schokolade mit Sahne erfreut.

Mein neuer *Coffee-To-Stay*-Freund, Panos mit Namen – wie passend – verlangt nach einer Wiederholung meines Siphon-Kunststückes, dazu nach einem Mokka-Käsekuchen und einem Cappuccino-Windbeutel. Und so nach und nach gewöhne ich ihn auch an ein *Bitte* hinter dem *Ich will.*

Die Gäste kommen und gehen, und ehe ich mich's versehe, ist es bereits halb sechs. Die Tische auf der Terrasse sind voll besetzt mit fröhlich trinkenden und essenden Gästen, sodass ich kurz Gelegenheit habe, mich zu Britta Waldheim zu setzen, um meine Beine auszustrecken.

»Na Mädel, siehst müde aus.« Ohne auf die fliegenden Stricknadeln in ihren Händen zu achten, sieht sie mich prüfend an. Am heutigen Hochzeitssonntag trägt sie dem Anlass entsprechend ein selbstgestricktes Ensemble aus silberschimmerndem Garn. Es besteht aus einem glockigen Rock, der ihre Knie umspielt, und einem Pullover, der ihren Busen gekonnt in Szene setzt. Gesegnet mit einer Brigitte-Bardot-Figur nimmt es Britta Waldheim locker mit uns Jüngeren auf – und das in selbstgestrickten Klamotten!

»Bin ich auch. Verspätete Frühjahrsmüdigkeit würde ich sagen.« Hinter vorgehaltener Hand gähne ich dezent. Gern hätte ich es unterdrückt, denn in Brittas damenhafter Gegenwart fühle ich mich immer ein wenig unbeholfen. Wenn sie neben mir sitzt, halte ich mich automatisch gerader, und wenn wir beieinanderstehen, drücke ich meinen Rücken durch nach dem Motto: Schultern zurück, Bauch rein. Selbst wenn ich an sie denke, nehme ich automatisch eine strammere Haltung ein.

»Also ich würde etwas anderes sagen.« Jetzt legt sie sogar ihr Strickzeug im Schoß ab und betrachtet mich noch intensiver.

Ich taste in meinem Gesicht herum, während mir heiß wird. »Was? Habe ich meine Wimperntusche verschmiert oder irgendwo Kaffeepulver verteilt?« Möglicherweise sind es auch meine Haare? Ich weiß ja selbst, dass meine langen Locken ungern in einem Zopf bleiben, und nach einem Tag im Café kann ich froh sein, wenn überhaupt etwas von der Frisur übrig ist, die ich am Morgen versucht habe zu gestalten.

»Ist dir übel?« Britta zieht ihre linke, fein gezupfte Augenbraue einen halben Millimeter in die Höhe.

»Ein bisschen«, muss ich zugeben. »Aber ich habe bis auf ein Sandwich am Nachmittag noch nichts gegessen.«

»Hast du Appetit?«

»Auch ein bisschen.« Auf Currywurst und Pizza!

Britta nickt und nimmt ihr Strickzeug wieder auf. »Du bist schwanger, mein Mädel.«

»So ein Quatsch! Das wüsste ich ja wohl!« Ich schüttele so vehement den Kopf, dass mein Haarband endgültig aufgibt und zu Boden segelt.

Scheinbar ungerührt zuckt Britta mit den Schultern und strickt weiter ein kompliziertes Muster aus riesigen Maschen. »Wie du meinst.«

Und nun? Mir fällt nichts ein, deswegen stehe ich auf und räume das leere Glas ab. »Darf ich Ihnen noch etwas bringen, Frau Waldheim?«

»Nein danke, nur die Quittung, bitte.«

Die Gedanken in meinem Kopf plappern laut durcheinander und es gelingt mir nicht, einen davon herauszupicken.

Erst wurde mir heute vorausgesagt, dass ich bald heiraten würde – obwohl ich diese Absicht bis dahin nicht einmal heimlich für mich gehegt habe – und nun bekomme ich angeblich ein Kind. Hallo? Was ist hier los? Steht die Sonne im Elefanten oder der Mond in der Giraffe? Oder liegt es an der milden Frühlingsbrise, die alle Leute kirre macht, wie der Mistral, der in der Provence die Menschen auf den Kopf stellt?

Schwanger! Pfff, wie das denn? Ich meine, ich weiß natürlich wie, allerdings ... Und wenn doch?

Mit einem Mal herrscht Ruhe in meinem Kopf, alle Grübeleien ordnen sich und finden wie Puzzleteile zueinander. Ich träume von meinem Baby. All die Liebe, die ich je bekommen und gegeben habe, strömt in meiner Seele zusammen und lässt mich erahnen, welches Glück mir gerade zuteilwird. Für einen Moment hält die Welt für mich den Atem an.

Sodann stößt sie ihn kräftig wieder aus und eiskalte Panik greift nach mir. Ich weiß bei einer Windel nicht einmal, wo hinten und vorn ist. Gibt es überhaupt ein Hinten und Vorn? Was ist, wenn das Baby schreit und ich es nicht beruhigen kann? Meine Güte, meine Freundin Ella hat fünf Kinder und ich bin noch nie auf den Gedanken gekommen, dass sie eventuell Angst vor diesen kleinen Wesen hat!

»Frau Herzog, geht es Ihnen gut?«

Die Umgebung klärt sich wieder, und ich sehe den jungen Postboten, der in unserem Viertel die Briefe austrägt. »Max, ich habe dich doch schon mehrfach gebeten, mich Claire zu nennen, okay? Wenn du Frau Herzog zu mir sagst, komme ich mir vor wie meine Mutter – und das wollen wir beide nicht.«

Max senkt den Kopf und schüttelt ihn dann. »Nein, natürlich nicht, Frau Herzog. Äh, ich meine Claire.«

Ich atme tief durch und zur Sicherheit gleich noch ein zweites Mal. Netterweise hat dies den Nebeneffekt, dass meine Babypanik verpufft. Es ist unwahrscheinlich, dass ich schwanger bin. Punkt.

Schön wäre es trotzdem gewesen.

Glaube ich.

»Was darf ich dir bringen, Max?« Froh, eine Beschäftigung zu haben, gehe ich hinter die Kaffeetheke, um Britta Waldheims Quittung zu schreiben. Sie besteht immer auf einer handschriftlichen Quittung mit Stempel. Ich solle es nicht persönlich nehmen, hat sie mir mal gesagt, schließlich müsse alles im Leben seine Ordnung haben. Jede Masche gehöre dorthin, wo sie hingehöre.

»Äh nichts, Frau ... Claire, ich möchte keine Umstände machen.«

»Ach Max, dir einen Kaffee zuzubereiten ist mein Job. Zudem macht es mir keine Umstände, sondern Freude.«

Pling. Max' Gesicht leuchtet von jetzt auf gleich wie eine Glühbirne, was einen interessanten Kontrast zu seinen rabenschwarzen Haaren bildet. Dieser junge Mann muss wahrlich noch das eine oder andere über das Leben lernen, wenn er gleich bei jeder winzigen Nettigkeit so reagiert. Im Duden findet sich das Wort *schüchtern* garantiert unter M wie Max.

»Herr Lindner, wie nett, Sie hier zu sehen.« Britta Waldheim gesellt sich zu uns und reicht mir einen Geldschein über die Theke, noch ehe ich ihr die Quittung geben kann. »Stimmt so, Claire. Es war wie immer ausgezeichnet.«

Max schrumpft gefühlte zwanzig Zentimeter neben Britta zusammen, obwohl er sie locker um zwei Köpfe überragt. »Ich, äh, ich bringe Frau ... Claire die Post.«

»Am Sonntag?« Erneut der durchdringende Britta-Blick mit der Ein-Millimeter-Braue.

Max windet sich wie ein Regenwurm am Angelhaken. »Vielleicht ist es wichtig.«

»So, so. Nun gut. Ich wünsche euch allen einen wundervollen Sonntagabend. Und du, Claire, solltest dich morgen gründlich ausruhen, das Café macht das immerhin auch.«

Britta rauscht zur Terrassentür hinaus und lässt Max und mich aufatmend zurück.

»Was hältst du von einem schönen *Doppelten Einspänner*?«, wende ich mich an ihn und beginne sogleich, eine Handvoll kräftig gerösteter Bohnen aus dem Jemen staubfein für einen großen Mokka zu mahlen. Der starke Kaffee in Kombination mit viel cremiger Schlagsahne wird in dem jungen Mann vor mir bestimmt mancherlei Lebensgeister wecken.

Wie erwartet nickt Max gehorsam und blickt sich dezent um. Mit dem Kopf deute ich auf den Barhocker neben dem Fenster vor der Kaffeetheke und er lässt sich seufzend darauf nieder. Wo Max die Portion Mut gefunden hat, um aus seinem Minidorf im Norden von Brandenburg hierher nach Berlin zu kommen, wird mir ewiglich ein Rätsel bleiben.

»Lass es dir schmecken.« Zusammen mit dem *Doppelten Einspänner* schiebe ich Max den einzigen verbliebenen Coffee Cupcake hin und gehe hinaus, um bei den letzten Gästen des Tages abzukassieren. Die Luft fühlt sich weich und mild an und im Rosenpark gegenüber flanieren reichlich Menschen über die Kieswege.

Auch wenn ich in Florenz geboren bin und nach meinem Studium für ein Jahr in den schönsten Ecken Frankreichs gearbeitet habe, so finde ich es nirgendwo schöner als hier in Berlin, vor allem in meinem geliebten Blumenviertel. Mit Stolz drehe ich mich zu meinem Café um, welches malerisch an der Ecke thront, wo sich der Rosenweg und die Ranunkelstraße treffen. Derweil ertönt die Glocke der *Kleinen Kirche am Rosenpark* sechs Mal und erinnert mich daran, dass es Zeit wird, das *Coffee To Stay* für den Feierabend vorzubereiten.

Zuerst beginne ich, die schmiedeeisernen Tische auf der Terrasse aufzuräumen, um sie mit einer Schutzhülle abzudecken. In unserer Gegend ist es nicht notwendig, die Terrassenmöbel mit Ketten zu sichern, wofür ich sehr dankbar bin, denn angekettete Tische und Stühle sehen für mich deprimierend aus.

»Darf ich bitte helfen?« Max kommt zu mir auf die Terrasse und nimmt eine der durchsichtigen Abdeckungen.

»Das ist wirklich sehr nett, Max, aber du bist hier Gast und sollst nicht arbeiten. Außerdem hast du heute deinen freien Tag.«

»Ich mache es wirklich gern, Claire.« Der Satz kommt direkt und klar aus Max' schüchternem Mund und es findet sich auch nicht der pastelligste Hauch von Röte in seinem Gesicht, sodass ich seine Hilfe dankbar annehme. Sie ist genau das, was ich heute brauchen kann.

Im Nu haben wir die Terrasse aufgeräumt und arbeiten drinnen weiter, während ich Max von lustigen Erlebnissen mit Gästen berichte, denn das Schweigen, welches er so gut beherrscht, liegt mir gerade gar nicht. Ständig malt mir meine Fantasie neue Bilder, seien es welche, die mir ein Hochzeitskleid für eine Hochzeit vorgaukeln, die noch gar nicht geplant ist, oder Namen für ein Baby, das lediglich in meinen Gedanken existiert.

»Alles okay?« Max reicht mir die silbernen Kaffeedosen aus dem Regal hinter der Theke, nach denen ich vergeblich angele, während ich überlege, welche Kaffeespezialitäten ich meinen Hochzeitsgästen anbieten würde.

Mit einem schiefen Lächeln nehme ich die Dosen entgegen. »Alles prima, danke. Ich war nur gerade in Gedanken. Ich glaube, ich bin ein wenig müde.«

»Na dann werde ich dich mal ordentlich aufmuntern! Was hältst du von einem spontanen Theaterbesuch?«

Vor Schreck stoßen Max und ich mit den Ellenbogen aneinander, als wir uns zu der fröhlichen Stimme umdrehen, die ich so gut kenne. Und liebe.

»Tobias! Was machst du denn hier?« Mit einem doppelten Salto meines Herzens, den es immer vollführt, wenn ich Tobias sehe, schiebe ich mich an Max vorbei und sause zu meinem Freund, der mich fest in die Arme schließt.

Sein Polohemd duftet nach Frühling und fühlt sich angenehm warm an meiner Wange an. Auf Zehenspitzen küsse ich ihn zärtlich und schmiege mich an ihn. Es ist so selten geworden, dass Tobias Zeit findet, mich im Café zu besuchen. Zeit zu zweit ist zu einem wahren Luxusgut für uns geworden.

»Die Präsentation vorhin lief so gut, dass wir schneller als erwartet damit fertig waren. Linus und ich haben uns redlich einen freien Abend mit unseren Herzensdamen verdient. Morgen geht es dann mit dem nächsten Teil weiter.«

»Wow, ihr legt euch ordentlich ins Zeug. Habt ihr immer noch mit diesem Dingsbums zu tun, der euch so akribisch unter die Lupe nimmt?«

Mit einem Blick auf die Uhr über der Eingangstür schiebt mich Tobias ein Stück von sich und beginnt, die Stühle auf die Tische zu stellen. »Nope. Der hieß übrigens Gandalf!«

»Gandalf, stimmt ja!«, quietsche ich.

»Gandalf, wie der Gandalf aus Herr der Ringe?«, rutscht es Max heraus, und er legt erschrocken die Hand auf den Mund.

»Ich denke schon.« Tobias grinst sein wunderbar schiefes Grinsen, welches ihn so jungenhaft wirken lässt. So ganz anders, als wenn er in seriösen Anzügen mit ernster Miene seine Kunden bei ihren architektonischen Luftschlössern berät. »Wir arbeiten jetzt direkt mit der Projektleiterin von den Andancas zusammen, Enja.«

»Dann hoffen wir mal, dass Enja nicht so altmodisch wie der alte Gandalf jeden eurer Striche hinterfragt.«

Tobias zuckt mit den Schultern. »Selbst wenn sie doppelt so alt wäre wie er, ist die Zusammenarbeit mit ihr um Längen besser. Ich vermute mal, sie ist in etwa so jung wie ich, erst Mitte dreißig. Aber wie auch immer, sie ist echt gut und dadurch, dass sie wie Linus und ich noch keine eigene Familie hat, genauso flexibel wie wir.«

Erst Mitte dreißig! Wie locker er mit dem Alter umgeht. Ich werde nächstes Jahr dreißig! Und was meint Tobias damit, er habe keine eigene Familie? Bin nicht ich seine Familie? Ist er durch mich etwa unflexibel?

Warum beschäftigt mich das heute bloß so? Ich schnappe mir den Wischmopp und klatsche ihn härter als notwendig auf den Boden, bis alles patschnass ist – und sauber.

»Fertig.« Max schiebt die letzte Kaffeedose in das Regal, das ich sonst immer sonntags reinige, und sieht mich an wie meine Papageiendame Holly, wenn ich es wage, sie mit nur der Hälfte eines hartgekochten Eies abspeisen zu wollen.

»Vielen Dank für deine Hilfe, Max. Das war wirklich sehr nett.« Mit dem Wischmopp in der einen Hand umarme ich Max mit der anderen. Ich spüre seinen Herzschlag, der es fast auf Kolibrifrequenz schafft, durch sein T-Shirt. Schnell lasse ich ihn los. So richtig wohl fühlt sich der arme Kerl anscheinend nicht. Dabei ist er so ein Bild von einem Mann.

Möglicherweise braucht Max endlich mal eine Freundin. Oder hat er eine? Nein, ich glaube nicht. Wie auch.

Mit einer Gesichtsfarbe, die bereits ins Violette changiert, schnappt sich Max seinen Rucksack und stolpert aus dem Café. Ohne mir meine Post gegeben zu haben.

»Hab einen schönen Sonntagabend«, rufe ich ihm hinterher.

»Bis morgen.«

»Morgen ist Ruhetag.«

»Bis Dienstag.« Weg ist er.

Mit gerunzelter Stirn blickt Tobias Max hinterher. »Meine Güte, dieses Kerlchen liebt dich aber.« Dann wandert sein Blick zu mir. »Muss ich mir Sorgen machen?«

Die dritte kuriose Weissagung des Tages – na Halleluja – und auf diese werde ich schon gar nicht mehr eingehen.

Stattdessen hole ich meine Handtasche unter der Kaffeetheke hervor, betätige den Hauptschalter, schließe die Terrassentür ab und öffne die Eingangstür, die direkt an der Ecke des Cafés nach draußen führt.

»Kommst du?«, fordere ich Tobias auf, der folgsam auf mich zutrottet und noch immer nicht alle Falten von seiner Stirn gewischt hat.

Zufrieden mit meinem Kaffeetag schließe ich ab, schiebe meine Hand in Tobias' und spaziere mit ihm in Richtung Rosenpark. »Zu welchem Theaterstück lädst du mich eigentlich ein?«

»Einer deiner Lieblingsfilme wurde als Theaterstück adaptiert: *Die Braut, die sich nicht traut.*«

Na war ja klar, aber so was von klar!

Kapitel 3

A wie Assistent

Almkaffee
Cremig frisches Eigelb, verrührt mit Zucker und feuri-
gem Wieser-Wachau-Rum, trifft auf heißen Kaffee.
Verquirlt man diese Köstlichkeiten miteinander, ent-
steht ein feiner Schaum, den nur noch flüssige süße
Sahne toppen kann.

»Guten Morgen, Siebenschläfer.«

Ein leichter Kuss landet zwischen meinen Augenbrauen und holt mich aus der Traumwelt in die Wirklichkeit.

Meine Güte, es kann doch höchstens fünf Uhr morgens sein. Um meine Augen nicht mit allzu schnellen Bewegungen zu stressen, hebe ich ein Lid nach dem anderen gemächlich an.

»Du bist ja bereits fertig angezogen«, murmele ich und sehe mich aus meiner Schräglage Tobias' dunkelblauer Krawatte mit den winzigen weißen Punkten gegenüber.

Tobias lächelt und spendiert mir einen weiteren Kuss, der dieses Mal meine linke Augenbraue beglückt. »Die Arbeit ruft.«

»Ich höre nichts, schon gar nicht um fünf Uhr morgens.«

»Nix fünf Uhr morgens, es ist kurz nach sieben.«

»Na, wenn das so ist.« Sieben Uhr finde ich auch nicht besser, denn ich bin noch genauso müde, als wenn es fünf Uhr wäre.

Tobias, der vor dem Bett kniet, erhebt sich und streicht die Anzughose glatt, die seine muskulösen Läuferbeine versteckt. Schade, ich hatte gehofft, wir würden heute gemeinsam ausschlafen, denn in den letzten Tagen musste ich immer früh aufstehen.

Ich schiebe meine Bettdecke zur Seite und richte mich auf, achte dabei aber darauf, dass ganz zufällig der Spaghettiträger meines Nachthemds über meine Schulter rutscht. Mit einer Hand fahre ich mir durch meine Lockenmähne und lasse sie dekorativ an mir herabfließen, mit der anderen winke ich Tobias zu mir herab. Brav, wie nur ein Mann in solch einer Situation sein kann, beugt er sich zu mir.

Ich schlinge meine Arme um ihn und presse meinen schlafwarmen Körper an seinen, dabei spüre ich, wie sich sein Herzschlag beschleunigt. Genüsslich platziere ich federleichte Küsse auf seinem Hals, die ihn dazu verleiten, seine Hände an meinem Rücken abwärts gleiten zu lassen. Sehr schön, da geht noch was.

»Claire, ich muss wirklich los«, glaube ich ihn an meinem Ohr murmeln zu hören.

Ich schmiege mich fester an ihn und verschließe ihm den Mund mit einem Kuss. Erst ganz zart, verwandelt er sich schnell in Feuer.

Jetzt habe ich ihn. Meiner Sache gewiss, löse ich mich ein wenig von Tobias, um ihm die Krawatte zu lockern und sein Hemd aufzuknöpfen. Leider reicht ihm die Sekunde, um sich daran zu erinnern, dass er eigentlich zur Arbeit gehen muss. Er nimmt meine Hände in seine und drückt mir einen Kuss auf die Stirn, was wohl so viel heißt wie: Ich geh dann mal.

»Letzt Nacht war wundervoll«, gurre ich und neige meinen Kopf zur Seite, um ihn von schräg unten anzusehen. Sanft befreie ich meine Hände aus seinen und streiche über die festen Bauchmuskeln unter seinem Hemd.

»Du meinst wohl die frische Brezel, die ich dir im Theater spendiert habe.« Seine nun freien Hände nutzt er, um mit meinen Locken zu spielen, während er mich angrinst, was das Grübchen an seinem linken Mundwinkel erweckt.

»Auch«, hauche ich und beginne, ihm das Hemd aus der Hose zu ziehen.

Tobias' Gesicht nähert sich meinem und Nase an Nase sieht er mich an. »Der riesige Eisbecher hinterher war natürlich auch großartig.«

»Auch ...«

»Oder meinst du etwa all die unaussprechlichen Sachen, zu denen du mich nach dem Eisbecher verführt hast?« Seine dunklen braunen Augen glänzen und sein warmer Tobiasduft bringt meine Körpertemperatur zum Sieden. Mit der ganzen Kraft seines sportlichen Körpers drückt er mich nach hinten aufs Bett und keine fünf Minuten später verschlingen wir uns nackt ineinander.

Mmh, so lasse ich mich gern wecken.

Warm und satt von Liebe bummele ich in den Morgen hinein. Montags hat das *Coffee To Stay* geschlossen. Nichtsdestotrotz gibt es auch an diesem Tag den einen oder anderen Termin, doch alles ganz gemütlich.

Am Abend treffe ich mich wie jeden ersten Montag im Monat mit Ella. Seit Kind Nummer Fünf letztes Jahr bei ihr und ihrem Mann Daniel eingezogen ist, finden die Treffen meist bei ihr statt. Was ich gern mag, fast lieber als unsere Treffen in irgendwelchen schrammeligen Bars, von denen wir eine Zeit lang geglaubt haben, dass wir sie besuchen sollten, wenn wir schon das Privileg haben, in Berlin zu leben. Na ja, auch wir werden älter und weiser, meist leider nur älter, aber hin und wieder auch weiser.

Nackt und rosig stehe ich vor dem Kleiderschrank und begutachte meine Kleiderauswahl. Hosen nehmen einen äußerst bescheidenen Platz in meinem Klamottenreich ein. Die ziehe ich allein unter Zwang an und ich zwinge mich selten. Dafür ruft heute mein seidenes Glockenkleid in der Farbe von poliertem Kupfer nach mir, welches so perfekt mit meinen roten Haaren harmoniert. Es mag sein, dass es nicht das perfekte Outfit für einen Abend inmitten von fünf Kindern und einer müden Mama ist, aber egal. Packe ich halt obendrein mein Jeanskleid mit in den Rucksack.

»Claire lieb! Claire lieb!«, krächzt eine heisere Stimme, und Holly, meine Gelbkopfamazone, flattert zur Schlafzimmertür herein.

Ich strecke Holly die Hand entgegen und sie lässt sich mit dramatischem Flügelgeschlage darauf nieder. Sie ist und bleibt eine Diva. Der zarte, gelbgrüne Vogel streckt mir sein Köpfchen entgegen und lässt sich von mir ausgiebig kraulen. Seit ich Holly vor fünf Jahren im Rosenpark gefunden habe, bin ich die Liebe ihres Vogellebens, und diese Liebe duldet keine Gesellschaft: keinen Vogelmann, auch keine Vogelfrau und schon gar nicht Tobias, was mitunter zu recht drolligen Eifersüchteleien zwischen den beiden führt. Oder zu Wiewerde-ich-ihn/sie-unauffällig-los-Aktionen. Glücklicherweise konnte ich bisher sowohl Holly als auch Tobias vor einem ungewollten Auszug retten.

Zufrieden mit meinen Streicheleinheiten schlägt Holly kräftig mit den Flügeln, sodass feine grüne Federn sacht durch die Luft schweben.

»Claire geh!«, befiehlt mir der verrückte Vogel, denn alles, was er zum Leben braucht, sind meine Streicheleinheiten, sorgfältig zubereitetes Futter – frisch und biodynamisch gewachsen – und die Wohnung für sich allein. Holly fliegt zu der Kommode, in der ich meine Unterwäsche aufbewahre, und patrouilliert auf dem rötlichen Kirschbaumholz auf und ab.

»Ach du«, seufze ich und ziehe die oberste Schublade auf.

Mein Lieblings-BH aus Seide, passend zum Kleid in einem warmen Rotgold, schmeichelt meiner Haut, als ich ihn anziehe.

Oh nein! Unschön quillt mein Busen rechts und links aus den exquisit bestickten Körbchen heraus. Das liegt allerdings nicht an der Fülle, die ich mein Eigen nenne, sondern vielmehr daran, dass Tobias das gute Stück wahrscheinlich in der Waschmaschine getötet hat!

Nicht unbeträchtlich in meiner guten Laune gestört, pfeffere ich den BH auf den Boden, was Holly sofort als Aufforderung versteht, Beute zu machen. Schwankend flattert die Papageiendame mit ihrem Fang aus dem Zimmer. Ich hoffe nur, sie verheddert sich nicht allzu sehr darin.

Trotz meines Missmutes muss ich über Holly lächeln und ziehe mir trotzig mein Kleid mit dem engen Oberteil und dem glockenförmigen Rock über den Kopf, ohne einen BH darunter. Ich kann auch verwegen sein.

Leider stellt sich als Nächstes der Reißverschluss im oberen Teil des Kleides quer, aber ich schaffe es, ihn zuzuziehen, zwar mit ausgiebigem Nachdruck, doch zu ist zu. Und bleibt es hoffentlich auch.

Pikiert funkele ich mich selbst im Spiegel an. Heute keine süßen Teilchen, spreche ich telepathisch mit meinem Spiegelbild. Was in dem Moment bereits hinfällig ist, in dem ich es denke, denn ich bin gleich mit Arian im *Fiadone* verabredet, der kleinen Boulangerie schräg gegenüber vom *Coffee To Stay.*

Das *Fiadone* grenzt an der rechten Seite an das Gemeindehaus, welches sich an die *Kleine Kirche am Rosenpark* schmiegt und wo auch in der Wohnung darüber Pfarrer Ewald und Waltraud Hagen residieren. Zur Linken lädt eine Goldschmiede zum Staunen darüber ein, was alles mit Metall machbar ist. Weniger einladend ist der karge Meister selbst, von dem keiner bis heute auch nur den Namen kennt, aber das gleicht seine Angestellte Zoey mehr als zehnfach aus, die mit ihrem Charme sogar einem Ritter im Ruhestand eine vergoldete Dritt-Rüstung verkaufen könnte.

Die Straßen in unserem Blumenviertel mit den altehrwürdigen Gründerzeithäusern, die mit ihren aufwändig gestalteten Fassaden Altstadtflair verbreiten, sehen zum Verlieben idyllisch aus. Gerade jetzt, in der klaren Maisonne, die die sattgrünen Blätter der Linden auf den Gehwegen zum Leuchten bringt.

Beschwingt spaziere ich in die kleine Bäckerei, jedoch nicht, ohne vorher einen liebevollen Blick auf mein Café schräg gegenüber zu werfen.

»Guten Morgen«, flöte ich beim Eintreten. Sofort umfängt mich süßer Duft nach warmen Croissants, durchmischt mit Aromen von Marzipan und Vanille.

So wie mein *Coffee To Stay* als duftende Kaffeeoase der Berliner Großstadt trotzt, so reise ich hier jedes Mal wieder in eine feine Boulangerie in die sonnige Provence, abseits der Touristenrouten, fest in der Hand einer französischen grand-mère.

»Bonjour!« Mit einer eleganten Bewegung, wie es lediglich waschechten Französinnen gelingt, kommt Éloïse hinter der Verkaufstheke hervor und umarmt mich herzlich. Südfranzösin durch und durch, küsst sie mich viermal auf die Wangen. Von mir aus kann sie das auch gern vierzigmal machen, denn Éloïse duftet unwiderstehlich nach Kokosblütenzucker, Wacholder und dunkler Schokolade. Ihre Wangen fühlen sich zart wie Babyhaut an meinen an und ihre Lippen haben einen Schwung – oh, là, là. Von einer grand-mère ist Éloïse definitiv noch an die hundert Jahre entfernt.

»Claire, wie schön, setz disch nach draußen in die Garten'öf. Arian ist auch schon da.« Wenn Éloïse meinen Namen ausspricht, wie nur sie ihn ausspricht, krabbelt mir jedes Mal eine Gänsehaut den Rücken hinauf, wie sonst nur bei Tobias, wenn er mich küsst. Auch Arian klingt bei ihr nicht mehr nach schnödem Arian, sondern mehr wie Orijon. Und ich glaube, Orijon ist ein klitzekleines bisschen verliebt in Éloïse, was er natürlich nie ever zugeben würde.

Mit begehrlichen Blicken Richtung Kuchenauslage lasse ich mich von Éloïse zur Terrassentür schieben, die nach draußen in einen lauschigen Garten führt.

Unter zwei Birnbäumen und einem Apfelbaum steht ein langer, schmiedeeiserner Tisch mit passenden Stühlen. Hierher dürfen nur Éloïses Freunde. Kunden dürfen gern ihr süßes Gebäck kaufen und dieses gleichwohl in Ruhe zu Hause genießen, aber nicht mehr und nicht weniger. Immerhin sei sie eine Boulangerie und kein Café. Was an einem Café so schlimm sein soll, habe ich zwar bis heute nicht verstanden, aber sei's drum, so lange ich zum erlesenen Kreis der Eingeweihten gehöre, die hier rasten dürfen, soll es mir recht sein.

»Hey, Claire.« Arian blickt kurz von seinem Laptop auf und nickt mir zu. Ich versuche erst gar nicht, ihm mit mehr als einem Hallo zu antworten oder gar in ein Gespräch zu verwickeln, denn wenn er, wie gerade, im Businessmodus läuft, unterfliegt alles andere sein Radar.

Außer man ist eine Frau namens Éloïse.

»Warte Éloïse, ich helfe dir.« Schwupps ist der Laptop zugeklappt, mir in die Hände gedrückt, Arian aufgesprungen und auf Éloïse zugeeilt. Mit einem Lächeln und Augen, die gerade die Strahlen der Maisonne geklaut haben, nimmt er Éloïse das Tablett ab, das sie zu uns herausträgt.

»Merci beaucoup, Arian.« Mit einem leichten Nicken unterstreicht sie das Gesagte und setzt sich seufzend an den Tisch. »Isch abe das Fermé-Schild an die Tür ge'angen, so können wir in Rü reden.«

Da Éloïse sich immer sehr elegant ausdrückt, weiß ich nicht so recht, ob dies der Auftakt zu einem ungezwungenen *Babil* sein soll oder ob mehr dahintersteckt. Auch lassen mich die filigranen Petit Fours stutzen, die sich auf dem Tablett befinden. Sie sind nicht wie sonst in Pink und Himmelblau gehalten, sondern Tiefviolett und längst mehr Schwarz als Rot.

Den Kaffee für das *Fiadone* bekommt Éloïse aus meinem Café, denn sie bezeichnet sich selbst als völlig *phobique de caféine*. Somit gibt es montags in der Bäckerei keinen Kaffee und ich begnüge mich mit einer Erdbeerschorle, die uns Éloïse mit einem Spritzer Wildblütenhonig versüßt. Es prickelt auf meiner Zunge, als ich per Strohhalm den ersten Schluck trinke, woraufhin es ziemlich schnell in meiner Kehle zu brennen beginnt.

»Du meine Güte, Éloïse, womit hast du denn die Erdbeerschorle aufgegossen?«, keuche ich hustend.

»Ô, nun sei nisch so deutsch. Isch brauche ’eute einen güten Pastis.« Damit greift sie nach ihrem Glas und trinkt es in einem Zug halb leer.

Arian macht es ihr nach, schafft dagegen nur zwei Schlucke, ehe auch er hustend aufgibt. Sein Blick saugt sich an Éloïse fest und ich meine fast, Bewunderung darin zu sehen.

Nun sind meine Alarmglocken endgültig entstaubt und ringen mir in den Ohren. »Was ist los, Éloïse? Du bist doch sonst nicht so trinkfreudig.«

Éloïse dreht das Glas in ihren Händen hin und her, trinkt einen Schluck und dreht es weiter. Ihr Blick ist gesenkt, sodass ihre langen, schwarzen Wimpern Schatten auf die Wangen werfen.

Sie trinkt einen weiteren Schluck, seufzt tief und blickt mich an. »Meine grand-mère ist gestürzt, mit die

Rad, als sie auf dem Weg in ihre Boulangerie war. Sie musste werden operiert an ihre Knie. Es wird eine Weile dauern, ehe sie wieder kann laufen.«

»Oh Éloïse, das tut mir so leid.« Voller Mitgefühl stehe ich auf und knie mich vor sie hin. Sanft nehme ich ihr das Glas aus den kalten Händen und umschlinge sie mit meinen eigenen, um sie zu wärmen. »Aber es geht ihr gut und sie wird bald wieder laufen können, richtig?«

Éloïse nickt sacht.

Mir gelingt ein zittriges Lächeln, denn ich weiß, wie sehr Éloïse ihre grand-mère liebt, und muss an meine Eltern denken, von denen ich ausgehe, dass sie noch mindestens fünfundneunzig Jahre leben werden. »Du hast dich bestimmt ziemlich erschrocken.«

»Meine Eltern riefen mich gestern Abend an, da war grand-mère bereits aus die Narkös erwacht. Sie ist fein.«

»Na siehst du.« Mit Nachdruck tätschele ich Éloïses Hände. »Es gibt also gar keinen Grund, hier am helllichten Montagvormittag in Alkohol zu baden, auch nicht, wenn es sich um französischen Pastis handelt.«

Éloïses dunkelblaue Augen sehen unheimlich traurig aus, als sie sich mit Tränen füllen. »Isch werde nächste Woche zu grand-mère nach Cassis abreisen und mich um ihr *Petit Flan* gümmern.«

Arian und ich quieken gemeinsam auf.

»Aber ... aber ... du bist doch so gern hier. Du liebst dein *Fiadone* ...« Okay, das war jetzt vermutlich nicht gerade hilfreich, denn nun schluchzt Éloïse zu Herzen gehend.

»Mais j'aime aussi ma famille«, flüstert sie schließlich.

Arian fummelt fahrig an seiner Laptoptasche herum und zuppelt ein zerknautschtes Päckchen Papiertaschentücher hervor. »Hier«, murmelt er und hält es Éloïse hin. »Die schenke ich dir.«

»Merci beaucoup, Arian, isch werde disch sehr vermissen.« Oha, schwingen da etwa auch in Éloïse Liebesgefühle für Arian? Ich kann mir einen Seitenblick auf ihn nicht verkneifen, doch offensichtlich erinnert er sich gerade daran, dass Éloïse bald nicht mehr hier sein wird. Oder halt, vielleicht meint sie nur ein, zwei Wochen. Auch wenn das Häufchen französischen Elends vor mir auf dem Stuhl nach mehr aussieht.

»Du kommst doch bestimmt bald zurück, oder?«, spricht Arian meine Gedanken aus und wir halten beide den Atem an.

»Zu Besuch bestimmt. Gewiss isch ’ätte schon längst grand-mère in ihre *Petit Flan* unterstützen müssen. Das schlechte – wie sagt ihr ’ier – conscience ...«

»Gewissen«, murmelt Arian.

»Richtisch, das schlechte Gewissen quält mich seit lange. Grand-mère ist achtundachtzig Jahr alt.«

»Achtundachtzig!«, rufe ich aus. »Und da fährt sie noch Fahrrad?«

»Und Motorrad und an ihren klapperigen Renault aus dem letzten Jahr’ündert mag isch gar nischt denken.«

Für einen Moment schweigen wir und ich lausche einer Amsel, die in dem Apfelbaum über unseren Köpfen fröhlich tiriliert.

»Es wird Zeit, dass isch nach ihr sehe. So wie sie früher nach mir.« Éloïse versucht es mit einem schiefen Lächeln, während ihr noch Tränen an den langen Wimpern hängen.

»Leben nicht auch deine Mutter und deine Schwester in Cassis?«, versuche ich es vorsichtig.

»Oui, oui. Aber meine maman ist Göchin und meine sœur ebenso.«

»Na das sind doch beste Voraussetzungen, um ein Café, Entschuldigung, eine Boulangerie zu führen, oder?« Arian unterstützt vehement meine Idee und kniet sich ebenfalls vor Éloïse.

»No, no, ihr versteht nischt. Sie sind Göchinnen.«

»Ja, und?« Ich verstehe wirklich nicht, was Éloïse uns zu sagen versucht.

Die rollt ob so viel Unverstands die Augen. »Göchinnen in Frankreich backen nischt, sie gochen. Grandmère und isch sind boulangère, maman und sœur cuisinière.«

Nun gut, das nehme ich erst einmal so hin, denn Éloïse sieht sehr ernst aus, als sie Arian und mir diesen Sachverhalt erklärt.

Dann steht sie auf, zieht Arian und mich beiläufig hoch und richtet ihre weiße Seidenbluse. »So, genüg ge'eult, isch 'abe noch meine eigenen Boulangerie zu führen. Morgen ist Morgen.« Damit drückt sie Arian und mir jeweils nur einen (!) Kuss, dafür einen langen, auf die Wangen und geht mit schwingenden Hüften ins *Fiadone*.

Die Amsel im Apfelbaum beendet ihr Lied, als Arian und ich mit hängenden Schultern Éloïse hinterherblicken, als wäre sie längst weit weg in Frankreich und nicht nur eben in ihrer kleinen Bäckerei verschwunden.

Arian wirkt blass, obwohl er sonst immer einen leicht getönten Teint sein Eigen nennen darf.

»Du bist traurig, nicht wahr?«

»Ich glaube schon.« Schwer lässt er sich auf einen der Stühle fallen und stellt seinen Laptop vor sich hin. »Wir sollten jetzt endlich mit der Planung für die Geburtstagsfeier des Cafés anfangen. Dafür sind wir immerhin hier.«

»Wir können es auch noch um ein paar Tage verschieben«, biete ich ihm an. »Vielleicht möchtest du dich ja mit Éloïse aussprechen oder so.«

Arian hackt auf der Tastatur herum und fährt sich zwischendurch wiederholt durch die Haare. Nach und nach gibt seine akkurate Frisur auf und verstrubbelt sich.

»Bloß nicht, wir haben nur noch wenige Wochen und es gibt mehr als genug zu tun bis dahin. Und wenn das Wetter so schön bleibt, worauf gerade alle Prognosen hindeuten, können wir die Gäste im Café stapeln.«

Langsam setze ich mich neben Arian, nehme das hellvioletteste Petit Four von dem Servierteller und teile es in zwei Hälften. Die eine schiebe ich Arian hin, die andere halte ich hoch. »Auf Éloïse.«

»Auf Éloïse«, stößt Arian mit seiner Hälfte des Petit Fours traurig mit mir an.

Kapitel 4

I wie Infekt

Intermezzo
Tiefschwarzer Mokka trifft auf heiße Schokolade und schokobraune Crème de Cacao. Vervollkommnet mit einer Haube aus Schlagsahne und zwei Mokkabohnen.

Zwei Stunden und keinen weiteren Petit Four später steht unser Konzept für den dritten Jahrestag des *Coffee To Stay*. Wir wollen eine klassische Geburtstagsfeier veranstalten mit Kuchen, Luftballons, bunten Gastgeschenken, entsprechender Deko und Unmengen von Kaffeekreationen. Jeder Gast soll sich an diesem Tag wie das Geburtstagskind fühlen.

Arian streckt sich ausgiebig und ich beneide ihn mal wieder um seine Größe. Ich finde ja, von seinen einen Meter und neunzig könnte er mir ruhig fünfzehn Zentimeter abgeben.

»Na, spekulierst du erneut, wie du mich um ein paar Zentimeter kürzen könntest?« Ein wenig Farbe ist in seine Wangen zurückgekehrt, aber trotz seines Scherzes, von dem wir beide wissen, dass er nur halb gescherzt ist, lächelt er nicht richtig.

»Bild dir mal bloß nichts ein, du Riese. Sieh lieber zu, dass das Konzept fertig wird und wir uns die Arbeit aufteilen können.«

»Zu Befehl, Chefin. Trotzdem düse ich jetzt erst mal zum Flughafen. Luis kommt heute wieder.«

Wir erheben uns, und während Arian den Laptop und die Unterlagen in seine Ledertasche räumt, sammele ich das Geschirr ein und stelle alles auf ein Tablett.

»Wo war er denn dieses Mal?«

Um Arians Mundwinkel spielt ein freches Grinsen. »Auf Goa.«

»Goa«, gluckse ich. »Mit Mitte siebzig ist das doch das perfekte Reiseziel für deinen rüstigen Lieblingsmitbewohner.«

Luis ist das, was man gemeinhin als Unruheständler bezeichnet. Mehrmals im Jahr lockt ihn das Fernweh, woraufhin er einfach seinen uralten Koffer packt, der nicht einmal Rollen besitzt, und zum Flughafen loszieht. Und was ihm da auf der Anzeigetafel gerade so gefällt, das erwählt er sich als Reiseziel.

Als wir die Bäckerei betreten, kommen wir dort kaum vorwärts. Dicht an dicht stehen die Leute in Grüppchen zusammen, nibbeln an Croissants, Baguettes, Tartelettes und Pain au chocolats. Sie flüstern und raunen miteinander. Der Buschfunk in unserem Viertel funktioniert zuverlässiger als jegliche News App.

Eine Hand mit eisigen Fingern legt sich auf meinen sonnenwarmen Arm, den ich sogleich erschrocken zur Seite ziehe und mir selbst dabei den Ellenbogen in die Rippen stoße.

»Hamse schon jehört, Fräulein Claire«, wispert mir die alte Frau Bergmann zu und platziert ihr eiskaltes Händchen arglos wieder auf meinem Arm. Beim Sprechen kommt sie mir beträchtlich nah und in den süßen Duft der Madeleines mischen sich störende Komponenten aus Hackepeter und kaltem Pulverkaffee. »Dit is doch ne Schande, dit jeht doch nich ohne ordentlichen Bäcker hier, nich wahr!«

Da in meinem Magen aufgrund der reichlich schwerverdaubaren Nachrichten eine gewisse Grundflauheit herrscht, sinkt meine Bereitschaft, auf Frau Bergmanns Kümmernis einzugehen, gegen Null. Was mir wirklich ein wenig leidtut, denn eigentlich ist sie eine ganz reizende Dame mit ihren fliederfarbenen Löckchen und ihrer Henkel-Handtasche, die sie wie ihr Vorbild, die Queen, durch die Gegend trägt. Ihr Hang zu Mettbrötchen mit Zwiebeln verdirbt meinem Magen allerdings gerade die Laune.

Deshalb tätschele ich leicht die Hand auf meinem Arm, bevor ich sie von ihm löse. »Frau Bergmann, das wird schon wieder. Und nun entschuldigen Sie mich bitte, ich habe noch einen Termin.«

»Ick find ja, die Eluise hat och an uns alte Leute zu denken, wo wir hier schon so viele sin. Bei die Franzosen jibts jenuch Bäcker.« Frau Bergmanns geschminkte Panda-Augen beginnen verdächtig feucht zu schimmern. Tja, die *Berliner Morgenpost* hat nicht ganz unrecht, denn es ist wohl wirklich Berlin, wenn es härter gesagt wird als gemeint. »Also mir jeht dit ja nüscht an, aba wat machen Sie denne, Fräulein Claire, so ohne der Eluise ihrem Kuchen? Sie können doch nur Kaffee kochen.«

Huh, das war jetzt wirklich sehr viel härter gesagt als hoffentlich gemeint. Ich zwinge mir ein Lächeln auf die Lippen und nicke Frau Bergmann zu, die mich endlich aus ihrem Kreis entlässt und sich nach dem nächsten Gesprächspartner umsieht.

Tja, was mache ich ohne Éloïse? Selbst backen? Da muss sogar mein Alles-ist-möglich-Ich schallend lachen. Fertigkuchen aus der Plastikverpackung kommt aber auch nicht infrage.

Éloïse mit ihrem *Fiadone* und ich mit dem *Coffee To Stay* sind ein eingespieltes Team. Sie bäckt mir all die herrlichen Köstlichkeiten, die ich für meine Gäste möchte, und ich versorge sie mit *Café natur* für ihre Kundschaft, selbstverständlich handgebrüht in meiner antiken Fayence-Porzellankanne.

Man mag meinen, dass ein Café auf der einen Seite und eine Bäckerei auf der anderen Seite eine Lokalität zu viel wäre. Dem ist aber nicht so, ganz im Gegenteil, Éloïse und ich ergänzen uns perfekt – wie ein Kaffeepuzzle.

Leider bricht es gerade auseinander und sowohl sie als auch ich stehen jeweils mit der Hälfte der Teile da, getrennt durch eine Staatsgrenze.

Ich winke Éloïse im Vorbeigehen zu, doch trotz der langen Schlange an hungrigen Kunden kommt sie hinter der Theke hervor und zieht mich am Arm nach draußen.

»Diese Mitleid da drinnen macht mich verrügt.« Éloïse atmet tief durch und ich bewundere sie dafür, wie tapfer sie die Stellung hält. Wenn ich nur daran denke, wie es wohl wäre, wenn ich mein geliebtes *Coffee To Stay* aufgeben müsste ... das mag ich mir gar nicht vorstellen. Mein Herz beginnt zu rasen und innerlich schüttele ich mich. Das wird nicht passieren! Tobias und ich leben hier in Berlin und wir wollen gar nicht woanders sein! Punkt und Ausrufezeichen!

Fest nehme ich Éloïse in den Arm und wiege sie leicht hin und her. »Ich werde dich vermissen. Cassis kann stolz darauf sein, dich zu haben.«

»Danke Claire. Und isch weiß ja, dass du 'ier die Stellung 'ältst. Üm deine Küchen musst du disch auch nicht sorgen. Isch 'abe Miela aus dem *Teetässchen* gebeten, meine Küchen für disch zu backen.« Éloïse löst sich aus unserer Umarmung und lächelt mich an.

»Aber das kann ich doch nicht annehmen!«

»Aber sischer gannst du das. Isch kenne Miela gut und ich 'abe ihr meine Rezepte für deine Törtchen gegeben. Sie würde sich sehr freuen, für disch mitzubacken. Und gegen einen guten café hat sie im Gegensatz zu mir nischts einzuwenden. Voilà.«

Sprachlos stehe ich vor ihr und zucke hilflos mit den Schultern. »Danke, Éloïse.«

»Turlututu. Wir sehen üns in die schöne Cassis.« Damit küsst sie mich viermal auf die Wangen, winkt mir zu und geht zurück in die verheißungsvoll duftende Bäckerei.

Und nun? Irgendwie fehlt mir der Schwung für was auch immer, deshalb schlendere ich ziellos zum Rosenpark und setze mich dort auf meine Lieblingsbank direkt am Seerosenteich. An Montagen um die Mittagszeit ist hier nicht viel los, hin und wieder summt eine Biene an mir vorbei und eine Handvoll Kohlmeisen lässt mich an ihrem Gezwitscher teilhaben. Nicht mal Hundespaziergänger oder Eltern mit Kinderwagen sind zu sehen.

Da reißt mich das Brummen meines Handys aus der Stille. Spontan sitze ich aufrecht und fummele in meinem Rucksack nach dem Telefon. *Mama* blinkt es mich an, als ich es endlich gefunden habe.

Ich atme tief durch und gehe ran, den Blick starr auf eine roséfarbene Seerose vor mir gerichtet.

»Und?«, tönt die Stimme meiner Mutter an mein Ohr. »Gibt es schon Neuigkeiten?«

Ein Lächeln, welches durchaus von Außenstehenden als spitzbübisch interpretiert werden könnte, stiehlt sich auf meinen Mund, als ich nicke. »Ja, gibt es …«

Prompt kommt ein Schrei aus der kabellosen Leitung. »Ich wusste es! Die Sterne lügen nie! Erzähl!«

»Wenn du mir das Wort lässt, gern. Éloïse geht zurück nach Frankreich und muss das *Fiadone* schließen.«

Eins, zwei, drei, vier, fünf … »Äh, ja, das ist natürlich bedauerlich. Aber das meinte ich nicht.« Ich sehe regelrecht vor mir, wie meine Mutter ihr Telefon schüttelt, um mich zum Reden – dem richtigen Reden – zu bringen.

»Nö, sonst gibt es nichts Neues.« Keinen Heiratsantrag, kein Baby, keine heimliche Liebe. Alles wie immer.

»Halt die Augen offen, Clairchen. Ich werde zur Sicherheit dein Horoskop heute Abend neu …« Die Stimme meiner Mutter wird übertönt von kreischendem Gesang, der durch den Telefonhörer dringt.

»Wo bist du denn?«, rufe ich ins Handy, mein Mund regelrecht auf das Display geklebt.

»Ich … nicht verstehen, Cl… muss Schluss ma… Ciao!«

Und Ruhe.

Ich bin eben im Begriff, das Handy zurück in den Rucksack zu stecken, da brummt es erneut und identifiziert meinen zweiten Elternteil als Anrufer. Ich fühle mich äußerst umsorgt an diesem wunderschönen Tag am See.

»Hallo Papa.«

»Claire, du musst sofort herkommen! Eine Katastrophe bahnt sich an!«

Die Stimme meines Vaters ist nicht viel mehr als ein Flüstern und mir fährt kurz der Gedanke durch den Kopf, dass er vielleicht entführt worden sein könnte. Nein! Mein Vater ist frisch pensionierter Gymnasialdirektor – ein altmodischer, konservativer, pensionierter Gymnasialdirektor. So etwas würden seine ehemaligen Schüler nie wagen! Oder doch?

»Wo bist du denn?«, flüstere ich vorsichtshalber mit.

»In der Küche.«

Mein Vater in einer Küche! Der Entführungsgedanke blinkt nun in Fettschrift. »In welcher Küche?«

»Selbstverständlich zu Hause, in meiner Küche. Warum sollte ich mich auch in einer anderen Küche befinden? Außer ich möchte hypothetisch eine neue Küche kaufen, dann befände ich mich jetzt in einer dieser Ausstellungsküchen. Allerdings habe ich nicht vor, eine Küche zu kaufen. Ergo befinde ich mich in meiner eigenen Küche.«

Logisch, wie konnte mir das auch nur entgehen. »Und wobei brauchst du Hilfe und warum flüstern wir überhaupt?«

»Deine Mutter ist in letzter Zeit, wie soll ich sagen, angespannt«, flüstert er unvermindert weiter. »Und da dachte ich mir, ich tue ihr einen Gefallen und mache mich nützlich.«

So, mein Vater hat es endgültig geschafft. Ich bin davon überzeugt, dass er mit Gewalt und gegen seinen

Willen in der heimischen Küche meiner Eltern festgehalten wird. »Rühr dich nicht vom Fleck«, rufe ich in den Hörer, »ich bin gleich bei dir.«

Die Stadtautobahn ist mir und meinem quietschroten Volvo Kombi hold und so trudele ich keine halbe Stunde später vor dem Haus meiner Eltern in Lankwitz ein.

Die gute Nachricht ist, die alte, verschnörkelte Villa meiner Eltern steht noch. Die schlechte Nachricht beinhaltet einen älteren Herrn, der vor der Eingangstür hin und her trottet und sich seine weißen, dichten Haare zerzaust, sodass ihm eine frappierende Ähnlichkeit mit Herrn Einstein nicht abzusprechen ist. Es handelt sich jedoch nicht um Albert, sondern um Jakob, seines Zeichens mein Vater.

Hastig und wenig StVO-konform parke ich den Wagen am Straßenrand und eile zu ihm.

»Du stehst zu weit auf der Straße, mein Kind, du solltest sorgfältiger einparken.«

Super, selbst nicht Auto fahren, aber mir Tipps geben. Ich verkneife mir einen Kommentar, der eines Teenagers würdig wäre. Lieber lasse ich mich von meinem Vater in die Arme schließen und verschwinde in dieser Umarmung. Meine Körpergröße geht eindeutig auf das genetische Konto meiner Mutter, denn mein Vater ist riesig. In seinen Umarmungen bin ich nicht mehr zu sehen und ich muss zugeben, mich darin herrlich geborgen zu fühlen, nicht viel anders als eine Fünfjährige auf Papas starken Armen.

Wie immer tipptopp rasiert und korrekt gekleidet in Hemd, Pullunder und Fliege, blickt er schließlich zu mir herunter. Seine grauen Augenbrauen sehen dabei ähnlich zerzaust aus wie seine Haare.

»Nun sag schon, was ist los?«, ermuntere ich ihn.

Mein Vater blickt sich in alle Richtungen um, ehe er sich zu mir herabbeugt und flüstert: »Ich glaube, deine Mutter hat eine krisenhafte Phase in der Mitte ihres Lebens.«

Ich bin wirklich stark bemüht, nicht in schallendes Gelächter auszubrechen und ziehe deswegen mehr als nötig meine Stirn kraus, quasi damit die Lachmuskeln rund um den Mund entlastet werden. »Und was bringt dich auf diese sogenannte Midlife-Crisis?«

»Sie ist in letzter Zeit so komisch, so wie, ja also, so wie damals, als sie mit dir schwanger war. Das sind bestimmt die Hormone, nur andersherum.« Mein Vater zwinkert mir doch tatsächlich mit einem Auge zu und ich schlucke schwer, sehr schwer an meinem Lachen.

Um meinem Vater den nötigen Tochter-Respekt zu erweisen, versuche ich, das Problem gewissenhaft zu analysieren. »Ist sie möglicherweise ungefähr seit deiner Pensionierung im Februar so *komisch*?«

Mein Vater streicht sich gedankenvoll über die Nasenwurzel und sein Blick schweift in die Unendlichkeit seines Wissensspeichers. Ich kann nur erahnen, wie viele Schüler er mit dieser Geste und dem Ergebnis, welches kurz bevorsteht, in die pure Verzweiflung getrieben hat.

»Ich meine«, und es geht los, »dieser These kann ich durchaus etwas abgewinnen. Wenn ich jedoch an die Antithese der Zufälligkeit anknüpfe, wird es schwierig, hieraus eine vernünftige Synthese zu ziehen. Ich meine fast, die Dialektik ist hier nicht sauber anwendbar.«

»Genau!«, stimme ich uneingeschränkt zu und hake mich bei ihm unter, um ihn ins Haus zu ziehen. »Da dies aber ein wirklich sehr weites Feld ist, schlage ich vor, dass du deine Überlegungen in der Stille deines Studierzimmers, äh, überlegst. Jetzt sag mir erst einmal, wie ich dir praktisch in der Küche helfen kann?«

Ich spüre, wie mich mein Vater von schräg oben kritisch ansieht. Denn blöd ist er sicherlich nicht, unbeholfen in Lebensdingen außerhalb der Schule – ja, unbeholfen in sozialen Situationen außerhalb der Schule – ja und unbeholfen bei Aktivitäten außerhalb der Schule – dreifach ja.

In der Küche meiner Eltern gibt es nichts Auffälliges zu sehen, ich meine, nichts Auffälliges für mich. Auf Außenstehende mag die Küche sehr bunt und voll wirken, aber ich kenne sie nicht anders. Meine Mutter hat ein Faible für Kochbücher und jedes Mal, wenn sie eines gekauft hat, wird streng nach dieser Kochbibel gelebt. So haben sich im Lauf der Jahre in meiner Elternhausküche Woks aus der asiatischen Küche angesammelt, Nudelmaschinen, die italienische Bücherwurzeln haben, Samoware aus schwermütigen russischen Büchern, Sandwichtoaster, Dampfgarer, Mixer, Smoothie Maker, Grills, Allesschneider, Fritteusen, Raclettes, Vakuumierer, Brotbackautomaten, Zuckerwattemaschinen, Sous-Vide-Garer und von all diesen das jeweilige Zubehör in Schwarz, Weiß, Silber, Bunt.

»Hier ist doch alles gut.« Sicherheitshalber sehe ich in die angrenzende Speisekammer, schließe diese aber aus Selbstschutzgründen sofort wieder. »Der Herd ist aus, die Kühlschranktür geschlossen, der Backofen kalt. Warum warst du denn vorhin so in Panik?«

»Deine Mutter hat heute früh zu mir gesagt, ich solle mich nützlich machen. Und sie sagte noch, dabei meine sie nicht die neuen Geschichtsdaten, die ich gerade sammele und archiviere.«

Noch nicht ganz im Bilde, hake ich nach. »Und da dachtest du ...?«

»... dass ich mir etwas zu essen machen soll.«

»Du? Dir? Selbst?«

»Das ist doch nützlich, oder? Außerdem habe ich Hunger, deine Mutter kommt nämlich erst morgen wieder.«

»Du wolltest ernsthaft kochen?«

Mein Vater greift hinter sich und nimmt das Kochbuch des Monats vom Ständer auf der Arbeitsfläche. Mit dem Zeigefinger tippt er auf den Titel: *Clean Cooking*. Darunter abgebildet ist eine Möhre, die sich um einen Kohlrabi wickelt.

»Das ist einfach, du nimmst dir eine Möhre und einen Kohlrabi und ...«

»Das habe ich zuvor. Die Möhre schmeckte tüchtig sandig, aber der Kohlrabi war okay, vielleicht ein wenig bitterer als sonst.«

»Hast du das Gemüse geschält?« Ich öffne eine der Schubladen und greife nach einem Strauß Sparschäler.

»Selbstverständlich nicht, unter der Schalenoberfläche befinden sich nachgewiesenermaßen die meisten Vitamine.«

Mit Schwung schmeiße ich die verschmähten Schäler zurück in die Schublade und knalle diese zu. »Habt ihr Werbebroschüren vom Pizzadienst?«

»Das entzieht sich meiner Kenntnis.«

»Warte kurz.« In Rekordzeit sprinte ich zum Auto und hole meinen Rucksack. Zurück in der Küche befrage ich das Handy nach der nächsten Pizzeria, die meinen Vater beliefern würde. Um ganz sicher zu sein, bestelle ich ihm drei Mahlzeiten, die zu unterschiedlichen Zeiten warm und frisch geliefert werden.

»Dann kann ich mich jetzt wieder meinen Daten widmen?« Mein Vater atmet so erleichtert auf, dass ich Mitleid habe und ihm noch schnell ein Butterbrot mit Himbeermarmelade schmiere.

Mir selbst spendiere ich auch gleich ein Himbeermarmeladenbrot mit Honig, ehe ich nach Mitte düse, um mich dort mit Joãoin in seinem *Torração* zu treffen. Joãoin röstet Kaffee, wie Mozart Musik komponierte. Ich weiß kaum, mit welcher Kreation ich zuerst meine Nase und später meinen Gaumen beglücken soll.

So reiße ich mich erst kurz nach sechs Uhr los und mache mich auf den Weg, mein Auto zu suchen, welches ich in Ermangelung an Parkplätzen gefühlte siebzehn Straßen weiter parken musste. Dazu brummt obendrein vehement mein Handy und ich friemele es im Gehen aus dem Rucksack.

Ella!

Na, so spät bin ich nun auch nicht dran, dass mir Ella hinterhertelefonieren muss.

»Ich bin gleich da«, keuche ich ins Telefon und erhöhe gleichzeitig mein Tempo.

»Sag bloß, du rennst meinetwegen«, zieht mich Ella auf. »Noch liegst du locker im akademischen Viertel.«

»Danke für diese freundliche Mitteilung, dann kann ich ja jetzt im Spaziertempo mein Auto suchen.«

»Wieso suchst du dein Auto? Spielt ihr etwa Verstecken ohne mich?«

»Genau! Weil du so eine schlechte Verliererin bist, dachten Volvo und ich, wir spielen eine Runde allein.«

»Wenn das so ist, sind wir ab sofort keine besten Freundinnen mehr. Zukünftig gehe ich mit meiner Waschmaschine ins Kino.«

»Wie du willst, aber sieh bloß zu, dass sie nicht wieder durchdreht, wenn der Film zu gruselig wird, *Transformers* fällt somit definitiv weg.«

Beide prusten wir gleichzeitig los und kichern miteinander, wie wir es schon seit Kindergartentagen am besten können.

»Daniel verdreht die Augen«, flüstert Ella zwischen zwei Lachern.

»Klar, als Autor von hochliterarischen Texten muss Daniel mit dem notwendigen Ernst durchs Leben wandeln.«

»Gut beobachtet, Kaffeetante. Aber ich rufe dich nicht an, damit du meinen Ehemann analysierst, wenn auch treffend, sondern weil ich eine schnöde Handreichung von dir benötige. Du bist doch auf dem Weg hierher, oder?«

»So gut wie.« Wenn ich endlich mein Auto finden würde. »Was brauchst du denn?«

»Kind eins hat sich gerade das Knie in der Größe von Alaska aufgeschürft und verlangt nach Pflastern in eben dieser Größe. Kind drei, Kind vier und Ehemann eins teilen sich seit achtundvierzig Stunden einen grüngelben Schnupfen, der vom Mars stammt, und haben dementsprechend meinen Nasentropfenvorrat auf wenige Milliliter geschrumpft, sodass ich davon schnellstens Nachschub brauche.«

»Du hast Kind zwei und fünf vergessen.«

»Kind zwei begutachtet seit gestern Abend völlig fasziniert seine erste Zahnlücke und Kind fünf schnarcht zufrieden seit drei Stunden auf meinem Arm.«

Baby Viviana hat es gut, denn nach vier Jungs genießt sie als erstes Mädchen Prinzessinnenstatus. Die Kleine ist aber auch honigsüß. »Alles klar, eine Großpackung Großpflaster und zwei Liter Nasentropfen. Brauchst du sonst noch etwas aus der Apotheke?«

»Alles andere habe ich da. Logisch, oder?«

»Bis gleich, und sieh zu, dass Vivianchen wach ist, wenn ich komme.«

»Ich werde mich hüten, ein schlafendes Baby zu wecken.«

Bergstraße, Torstraße, Gartenstraße ... wo, ach hier. Okay, war es halt die Tieckstraße. Froh, mein Auto wiedergefunden zu haben, bin ich versucht, ihm übers Dach zu streicheln. Was ich wirklich auch nur ganz kurz mache.

Da es in Berlin Apotheken gibt wie nicht vorhandene Parkplätze, steuere ich die nächstgrößere Eckapotheke mit einem eigenen Parkplatz an.

Sie gleicht einem Kauflandladen, allerdings mit mehr gesunden Sachen. Ehe ich mich bis zu den Pflastern vorgetastet habe, liegen drei Sorten Hustenbonbons in meinem Einkaufskorb (die sind lecker), dazu ein Paket Papiertaschentücher mit Märchenfiguren (für die Kinder), ein Haarshampoo mit wildem Honig für lockiges Haar (Shampoo kann ich nie genug haben), ein Tee, der nach Kaffee schmecken soll (unglaublich) und sechs

Plüschtiere mit Lavendel im Bauch (auch für die Kinder – und Holly).

Bei den Pflastern gibt es drei Größen, die ungefähr der Größe von Alaska entsprechen, und diese jeweils in den Varianten normal, sensitiv, wasserdicht, elastisch und universal. Fertig zugeschnitten oder zum Selbstabschneiden. Für das doppelte Geld oder die Hälfte. Mit bunten Bildchen darauf, weiß oder beige.

Langsam mangelt es meinem Einkaufskorb an Platz, also setze ich meine Scheuklappen auf und reihe mich in die Kundenschlange ein, die bunt und vielfältig vor mir mäandert. Gelangweilt lasse ich meine Scheuklappen wieder sinken und begutachte das Regal neben mir.

Darin liegen längliche Päckchen in rosa und blau: Schwangerschaftstest mit Wochenbestimmung (?) lese ich und Schwangerschaftstest mit ausgeschriebenem Ergebnis (??) und Schwangerschaftstest mit Früherkennung (???) und Schwangerschaftstest plus (????) und Schwangerschaftstest mit färbender Testspitze (?????).

Mein Bauch produziert spontan Lava, während meine Finger sich in Eiszapfen verwandeln. Meine Knie bestehen aus Gelee und mein Puls klopft mir spürbar im Hals.

Was hat meine Mutter geweissagt? Das Universum wird mich erreichen, nein, Blödsinn, eine Nachricht wird mich erreichen ... neue Wege ... Liebe ...

Ohne Zutun meines Gehirns greift meine linke Hand nach einer rosa Packung – ein Mädchen. Wie wundervoll wäre es, ein Mädchen in meinen Armen zu wiegen! Oder einen Jungen? Meine Hand schwenkt zu der blauen Packung. Oder einen Jungen und ein Mädchen,

Zwillinge, wie bei Ella. Nicht nur mein Bauch fühlt sich heiß an, nun steigt die Hitze auch in mein Gesicht.

»Der Nächste, bitte.«

Ich blicke nach vorn. Die Apothekerin fordert mich mit ihrem Lächeln auf, näher zu treten, ich bin an der Reihe. Hinter mir fordern mich die Leute mit gemurmelten *Berliner Liebenswürdigkeiten* auf, weiterzugehen.

Schnell greife ich nach jeweils einer rosa und einer blauen Packung, und ohne weiter darüber nachzudenken, stelle ich meinen Einkaufskorb auf den Verkaufstresen.

»Ich würde gern mit Karte zahlen.«

Kapitel 5

R wie Rosa

Rüdesheimer Kaffee
Man gebe drei Stück Würfelzucker in eine Rüdeshei-
mer Kaffeetasse, gieße diese mit Asbach Uralt auf und
entzünde das Ganze. Dann lasse man herrlich heißen
Kaffee bis unter den Becherrand fließen, setze eine
Haube aus süßer Vanilleschlagsahne darauf und best-
reue dies zur Krönung mit ein paar Schokostreuseln.

»Teer!«

Ohne Vollbremsung nehmen mich Ellas hüpfende Kinder in Empfang. Kaum aus dem Volvo in der Einfahrt ausgestiegen, umschlingt ein sechsjähriges Zwillingspaar mein linkes Bein und ein dreijähriges Zwillingspaar mein rechtes. Dabei quietschen und quieken die vier Blondschöpfe in einer nur ihnen vertrauten Sprache. Ohne die Grammatikregeln näher zu kennen, lärme ich deshalb einfach mit.

»Das ist lieb von euch, dass ihr mich hier draußen abholen kommt, und das in euren schicksten Schlafanzügen. Aber mit euren nackten Füßchen solltet ihr jetzt ganz schnell wieder hineingehen.«

»Aba du tommst mit!« Felix, der Jüngste der jüngeren Zwillingsbrüder, schiebt mir sein Händchen in die Hand und beobachtet mit himmelblauen Kulleraugen streng, wie ich ihm folge. Beherzt wischt er sich dabei mit dem Ärmel seines Astronautenschlafanzuges über die Nase und befreit sich so, zumindest für den Moment, von einer grellgrünen Substanz in der Konsistenz von Honig.

»Moment«, bremse ich ihn kurz aus. »Ich muss noch etwas aus dem Kofferraum holen.«

»Oh, Geschenke«, kräht Alexander, der Ältere des älteren Zwillingspaares. »Für uns?«

Ich schüttele so doll den Kopf, dass meine Locken schwingen. »Nö. Dieses Mal bringe ich Geschenke für Mia und Mo mit.«

»Triegen Tatzen auch Deschenke?« Felix, meine Hand noch immer fest in seinem klebrigen Griff, runzelt die Stirn. Er sieht dabei so unglaublich süß aus, ich muss mich einfach zu ihm runterbeugen, ihn schwungvoll hochheben und abknutschen. Zum Glück gehört dieser kleine Kerl zu den Kindern, die fröhlich zurückknutschen, anstatt sich mit *Igitt* empört abzuwenden. So wie die anderen drei Exemplare, die um meine Beine herumwuseln.

Nachdem ich den Kofferraum geöffnet habe, springen die Jungs vor Neugier fast hinein.

»Bin ich froh, dass ihr so starke Männer seid. Helft ihr mir tragen?«

Felix angelt von meinem Arm aus nach dem Rucksack, den ich heimlich von unten stütze, während seine Brüder sich die Geschenketüten aufteilen und stolz, wie nur Kindergartenkinder es sein können, ins Haus tragen.

In der Tür steht Ella mit Baby Viviana auf dem Arm, schlafend – das Baby, selbstverständlich. Ellas langer,

geflochtener Zopf liegt dabei fest in der winzigen Baby-
faust.

Wir küssen uns zur Begrüßung auf die Wange und
voller Faszination nehme ich Ellas süßen Geruch wahr.

»Hast du ein neues Parfum?« Ich kann gar nicht auf-
hören zu schnuppern.

»Du Scherzkeks, ich bin seit 2010 nicht mehr in die
Nähe eines Parfums gekommen. An den meisten Tagen
bin ich froh, es überhaupt bis zur Badtür zu schaffen,
ohne aufgehalten zu werden.«

Was sie offenbar nicht sonderlich stört, so wie sie lächelt und verliebt auf Baby Viviana hinuntersieht.

Seufzend schiebe ich mich an ihr vorbei in die Ein-
gangshalle – jawohl, Halle. Das Haus der Familie Seidel
ist nicht unbedingt das, was man sich unter einem Ein-
familienhäuschen im Grünen vorstellt. Grün ist es zwar
rundherum, aber inmitten des Gartenparadieses
thront ein hypermodernes Haus der Art, die ich bis zum
Bau nur aus Tobias' Architekturzeitschriften kannte.
Nicht ganz unstolz bin ich auf die Tatsache, dass Tobias
bei Familie Seidels Hausbau Chefarchitekt war.

Das Haus ist lichtdurchflutet, selbst an trüben Tagen,
den deckenhohen Fenstern sei Dank. Elegante Treppen
aus hellem Buchenholz verbinden die offenen Ebenen
zu einem harmonischen Ganzen. Dicke, flauschige Tep-
piche und kunterbunte Möbel machen die Zimmer gemütlich und laden zum Verweilen ein.

Ausgenommen das Wohnzimmer im Erdgeschoss,
das als kinderfreie Zone eine Oase der Ruhe im Haus
bildet. Hier dominiert ein weißes Wildledersofa in der
Größe von Monaco.

Ella dirigiert uns daran vorbei in die Wohnküche gegenüber, wo Daniel gerade dabei ist, die Kochinsel zu schrubben.

»Mmh, Spaghetti Bolognese«, begrüße ich ihn herzlich mit einer Umarmung – mit nur einem Arm, denn auf dem anderen döst mittlerweile Felix. »Da ist doch bestimmt noch ein Tellerchen für mich übrig, oder?«

Daniel brummt etwas ganz und gar Unverständliches, wendet sich von mir ab und schnäuzt kräftig in ein Taschentuch. Ella verdreht die Augen, ehe sie sie für einen Moment schließt und tief ausatmet.

»Ella hat auch noch nicht gegessen. Ich gehe gleich mit den Kindern zu Bett, dann habt ihr eure Ruhe.«

»Kommt ihr?« Alexander hüpft in der Küchentür auf und ab, die Haare verstrubbelt und die Wangen rot vor Aufregung. »Wir haben deine Päckchen im bunten Wohnzimmer ordentlich hingelegt.«

Ella blickt ihren Sohn streng an und ehe sie ihm einen Vortrag über Bescheidenheit und Zier halten kann, gehe ich unpädagogisch dazwischen. »Richtig! Die Geschenke für Mia und Mo. Wie konnte ich die nur vergessen.«

Alexander springt kichernd von dannen und Ellas strenger Blick wandert zu mir. »Du bringst den Katzen Geschenke mit?«

»Du kennst mich doch.«

»Etwa deinen verrückten Papagei als Mitternachtssnack oder was?«

»Also du bekommst schon mal kein Geschenk von mir und meine geliebte Holly erst recht nicht!«, antworte ich schnippisch.

»Deschenke ...«, murmelt es schläfrig an meinem Hals, gefolgt von einem Geräusch, wie es nur einer Nase gelingt, die so richtig voll ist.

Im Nu sind meine Mitbringsel ausgepackt und da sich die beiden Katzendamen nicht blicken lassen, kommen die Kinder unter Gejohle in den Genuss der Geschenke in Form von heißgeliebten Pixi-Büchern mit Minischokoladentafeln und den eben erstandenen Kuscheltieren und Märchentaschentüchern.

»Nun aber ab mit euch in eure Nester«, scheucht Ella die Bande auf, die sich erstaunlich widerspruchslos erhebt und mit starren Blicken in ihre Bücher im Gänsemarsch nach oben spaziert.

Ella blickt in die Wiege, wo Viviana schlummert. »Bleibst du hier? Sie wird gleich wach.«

Ich sehe in die Wiege und kann nichts feststellen, was dieses Baby zum Aufwachen bringen sollte. »Du meinst, dieses kleine Menschlein wacht heute noch auf?«

Ella nickt weise und verlässt mit leichten Schritten den Raum. Einen Moment später kommt sie zurück. »Kannst du mir bitte die Sachen aus der Apotheke geben? Wenn Daniel nicht gleich Nasentropfennachschub bekommt, reicht er womöglich die Scheidung ein.« Lachend krempelt Ella die langen Ärmel ihrer weißen Flatterbluse hoch.

Innerlich klatsche ich mir mit der Hand an die Stirn. Oh nein, oh nein, oh nein – die Nasentropfen!

Wie immer kann Ella meine Gedanken lesen und runzelt prompt die Stirn. »Du hast die Nasentropfen vergessen?«

Hektisch krame ich im Rucksack nach einer Lösung. Doch leider habe ich auch keine Nasentropfen gekauft, ohne es zu merken. Und keine alten übrig, von irgendwann, wobei, habe ich überhaupt schon mal Nasentropfen gekauft? Egal. Mit einem Blick auf die Armbanduhr ziehe ich den Autoschlüssel aus der Hosentasche. »Bring du die Kleinen – und deinen großen Ehemann – ins Bett, ich fahre schnell noch mal los.«

»Wohin fährst du denn?« Alexander steht neben Ella und kuschelt sich an die Beine seiner Mutter.

»Blut!«, rutscht es mir heraus und ich starre entsetzt auf Alexanders Knie.

»Ich habe das alte Pflaster ganz allein abgemacht.« Stolz hält der Junge sein Knie hoch und beobachtet die Blutspur, die sich über die Wade und den Fuß hinweg den Weg auf das mahagonifarbene Parkett sucht.

Ella zieht einen Flunsch und greift nach der Packung Märchentaschentücher, die ich ihr reiche. »Du sollst doch nicht an der Wunde polken.«

»Habe ich nicht.«

»Nein, die ist ganz allein wieder aufgegangen.«

»Ich war das nicht.« Tränchen stehlen sich in Alexanders Augen.

Ich knie mich vor das zitternde Kerlchen und neben Ella, die versucht, die rote Bescherung von Bein und Boden zu tupfen. Aus meinem Rucksack ziehe ich diverse Pflasterpackungen. »Ich habe zwar keine Nasentropfen, aber dafür Pflaster in allen Farben und Formen.«

»Cool«, schnieft Alexander in den Schopf seiner Mutter, »auch welche mit Schtar Wors drauf?«

Nach dem ungeplanten zweiten Besuch in der Apotheke, dem geplanten Aufwachen – und erneutem Einschlafen – von Baby Viviana und einem halben Dutzend mehr oder weniger schwerwiegender Zwischenfälle in Form von verschwundenen Zahnbürsten, gestohlenen Kuscheltieren und der Sehnsucht nach hundert Gute-Nacht-Küssen kehrt im Hause Seidel Ruhe ein.

Ella lümmelt auf ihrer Lieblingsseite der weißen Sofalandschaft und genießt einen Tee, der merkwürdig nach gegrilltem Heu riecht und den ich dankend ablehne. Dafür nippe ich an einem angenehm würzigen *Australien Skybury* mit dezenter Schokonote, den ich mir mitgebracht habe, da Kaffee in diesem Haushalt wie der Schwippschwager der dritten Cousine der geschiedenen Stiefschwester behandelt wird. Wie Ella und ich angesichts dieser trennenden Tatsache jemals beste Freundinnen werden konnten, bleibt ein Rätsel. Bereits im Kindergarten habe ich *köschtlichen* Kaffee in unsere Puppentässchen gefüllt, sie aber daraus *guden* Tee getrunken.

»Wie entfernst du abends eigentlich das ganze Koffein aus deinem Körper, bevor du schlafen gehst?« Ella grinst mich über ihr Teeglas mit dessen schlammigem Inhalt hinweg an und bedient sich dabei großzügig aus der Gummibärchentüte zwischen uns.

Ich schnalze mit der Zunge und atme demonstrativ den delikaten Duft meines Kaffees ein. »Für mich ist Koffein wie ein essenzielles Vitamin. Jede Zelle meines Körpers braucht es, um gesund und schön und prall zu sein.«

Ella spiegelt ihr Gesicht im Teeglas. »Fein, dass ich endlich hinter dein Schönheitsgeheimnis komme. Seit Jahren versuche ich schon, es dir abzuluchsen.«

»Hört, hört, Fishing for Compliments.« Ich betrachte meine Freundin genauer. Ihr blondes Seidenhaar, das selbst eine Skandinavierin brünett erscheinen lässt, befindet sich ordentlich geflochten in einem Zopf, der sich kunstvoll an ihrem Kopf entlangschlängelt. Unter langen Wimpern blitzen ihre lichtblauen Augen, während ein Lächeln den roten Schneewittchenmund umspielt. Lediglich haarfeine Fältchen rund um ihre Augen und ein blasslila Schatten darunter verraten, dass wir beide keine zwanzig mehr sind.

In Ellas Gegenwart fühlt sich das Leben leicht wie ein Windhauch an, ihre Energie ist noch zu spüren, wenn sie längst den Raum verlassen hat. Daniel und die fünf Kinder sind ihr Lebenselixier, ihr Blog *FünfMalWir* bricht alle Rekorde und ihre Leidenschaft fürs Tanzen bescherte ihr schon zweimal den Sieg bei den Berliner Rumba-Meisterschaften. Wenn sie nicht meine Freundin wäre, würde ich sie neidvoll ignorieren.

»Gabriela!«, tönt es aus der Küche gegenüber.

Ella kneift die Augen zusammen, streckt sich ausgiebig und erhebt sich langsam. »Ich hasse es, wenn er meinen vollen Namen benutzt. Leider ist es dann ernst.«

Ein wenig schläfrig schließe ich die Augen und höre auf das gleichmäßige Atemgeräusch von Viviana, welches ab und an unterbrochen wird von weltschwerem Seufzen. Behutsam lege ich mir die Hände auf den Bauch ...

»Hey, du kannst doch jetzt nicht einschlafen! Wenn ich jemanden schlafen sehen will, gehe ich zu den Kindern hoch.« Ella plumpst neben mich auf das Sofa und hält mir einen Teller Spaghetti Bolognese mit einer dicken Haube aus geriebenem Parmesan unter die Nase, den ich ihr gierig abnehme.

Wir rutschen vom Sofa und lassen uns im Schneidersitz an dem niedrigen Glastisch davor nieder, um unsere Nudeln zu futtern. Schweigend wickelt Ella die hauchzarten Spaghetti mit ihrer Gabel auf. Schweigen? Ella?

»Ist mit Daniel und dir alles in Ordnung?«, murmele ich zwischen zwei Bissen.

»Sicher«, nuschelt Ella zurück und schweigt schon wieder.

Das veranlasst mich dazu, meine Gabel sinken zu lassen und meine Freundin mit geneigtem Kopf anzusehen, bis sie zu mir herübersieht. Statt einer erneuten Nachfrage hebe ich lediglich die Augenbrauen.

»Daniel hängt seit Wochen am ersten Satz für seinen neuen Roman fest.« Auch Ella legt ihr Besteck zur Seite und lehnt sich zurück. »Er ist deswegen, sagen wir mal vorsichtig, unausgeglichen.«

Ich, ganz unschriftstellerisch begabt, sehe darin keinen Grund, nölig zu sein. »Kann er nicht einfach mit dem zweiten Satz beginnen?«

Ella lächelt ein schiefes Lächeln. »Ich glaube, das würde er ja machen, wenn er eine Geschichte für seinen Roman hätte.«

Vermutlich ist es problematisch, einen Roman zu schreiben, für den man keine Geschichte hat. Gerade so, als würde ich einen *Café noir* zubereiten, ohne Kaffee zur Hand zu haben.

»Weißt du, was er stattdessen macht?«

Offensichtlich erwartet Ella eine plausible Antwort von mir, denn sie sieht mich fragend an. »Äh, Papierflieger basteln?«

»Auch.« Ella setzt sich gerade hin und fuchtelt mit dem Zeigefinger vor meinem Gesicht. »Er schreibt Artikel für meinen *FünfMalWir* Blog! MEINEN *FünfMalWir* Blog!«

Ganz kurz muss ich überlegen, wie ich diese Schreibinformation in meine Kaffeewelt übertragen könnte und lande dabei, wie Arian mir Kaffeebohnen aus der Hand nimmt, die ich gerade rösten möchte, mich aus der Küche schickt, dann aus dem *Coffee To Stay,* um anschließend die Tür hinter mir zu schließen und mir durch die Scheibe ein schönes Leben zu wünschen.

»Oh ja, das nervt!«

»Nerven?« Ella sieht ehrlich verwirrt aus nach meiner brillanten Analyse. »Er nervt mich nicht mit dem, was er schreibt. Im Gegenteil, seine Beiträge sind großartig.«

Nun befinde ich mich erneut am Anfang meiner Gedankenkette, denn ich verstehe das Problem nicht. Deshalb zucke ich lediglich mit den Schultern und vertilge die letzten Nudeln.

»Warum schreibt er in meinem Blog, aber nicht an seinem Roman? Offensichtlich macht es ihn total unzufrieden.«

»Vielleicht mag er ja auch nur seinen Schnupfen nicht«, sinniere ich und ernte dafür einen Ja-schon-klar-Blick von Ella. Dieser Meinung pflichtet nun auch

Viviana bei, denn sie brüllt von jetzt auf gleich mit der Lautstärke eines Punkrockers los. Vor Schreck stoße ich mir mein Schienbein am Tisch, als ich aufspringe, wohingegen Ella nicht einmal zuckt. Geradeso als wäre sie an spontane, trommelfellperforierende Lautstärkeäußerungen gewöhnt – was sie mit ihren fünf Kindern vermutlich auch ist.

Mein pochendes Herz beruhigt sich nur langsam, und ehe ich das Zittern meiner Hände ganz unter Kontrolle habe, geht eine weitere Kindersirene eine Etage über uns los. »Mamiii ...«

»Ei, ei, dieser Schrei deines großen Bruders geht leider vor, mein Schatz«, gurrt Ella ihre empörte Tochter an, um sie mir in die Arme zu drücken. »Schaukel sie rhythmisch, dann schläft sie gleich wieder ein.«

Unsicher, wie ich das Baby zu schaukeln habe, wiege ich es sanft hin und her. Leider nimmt die Entrüstung der Mini-Person eher zu als ab und ich ändere den Rhythmus. Mir ist heiß, als spielte ich gerade in einer Sauna Tennis. Voller Verzweiflung tanze ich langsame Walzerschritte durch das Wohnzimmer und in der Tat wird das Gebrüll auf meinem Arm leiser. Himmelblaue Augen mit tiefschwarzen Wimpern, die Schatten auf die Bäckchen darunter werfen, sind auf mein Gesicht gerichtet. Stille kehrt in das Zimmer zurück, doch ich tanze weiter einen Walzer zu Musik, die nur ich hören kann.

»Ich glaube, sie schläft.«

Abrupt bleibe ich stehen und tauche aus meinem La La Land auf. Vor mir steht Ella und sieht mich an. Ihre Augen wirken silbrig in dem gedimmten Licht des

Zimmers und ich weiß, sie spürt, welcher Sturm gerade in mir tobt.

»Ella ...«

Sie lächelt mich an und wartet darauf, dass ich weiterspreche. Zärtlich lege ich Viviana zurück in die Wiege.

»Mami, mein Knie tut weh.« Hinter Ella taucht Alexander auf, wankend vor Müdigkeit. Erleichtert atme ich aus, obwohl mir nicht einmal bewusst war, dass ich die Luft angehalten habe. Um ein Haar hätte ich den Floh ausgeplaudert, den mir meine Mutter mit ihrem vermaledeiten Horoskop ins Ohr gesetzt hat.

Ella hebt ihren Sohn liebevoll hoch und der Kleine legt sein Köpfchen an ihren Hals. »Ob da wohl eine heiße Milch mit Honig hilft?«, flüstert sie ihm ins Ohr.

Der Wuschelkopf nickt und schmiegt sich enger an Ellas Halsbeuge.

»Magst du auch ein Glas heiße Milch, Claire?«

Ich schüttele den Kopf und streiche Alexander über den Rücken. »Es wird Zeit für mich, und du brauchst auch Ruhe.« Ich küsse Ella auf die Wange und greife nach meinem Rucksack neben dem Sofa.

»Claire?« Ella nimmt meine Hand.

»Alles gut. Tobias arbeitet recht viel in den letzten Wochen und wir verbringen nur noch wenig Zeit miteinander. Deswegen bin ich manchmal ein bisschen traurig.«

Mit dieser Erklärung verlasse ich fast fluchtartig das Haus und eile zum Auto. Merkwürdigerweise habe ich mir das bis dahin nicht einmal selbst eingestanden.

Kurz vor zehn bugsiere ich den Volvo in eine Parklücke gegenüber unseres Hauses. In unserer Wohnung in der obersten Etage brennt kein Licht. Entweder ist Tobias bereits zu Bett gegangen – oder kann es sein, dass er noch gar nicht zu Hause ist?

Als ich über die Straße laufe, geht in unserer Küche das Licht an. Mein Herz macht einen beruhigten Hüpfer und ich beschleunige meine Schritte.

Nach vier Etagen Vorfreude stürme ich in die Wohnung. »Ich bin wieder da.«

»Claire da! Claire da!« Holly fliegt mit überhöhter Geschwindigkeit durch den Flur auf mich zu, während Tobias gemächlich hinterher bummelt. Als sie ihn sieht, setzt sie sich auf meine Schulter. »Mein Claire! Mein Claire!«

Tobias hat keine Chance, mir auch nur das spärlichste Küsschen zu geben. Kopfschüttelnd winkt er mir zu, bestrebt, heute keinen Konkurrenzkampf anzufangen. »Ich bin auch gerade erst rein. Möchtest du einen Espresso mittrinken?«

Das Angebot nehme ich gern an, und während Tobias zwei Köstlichkeiten mit unserem alten italienischen Herdkännchen zubereitet, bringe ich Holly ins Bett oder vielmehr auf die Stange. »Schlaf gut«, wünsche ich der verrückten Papageiendame und decke den Käfig ab.

Leider stellt sich Tobias bei unserem Abendkaffee als recht einsilbig heraus und auch auf sonst begeistert aufgenommene Fragen nach seiner Arbeit erfahre ich nicht wirklich viel. Im Gegenteil, er scheint weit, weit weg mit seinen Gedanken zu sein.

Bald schlurft er ins Bad und kurz darauf ins Bett.

Unruhig wandere ich zwischen Küche und Wohnzimmer hin und her. Müssten die Yuccapalme und der Gummibaum nicht mal ordentlich gegossen werden? Und wie der Spiegel im Flur aussieht! Flink hole ich Glasreiniger und ein Tuch und poliere ihn blitzblank. Wie den Spiegel im Bad. Und ganz leise den Spiegel im Schlafzimmer.

Wieder im Wohnzimmer angelangt sortiere ich meine Kaffeebücher neu. Das wollte ich ohnehin schon sehr lange mal angehen. Es dauert eine Weile, bis ich alle Kaffeeromane nach Alphabet und alle Kaffeesachbücher nach Farbe und Größe sortiert habe. Das Ergebnis lohnt sich! Mein Kaffeebuchregal sieht fabelhaft aus und ich bin über so manche Kaffeeköstlichkeit gestolpert, die ich unbedingt in nächster Zeit ausprobieren möchte. Wir könnten auch eine Tombola für einen guten Zweck zum Geburtstag des Cafés durchführen und als Preise Kaffeebücher stiften.

Gähnend reibe ich mir die Augen und beschließe, ebenfalls zu Bett zu gehen. Auf dem Weg ins Bad komme ich an meinem Rucksack vorbei und bleibe nach drei Schritten stehen. Mein Puls trommelt mir in den Ohren und sämtliche Muskeln in meinem Körper spannen sich an, als würde ich jeden Augenblick losrennen. Doch ich bleibe starr stehen.

Los Claire, geh weiter, es ist nur ein blödes Horoskop, die vermeintliche Nachricht aus dem Universum kann alles sein. Zum Beispiel Éloïses Abschied oder Daniels Schreibblockade oder ... eine andere.

Ohne hinzusehen, greife ich in den Rucksack, fingere eines der beiden Päckchen heraus und flüchte ins Bad. Hinter mir schließe ich ab, ehe ich mich mit überkreuzten Beinen auf den Badezimmerboden sinken lasse und mit klopfendem Herzen die rosa Verpackung mit dem tonnenschweren Inhalt in meinen Händen anstarre.

Kapitel 6

E wie Eigentlich

Espresso
Dunkel geröstete Kaffeebohnen, vermahlen zu feins-
tem Pulver, durch das weiches, heißes Wasser ge-
presst wird. Mit einer Krone aus goldfarbener Crema
auf dem tiefschwarzen Körper.

Es gibt Tage – oder in meinem Fall eher Nächte – im Leben einer Frau, da muss es einfach ein *Kaffee Kirsch* sein. Mit einem Espresso schwarz wie die Hölle und einem Kirschwasser, das wie das Feuer in eben dieser Espressohölle brennt.

Gleich einer kostbaren Rosenthal-Tasse lege ich das rosa Päckchen auf den Badewannenrand. Meine Finger prickeln, als das Blut nach der krampfhaften Umklammerung wieder zu fließen beginnt, und meine Knie beschweren sich knacksend über das lange Stillsitzen auf dem harten Boden.

Im Dunkeln schleiche ich mich in die Küche. Dort ist mir das Kaffeeglück hold, denn ich finde noch einen Rest kalten Espressos, den Tobias vorhin vorsorglich aus dem Herdkännchen in eine Glasflasche umgefüllt hat.

Den meisten Menschen mag kalter Kaffee ein Graus sein, aber ich finde, damit lassen sich herrliche Köstlichkeiten anrichten. Am liebsten tränke ich frisches

Weißbrot mit kaltem Espresso oder aromatisiere eine heiße Schokolade damit oder verrühre ihn zum Dessert mit cremigem Vanilleeis.

Jetzt muss es unter allen Umständen vollmundiges Schwarzwälder Kirschwasser aus wilden Kirschen sein. Mit einem satten Plopp löst sich der Korken aus der Flasche und sofort umfangen mich schwere Kirschdüfte und ein Hauch von herber Schokolade, vermischt mit einer Andeutung von Bittermandel.

Halt! Stopp!

Abwechselnd starre ich auf das Kirschwasser in meiner Hand und die Tasse mit dem Espresso vor mir auf der Anrichte. Ich bin gerade im Begriff, einen Schwangerschaftstest zu machen! Ich darf keinen Alkohol trinken! Und keinen Kaffee! Glaube ich.

Kein Kaffee in der Schwangerschaft? Ist das so ein altes Märchen wie etwa, dass Ohrenkneifer in die Ohren krabbeln oder der Storch die Babys bringt, nachdem ein Bienchen ein Blümchen bestäubt hat?

Mein Herz rast und während meine Füße wie Eisklötze an mir hängen, beginnt mein Bauch zu sieden. Das kann doch alles nicht gut sein für das Baby!

Komm schon Claire, atme! Ein und aus und ein und aus. So ist es gut – und nun google endlich, was es mit Kaffee und Schwangerschaft auf sich hat!

Was ist bloß mit mir los? Meine beste Freundin war dreimal mit insgesamt fünf Kindern schwanger und ich schiebe hier Panik wegen eines Tässchens Espresso. Wo war ich eigentlich die drei mal neun Monate?

Mit zittrigen Händen fülle ich ein Glas mit frischem, kaltem Wasser und trinke es in winzigen Schlucken. Wasser kann nur richtig sein.

Und wirklich hört das Zittern allmählich auf, meine Körperwärme verteilt sich wieder gleichmäßig von Kopf bis Fuß und mein Verstand rastet dort ein, wo er hingehört.

Schnell und leise verschließe ich die Flasche mit dem Kirschwasser und stelle sie zurück in den Schrank, den kalten Espresso schütte ich weg, und anschließend räume ich das benutzte Geschirr in den Geschirrspüler.

Ohne zu zögern gehe ich zurück ins Bad, öffne die rosa Verpackung und hole das Teststäbchen heraus.

Drei Minuten später liegt das Ergebnis vor mir.

Um Tobias nicht zu wecken, gleite ich fast lautlos unter die Bettdecke.

»Da bist du ja endlich«, brummt er an meinem Ohr, legt mir einen Arm um die Taille und zieht mich näher zu sich heran.

»Sorry«, flüstere ich zurück, »ich wollte dich nicht wecken.«

»Du weckst mich nicht, ich schlafe ...« Ein kraftloser Kuss landet in meinem Nacken.

Vorsichtig drehe ich mich in Tobias' Arm um. »Ich bin schwanger.«

»Wow, großartig ...« Damit wird sein Atem regelmäßiger, was mir anzeigt, dass mein Freund eingeschlafen ist.

»Ich bin schwanger«, wispere ich mir selbst die magischen Worte zu. »Wir werden Eltern.«

Schon früh am nächsten Morgen weckt uns Tobias' Wecker. Wie immer springt Tobias mit dem ersten unbarmherzigen Ton auf, schaltet das uralte Ding aus und sprintet ins Bad. Keine zehn Minuten später höre ich ihn schon telefonieren.

Nun gut, unser Aufwachen heute habe ich mir letzte Nacht anders ausgemalt. Kann es sein, dass Tobias doch mehr im Schlafland war als in der Realität, als ich ihm von der Schwangerschaft erzählt habe? Habe ich das vielleicht nur geträumt?

Zärtlich lege ich mir die Hände auf den Bauch, der sich flach wie immer anfühlt. Oder? Spüre ich da nicht eine klitzekleine Erhebung in der Mitte? Ich beschließe, dass dies so ist und streiche zart darüber.

Und ich beschließe noch etwas: Ich werde die Schwangerschaft erst einmal zwei, drei Tage lang für mich behalten, sie ganz allein genießen, mich daran gewöhnen, um dann dieses Glück zu teilen.

Auch bei meinen Geburtstagsgeschenken liebe ich es, das Auspacken hinauszuzögern. Morgens ein Päckchen, mittags eines, und wenn ich Glück habe, ist abends noch eines übrig.

Da ich mich trotz der kurzen Nacht ausgeruht wie schon lange nicht mehr fühle, krabbele ich ebenfalls aus dem Bett und mache mich fertig für die Arbeit. Einträchtig verlassen Tobias, sein Handy an seinem Ohr und ich unsere Wohnung und spazieren durch den frischen Frühlingsmorgen unserem Tagewerk entgegen. Wobei, Tobias eilt hektisch nach links seinem Tagewerk entgegen, wohingegen ich nach rechts schlendere.

Die zwanzig Minuten von der Wohnung ins *Coffee To Stay* genieße ich mit jedem Schritt. Wie sattgrün die Linden mittlerweile ihre Blätter der Maisonne entgegenstrecken und wie viele Vögel so früh am Morgen ihr

Konzert geben! Ich staune im Rosenpark über ein Eichhörnchen, welches gewagte Sprünge über meterweite Distanzen hinlegt, dazu auf Ästen, die so dünn sind, dass selbst ein Spatz zu schwer wäre.

Die Kirchturmglocke der *Kleinen Kirche am Rosenpark* läutet siebenmal und exakt nach Verhallen des siebten Schlages schließt Waltraud Hagen das Tor der Kirche. Just als zwei Nachzügler um die Ecke hetzen. Na, das gibt heute Morgen eine Extrapredigt mit erhobenem Zeigefinger von Pfarrer Ewald.

Immer noch grinsend schließe ich das Café auf und öffne sämtliche Türen und Fenster, um den Frühling hereinzulassen.

Die Sonne scheint frontal in das Café und zaubert bunte Lichtreflexe auf die silbernen Kaffeedosen im Regal. Die Espressomaschine schillert in Regenbogenfarben und das Glas der Kuchenvitrine funkelt.

Rührselig lege ich erneut die Hände auf meinen Bauch, den ich gut unter der feinen Seide meines Vera-Wang-Kleides spüre, welches mir, über und über bestickt mit bunten Blumen, bis zu den Knöcheln reicht. In diesem Kleid fühle ich mich so frei, wie ich mir fröhliche Hippies aus den Siebzigerjahren vorstelle. Passend dazu werden meine roten Locken heute durch ein dünnes Band zurückgehalten.

So früh am Morgen gibt es im Café noch nicht viel zu tun, denn wir öffnen erst um zehn Uhr. Gut, die ersten Gäste kommen häufig schon um acht oder spätestens um halb neun, wenn der Morgengottesdienst zu Ende ist, aber das passt meist.

Arian wird sich nachher um die Tische und Stühle auf der Terrasse kümmern und die Geräte vorheizen, sodass ich mich einer meiner Lieblingsaufgaben widmen kann: dem Rösten von Kaffeebohnen. Dafür habe ich mir extra in der angrenzenden Küche eine Rösttrommel gegönnt. Und jede einzelne Bohne ist es wert. Agathe ist halt die Beste.

Heute freue ich mich auf Kaffee, der von einer Plantage in Guatemala stammt, aus der Gegend am Chichoj-See. Das Quellwasser des Wasserfalls, der zum Anwesen des Flor del Rosario gehört, wird für die Plantage verwendet. Und nicht nur das ist spektakulär, auch der Ausblick von dem hochgelegenen Gut, das im Herzen Guatemalas thront, ist die abenteuerliche Reise wert.

Während unserer Studienzeit haben Ella und ich für drei Monate Mittel- und Südamerika bereist und dabei gelegentlich auf Kaffeeplantagen gearbeitet, was meine Kaffeeliebe noch mehr entfachte und Ellas endgültig auf Eis legte.

Im Gegenzug habe ich sie zwei Jahre später nach Nordindien begleitet, wo sie ihre Teezuneigung auslebte. Ich dagegen verstehe bis heute nicht den Unterschied zwischen Orange Fannings, Pekoe Fannings, Tippy Golden Flowery Orange Fannings und wie sie alle heißen.

Meine Kaffeeröstgrade sind klar und strukturiert: je dunkler, desto intensiver. Kein GFOF, oder war es GFOP?

»Bonjour! Alles güt in deine ʼExenküche?« Éloïse linst unter ihrem sorgsam frisierten Pony durch den Türspalt. Ihre Nase kräuselt sich angesichts der Symphonie aus kaffeeigen, fruchtigen und schokoladigen Aromen im Raum. Ich halte ihr eine fertig geröstete Bourbon-Arabica-Bohne hin, doch Éloïse schüttelt nur den Kopf. Grinsend stecke ich mir die Bohne in den Mund und lutsche sie wie einen Himbeerdrops.

Ich folge Éloïse in das Café, wo mehrere Konditoren-Kartons darauf warten, ausgepackt zu werden. Neugierig schmule ich in den ersten hinein und sehe ein Dutzend Vanille-Cupcakes. Ein Dutzend köstlicher, honiggelber Vanille-Cupcakes. Ohne Hemmung greife ich zu und beiße mitten hinein in eines dieser Kunstwerke aus fluffigem Kuchen und sahniger Creme.

»Danke fürs Bringen, Éloïse. Aber solltest du nicht lieber bei deinen Gästen im *Fiadone* sein?« Meine Güte, sind die köstlich.

Éloïse blinzelt, während sie mir beim Essen, oder eher Schlingen, zusieht. »Offensichtlisch gomme isch exactement zür rechten Zeit. Nicht, dass du es vor Ünger nischt mehr in die Boulangerie geschafft 'ättest.« Éloïse öffnet einen anderen Karton, zaubert aus diesem ein Stück toffeebraunen Gugelhupf mit einer zuckrigen Kruste hervor und reicht es mir. »Und meine *Gunden* gönnen warten.«

Ja, ich vergaß, Éloïse bedient nicht Gäste, sondern Kunden. Den Unterschied kennt allerdings nur sie.

Da sie heute extra mit meiner Lieferung ins *Coffee To Stay* gekommen ist, hat sie vermutlich etwas auf dem Herzen, denn sonst holen Arian oder ich das Backwerk bei ihr ab, da das Café später öffnet als die Bäckerei.

»Darf ich dir eine Rhabarbersaftschorle anbieten?«, nuschele ich über meinem Gugelhupf.

»Gern. Ünd isch decke uns draußen einen Tisch.«

Immerhin, schlimmer als Éloïses gestrige Nachrichten können die heutigen nicht werden.

Durch das seitliche Fenster sehe ich Kuka an den Pflanztöpfen werkeln, während Éloïse lachend auf sie einredet. Daher bereite ich schnell eine Kanne finnischen Blümchenkaffee zu.

Ich bin versucht, daran zu nippen. Da mir dieses Wasser mit dem Spurenelement Kaffee aber nur im Notfall schmeckt – und dies ist eindeutig noch kein Kaffeenotfall – und ich erst das Dilemma Koffein versus Schwangerschaft klären möchte, widerstehe ich dem Impuls und schnuppere stattdessen nur daran.

»Guten Morgen, Kuka.« Schwungvoll stelle ich das Tablett mit unseren Getränken auf den Tisch vor dem Café.

»Hyvää huomenta«, murmelt es aus den Tiefen der weißen Federnelken vor mir zurück. Schließlich taucht Kuka mit Erdkrümeln auf der Nase aus dem Minidschungel unserer Pflanztöpfe auf und setzt sich zu Éloïse und mir an den Tisch. Seufzend, als hätte ich allen Weltschmerz von ihr genommen, greift sie nach der Kaffeetasse, die ich ihr gerade fülle – mit farblosem Wasserkaffee.

Éloïse bedient sich derweil an der Rhabarbersaftschorle, doch plötzlich halten beide mitten in ihrer Trinkbewegung inne, als ich mir selbst meine einschenke und trinken möchte. Zwei weit aufgerissene Augenpaare sowie zwei ähnlich geöffnete Münder starren mich an und ich reiße vor Schreck mein Glas vom Mund weg.

»Was!«, schreie ich und untersuche die rosa Flüssigkeit darin. »Schwimmt eine Wespe in meiner Schorle?«

Éloïse und Kuka starren sich gegenseitig an. Ich kann förmlich ihre Gedanken hin und her fliegen sehen, verstehe aber das französisch-finnische Kauderwelsch nicht.

Letztendlich kehren ihre Blicke wieder zu mir zurück, doch immerhin schließen sich ihre Münder und ihre Augen zoomen zurück auf Normalgröße.

Ich werde hoffentlich keine Wespe verschluckt haben? Mulmig schlucke ich mehrfach nach. Quatsch! Ich hatte ja noch nicht einmal getrunken. »Was ist los?« Genervt kneife ich die Augen zusammen.

Beide antworten mir gleichzeitig: »Warüm trinkst du keine café?« und »Warum trinkst du eine Schorle?«

Nun ist es an mir zu schweigen. Ich habe das Recht dazu und eigentlich will ich es ja für mich behalten ...

»Ich bin schwanger«, flüstere ich. Na gut, Flüstern ist die Vorstufe von Schweigen.

Beide Frauen springen von ihren Stühlen auf und umarmen mich so stürmisch, dass ich mit dem Stuhl nach hinten kippele.

»Aber eigentlich ...«, stottere ich zwischen all den Glückwunschküssen, die mich treffen.

»Eigentlich willst du es noch für disch be'alten«, vollendet Éloïse meinen Satz und streicht mir eine wildgewordene Locke hinters Ohr.

»Schweigen ist unsere Natur.« Kuka hebt zwei Schwurfinger und nickt ernst. »Nirgends auf der Welt wird so schön geschwiegen wie in Finnland.«

»Wir Franzosen schweigen nischt«, schüttelt Éloïse ihren schwarzen Schopf. »Immer'in, da isch es nün weiß, 'abe isch geinen Gründ darüber zu rede.«

Grinsend setzen sich beide zurück auf ihre Stühle und wir prosten uns zu, mit zwei Gläsern Rhabarbersaftschorle und einer Tasse Wasserkaffee.

»Guten Morgen, die Damen. So früh schon am Feiern?« Arian schlendert um die Ecke auf uns zu. Lässig schiebt er sein Rennrad im Wert eines deutschen Mittelklassewagens neben sich her und der schnittige Helm auf seinem Kopf schmälert nicht die Coolness des Auftrittes.

Éloïse setzt sich noch aufrechter hin, als sie ohnehin schon sitzt, und lächelt Arian auf eine Art an, dass selbst mir die Knie weich werden und ich froh bin, zu sitzen. Kuka winkt nur kurz und widmet sich dann wieder ihrer wohldosierten Koffeinaufnahme.

Mit einem *Salut* geht Arian an uns vorbei zum Hofeingang, der neben dem *Lakka* abzweigt.

Nun ist es an mir, Éloïse fragend anzusehen.

»No, no, meine Liebe. Du willst eigentlisch nicht über die bébé in deine Bauch rede und ich eigentlisch nicht über äh, über etwas anderes.«

Bis Arian sich mit einem Mokka zu uns setzt, hängt eine jede von uns ihrer eigenen Grübelei nach und ich kann nur im Ansatz erahnen, wohin Éloïses Gedankenreise geht.

»Isch 'abe mittlerweile mit die Vermieter gesprochen«, ergreift sie schließlich das Wort und jeglicher Schalk verschwindet aus ihrer Stimme. »Leider lässt er mich nicht eine würdige Nachfolger für die Boulangerie suchen. Er meint, es gibt große Nachfrage in ünserem Viertel für Mieter und er 'ätte da schon jemanden, der ihm gefällt. Isch schätze, es ist eher der Geldbeutel, der dem alten vaurien gefällt.«

»Weißt du, wer Nachmieter wird?« Da sich Éloïse wütend anhört und ihre Augen fast schwarz funkeln, wird mir doch ein wenig mulmig zumute.

»No! Natürlisch nischt! Das würde er mir nie sagen. Aber isch fühle mich, wie sagt ihr 'ier, isch meine die situation ist difficile. Meine Kündigung dauert sechs Monate. So lange kann isch nischt warten, um grand-mère zu 'elfen.«

»Und er lässt dich früher raus, wenn du dich nicht querstellst, richtig?« Kuka schenkt sich langsam einen neuen Kaffee ein und bietet auch Arian die Kanne an.

Der schüttelt entsetzt den Kopf und deckt seine Tasse sicherheitshalber mit einer Hand ab, ehe er sich an Éloïse wendet. »Damit macht er ja auch nichts falsch, ganz im Gegenteil, er muss dich nicht früher aus dem Mietvertrag lassen.«

»Richtig macht er es aber auch nicht«, murmele ich.

Arian verzieht den Mund, es ist bestimmt nur sein Mastertitel im Gastronomiemanagement, der ihn hier zu sachlichen Korrekturen zwingt. Ob die uns gefallen oder nicht.

»Ich meine ja nur«, versuche ich, mich zu erklären. »Zum Beispiel dort, wo der griechische Feinkostladen von Egeas im Krokusweg hinter der Kirche war, da ist jetzt eine hochgestylte Cocktailbar von irgend so einer amerikanischen Promikette, die das entsprechende Publikum in unser Viertel ziehen soll. Wenn die Leute Lust auf ein gutes Olivenöl haben, können sie sich nur noch in dieser Schickimicki-Bar eine Olive aus ihrem Martini fischen, falls es dort solch schnöde Getränke überhaupt gibt.«

Arian schiebt Kukas Kaffeekanne noch ein Stück weiter von sich weg. »Ich weiß, was du meinst, Claire. Aber die Bar ist schon nicht so verkehrt in unserer Gegend. Allerdings sind die Methoden des alten Greiner mehr als fragwürdig und wir Kleinen müssen aufpassen, nicht ausradiert zu werden.«

Kuka richtet eine Akelei in der Vase vor sich und seufzt. »Ich bin echt froh, dass die Häuser auf unserer Seite einem anderen Eigentümer gehören.«

»Nün güt, es ist, wie es ist. Isch muss jetzt wieder in die *Fiadone*. Madame Roderich war so nett, sich für eine Moment üm meine Günden zü gümmern und ihr wisst ja, wie sie ist, vermütlich kostet sie an jedem süßen Teilchen, welches sie verkauft.«

Oh ja, Martha Roderich, die in der Wohnung über der kleinen Bäckerei wohnt, hilft gern in der Nachbarschaft aus, und sie macht das auch richtig gut und mit Leidenschaft und Zuverlässigkeit. Ihre Widerstandslosigkeit gegenüber allem Süßen ist allerdings legendär. Es würde mich nicht wundern, wenn heute auf dem einen oder anderen Macaron ein Deckelchen fehlt.

»Für mich wird es auch Zeit.« Kuka erhebt sich zusammen mit Éloïse und streckt sich ausgiebig. »Auf mich warten zwei Fünfziger und ein Achtzehnter.«

Ich nehme an, sie meint Blumensträuße und nicht Herrenbesuch, aber so ganz darauf wetten würde ich bei Miss-ich-bin-schnell-verliebt-Kuka nicht.

Arian springt mit Schwung auf und reicht mir galant die Hand. »Wir sollten auch, Chefin.«

»Dein Wunsch sei mir Befehl, Angestellter.«

»Hast du Bauchweh oder so?« Arian stutzt, als er mein Glas und die leere Flasche Rhabarbersaftschorle auf ein Tablett stellt.

»Ähm nein, ich meine ja. Also nicht richtig, nur so in der Art.«

Aus den Augenwinkeln sehe ich Éloïse grinsen. »Vielleicht solltest du Claire einen camomille gochen, Arian.«

»Mach ich.« Damit schnappt er sich das Tablett und geht in das Café.

Ich drehe mich zu Éloïse um. »Vielen Dank!«

Éloïse kichert mir fröhlich ins Gesicht und umarmt mich dann fest. »Lass ihn dir schmecken und pass güt auf dein Bäuchlein auf.«

Kamillentee, ausgerechnet Kamillentee bestellt sie mir! Wir haben zwar Tiroler Kamillentee auf der Karte, jedoch nur, weil ich mehrfach danach gefragt wurde. Da ich kennen möchte, was ich auf der Karte führe, habe ich das blassgelbe Zeug gekostet und tapfer ein oder zwei Schlucke auch wirklich geschluckt. Das reichte. Warum meine Gäste zuweilen dieses Gebräu einem guten Arabicaaufguss vorziehen, das weiß lediglich der Teegott allein.

»Claire, kommst du mal bitte?«

Vorsichtig betrete ich das Café. Der Kamillentee wird doch nicht schon fertig sein?

Arian hat alle Kuchenverpackungen geöffnet und zählt murmelnd die Stücke darin. »Komisch, es fehlt ein Vanille-Cupcake und ein Stück Gugelhupf. Éloïse muss wirklich durch den Wind sein, sie hat noch nie die falsche Anzahl geliefert.«

»Hat sie auch nicht, den fehlenden Kuchen habe ich gegessen.« Als wäre es das Normalste der Welt, dass ich meinen Gästen den Kuchen wegfuttere, nehme ich einen der Kartons an mich und trage ihn zur Kuchenvitrine, um die Reste hübsch in der Auslage anzurichten. »Möchtest du auch ein Stück?«

Arian schüttelt den Kopf und ich meine, ihn etwas in Richtung Disziplin und Unsitten oder so ähnlich brummen zu hören, ehe er zurück auf die Terrasse geht, um die restlichen Tische und Stühle für den Start in unseren Cafétag vorzubereiten.

Einen Moment später steckt er seinen Kopf zur Tür herein. »Dein Tee steht übrigens trinkbereit neben Bessy.«

Ich warte, bis Arian wieder mit den Stühlen draußen beschäftigt ist, ehe ich das dampfende Teeglas nehme, um damit diskret unsere Pantoffelblumen zu gießen. Doch das warme Aroma nach Honigvanille lässt mich innehalten. Ist das der Kamillentee, der so duftet? Misstrauisch schnuppere ich aus sicherer Entfernung an dem Glas, anschließend intensiver aus der Nähe. Worauf ich den Tee, nach einem Blick in alle Richtungen, ob ich auch ja nicht beobachtet werde, vorsichtig koste. Süß, blumig, fruchtig und beträchtlich lecker, findet meine Zunge. Ehe ich mir eine halbwegs passable Erklärung für mein untypisches Verhalten einfallen lassen kann, habe ich den Tee ausgetrunken.

Mein Blick schweift über den Kuchen in der Vitrine, wo zwei Stück fehlen, und zurück auf das Glas, das bis eben noch mit Tiroler Kamillentee gefüllt gewesen ist. Zum Schluss blicke ich auf meinen Bauch und lache laut und glücklich auf.

In der Tat dreht sich mein Leben gerade in eine neue Richtung und ich hüpfe voller Vorfreude von meinem gewohnten Weg herunter. Nicht nur eigentlich ist in meinem Leben noch unglaublich viel Platz für ganz viel Liebe.

Kapitel 7

S wie Schwangerschaft

Schalerl Gold
Dunkler, herber Kaffee, gefärbt durch weiße, süße
Schlagsahne, verwandelt sich in einen goldenen Ge-
nuss.

Grappa ohne Alkohol. Kastriert. Schonkaffee.

Kaffee ohne Koffein genießt nicht unbedingt den besten Ruf. Und ganz ehrlich, für mich ist entkoffeinierter Kaffee schlicht und ergreifend kein Kaffee. Den gibt es in meiner Kaffeewelt einfach nicht. Bis jetzt.

In den letzten Tagen habe ich jede freie Minute, und auch manche beschäftigte, genutzt, mich entkoffeinierungstechnisch weiterzubilden. So kompliziert, wie es sich anhört, ist das gar nicht. Es gibt ein ganz akzeptables Verfahren, den Kaffeebohnen das Koffein zu rauben. Koffein ist eine wunderbare Laune der Natur, bringt es doch unser Blut in Wallung und schützt die arme Kaffeepflanze vor Parasiten und gemeinen Fressfeinden.

Jedoch! Keiner hat es verdient, verquollen und mit flüssigem Kohlendioxid umspült zu werden. Das würde jedem von uns die Kräfte rauben. Ich bin sehr froh, dass einer meiner bevorzugten Lieferanten von biodynamischen Fairtrade-Kaffees in diesem für mich recht sensiblen Bereich in die Bresche springt. Zwar leide ich weiterhin mit jeder Bohne, die diese Tortur über sich ergehen lassen muss, aber es gibt Tage im Leben einer Frau, da muss es einfach entkoffeinierter Kaffee sein.

Mit Fingerspitzengefühl experimentiere ich seit Stunden mit der Veredelung von handverlesenen Bohnen, einer mit Leidenschaft geführten Kooperative aus Nicaragua, in der Nähe von Matagalpa. Bei einer niedrigeren Temperatur als üblich versuche ich, durch verlängerte Röstzeiten den bedauernswerten Kaffeebohnen das perfekte Aroma zu entlocken.

Es duftet schon ganz gut, brombeerig und haselnussig, aber, aber, aber. Vielleicht sollte ich einfach ganz auf Kaffee verzichten in den nächsten Wochen? Oder wohl eher Monaten! Okay, einen Versuch wage ich noch.

Dieses Mal stoppe ich die Röstung nach zwölfeinhalb Minuten und lasse die Bohnen nach ihrer Schwitzkur liebevoll auskühlen. Das haben sie sich allemal verdient.

In der Zwischenzeit gehe ich auf der Suche nach etwas Essbarem ins Café. Arian hat bereits aufgeräumt und saubergemacht und sitzt, über den Laptop gebeugt, an der Theke.

»Wie sieht es aus an der beschnittenen Kaffeefront?«, murmelt er, ohne aufzublicken.

Arian steht meinem Kaffeeexperiment so skeptisch gegenüber wie ein texanischer Rinderzüchter einem veganen Feriengast.

»Das wird schon noch was«, gebe ich mich zuversichtlich. »Außerdem sind wir unseren Gästen einen koffeinfreien Kaffee schuldig.«

Nun sieht er doch auf, allerdings nur, um mich mit einem Blick zu bedenken, den ich im großmütigsten Fall als *nicht nett* bezeichnen würde.

»Wer bitte, bestellt bei uns entmannten Kaffee?«

»Viele.«

»Wer?«

»Na Touristen, zum Beispiel.«

»Bei mir noch nicht und ich habe an die achttausend Bestellungen im Kaffeebusiness aufgenommen.«

»Dann warst du halt gerade nicht da. Oder hast nicht hingehört. Oder hast es vergessen. Oder hast es ignoriert.«

»Wie du meinst, Chefin.« Arian rutscht vom Barhocker und streckt sich ausgiebig, grinsend schaut er von ganz oben ganz tief runter zu mir. »Ich bin fertig für heute. Die Zucker- und Milchbestellungen sind raus und einen neuen Fensterputzer habe ich uns auch organisiert. Wir sehen uns dann morgen und ich hoffe, ich muss nicht wieder sterilisierten Kaffee probieren.« Mit einem Knuff in meinen Oberarm lässt er mich allein im Café zurück und ich schließe hinter ihm ab.

Keine Angst, mein Freund, dir werde ich morgen einen Kaffee präsentieren, der deiner Männlichkeit gerecht wird. Und ich werde dir erst hinterher genüsslich deutlich machen, dass er ganz ohne Koffein war. Selbst wenn ich dafür schwindeln muss.

Ich schließe auch die Terrassentür. In ihrer Scheibe spiegelt sich meine gerunzelte Stirn. Vielleicht sollte ich Arian über die wahren Gründe meiner neu entdeckten Leidenschaft für entkoffeinierten Kaffee aufklären. Oder lieber noch nicht gleich, im Moment genieße ich mein Geheimnis viel zu sehr.

Bei den Gedanken an das Baby in meinem Bauch setzt zuverlässig diese zauberhafte Schwangerschaftsmagie ein und die trotzigen Gedanken gegenüber Arian trollen sich, während prickelndes Glück sich dort ausbreitet, wo ich gerade noch grummelig war.

Seit fast einer Woche bin ich mir jetzt dieses kleinen Wesens in mir bewusst und schwebe mit ihm zusammen in einem Wolkenkuckucksheim, mal in einem blauen und mal in einem rosaroten, je nach Stimmung. Ab und an trübt ein mittelschwerer Angststurm die grandiose Aussicht, doch meist gelingt es mir recht schnell, den Kopf einzuziehen und das Unwetter verstreichen zu lassen.

Manchmal habe ich sogar das Gefühl, Holly weiß von dem neuen Menschlein, welches in mir wohnt. Seit neuestem spaziert sie auf meinem Bauch herum, wenn ich mich zwischendurch mal auf das Sofa lege, um mich auszuruhen und die gelegentlichen Übelkeitswellen auszuliegen. Sie nickt mit ihrem gelbgrünen Köpfchen und krakeelt: »Mein Claire, mein Claire.« Das macht sie sonst nur, wenn Tobias nach Hause kommt oder Ella mich besucht oder meine Eltern da sind oder Max mir die Post bringt. Also gut, im Prinzip immer, wenn jemand außer mir und ihr an, um oder in der Wohnung ist.

Bei diesem Thema würde es federig werden, befürchte ich. Doch auch das kann meine übersprudelnde Glückslaune nicht lange beeinträchtigen.

Der Sonntagmorgen startet mit einem postkartenreifen Sonnenaufgang, und leise, um Tobias ausschlafen zu lassen, stehe ich auf und mache mich für den Tag fertig. Der arme Kerl ist gestern erst wieder weit nach Mitternacht ins Bett gekommen und hat sich ein paar Stunden Schlaf allemal verdient.

Auf dem Weg ins *Coffee To Stay* gönne ich mir ein Stück Frühstückspizza aus unserem winzigen Pizza Hut im Viertel und mampfe es fröhlich unterwegs auf.

Fettverschmiert und voller Tatendrang schließe ich das Café auf und lasse den Sonnenschein herein.

Kuka dekoriert bereits die Blumenregale vor dem *Lakka* und es kommt mir vor, als würde sie ihren Pflanzen ein Lied vorsingen.

»Guten Morgen, Kuka.«

»Hei, Claire. Wie geht es dir?«

»Großartig.« Und ich bin mir sicher, das liegt nicht nur an dem fabelhaften Sonnenwetter. »Ich bringe dir gleich einen schönen Kaffee. Wie wäre es mit einem *Palthope Estate Parchment Robusta?* Der herrliche Espresso wächst auf gut tausend Meter Höhe in Asien, die Säure ist wunderbar mild, und der wuchtige Körper umschmeichelt dich mit Nugat und braunem Kandis und einem Hauch Cognac. Den habe ich sehr hell geröstet, und wenn ich ihn dir recht grob mahle, könnte ...«

»Claire!«

Die Kaffeeplantage vor meinen Augen verschwimmt und wird durch Kuka ersetzt, die einen Topf orangefarbener Begonien in einer Hand hält. Ihre silberblauen Augen blitzen mich an und lächelnd schnipst sie mit zwei Fingern vor meinem Gesicht. »Danke, Claire. Dein Palto-Dingsbums-Kaffee ist völlig in Ordnung.«

Nun gut, ich verstehe. Dafür werde ich nicht mehr zuhören, wenn Kuka die Blumenflüsterin gibt, und außerdem werde ich ihr nicht erzählen, dass ich die

Unterextraktion ihres finnischen Blümchenkaffees im Griff habe.

»Dein *Kaffee* kommt sofort.« Mit erhobenem Haupt wende ich mich von ihr ab und stolziere ins Café. Palto-Dingsbums-Kaffee! Pfff.

Die Karlsbader Kanne klirrt empört, als ich sie auf die Kaffeetheke stelle. Entschuldigung, kleine Kanne.

»Claire?«

Ich sehe von der Kanne hoch. Kuka linst zur Terrassentür herein. »Nicht böse sein. Ich liebe deinen Kaffee und am liebsten liebe ich ihn, wenn ich ihn einfach nur trinken darf.«

Damit reicht sie mir ein Töpfchen mit einem Vergissmeinnicht und ich kann nicht anders, als ihr und ihrem Schmollmund zu verzeihen.

»Das war wohl wieder ein bisschen übers Ziel hinaus?«

Kuka nickt und hebt weise einen Finger. »Ich glaube, du kompensierst damit nur deinen eigenen Koffeinentzug.«

»Das kann wohl wahr sein.«

»Koffeinentzug?« In der offenen Tür des *Coffee To Stay* steht Ella, Baby Viviana in einem lila gestreiften Tragetuch vor sich gebunden. Die Kleine schläft. Was auch sonst.

»Oh, hei, Ella. Äh, mir fällt gerade ein, auf mich warten ganz dringend zwei Vierziger und ein Siebzigster. Bis später Mädels.« Kuka winkt mir kurz zu und sprintet zurück ins *Lakka*.

Vorsichtig sehe ich Ella an. »Hi.«

»Selbst *Hi*«

»Was machst du denn so früh hier?«

»Wir sind verabredet.«

»So früh?«

»Soll ich wieder gehen?«

»Nö.«

Ella steht weiterhin in der Tür des Cafés und sieht
mich ruhig an. Die Karlsbader Kanne, die ich mit beiden Händen umklammere, fühlt sich seltsam warm an
dafür, dass sie noch keinen heißen Kaffee enthält.

»Koffeinentzug, cool, nicht wahr? Fast ein bisschen
wie Fasten vor Ostern.« Mein Lachen klingt eine Ok-
tave höher als sonst und künstlich wie ein vegetari-
sches Schnitzel.

Endlich bewegt sich Ella und schlendert auf mich zu.
Vor der Theke bleibt sie stehen und setzt sich auf einen
der hohen Hocker. Mich nimmt sie dabei nicht für einen Moment aus dem Visier. Das macht sie auch gern
mit ihren Kindern, und zwar so lange, bis die armen
Kleinen gar nicht anders können, als alles zu gestehen,
was Ella hören will. Manchmal auch mehr, als ihr lieb
ist. Doch wer so penetrant, mit so wenig Aufwand, andere zum Reden bringen kann, hat Strafe verdient.

»Was darf ich dir servieren? Einen Alpenminztee vielleicht? Der ist ganz frisch aus der Schweiz, aus dem
Napfbergland, das liegt im Kanton Bern, musst du wissen. Der Napf gehört zu den Emmentaler Alpen, witzig,
gell?« Noch immer die Karlsbader fest in den Händen,
sehe ich Ella an und komme mir dabei vor wie eine der
Damen aus den Fernsehverkaufsshows von Küchen-
maschinen. Nur ohne roten Lippenstift. Und ohne ka-
jalschwarze Augen. Und ohne blonde Mähne. »Darf es
das bitte sein?«

Ella nickt. »Hört sich prima an. Den Minztee nehme ich und eine Portion Wahrheit.« Dabei wandert ihr Blick von meinem Gesicht zu meinem Bauch, den ich heute Morgen extra schick in ein tannengrünes Kleid aus Envers-Satin gewickelt habe. Quasi geschlechtsneutral, denn ich habe mich noch nicht entschieden, ob dieses Menschlein in mir ein Junge oder ein Mädchen ist.

Mit klebrigen Fingern lasse ich die Kanne in meinen Händen los, gehe um die Kaffeetheke herum zu Ella und stelle mich vor sie. Zart streiche ich Baby Viviana über das Köpfchen mit dem blonden Flaum.

»Ich bin schwanger, Ella«, flüstere ich und rufe es gleich ein weiteres Mal laut heraus. »Ich, Claire Herzog, bin schwanger, Tobias und ich bekommen ein Baby!«

Ella springt auf und schließt mich in die Arme, so fest es mit dem schlafenden Baby vor ihrer Brust geht. »Ich freue mich riesig für dich, Claire.«

Sie nimmt mich an die Hand und zieht mich zu dem Tisch neben der Terrassentür.

»Halt!«, protestiere ich. »Kukas Kaffee.«

»Der kann warten und du brauchst eine Pause.«

»Ich brauche keine Pause, ich habe ja noch nicht einmal angefangen zu arbeiten. Und außerdem würde Kuka ohne Kaffee ihre Hyazinthen kopfüber einpflanzen.« Lachend mache ich mich von Ella los und gehe zurück hinter die Kaffeetheke, um Kukas Kaffee zu brühen.

»Na gut, aber danach setzt du dich sofort zu mir.«

Selbstverständlich befolge ich Ellas Anweisung bis ins Detail, schließlich bin ich eine gute beste Freundin. Nur eine winzige Abweichung erlaube ich mir, indem ich ihr fürsorglich einen Alpenminztee brühe und mir eine heiße Schokolade aus köstlicher dunkler São-Tomé-Schokolade zubereite. Mit einer großzügigen Haube aus süßem Alpenrahm. Und einer Prise Zimt.

Just in dem Augenblick, in dem ich mich zu Ella an den Tisch setze, beginnt Viviana zu maunzen. Ella grinst schief und wickelt mit geübten Griffen das Baby aus dem Tragetuch, ehe sie dezent ihre weiße Bluse öffnet und die Kleine, geschützt wie unter einem Baldachin, an die Brust legt. Das Ganze dauert zweieinhalb Sekunden, und hätte ich in diesem Augenblick aus dem Fenster gesehen, wäre die Aktion glatt an mir vorbeigegangen.

»Ich will das auch«, flüstere ich.

»Meine Milch? Never!«

Gekonnt ziehe ich eine Schnute. »Keine Angst, ich schlürfe deiner Prinzessin sicher nicht das Frühstück weg.«

»Dann ist es ja gut und nun erzähle mir alles! Seit wann weißt du es, in welcher Woche bist du, wie fühlst du dich, was sagt die Frauenärztin, hat deine Mutter schon das Horoskop berechnet und wie stolz ist Tobias?«

Ui, das sind beachtlich viele Fragen auf einmal. Und in einer davon kommt Tobias vor, glaube ich. Ich räuspere mich und schlecke an dem Sahneberg auf meiner heißen Schokolade.

»Nun komm schon, du bist doch sonst nicht so redefaul.« Ella beugt sich gespannt vor.

Und ich sprudele los. »Ich weiß es seit einer Woche, ich habe keine Ahnung, in welcher Woche ich bin, ich fühle mich großartig, was meine Frauenärztin dazu sagt, weiß ich nicht, weil ich sie nicht gefragt habe. Und meine Mutter hat bereits vor fünf Jahren Horoskope für ihre zukünftigen Enkelkinder erstellt, die alle möglichen Kombinationen aus Sternzeichen, Dekaden, Aszendenten, Häusern, Monden und Sonnen und dem Mars berücksichtigen.«

»Und Tobias?«

»Weiß es noch nicht«, nuschele ich in den Berg Sahne auf meinem Löffel.

Ella beugt sich weiter zu mir und ihr geflochtener Zopf baumelt gefährlich nah über dem Glas mit dem Minztee. »Pass auf«, weise ich sie netterweise darauf hin.

Doch Ella winkt ab. »Ich habe gerade verstanden, er weiß es noch nicht?«

»Mm.« Schade, die Sahne ist aufgelöffelt und die flüssige Schokolade darunter zu heiß zum Schlürfen.

»Claire, er ist der Vater und dein Partner.« Ella sieht jetzt echt ernst aus.

»Hast du es denn Daniel gleich brühwarm erzählt?«, verteidige ich mich.

»Nein.«

»Na siehst du.«

»Er war bei den Schwangerschaftstests dabei.«

»Aber du hast sie allein gekauft!«

»Nein. Daniel hat sie gekauft.«

»Dann hattest du eben vorher eine Vermutung für dich.«

»Und diese Vermutung mit ihm geteilt.«

»Da hast du es«, triumphiere ich. »Für einen Moment hat die Schwangerschaft ganz dir gehört. Wie bei mir.«

Ella rollt mit den Augen und lehnt sich nach hinten an den Stuhl. Dabei löst sie Viviana von der einen Brust und legt sie auf die andere Seite.

Leise Schmatzgeräusche dringen durch den dünnen Blusenstoff und wir beginnen zu lächeln.

»Du musst es ihm sagen, Claire. Es ist auch seine Schwangerschaft.«

Bedächtig wiege ich den Kopf hin und her. Denn so viel, wie ich auf Ellas Meinung gebe und so viel Erfahrung sie auch mit dem ganzen Babykram hat, für mich gehört die Schwangerschaft mir. Mag sein, dass es sich anders anfühlen wird, wenn ich Tobias mein nicht unbeträchtliches Geheimnis verraten habe, aber im Moment bin ich voll bei mir. Und außerdem habe ich ihn in der letzten Woche, großzügig aufgerundet, drei Stunden gesehen – und davon vielleicht die Hälfte der Zeit mit ihm gesprochen, davon wiederum siebzig Prozent über das wichtige Projekt von ihm und Linus in den USA und dreißig Prozent über den bevorstehenden Geburtstag des *Coffee To Stay*. Und überhaupt.

»Claire, sieh mal, ich weiß es und wie es vorhin aussah, weiß es auch Kuka und ...«

»Und Éloïse.«

»... und Éloïse. Das ist nicht fair gegenüber Tobias. Stell dir vor, er erfährt es von jemand anderem. Ich denke nicht, dass du das willst, oder?«

Ach verflixt, schon in der Schule hat Ella als Klassensprecherin alle mit ihrer Vernunft in Grund und Boden diskutiert, selbst unsere Mathelehrerin Frau Franz, wenn diese mal wieder gemeine Aufgaben in die Klassenarbeiten geschummelt hat, von denen wir vorher nie etwas gehört hatten. Ella verdanke ich einen um mindestens eine Note besseren Notendurchschnitt in Mathe.

Sie hat ja recht. »Du hast ja recht.«

»Prima!« Ella klatscht begeistert in die Hände, was Baby Viviana mit einem deftigen Bäuerchen kommentiert. Liebevoll pflückt sich Ella die Kleine von der Brust und reicht sie mir.

Warm und weich und anschmiegsam kuschelt sich Viviana an mich und blinzelt zu mir herauf. Immer wieder schließen sich flatternd ihre Lider, doch so leicht lässt sie den Schlaf nicht die Oberhand gewinnen.

»Claire, mein Schatz, ich habe nur ganz, ganz kurz Zeit. Ich wollte mir vorher dein toi, toi, toi abholen, falls wir uns nachher vor der Premiere nicht mehr sehen.« Mit der Kraft eines Blizzards fegt meine Mutter in das Café und kommt zappelnd vor dem Tisch zum Stehen, an dem Ella und ich sitzen. »Ella, meine Liebe, wie geht es dir? Und die wundervolle Viviana, ein Widder par excellence. Du glaubst an deine eigene Kraft, meine Kleine, so ist es richtig, dein feuriger Impuls wird dich leiten.«

Vorsichtig, um Viviana auf meinem Arm nicht zu stören, erhebe ich mich. »Mama, Viviana schläft dreiundzwanzig Stunden von vierundzwanzig. Ihr feuriger Impuls beschränkt sich auf ein Maunzen zweimal am Tag.«

»Warte es ab, mein Kind, sie zeigt euch noch, wer die Dame im Hause Seidel ist. Momentan hat sie keinen Grund dazu, denn ihr liegt ihr ja alle bereits zu Füßen.«

»Ertappt.« Auch Ella hat sich erhoben und küsst meine Mutter zur Begrüßung auf die Wange. »Sie ist ja auch ein großartiges Baby-Mädchen.«

»Das beste, ich weiß.« Ohne lange zu fragen, nimmt mir meine Mutter das Baby ab und wiegt es sanft hin und her. »Im Übrigen solltest du dir bald die eine oder andere Stunde Zeit nehmen für eine dir nahestehende Person, meine liebe Ella. Und eine Familienfeier möchte geplant werden!«

Gehorsam nickt Ella, doch ich sehe die Gedanken hinter ihrer Stirn hin und her flitzen. Ella hat mit Astrologie noch weniger am Hut als ich, vermutlich kennt sie nicht einmal Vivianas Sternzeichen – oder ihr eigenes.

»Was darf ich dir anbieten, Mama?«

»Ich brauche nichts, mein Schatz. Lediglich dein toi, toi, toi. Und denk daran, über die linke Schulter!«

Meine Mutter gibt Ella das Baby zurück und stellt sich vor mich. Gehorsam beuge ich mich über ihre rechte Schulter, um ihr für die bevorstehende Premiere der neuen Oper *Maravillosa* heute Abend alles Gute zu wünschen.

»Nein!«, schreit sie entsetzt auf und setzt einen großen Schritt zur Seite, sodass ich mich nun gegenüber ihrer linken Schulter befinde.

»Kleiner Scherz«, kichere ich und lasse mein toi, toi, toi über die richtige Schulter purzeln.

»Das ist nicht lustig!« Meine Mutter patscht mir leicht auf den Arm und sieht mich entrüstet aus ihren moosgrünen Augen an, die meinen so sehr ähneln.

»Doch, ein bisschen schon«, kann ich mir nicht verkneifen zu sagen. »Aber im Ernst, es wird garantiert wieder toll heute Abend. Ich freue mich riesig auf die

Vorstellung, deine Kostüme hören sich phänomenal an.«

»Selbstverständlich sind sie das.« So winzig wie meine Mutter auch ist, so riesig ist ihr Selbstvertrauen. »Seid bitte pünktlich und denk daran, deinen Vater aus dem Foyer mit in die Loge zu nehmen. Er wartet bei Giacomo am Klavier auf dich und Tobias.«

Wie immer. »Wir sind pünktlich, Mama. Arian übernimmt nachher die Spätschicht, sodass ich mich zu Hause in aller Ruhe herrichten kann. Und wir werden angemessene Kleidung in Form eines eleganten Cocktailkleides für Tobias und eines schwarzen Smokings für mich tragen. Oder vielleicht auch andersherum. Und Papa zeigen wir selbstverständlich, wo es langgeht.«

Erneut knufft mich meine Mutter, dieses Mal um einiges stärker. Vermutlich habe ich Rabentochter es verdient.

Fest nehme ich sie in den Arm. »Entspann dich, Mamsi. Es wird ein toller Abend.«

Ella schiebt mich beiseite und wünscht meiner Mutter ebenfalls toi, toi, toi. Vorbildlich über die linke Schulter. Und schwungvoll, wie meine Mutter das Café betreten hat, fegt sie aus selbigem wieder hinaus.

Ella legt leicht einen Arm um meine Schulter. »Na, wenn das heute Abend nicht die Gelegenheit ist, ein romantisches Schäferstündchen mit fabelhaften Neuigkeiten zu verbinden. Zwei wunderschöne Menschen, eine gefühlvolle Oper, betörend in ihrem Glücksende. Danach ein Schlummertrunk auf dem heimischen Sofa, dein neuer praller Busen im Ausschnitt des

Abendkleides, den Tobias unmöglich übersehen kann ...«

»Ella! Hör auf!« Hitze steigt mir ins Gesicht und ich spüre das Spannen in meinen Brüsten, das ich seit Tagen wahrnehme, umso mehr.

Anzüglich grinst mich Ella an und gibt mir einen Klaps auf den Po. »Komm schon, du Unschuld. Das wird eine Nacht der Nächte. Allzu viele davon gibt es für uns Mamis nicht mehr.«

Kapitel 8

C wie Cum Tempore

Cappuccino
Ein heißer Espresso mit einer goldenen Crema darf
eine Liaison eingehen mit frischer, dickflüssiger
Milch, die sich durch die Crema in den Espresso
schmiegt und von weichem Milchschaum gekrönt
wird.

»Claire da! Claire da!« Holly stürzt sich in dem Moment von der Garderobenablage zu mir herunter, in dem ich unsere Wohnung betrete. Flügelschlagend setzt sie sich auf meine Schulter und verdreht ihr Köpfchen, um durch die geöffnete Wohnungstür nach draußen in den Flur zu spähen. »Zu, zu!«

»Hey, Holly. Alles gut.« Schnell schließe ich die Tür und der Vogel auf meiner Schulter entspannt sich. Mit winzigen Schritten tapert er bis zu meinem Hals und schmiegt sich an ihn. Geduldig kraule ich Holly den Rücken, bis sie genug hat und aufflattert. Ich nutze die Gelegenheit und schlüpfe aus meinen Ballerinas. »Tobias?«

»Tob weg! Tob weg!«, informiert mich meine grüngelbe Mitbewohnerin und sieht dabei aus, als würde sie lachen. Fehlt nur noch, dass sie einen Flügel zum High five hebt.

Und in der Tat, an unserer Nachrichtenzentrale in Form des Garderobenspiegels klebt ein Zettel, beschrieben mit Tobias' akkurater Handschrift:

Liebe Claire,

Linus hat mich gebeten, mit ihm weitere Details bezüglich des USA-Hotel-Projekts zu klären, die kurzfristig vom Auftraggeber reingekommen sind. Da Linus bereits Mittwoch fliegt, läuft uns die Zeit davon. Sorry, ich weiß, heute ist Sonntag und wir sind verabredet. Den Smoking habe ich dabei und komme dann direkt zur Oper. Ich freue mich darauf, mit der schönsten Frau des Abends ausgehen zu dürfen.

Ich liebe Dich, Dein Tobias

Das USA-Projekt. Mal wieder! Ich bin echt froh, wenn Linus Mittwoch nach Los Angeles fliegt und es bei Tobias ruhiger wird. Vermute ich zumindest, denn er wird von Berlin aus mit Sicherheit weitere Zuarbeit leisten müssen. Soviel ich weiß, expandiert die deutsche Hotelgruppe Andanca, die ihren Hauptsitz in Berlin hat, nach Kalifornien, in die Nähe von Santa Barbara. Tobias hat mir das Grobkonzept gezeigt und ich war ebenso hin und weg wie er von dieser wunderschönen Hotelanlage, die sich zwischen dem Pazifik und dem *Los Padres National Forest* in die Natur einschmiegen wird. Dennoch, es handelt sich um ein wahnsinnig aufwendiges Projekt, denn die altehrwürdige Familie Andanca verlangt nur das Beste vom Besten. Ihr guter Ruf ist unbezahlbar, und sollte dieses

Projekt reibungslos klappen, werden weitere folgen. Damit wäre Tobias' Architekturbüro das erste am Platze. Ich meine, wer kennt die Andanca-Hotels schließlich nicht! Jeder von uns möchte in diesen Tempeln seinen Urlaub verbringen.

Nun gut, während ich aus der Nachricht einen Kranich falte, schlendere ich in die Küche und häufe auf einem Pizzateller Erdbeeren, Melonen- und Mangostücke, Heidelbeeren und Cashewnüsse für mich und Holly. Dazu ein Mineralwasser, in das ich den Saft einer Zitrone presse.

Sehnsüchtig bleibt mein Blick an dem Espresso-Herdkännchen hängen. Ich öffne es und schnuppere an dem nicht vorhandenen Inhalt. Das leere Kännchen duftet herrlich nach Mille-Soli-Espresso, nach schokoladiger Haselnuss und dunklen Waldbeeren.

Ohne weiter darüber nachzudenken, schütte ich das zitronige Mineralwasser in das Herdkännchen und schwenke es etliche Minuten hin und her. Anschließend fülle ich das kaffeearomatisierte Wasser in eine Cappuccinotasse und koste gierig.

Oh! Sauer, sauer. Von der Anrichte nehme ich die bunte Porzellanzuckerdose und rühre zwei Teelöffel Zucker in die Kreation. Das süße Krokantaroma des Rohrzuckers nimmt die Säure aus dem Wasser und ich kann endlich mal wieder einen Kaffee genießen. Oder so etwas in der Art.

Ganz ehrlich – für eine Ersatzbefriedigung ist mein *Coffee For Pregnant* gar nicht sooo schlecht. Wenn man nicht zu viel erwartet und nicht genau hinschmeckt und ohnehin keine Alternativen hat.

An dieser jungfräulichen Kaffeespezialität muss ich definitiv noch weiter tüfteln, aber nicht jetzt.

Die nächsten beiden Stunden möchte ich darin investieren, mich auf Hochglanz zu schrubben, inklusive eines Haarpeelings, einer Haarmaske, eines Körperpeelings, eines Schaumbades, einer Cremesession und eines Rundum-Opern-Make-ups mit passender, eleganter Hochsteckfrisur.

»Holly voll! Holly voll!«, krakeelt der Papagei neben dem leeren Obstteller, was übersetzt heißt: Liebe Claire, heb mich hoch und trage mich auf meine Lieblingsstange neben dem Wohnzimmerfenster, damit ich eine Runde chillen kann.

Gern komme ich der Aufforderung nach und verfrachte Holly auf den umgebauten Katzenkratzbaum mit den zahlreichen Stangen und Spiegeln und Glöckchen. Zum Verdauen muss es immer die oberste Stange sein, mit freiem Blick hinaus in unseren Hinterhofgarten, der aus einer mit Gänseblümchen übersäten Wiese besteht, umgeben von bunten Blumenbeeten, die von den Bewohnern des Hauses gehegt und gepflegt werden wie Babys. Ich muss gestehen, wenn es meine Unkrautzupf-Blumenpflanz-Runde ist, lade ich heimlich Kuka ein. Sie lässt mich ob meines Unvermögens Pflanzen gegenüber nicht in die Nähe derselbigen, und mich umweht deshalb der Ruf der Blumenflüsterin in unserer Hausgemeinschaft.

Hinterher lade ich Kuka ein und wir gehen mexikanisch essen und gönnen uns im Anschluss einen durch und durch kitschigen Kinofilm.

Jetzt widme ich mich zuerst meinen Haaren, die am meisten Aufmerksamkeit und Pflege benötigen. Nicht unbedingt meine Lieblingsaufgabe, aber heute, mit genügend Zeit und Muße und der richtigen Musik, die aus dem Badradio rockt, eine entspannte Aufgabe. Während ich mir zusammen mit Sarah Connor Tränen wegwische und im Regen küssen möchte, kreisen meine Gedanken um meine Babymission nach der Oper.

So ganz sicher bin ich mir noch nicht, wie ich die Breaking News Tobias übermitteln will. Romantisch? Lustig? Kitschig? Soll ich ihn fragen, ob wir zusammen ein Buch lesen wollen und setze mich mit dem Namensbuch zu ihm, das ich letzte Woche gekauft habe?

Soll ich es ihm verrucht ins Ohr flüstern und anschließend den Sex meines Lebens mit ihm haben? Zumindest hat Ella das eindeutig angedeutet. Oder doch lieber keusch mit Tränen in den Augen, Arm in Arm, weinend und lachend und im Wohnzimmer einen Walzer tanzend?

Ich will den Sex!

Keusch wird es, aller Gerüchte nach, in spätestens neun Monaten von ganz allein.

Ich lege noch eine Schippe Richtung Nacht der Nächte drauf und krame aus der untersten Badschublade eine Haarmaske und eine Gesichtsmaske und eine Busenmaske (!) einer Kosmetikmarke, die keine Produkte unter Wert einer Diamantkette verkauft. Éloïse hat mich letzten Herbst während unseres Kurzurlaubs in Paris dazu überredet, diesen exklusiven Salon mit ihr zu besuchen – und ganz ehrlich, dort geht keine Frau ohne cremefarbenes Täschchen voller Will-ich-haben-Produkte wieder hinaus. Schon wie es dort duftete, süß und frisch und blumig und klar und einfach zum Anbeißen, und die Verkäuferinnen, elegant und jung und wunderschön und natürlich und unangestrengt.

Großzügig patsche ich mir die Haarkur auf den Schopf und knie fast nieder, als mich der einzigartige Duft umfängt. So will ich immer riechen! Danach verteile ich die eine Maske im Gesicht und die andere auf meinen Brüsten. Und – die fühlen sich gut an! Ella hat recht, heute Abend muss es das Noely-Kleid mit dem unkeuschen Ausschnitt sein. Bitte, wann quillt mir schon mal das Dekolleté schmückend aus dem Mieder!

Nun heißt es entspannen und das Wunderzeug sein Wunder vollbringen lassen, und das geht nirgendwo besser als auf meinem rostroten Samtsofa. Eingekuschelt in meinen Lieblingsbademantel, drapiere ich mich der Länge nach auf den Polstern und schließe die Augen. Wie Holly, die leise schnarchend auf ihrer Stange Siesta hält.

Keine Sekunde später brummt das Handy im Flur. Ich lasse es brummen, bis es mir mit einem Piepsen den Eingang einer Nachricht signalisiert. Dann herrscht wieder wohltuende Ruhe.

Als nächstes schrillt leider das Festnetztelefon durch die Wohnung.

Ich lasse es schrillen.

Der Anrufbeantworter setzt dem Gebimmel ein Ende, scheucht mich allerdings auf, denn Tobias spricht eine Nachricht auf das Band.

Abrupt schnelle ich hoch, was mir Sternchen vor den Augen beschert und mich für einen Moment schwummerig macht. Stimmt, zu schnelle Lagewechsel bekommen mir momentan nicht gut.

Bis ich das schnurlose Telefon hinter einem Berg Kaffeemagazinen neben dem Buchregal im Arbeitszimmer gefunden habe, hat Tobias ausgeredet und aufgelegt.

Und das, was ich meine gehört zu haben, gefällt mir nicht. Ich spiele die Nachricht mit angehaltenem Atem ab. Leider bleibt es bei dem Gehörten, Tobias sagt unsere Verabredung für heute Abend ab!

Nach den Überstunden der letzten Tage und vor allem auch wegen der ganzen Wochenendarbeiten sind Linus und Tobias mit ihrem Team als exklusives Dankeschön bei der Familie Andanca zum Abendessen eingeladen. Da Tobias davon ausgeht, dass es nicht nur ein rein privates Treffen wird, was allein schon Grund genug wäre hinzugehen, sondern auch Interessantes zum Projekt besprochen wird, möchte er unbedingt dabei sein. Ich hätte sicherlich Verständnis, wenn wir den Opernbesuch verschieben. Klar, habe ich. Und ich kann auch total verstehen, wie spannend es ist, in die privaten Gemächer der Familie Andanca zu linsen. Trotzdem, das sollte unser Abend werden! Fairerweise muss ich zugeben, dass Tobias davon nichts weiß. Und wenn er mit dem Essen heute Abend fertig ist und ich aus der Oper komme, können wir noch immer unsere Sexnacht, äh, ich meine unsere Nacht der Nächte haben.

Schweren Herzens rufe ich Tobias zurück.

»Hey, Claire, ich habe dir gerade auf den AB gesprochen.«

»Ich habe ihn abgehört. Schade, dass du nicht kommen kannst.« Und komischerweise macht es mir wirklich etwas aus, denn mir stiehlt sich ein Tränchen ins Auge. Ich bin doch sonst nicht so sentimental.

»Du bist nicht sauer, wenn ich hierbleibe, oder?« Tobias' tiefe Stimme dringt sanft an mein Ohr.

Ich zwinge mir ein Lächeln ins Gesicht, um leichter zu klingen. »Nein, nein, schon okay. Das ist weder unsere erste, noch unsere letzte Opernpremiere. Dein Treffen heute ist wichtiger. Und danach sehen wir uns gleich, nicht wahr?«

»Und wenn ich die halbe Nacht auf dich Lieblingsmensch warten muss.«

»Das vernehme ich gern.« Im Hintergrund höre ich Linus nach Tobias rufen. »Du musst los. Ist Linus schon sehr aufgeregt? Immerhin ist das eine riesige Verantwortung, die er eingeht.«

»Geht so, dennoch glaube ich, er würde lieber hierbleiben. Zum einen reist er ohnehin nicht gern und zum anderen hat er mir vorhin erzählt, dass er demnächst Vater wird.«

Ich verschlucke mich an meinem eigenen Luftholen und muss husten.

»Alles okay?«, fragt Tobias besorgt nach.

»Geht schon wieder«, röchele ich und räuspere mich kräftig, um wieder klar sprechen zu können. »Hab mich nur verschluckt. Dann herzlichen Glückwunsch an Linus und Rebeka. Ich freue mich für die beiden.«

»Richte ich aus. Aber mal ehrlich, einen schlechteren Zeitpunkt hätten sich die beiden nicht aussuchen können. Das wird hart für die Eltern in spe! Bin ich froh, dass ich nicht in Linus' Haut stecke.«

Mein Herzschlag setzt für einen Moment aus und ich schüttele mich kurz. Was Tobias gerade sagt, hat nichts mit mir und unserer Schwangerschaft zu tun! Er denkt nur an das Projekt und die Arbeit, die auf Linus wartet. Das muss einfach so sein!

Und wenn nicht?

»Weißt du was«, reißt mich Tobias aus meinen umwölkten Gedanken. »Als Trost könnten wir nächstes Wochenende an den Winder See fahren. Dort gibt es ein Andanca-Hotel, wo wir ein nettes Zimmer bekommen könnten. Die Zeit würde ganz allein dir und mir gehören. Arian hält bestimmt gern die Stellung im Café, oder?«

»Das klingt fabelhaft. Dafür darfst du gern einen Opernbesuch sausen lassen.« Mühevoll presse ich die Worte heraus.

»Das dachte ich mir schon. Bis nachher, Claire, ich liebe dich.«

»Ich dich auch.« Ich lege auf und lasse meine Hand langsam sinken.

Linus wird Papa! Und gleichzeitig verbringt er die meiste Zeit der nächsten Monate auf einem anderen Kontinent. Und Tobias ist froh, nicht in seiner Haut zu stecken – obwohl er hier in Berlin bleibt!

Fröstelnd schlinge ich den Bademantel fester um mich und lege mich zurück auf das Sofa. Leider versteckt sich die innere Ruhe mittlerweile unter einem Berg rasender Gedanken. Gedanken an Linus und Rebeka und Tobias und das *Coffee To Stay* und das Baby in meinem Bauch. Zum ersten Mal lasse ich den Gedanken zu, dass Tobias vielleicht nicht so glücklich über das Baby sein wird, wie ich glaube. Angst knabbert in mir und mir wird übel.

Die diversen Masken an meinem Körper kleben unangenehm. Was soll ich bloß machen?

Erneut klingelt das Telefon. Mit geschlossenen Augen gehe ich betont fröhlich ran, voller Sorge, meinen zerrissenen Zustand vor Tobias zu verraten. »Möchtest du mir weitere Liebesschwüre flüstern?«

»Kann ich machen, wenn du darauf bestehst, Chefin. Dann sollten wir aber über mein Gehalt reden.«

»Arian! Was machst du denn in meinem Hörer!« Wieder setze ich mich zu schnell auf und bereue es sofort, da mir schwindelig wird.

Arian lacht herzhaft, wird aber gleich wieder ernst. »Dein Vater ist hier, Claire, und bittet darum, von dir abgeholt zu werden.«

»Wie, mein Vater möchte abgeholt werden? Warum ist er denn im Café?« Ich fasse mir mit der Hand an die Stirn und direkt in die Gesichtsmaske, somit kommt auch meine Hand in den Genuss der französischen Luxuspflege.

Es raschelt in der Leitung und ich höre Arian mit jemandem flüstern, dann spricht er wieder mit mir. »Er wollte gern einen Tee trinken und hat sich vom Taxifahrer deshalb ins *Coffee To Stay* fahren lassen anstatt in die Oper.«

»Dann mache ihm bitte einen Tee und rufe ihm ein neues Taxi, das ihn zur Oper fährt.«

Erneutes Rascheln und Flüstern, ehe Arian mir antwortet. »Er hat kein Geld mehr, weil er genauso viel mitgenommen hat, wie er für die Taxifahrt vereinbart hat.«

Abermals platziere ich meine Hand auf der maskierten Stirn und dieses Mal lasse ich sie dort. »Gib ihm bitte halt Geld aus der Kasse. Ich korrigiere das morgen.«

Rascheln, Flüstern, Arian. »Das gehört sich nicht, junge Dame. Soll ich dir ausrichten.«

»Kannst du ihm nicht etwas borgen? Ich habe keine Lust, den Umweg über das Café zu machen. Zumal ich hier halb nackt und unter diversen Schichten von Schönheitsmasken versuche, mich zu entspannen!«

»Du hörst dich nicht entspannt an. Aber halbnackt hört sich gut an.«

»Arian!«

»Schon gut, Chefin. Warte kurz.« Einundzwanzig, zweiundzwanzig. »Nein, dein Vater borgt sich kein Geld. Du sollst bitte kommen und ihn abholen und in die Oper fahren. Schließlich bist du seine Tochter und hast damit nicht nur Rechte, sondern auch Pflichten.« Arian erstickt fast an dem Lachen, das in seiner Stimme vibriert.

Und ich könnte in den Hörer beißen. »Ich bin gleich da«, knurre ich. »Tu ihm Baldrian in den Tee und halte ihn von meinen Kaffeeaufzeichnungen fern!«

Die Lust auf weitere Verschönerungsaktionen ist mir vergangen. Ich wasche mir im Eiltempo die Gesichtsmaske ab, spüle mir die Haare und wische mir unter der Dusche die Reste der Schönheitscreme von den Brüsten, die jetzt als i-Tüpfelchen unangenehm spannen. Toll!

Mit höchster Stufe puste ich die Haare trocken und sehe nach einer Viertelstunde genauso aus wie vor dem Haarewaschen mit dem vermaledeiten Siebzig-Euro-Shampoo. Halbherzig creme ich mich mit meiner geliebten Buttermilk & Lemon Bodylotion für einen Euro fünfundsiebzig ein, tusche die Wimpern, staube Rouge auf die Wangen und betupfe meinen Mund mit einem Lippenstift im passenden Kupferton meiner Haare.

Beim Ankleiden habe ich schon mehr Freude. Der herrliche Satinstoff raschelt verheißungsvoll, als ich mir das Kleid überziehe. Das Mieder schmiegt sich an mich und beschert mir Kurven, von denen sogar ich meinen Blick kaum losreißen kann. Der Rock umspielt meine Knie und die zwölf Zentimeter hohen, kristallenen High Heels strecken mich und meine Beine in luftige Höhen.

Mein Spiegelbild stellt mich durchaus zufrieden und ich fühle mich auch ohne Vamp-Make-up und kunstvoller Hochsteckfrisur verführerisch. Vielleicht hat Tobias ja doch gar nichts gegen ein Baby! Vorhin am Telefon, da war er bestimmt nur gestresst und müde. Seine Tage sind hart. Und wir lieben uns doch! Und überhaupt, ich muss es ihm endlich sagen. Dann habe ich Gewissheit.

Schnell verteile ich Kerzen im Schlafzimmer und lege Streichhölzer bereit. Die Bettdecken schlage ich einladend zurück und drapiere die Kissen ansprechend. Auf das Bett darf eine rote Schachtel, gefüllt mit sinnlichen Nugat-Pralinen, und daneben mein durchsichtiges Negligé mit den seidenen Bindebändchen, die sich so wunderbar leicht aufziehen lassen.

Diese Einladung sollte Tobias selbst im Dunkeln verstehen.

»Herr Scholl, die richtige Technik beim Putzen von Glasscheiben sollten Sie nicht außer Acht lassen. Für Ihre Glasvitrine empfehle ich Ihnen lauwarmes Wasser in der Menge von drei Litern und mit einer exakten

Temperatur von dreiunddreißig Grad Celsius. Drei Spritzer Essig und zwei Dosen Spiritus darin vermeiden unschöne Streifen. Und nun die Technik: Mit einem Mikrofasertuch mit kurzen Fasern immer in Kreisen wischen! Wer in Kreisen putzt, erzeugt keine Streifen.«

Strahlend steht mein Vater vor Arian, der mit einer Hand einen Lappen zerquetscht und sich mit der anderen an die Theke krallt.

»Hallo Paps«, erlöse ich Arian, denn ich bin eine gute Chefin. Und auf Arian angewiesen. »Wollen wir los?«

»Claire, wie schön, dass du hier bist. Ich habe deinem Angestellten gerade erklärt, wie er das Glas eurer Kuchenvitrine richtig putzt.«

»Dafür ist dir Arian sicher auch sehr dankbar, nicht wahr?« Ich grinse Arian breit an und hake mich bei meinem Vater ein. »Vielen Dank, dass du meinem Vater Gesellschaft geleistet hast.«

»Immer wieder gern«, presst Arian hervor und klatscht den Lappen in einen Eimer mit Wasser, das hochspritzt und den Boden wässert. »Ich bin froh, nun darüber unterrichtet zu sein, wie ich Scheiben angemessen zu reinigen habe!«

»Gern geschehen, junger Mann. Bedenken Sie immer, bei allem, was Sie tun: Der nötige Ernst schafft die Voraussetzung für das Gelingen einer Sache, und möge sie noch so unbedeutend erscheinen.«

Arian nickt ergeben. »Das werde ich.«

Bevor ich mit meinem Vater das *Coffee To Stay* verlasse, drehe ich mich noch einmal zu Arian um. »Und nicht vergessen, immer in Kreisen putzen.« Schnell schließe ich die Cafétür hinter mir, denn eine

Nanosekunde später patscht von innen ein nasser Lappen gegen das Glas.

»Das darfst du deinem Angestellten nicht durchgehen lassen, mein Kind!« Ehrlich entrüstet bleibt mein Vater stehen und stemmt die Arme in die Hüften.

»Arian ist auch mein Freund«, lache ich seine Bedenken beiseite.

»Auch Freunde dürfen sich so nicht benehmen. Und außerdem sollte man stets Distanz zu seinen Kollegen wahren, es ziemt sich nicht, hier Freundschaft und Berufliches zu vermischen.«

»Ach Paps. Lass uns fahren.« Damit ziehe ich ihn zum Volvo, für den ich in der Nähe des Cafés einen Parkplatz gefunden habe, und bugsiere ihn hinein.

Wehmütig sehe ich hinüber zum *Fiadone*, welches dunkel und verlassen auf mich wirkt, obschon Éloïse noch morgen und Dienstag öffnen wird, ehe sie am Mittwoch nach Cassis fliegt. Das Schaufenster ist dekoriert mit Salzteignachbildungen ihrer Backkunstwerke und eine nachgebaute Backstube in Puppengröße lädt zum Staunen ein.

»Claire!«, ruft mich mein Vater aus dem Auto. »Hast du auch getankt, bevor du hierhergefahren bist? Und den Luftdruck, das Kühlwasser und den Ölstand überprüft?«

Klar habe ich das getan, irgendwann bestimmt schon mal.

Wie ich es mir gedacht habe, ist die Opernpremiere ein rauschender Erfolg. Bereits während der Aufführung gibt es stehende Ovationen und am Ende kriegen sich die Zuschauer kaum mehr ein. Zwölfmal hebt sich der Vorhang dem klatschenden Publikum und bei den letzten beiden Malen wird sogar meine Mutter von den Darstellern und dem Dirigenten auf die Bühne geholt.

Und sie hat es mit jedem Nadelstich verdient. Die Kostüme sind ein Sturm in Gelb und Orange, in Türkistönen und Violett. Die Kleider der Frauen wogen mittels meterlanger, duftig-leichter Stoffe um sie herum, während die Herren elegante Kontrastpunkte bilden. In den fulminanten Roben bewegen sich die Sänger mit einer Leichtigkeit, die typisch für die Kostümbildnerkunst meiner Mutter ist. Der Abend war sowohl für die Ohren als auch für die Augen ein Genuss allererster Klasse.

Berauscht von der schönen Musik, der zur Herzen gehenden Geschichte und den prächtigen Kostümen feiern meine Eltern und ich mit dem Ensemble und deren Verwandten im Foyer, zusammen mit begeisterten Zuschauern. Wobei eher nur ich feiere, mein Vater lässt sich beizeiten von meiner Mutter nach Hause fahren.

Erst weit nach Mitternacht entziehe ich mich der fröhlichen Menge und mache mich auf den Heimweg. Mein Herz hämmert vor Vorfreude in meiner Brust und das Ziehen und Spannen darin verwandelt sich in Lust.

Beim Einparken sehe ich Licht in unserer Wohnung und ich freue mich darauf, dass Tobias auf mich wartet.

Vor Aufregung zitternd öffne ich die Wohnungstür, das Kaschmirtuch, das mich in der Oper züchtig bedeckt hat, lasse ich auf den Boden gleiten.

In der Tür zum Schlafzimmer bleibe ich stehen. Tobias fläzt angezogen auf dem Bett – unter seinem Hintern plattgedrückt liegt die Pralinenschachtel, zwei einzelne Pralinen liegen vor dem Bett auf dem weißen Teppich. Mein Negligé steckt zusammengeknüllt unter seinem Kopf, zweckentfremdet als Luxus-Kopfkissen.

»Hey, Claire«, lallt mich mein Freund und nichts ahnender Vater meines ungeborenen Kindes schief grinsend an.

Kapitel 9

A wie Auf und Davon

Affogato al caffè
Wenn verführerisches, süßes, cremiges Vanilleeis in heißblütigen Espresso taucht, entsteht ein Abenteuer, in dem sich die schlichte Wirklichkeit in Leidenschaft wandelt.

Ich weiß kaum, in welcher Reihenfolge ich über was den Kopf schütteln soll. Die umgekippten Kerzen? Die leergefutterte Pralinenschachtel? Mein Negligé, dessen Stoffknappheit nicht den Preis rechtfertigt? Dass es in unserem Schlafzimmer riecht wie in einer Berliner Eckkneipe? Meinen lallenden Freund?

»Du hast getrunken!« Meine Anschuldigung kommt ungewohnt scharf heraus. Ich bin von seinem Anblick dermaßen genervt, dass ich die unschuldigen Pralinen vor dem Bett in den weißen Teppichboden stampfen könnte.

»Klar hab ich getrunkn, jeda muss trinkn.« Schwerfällig setzt sich Tobias auf und stützt sich mit dem Arm auf mein Negligé, dabei rutscht er jedoch auf dem seidigen Stoff ab und kippt zur Seite.

So habe ich ihn noch nie gesehen! Und so will ich ihn definitiv nicht sehen. »Du trinkst doch sonst kaum Alkohol. Ich denke, es sollte ein Abendessen werden?«

»Wir ham auch gessen und da gabs son guden Rotwein. Der war ganz süß und lecka!« Übertrieben schleckt sich Tobias mit der Zunge über die Lippen, was deren schokoladenverschmierten Anblick nicht zuträglich ist. Alles, was süß schmeckt, zieht meinen Freund an wie ein Zuckermagnet und schaltet jegliche Beherrschung ab.

»Meine Güte, Tobias, du kannst dich in der Gegenwart deiner Kunden nicht volllaufen lassen! Im Prinzip solltest du das überhaupt nicht machen!«

»Im Pinzip, im Pinzip. Die leggere Flasche ham Linus und ich als Geschenk mitnommen und im Rosenpark trunken. Wir mussten mal richtig anstoßen auf unsa Projekt. Und jetzt hör auf zu schimfen und komm her. Wie war die Oba?«

Mit weit ausgestreckten Armen liegt Tobias mehr auf dem Bett als er sitzt, dabei sieht er mich aus seinen braunen Teddyaugen so treuherzig an, dass meine Wut etwas verraucht. Wenn auch nur ein winziges kleines bisschen!

Mit wiegenden Hüften gehe ich auf ihn zu, die Hände in die Taille gestützt. Vor dem Bett bleibe ich stehen und beuge mich zu ihm hinunter, mein Dekolleté direkt vor seinem Gesicht. »Schade, mein Lieber, ich hatte heute so dies und das mit dir vor. Da muss ich mich wohl allein trösten.« Zart streiche ich mit dem Zeigefinger an meinem Hals entlang. Tobias' Blick wird glasig und sein Atem beschleunigt sich. Mit einem Ruck setzt er sich auf und küsst mich auf den Mund, dabei landen seine Hände zielsicher auf meinen neuen prallen Freundinnen.

Igitt! Wie ekelig sein Mund schmeckt! Kein Hauch von den Schokoladenpralinen, nicht einmal von dem Rotwein, stattdessen Entengrütze mit vergorenem Rosenkohl. Ohne allzu viel Kraft aufwenden zu müssen, schiebe ich ihn von mir weg. »Ich glaube, wir vertagen das lieber, bis du wieder nüchtern bist. Und appetitlicher.«

Tobias patscht seine Hand auf meinen Oberschenkel und knautscht ihn ungeschickt. »Ich bin total appetitelig, ich bin nämlich total scharf auf dich. Du siehst so heiß aus wie die Enja vorhin.«

»Wie bitte!« Empört springe ich auf und funkele meinen nichtsnutzigen Freund an.

»Das isn Kompliment!«

Dir werde ich Kompliment geben! Ich trete drei Schritte vom Bett zurück, öffne sehr langsam den Reißverschluss meines Kleides und lasse es mir zu Füßen fallen. In einem kaum vorhandenen Tanga und meinen High Heels stehe ich vor ihm und strecke mich genüsslich. Durch mein jahrelanges Tanztraining ist mein Körper straff und muskulös und ich weiß genau, wie ich mich zu bewegen habe, um meine Vorzüge ins beste Licht zu rücken.

Tobias rutscht mit seinen Stielaugen fast vom Bett, ich drehe mich um, steige über das Kleid auf dem Boden hinweg und lasse ihn auf dem Weg hinaus meinen Po bewundern.

Tja, Strafe muss sein.

»Guten Morgen«, krächzt eine heisere Stimme von der Wohnzimmertür her. Tobias lehnt zerfleddert, blass und faltenreich am Türrahmen. Er ist bereits für die Arbeit gekleidet und seine Haare sind noch feucht vom Duschen. »Hast du auf dem Sofa geschlafen?«

Ich lasse meine *Caffeine*-Zeitschrift sinken und starre ihn wortlos an. Er wird doch wohl gemerkt haben, dass ich gestern Abend nicht mehr ins Bett gekommen bin! Obwohl, das Schnarchen war schon sehr imposant, als ich am Schlafzimmer vorbei ins Wohnzimmer gegangen bin, um beleidigt meine Nachtruhe auf dem Sofa zu verbringen.

Mit hängenden Schultern schlurft Tobias zum Sofa und lässt sich in die Polster fallen. Der Aufprall mutet schmerzhaft an, denn er verzieht den Mund und kneift die Augen zusammen, mit den Händen massiert er sich die Schläfen.

Er sieht bedauernswert aus, aber mein Mitleid hält sich in Grenzen.

»Ich habe dich vermutlich mit meinem Schnarchen vertrieben, sorry, Claire«, murmelt er.

Oh nein, mein Lieber! Hättest du mal nur geschnarcht, als ich nach Hause kam, dann hätte ich mich nicht mit Enja Andanca vergleichen lassen müssen. Sowieso geht es ständig Enja hier und Enja da! Blöde Kuh!

Tobias lässt die Hände sinken und lehnt sich zurück. »Was war bloß in diesem Wein? Ich habe nur ein Glas davon getrunken, Linus hatte den Rest der Flasche.«

Langsam wendet er mir den Kopf zu und lächelt mich an. »Wie war die Oper?«

»Gut. Wie war das Essen – vor dem Trinken?«

»Es gab ein unglaublich gutes Steak. Schade, dass du nicht dabei sein konntest. Ich habe überlegt, ob ich dir was in einer Serviette mit nach Hause schmuggele.«

»Und?«

»Und was?«

»Und, wie war die Gesellschaft so?«

»Die Andancas sind echt sympathisch. Überhaupt nicht abgehoben oder so. Der Abend hat Spaß gemacht und für unser Projekt war der Termin Gold wert. Die Familie steht absolut für den Stil, den ihre Hotels repräsentieren.«

»Vor allem Enja, nehme ich an?« Ach, sieh mal einer an, in der aktuellen Ausgabe meiner *Caffeine* ist ein Artikel über japanischen Kaffee. Interessant.

Tobias beugt sich mit gerunzelter Stirn über den Rand meiner Zeitschrift. »Also bist du nicht wegen meines vermeintlichen Schnarchens so, sagen wir, unterkühlt?«

Ich hebe die *Caffeine* ein Stück höher und lasse meinen Blick über die Zeilen gleiten.

»Komm schon, Claire, selbst ich weiß, dass es in Japan Dosenkaffee in allen künstlichen Varianten gibt und dass diese Tatsache dich kaum so fesselt. Es sei denn, du hast vor, das *Coffee To Stay* in ein *Coffee From Can* umzumodeln.«

Ha, ha, sehr witzig.

Tobias rutscht näher, nimmt mir die Zeitschrift nach kurzem Gerangel aus der Hand und sieht mich an. »Claire, was habe ich Blödes gesagt?«

»Dass ich so scharf aussehe wie Enja Andanca«, presse ich zwischen verkniffenen Lippen hervor.

Tobias grinst bei meinen Worten über das ganze Gesicht. »Das tust du doch auch!«

»Du gibst das auch noch zu!« Empört richte ich mich auf und stemme die Hände in die Taille. Mein Aufschrei beendet Hollys Schlummer und sie beginnt zu schnattern. »Holly wach. Holly wach.«

Tobias' unverschämtes Grinsen verwandelt sich in herzhaftes Lachen, als er mich mühelos auf seinen Schoß zieht. »Erstens gehört Enja nicht zum Andanca-Clan, sie ist die Assistentin von Konrad Andancas Sohn und unsere Projektleiterin. Und, ganz ehrlich, sie ist der wahr gewordene Kolleginnentraum eines jeden Mannes. Und das nicht nur, weil sie toll aussieht.«

Ich ziehe scharf die Luft ein und versuche vergeblich, mich aus seiner Umarmung zu befreien.

»Aber nicht annähernd so toll wie du. Und zweitens hat sie für dich und mich für nächstes Wochenende eine grandiose Suite im Andanca-Hotel am Winder See gebucht, wo ich jeden Zentimeter deines Körpers verwöhnen werde.«

»Und drittens?«, knurre ich halbwegs würdevoll, denn das Angebot klingt so verführerisch, dass ich auf der Stelle losfahren möchte.

»Und drittens liebe ich dich über alles, Claire. Wenn ich scharf auf eine Frau sein möchte, dann nur auf dich.« Mit Leidenschaft küsst sich Tobias an meinem Hals aufwärts. Mmh, das fühlt sich ziemlich wahr an. »Es tut mir wirklich sehr leid, wenn ich dich mit meinem dämlichen Vergleich verletzt habe. Das wollte ich nicht. Und wie unappetitlich ich für dich gestern Abend gewesen sein muss, ist an Peinlichkeit ohnehin nicht zu überbieten. Nie wieder! Das verspreche ich dir.«

Tobias' warme Hände wandern unter mein T-Shirt und streicheln sanft meine Taille, während er mit seinen Lippen meinen Mund liebkost. Weich liege ich in seinen Armen und genieße die wohligen Schauer, die durch meinen Körper strömen. So ein bisschen Eifersucht ab und zu ist doch ganz nett. »Was macht dein Kopfweh?«, murmele ich in seinen Kuss hinein und knöpfe dabei sein Hemd auf.

Er zieht mir das T-Shirt über den Kopf und küsst erneut meinen Hals, dieses Mal von meinem Ohransatz abwärts. »Welches Kopfweh?«

Den Rest des Vormittages verbummele ich damit, niedliche Präsente für die Geburtstagsfeier des *Coffee To Stay* zu packen. Liebevoll stecke ich für allerlei Kaffeespezialitäten Gutscheine in Form von dampfenden Kaffeetassen in haselnussbraune Umschläge, die über und über mit Kaffeebohnen bedruckt sind.

Der Haufen wächst rasant, während Holly versucht, einzelne Umschläge zu stibitzen. »Nein, meine Liebe, die sind nicht für deine Schatzkammer bestimmt«, gurre ich sie fröhlich an. Mir ist warm und Glückshormone groß wie Pfannkuchen schwirren in meinem Bauch, Kopf und Herzen. Das nächste Wochenende ist perfekt dazu geeignet, Tobias von unserem Baby zu erzählen. Ich kenne den Winder See von Fotos, die Kulisse ist spektakulär. Sein Wasser schimmert türkis und ist so klar, dass man den Grund sehen kann, der mit schneeweißen Steinen bedeckt ist. Es gibt dort Fische, die silbrig im Sonnenschein funkeln. In der Mitte des Sees befindet sich eine Insel mit alten Lavendel-Weiden – ein wundervoller Ort für wundervolle Nachrichten.

Holly flattert mir auf die Schulter und beobachtet meine Hände. Just in dem Augenblick, in dem ich einen Umschlag mit einer schokobraunen Schleife verziert habe, schwingt sie sich nach vorn und schnappt ihn sich. Wie von der Vogelpolizei gejagt schwirrt sie anschließend aus dem Zimmer.

»Das habe ich gesehen!«, rufe ich ihr lachend hinterher.

Ausgiebig strecke ich mich. Es ist an der Zeit, ins *Fiadone* zu gehen, wo ich zusammen mit Kuka, Palina und Zoey die Abschiedsfeier für Éloïse organisiert habe. Ohne deren Wissen natürlich. Ich erhebe mich mit einem mulmigen Gefühl im Magen, und das nicht nur, weil sie übermorgen nach Cassis fliegen wird. Éloïse steht nicht auf Tamtam, schon gar nicht, wenn dieses Tamtam ihrer Person zuliebe gemacht wird.

Doch ich weiß von ausgiebigen Gesprächen aus dem *Coffee To Stay*, dass sich die Bewohner unseres Blumenviertels von Éloïse verabschieden möchten. So ganz glauben wollen es die meisten nicht, zumal weiterhin unklar ist, was mit der Bäckerei geschieht.

In meinem azurblauen Roseanna-Kleid im Empire-Stil, das weich meine Knie umspielt, mache ich mich auf den Weg. Am frühen Morgen hat es geregnet, und die Luft duftet grün und klar. Die Linden entlang der Straßen strecken sich wie frisch gewaschen dem sonnigen Himmel entgegen und die Menschen, die mir entgegen schlendern, wirken entspannt und gut gelaunt. Ein seltener Anblick hier in Berlin, wenn auch unser Viertel eine rühmliche Ausnahme bildet.

Vor der *Kleinen Kirche am Rosenpark* versammeln sich bereits Pfarrer Ewald und Waltraud Hagen, Britta Waldheim und Martha Roderich. Arian schlendert auf das Grüppchen zu und küsst den Damen galant die Hand, die sich daraufhin ergriffen Luft zufächeln.

Am Straßenrand gegenüber des *Fiadone* quetscht sich ein chiliroter Mini in eine zu kleine Parklücke. Zufrieden mit dem Ergebnis ihrer Fahrkünste hüpft meine Mutter daraus hervor und stürmt auf mich zu. »Claire, mein Schatz, ich bin hoffentlich nicht zu spät.«

Eine Wolke *Shalimar* umfängt mich und legt sich auf meine Haare und meine Haut. Mein eigenes Parfum, ein sanfter Vanilleduft, wird völlig überdeckt. Na, hoffentlich kann mich Tobias nachher noch riechen. Wo bleibt er eigentlich?

Ich schiele nach der Umarmung meiner Mutter auf meine Armbanduhr. Wir waren vor einer Viertelstunde hier verabredet. Ich blicke in alle Richtungen, doch kein Tobias kommt von rechts und auch nicht von links. Er versetzt mich doch wohl nicht erneut?

Oh dieses Hotelprojekt! Ich bin so froh, wenn Linus übermorgen endlich nach Los Angeles fliegt und es ruhiger wird.

Meine Mutter kramt aus ihrer Handtasche in der Größe eines Kartoffelsackes einen zerknautschten Zettel hervor. Er ist dicht mit ihrer Schrift bedeckt, die eher einer Linie ähnelt als einzelnen Buchstaben.

»Ich habe für Éloïse ein Abschiedshoroskop erstellt und, ob du es glaubst oder nicht, ihr steht ein großer Einschnitt in ihr Leben bevor.«

Ohne es vor meiner Mutter zu verbergen, rolle ich heftig mit den Augen. »Schon klar. Es ist aber auch so ersichtlich, schließlich gibt sie hier ihre Boulangerie auf, um in Cassis die ihrer Großmutter zu führen.«

Meine Mutter schnalzt mit der Zunge und hakt sich bei mir unter, während wir über die Straße zum *Fiadone* gehen. »Für wie dumm hältst du mich denn! Das habe ich natürlich herausgerechnet! Nein, in Éloïses Leben passiert noch mehr.« Meine Mutter lehnt sich verschwörerisch zu mir und spricht im Flüsterton weiter. »Und ich glaube, dass die Liebe Éloïses Herz erobern wird. Schon bald. Der Glückliche kommt aus ihrer näheren Umgebung.«

»Ach Mamsi, du und deine Prophezeiungen«, seufze ich. »Ich würde mich sehr für Éloïse freuen, wenn sie einen tollen Partner finden würde, der zu ihr passt, aber ich glaube, sie hat erst einmal andere Prioritäten. Und aus ihrer näheren Umgebung kann er gar nicht kommen, da sie in zwei Tagen nicht mehr hier ist.«

»Papperlapapp, die Sterne lügen nicht!«

Ich öffne den Mund, um ihr zu widersprechen, doch meine Hand legt sich unwillkürlich auf meinen Bauch, und ich schließe ihn wieder. Was weiß ich denn schon.

Außerdem stürmt Éloïse aus dem *Fiadone* auf die Straße und empfängt mich mit in die Hüften gestemmten Händen.

»Bist du dafür verantwörtlisch?«, pfeffert sie mich an und zeigt auf all die Menschengrüppchen, die in Richtung Bäckerei strömen.

Ich setze sicherheitshalber einen Schritt zurück und nicke tapfer.

Éloïses dunkle Augen funkeln mich an und beginnen zu glitzern. Mit schnellen Schritten kommt sie auf mich zu und umarmt mich dermaßen fest, dass mir für einen Moment die Luft wegbleibt. »Merci!«, flüstert sie mir ins Ohr und schiebt mich sogleich wieder von sich. Elegant dreht sie sich um, hebt ihre Hände und scheucht alle Gäste in die Boulangerie.

»Allez, vite! Das Gebäck wartet auf eusch. Geht 'inein, in die Garten'öf.«

Sie dreht sich noch einmal zu mir um und formt mit ihren Zeigefingern und Daumen ein Herz.

»De rien«, rufe ich ihr zu.

Die Nachbarschaft ist vollzählig angetreten und auch Stammkunden von Éloïse von weiter her lassen sich die Abschiedsfeier nicht nehmen. Selbst den Touristen, die – angezogen von unserem fröhlichen Gelächter – die Bäckerei betreten, wird die Ehre zuteil, im Garten mitzufeiern.

Ab und zu brummt das Handy in meiner Handtasche und lässt mich wissen, dass Tobias sich leider, leider verspätet. Und noch mehr verspätet. Und noch mehr. Doch er kommt, versprechen zumindest die Nachrichten.

Als die Dämmerung einsetzt, verabschieden sich die Touristen und die älteren Gäste und die Szenen reichen von herzhaftem Schultergeklopfe bis zu Sturzbächen an Tränen.

Im Garten wird es ruhiger und auf einmal schweben Glühwürmchen um uns herum. Éloïse wechselt ausgelassene Chansonmusik gegen die melancholische Stimme von Patricia Kaas und fordert Arian mit einer Geste auf, mit ihr zu tanzen. Die beiden halten einander eng umschlungen fest, ihre Wange an seinem Hals.

»Glühwürmchen im Mai. Wie ungewöhnlich.« Meine Mutter setzt sich zu mir auf die Holzbank neben der Tür der Boulangerie. »Ist mit dir alles in Ordnung, mein Kind?« Sanft legt sie ihre Hand auf meine, wie sie es schon so oft getan hat.

Ich nicke leichthin. Es geht mir gut, sogar besser als gut. Ich darf in meinem Café bleiben und auch wenn Tobias gerade nicht anwesend ist, so bin ich mir seiner Liebe sicher und voller Vorfreude auf die Wochen und Monate, die vor uns liegen.

Meine Mutter küsst mich auf die Stirn und erhebt sich wieder. »Dann ist ja alles gut. Und wie ich es dir immer sage, die Sterne lügen nicht.«

Verwirrt sehe ich sie an. »Was meinst du damit?«

»Och, dies und das und jenes. Und nun entschuldige mich, dein Vater wartet sicherlich schon vor der Haustür auf mich.«

»Warum hast du ihn nicht mitgebracht?« Ich stehe ebenfalls auf und begleite meine Mutter durch das *Fiadone* hinaus auf die Straße zu ihrem Auto.

»Du glaubst nicht, was diesem Mann den ganzen Tag einfällt, seitdem er pensioniert ist und sich zu Hause aufhält! Alle zehn Minuten sucht er etwas, permanent bittet er mich um meine Meinung, er überhäuft mich mit seinen Geschichtsergüssen, er will bekocht und umsorgt werden. Weißt du, was sein neuestes Vorhaben ist?« Meine Mutter bebt geradezu wie eine echauffierte Pappel.

Ich schüttele den Kopf und kann mir nur mit Mühe ein herzhaftes Lachen verkneifen. Die beiden sind schon immer ein drolliges Paar gewesen und seit Papas Pensionierung steigert sich die Komik noch.

»Er will in unserem Garten Rosen züchten!«

»Das ist doch eine schöne Sache.« Und das sage ich nicht nur so, denn Gartenarbeit holt meinen Vater wenigstens aus seinem Studierzimmer und gibt ihm etwas Handfestes zu tun.

»Das wäre eine ganz tolle Sache, wenn nicht ich die Rosenbeete anlegen und die Rosen hegen und pflegen sollte! Was denkt er sich dabei! Ich habe meinen Job, und ganz ehrlich, mein Kind, den werde ich so schnell nicht aufgeben, da kann er sich unsere gelehrsame Zweisamkeit in noch so bunten Regenbogenfarben ausmalen. Weder bin ich eine seiner Schülerinnen, noch eine seiner Schulsekretärinnen. Soll er die doch zum in der Erde Wühlen zu uns bestellen!«

Ich verstecke mein Lachen hinter einer Hand, was meiner Mutter nicht entgeht.

»Ja, lach du nur! Ich kann ihn dir gern ausleihen!« Damit zieht sie ihren nicht vorhandenen Hut vor mir, steigt in den Mini und braust davon.

Bleibt die Frage, wer von meinen Eltern diese sogenannte krisenhafte Phase in der Mitte seines Lebens hat.

Ich will eben ins *Fiadone* zurückgehen, da hastet mir Tobias entgegen. Zappelnd bleibt er vor mir stehen und tritt von einem Bein auf das andere. Sein Gesicht ist gerötet und seine Augen glänzen, in der einen Sekunde schaut er mich ernst an und in der nächsten lächelt er wie verrückt.

»Hast du schon wieder getrunken?« Unwirsch zucke ich zurück, als er mir einen Begrüßungskuss geben möchte. Der landet nun ungeküsst in der Luft zwischen uns.

»Natürlich nicht!«

»Aber?«

»Wieso aber?« Tobias schiebt sich die Hände so heftig in die Taschen seiner Anzughose, dass es mich nicht wundern würde, wenn sie unten wieder herauskämen.

»Du wirkst, als hättest du dir das Koffein einer Großpackung Robusta-Kaffeebohnen intravenös verabreicht.«

Tobias reißt sich die Hände wieder aus den Taschen und knetet sie stattdessen wie wild. »Wir müssen reden.«

Jeglicher Tropfen Blut in mir gibt der Schwerkraft nach und sackt nach unten, dabei reißt der Strom gleich mein Herz mit, welches durch meinen Körper galoppiert.

Dieser Satz ist nicht gut. Ich will nicht reden.

»Claire, sorry, ich wollte dich nicht erschrecken.« Durch die Watte in meinen Ohren höre ich Tobias' Stimme und meine Augen fokussieren sich mühsam auf sein Gesicht. Besorgt sieht er mich an und legt einen Arm um meine Taille. »Du bist auf einmal ganz blass. Möchtest du dich hinsetzen?«

Ich schüttele den Kopf und atme tief durch, sodass mein Kreislauf wieder einigermaßen sicher läuft. »Der Satz *Wir müssen reden* bedeutet in den Büchern, die ich lese, selten etwas Gutes.« Ich lächele zaghaft, während mein Herz weiterhin zu schnell für meinen Geschmack schlägt.

»Ach Claire, komm her, es ist nichts Schlimmes, eher im Gegenteil.« Tobias nimmt mich fest in den Arm und seine Wärme sowie sein vertrauter Tobiasduft geben mir meine Sicherheit zurück, hier genau richtig zu sein. »Lass uns zum Café hinübergehen, dort können wir uns auf die Bank setzen.«

Arm in Arm schlendern wir über die Straße und lassen uns auf der schmiedeeisernen Bank nieder, die von einer altmodischen Straßenlaterne mit warmgelbem Licht beschienen wird.

Tobias gibt mir einen Kuss auf die Nasenspitze und lehnt seine Stirn gegen meine.

»Was sind denn nun die geheimnisvollen Neuigkeiten?« So langsam werde ich selbst zappelig. »Wirst du Pate von Linus' Baby?«

»Das könnte ich mir vorstellen. Nur, vorher werde ich Linus vertreten.« Tobias lehnt sich von mir zurück, um mich ansehen zu können, dabei nimmt er meine Hände in seine.

»Das ist doch klar, seitdem feststeht, dass Linus für eine Weile nach Amerika geht. Schließlich kann er dann hier in Berlin nicht seinen Pflichten nachkommen.«

»Ich werde ihn nicht hier in Berlin vertreten, Claire. Linus ist heute Morgen gestürzt und hat sich den Knöchel gebrochen. Nicht Linus fliegt am Mittwoch nach Los Angeles, sondern ich.«

Kapitel 10

F wie Fraktion

Fiaker
Ein Einspännerglas wird gefüllt mit mitternachts-schwarzem Mokka, der durch schneeweißen Zucker seine charmante Süße erhält. Übergossen mit aromatischem Zwetschgenbrand und beglückt mit einer cremigen Haube aus Schlagsahne.

»Wie lange wirst du weg sein?« Meine Stimme klingt so winzig, wie ich mich fühle.

Tobias hebt meine Hände hoch und küsst sie zart. »Erst einmal eine Woche. Dann bin ich vermutlich ein, zwei Wochen hier und anschließend ein paar Wochen am Stück wieder drüben. Ich werde natürlich versuchen, so oft wie möglich nach Hause zu kommen.«

»Es ist ein weiter Weg von Berlin nach Los Angeles, nicht gerade ideal zum Pendeln.«

»Der Job ist jeden Kilometer wert. Versteh mich bitte nicht falsch, Claire, es tut mir echt leid, dass Linus sich verletzt hat, aber diese Chance, die ich dadurch bekomme, möchte ich mit beiden Händen packen. Zumal Linus ohnehin lieber in Berlin bleiben möchte, jetzt wo er bald Vater wird. Der Kerl hat aber auch gerade ein Pech!«

Pech ist es also für Tobias, Vater zu werden. Mir wird schlecht und ich atme tief die klare Abendluft ein, um den Schwindel zu vertreiben, der mich quält. Doch er meint nicht mich, er meint nicht mich, rede ich mir selbst gut zu. Ich seufze tief. »Du wirst mir fehlen.«

»Das will ich stark hoffen«, lacht er in meine Haare. »Und du weißt ja, was man sich so allgemein erzählt über den Abstand und die Liebe und die Sehnsucht und so.«

»Ich liebe dich auch ziemlich doll, wenn du bei mir bist.«

Jetzt ist es an Tobias zu seufzen, dabei zieht er mich enger an sich. »Ich weiß, das Ganze kommt plötzlich für dich. Mehr als für mich, da ich im Kopf schon seit Monaten in Santa Barbara bin. Aber wir bekommen das hin, Claire.«

Ich nicke sacht an seiner Brust und richte mich dann auf. »Es ist ja auch nur für ein paar Wochen, bis Linus wieder fit ist, richtig?«

Nervös beiße ich mir auf die Lippen. Tobias schweigt für einen Moment und sieht aus, als würde er nach Worten suchen. »Linus wäre es lieber, wenn wir gleich die Rollen tauschen. Er will jetzt ungern weg, wegen Rebeka und des Babys ...«

»Und was möchtest du?«, flüstere ich.

»Es ist genau das, was ich machen möchte. Und wir beide sind frei und ohne Verpflichtungen, wir können tun und lassen was wir wollen.« Tobias zieht mich stürmisch auf seinen Schoß. »Komm doch einfach mit, wenigstens für eine Weile oder auch länger.«

Hilflos zucke ich mit den Schultern und rutsche unwirsch wieder von ihm herunter. Was denkt er sich denn bloß bei seinem Vorschlag! »Das geht nicht. Ich kann mein Café nicht einfach im Stich lassen, und selbst wenn es nur für eine Weile wäre, kann ich das nicht von heute auf morgen machen.«

Tobias zieht mich erneut in seine Arme und hält mich ganz fest. »Du musst dich auch nicht gleich entscheiden, wir haben Zeit. Unser Plan sieht erst einmal ein Jahr vor, eventuell eineinhalb.«

In einem Jahr werden wir beide bereits selbst Eltern sein. Ist jetzt der richtige Zeitpunkt, Tobias zu erzählen, dass er Vater wird? Los Claire, sei nicht so feige! Wie es aussieht, gibt es den romantischen, perfekten Zeitpunkt nicht.

Gerade als ich mich dazu durchgerungen habe, Tobias von der Schwangerschaft zu erzählen, springt er auf und breitet die Arme aus, als wolle er die Welt umarmen. Lachend zieht er mich hoch und dreht uns ausgelassen im Kreis. »Claire, wir sind jung, wir sind ungebunden, wir können die Welt erobern. Alt und langweilig und alteingesessen können wir später sein, wenn unsere Haare grau sind und unsere Gesichter von Falten zerfurcht.«

Seine Vorfreude trifft einen Nerv in mir und bringt ihn zum Vibrieren. Wir haben Zeit, rede ich mir ein, ganz viel Zeit, alles zu regeln. Wenn Tobias nächste Woche wiederkommt und sich alles ein bisschen beruhigt hat, können wir immer noch reden. In den letzten drei Jahren habe ich meinen Traum mit dem *Coffee To Stay* gelebt und Tobias hat mich bedingungslos unterstützt, jetzt ist er an der Reihe und ich werde genauso bedingungslos hinter ihm stehen. Es wäre so fies von mir, ihm jetzt diese Neuigkeit vor die Füße zu werfen. Denn, ich bin mir sicher, sie würde ihn umhauen.

Ich straffe den Rücken und versuche zu lächeln. Und vielleicht, ein kleines, aber durchaus vorhandenes Vielleicht, reicht ihm diese eine Woche. Er wird merken, wie doof Amerika ist, wie sehr er mich und Berlin vermisst und dass er eigentlich gar nicht in Kalifornien arbeiten will. Und wenn ich ihn jetzt ziehen lasse, kommt er aus freien Stücken zurück und nicht, weil er sich mir und dem Baby gegenüber verpflichtet fühlt. »Wann geht dein Flug am Mittwoch?«

»Um acht fliegen wir von Tegel nach Frankfurt und anschließend weiter nach L.A.«

Fest schmiege ich mich an ihn und schiebe alle Gedanken an diese weite Strecke und dieses fremde Wir in die versteckteste Ecke meines Kopfes. Ich will jetzt nicht mehr vernünftig sein. »Dann sollten wir die Zeit bis dahin gründlich nutzen.«

»Er ist weg«, schniefe ich in die Freisprecheinrichtung meines Autos.

»Er kommt doch bald wieder«, knarzt Ellas Stimme aus dem Lautsprecher verzerrt zurück.

»Und dann fliegt er gleich wieder.«

»Und dann und dann und dann. Erzähl mir mal was Neues, Claire.«

Ups, was war das denn? So genervt kenne ich Ella nicht. Na ja, fast nicht. Während ihres Journalismusstudiums hatte sie bei einem Dozenten Unterricht, der Sätze dermaßen langsam aussprach und sie dazu unelegant verschachtelte, dass das Ende nicht mehr zum Anfang passte. Sie ist ihm daher mehr als einmal ins Wort gefallen, was sich nicht unbedingt positiv auf ihre Seminarnote ausgewirkt hat. Na gut, gern schaffen es auch die Kinder, wenn sie wiederholt gemeinschaftlich bummeln, quengeln und Geschirr zerdeppern oder das alles auf einmal. Okay, ab und zu ist Ella doch genervt. »Alles okay bei dir?«

»Ja«, brummt sie.

»Sicher?«

»Nein.«

»Mensch Ella, was ist denn los?«

»Eigentlich nichts. Daniel geht mir langsam auf den Keks mit seiner Schreibblockade. Stundenlang hockt er auf dem Boden und schiebt Klebezettelchen durch die Gegend.«

»Aber dann hat er doch endlich Ideen für seinen Roman, oder?« Au wei, das Grün der Ampel war nicht mal mehr orange, glaube ich.

»Die Zettel sind leer. Ab und zu steht mal ein Wort darauf, meistens gehört es zu der Kategorie Schimpfwort. Wenn sich Daniel nicht kreativ auf meinem Blog austoben könnte, würde er gar keinen netten Satz mehr hervorbringen.«

Ei, die nächste dunkelgrüne Ampel. Es ist wie verhext, wenn ich eine grüne Ampel nicht mehr so richtig schaffe, klappt es auch nicht mit den anderen. Hoffentlich bekomme ich in den nächsten Tagen nicht wieder Fotos von mir und meinem Volvo zugeschickt. Auf die Fortsetzung dieser Fotoreihe kann ich echt verzichten. Zumal mir Tobias dann stundenlang Straßenverkehrsregelvorträge halten wird – nur jetzt ist er ja nicht mehr da ...

»Claire? Bist du noch dran?«

So, das war die letzte Ampel für heute. In unserem Blumenviertel regelt sich der Verkehr ganz altmodisch durch rechts vor links selbst. Hin und wieder leider auch BMW vor Volvo, aber das sind Ausnahmen. »Ja, ich bin da. Ich musste mich nur grad auf den Verkehr konzentrieren.«

»Und? Wie viele Ampeln hast du gejagt und erlegt?«

Ich werde darauf nichts erwidern, denn Miss Fahrfehlerfrei versteht das eh nicht. »Leider muss ich an dieser Stelle unser Gespräch beenden, meine Liebe.«

»Schon klar. Ich wünsche dir einen zufriedenen Tag in deinem Café voller netter Menschen. Ich muss nach meiner Quengelbande sehen, angeführt durch einen einunddreißigjährigen Oberquengler.«

»Du hast mein vollstes Mitleid. Wenn es dir zu viel wird, kommst du einfach zu mir ins Café und gesellst dich zu den netten Menschen. Das färbt ab.«

»Auf dein Angebot werde ich heute im Lauf des Tages sicher zurückkommen. Bis später, Claire. Und Kopf hoch, Tobias ist bald wieder da.«

Und dann wieder weg. Aber wie hat Ella vorhin gesagt: Und dann und dann und dann. Für unser schönes geplantes Wochenende am Winder See reicht es zumindest nicht mehr.

»Halt! Ella!«, schreie ich die Freisprecheinrichtung an, denn ein brillanter Gedanke saust gerade durch meinen Kopf.

»Dein Brüllen hätte ich selbst ohne Telefon gehört!«

»Was hältst du von einem entspannten Wochenende mit deinem herzallerliebsten Ehemann in einer wunderschönen Suite in einem erstklassigen Hotel am Winder See?«

»Davon halte ich eine ganze Menge. Nur leider meinst du wahrscheinlich das nächste Wochenende, den Trip, den du mit Tobias geplant hast, oder?«

»Genau. Ich finde, du und Daniel, ihr habt euch eine Auszeit verdient. Wenn ich mich recht entsinne, hast du deine Schwiegereltern zu Besuch.« Schwungvoll fahre ich in eine Parklücke, ein Stück vom *Coffee To Stay* entfernt, und stelle den Motor aus.

»Daniel hat am Wochenende zwei Lesungen in Hamburg und seine stolze Mami möchte ihn begleiten. Ich genieße in der Zwischenzeit die Anwesenheit meines Schwiegerpapis.«

»Schade, dann können wir beide auch nicht fahren. Oder kann er auf die Kinder aufpassen?«

Schallendes Gelächter breitet sich ringförmig im Volvo aus und es dauert einen Moment, ehe Ella japsend wieder sprechen kann. »Du kennst doch deinen Vater?«

»Ich glaube schon.«

»Nimm diesen Typ Mann, multipliziere ihn mit einem Exemplar aus den Fünfzigerjahren und gib ein paar Tropfen Pascha hinzu.«

»Verstehe. Viel Erfolg für Daniel bei den Lesungen und dir mit deinem Schwiegerpascha.«

»Ich bin echt froh, dass es nur ein Stiefschwiegerpascha ist. Nicht auszudenken, wenn Daniel von diesem Baum gefallen wäre. Aber weißt du was, schick doch deine Eltern. Deinen letzten Geschichten zufolge können sie es gebrauchen, vor allem deine Mutter. Ciao, Claire.«

Es knackst und im Auto kehrt Ruhe ein. Gar nicht so schlecht, Ellas Idee. Meine Mutter wirkt in letzter Zeit wirklich sehr gestresst von meinem Vater. Ein nettes Verwöhnwochenende würde ihr sicher guttun, nicht, dass sie meinen Vater noch bei irgendeinem Nachbarn aussetzt.

Meine Mutter nimmt auf Knien dankend meinen Urlaubsvorschlag an, jedoch nicht, ohne mir glaubhaft zu versichern, dass genau dies von ihrem Wochenendhoroskop geweissagt wurde. Wie dem auch sei, bei meinem Vater muss ich tiefer in die Trickkiste greifen, da er nicht der Typ ist, der gern spontan wegfährt. Schon gar nicht irgendwohin, wo er noch nie war. Urlaub beschränkt sich für ihn auf drei Wochen Schären in der Zeit vom zwanzigsten Juli bis zum zehnten August. Alles andere lässt sich mittels eines guten Atlasses erforschen.

Und bei dieser Schwäche, einer seiner schillerndsten, setze ich an. Denn wie es die Fügung will, findet just zur selben Zeit im Andanca-Hotel am Winder See die jährliche Vollversammlung der Vorsitzenden des *Allgemeinen deutschen Vereins der Sammlung gleichartig bearbeiteter geografischer Karten in Buchform* statt.

Meine Eltern sind folglich versorgt und zu meiner Freude ruft Tobias zweimal täglich an, um sich zu vergewissern, dass es mir gut geht.

Gegenüber vom Café lädt fröhliches Glockengeläut der *Kleinen Kirche am Rosenpark* zur Messe, die auch an diesem Samstag von einer Hochzeit gekrönt wird.

Warm scheint mir die Morgensonne auf die Nase, auf der es sich in den letzten beiden Wochen Dutzende von hellgoldenen Sommersprossen gemütlich gemacht haben. Hinter mir ist Arian im *Coffee to Stay* mit den Vorbereitungen für die späteren Hochzeitsgäste beschäftigt, und neben mir, vor dem *Lakka*, singt Kuka ein finnisches Lied, während sie Blumentöpfe mit himmelblauen Hortensien und tiefvioletten Levkojen hin- und herschiebt und neu arrangiert, bis ihr Blumenherz vor offensichtlichem Glück überquillt.

Die leere Porzellantasse in Übergröße in meinen Händen verströmt ein schwaches Aroma nach Vanille sowie Kinder-Eiskaffee, und es ist an der Zeit, mein Päuschen zu beenden und mit dem Mischen meiner Kaffeespezialitäten zu beginnen. Die Java-Bohnen, die ich heute Früh geröstet habe, dürften mittlerweile abgekühlt sein.

Bevor ich hineingehe, laufe ich um die Ecke des Cafés, um mir noch einmal alle Fenster anzusehen. Eigentlich sollte der Fensterputzer, der sich für heute angekündigt hat, bereits fleißig am Wienern sein, nur leider ist weit und breit kein Fensterleder zu sehen. Merkwürdig ist es schon, dass er den Termin von letztem Donnerstag auf den heutigen Samstag gelegt hat.

Die klopfenden und hämmernden Geräusche aus dem *Fiadone* schräg gegenüber lassen mich zusammenzucken, mit einem Ruck drehe ich mich um. Im Grunde ist es nicht mehr das *Fiadone*, das schmiedeeiserne Schild über der Eingangstür ist abgehangen und das Schaufenster von innen mit Malerplanen bedeckt. Der Greiner hat nicht eine Stunde verstreichen lassen, nachdem Éloïse ihm Mittwochmorgen die Schlüssel übergeben hat. Und noch immer weiß keiner von uns, wie es mit der Bäckerei weitergeht, denn er hütet seine

Pläne wie ein eifersüchtiges Kindergartenkind seine Kekse.

Ach, Éloïse.

Ein wenig geknickt betrete ich das *Coffee To Stay* durch die Vordertür an der Ecke. Es riecht herrlich nach den erdigen Java-Bohnen, in deren Aroma sich ein Hauch Kräuter schmiegt. Dazu duftet das Gebäck, das Arian bereits aus dem *Teetässchen* bei Miela abgeholt hat. Die Küchlein schmecken delikat, süß und zimtig, nach feinem Kaffee und Vanille. Und auch wenn es Éloïses Rezepte sind, so haben sie doch eine eigene Miela-Note, passen aber dennoch wie Éloïses Kuchen perfekt zu meinem Kaffee.

»Du seufzt, als würdest du die Last der Welt auf deinen kleinen Schultern tragen, Chefin.« Arian schaut von den Servietten auf, die er in Form von Kaffeeblüten faltet. Neben ihm surrt leise sein Laptop, auf dem er hin und wieder tippt.

»Es ändert sich gerade so viel. Éloïse ist in Cassis, Tobias in Amerika und ...«

»Und?« Arian zieht seine Augenbrauen nach oben und sieht mich abwartend an.

Und ich bin schwanger, schaffe es aber nicht, die richtigen Augenblicke zu finden, es zu erzählen. Was ist, wenn der richtige Augenblick genau jetzt ist?

»Und ich bin schwanger.« Das war einfach.

Arian springt auf und ist mit fünf großen Schritten bei mir. Fest nimmt er mich in seine Arme. »Herzlichen Glückwunsch, Claire. Ich freue mich für dich und Tobias. Tobias ist doch der Vater, oder?«

»Ha, ha. Wer denn sonst?«

Arian grinst auf mich herunter. »Vielleicht unser lieber Max.«

»Jetzt fängst du auch damit an. Selbstverständlich ist Tobias der Vater, auch wenn ich es ihm noch nicht erzählt habe.« Verschämt sehe ich von Arian weg und löse mich aus seiner Umarmung.

»Das solltest du schnellstens nachholen, wenn er nächste Woche wieder in Berlin ist. Und wir beide stoßen an und feiern dich. Dir zuliebe trinke ich sogar einen nackten Kaffee mit.«

Halb genervt und halb im Spaß boxe ich Arian gegen den Arm. »Komm schon, meine entkoffeinierten Kaffeemischungen sind lecker geworden! Du kannst es ruhig zugeben.«

»Klar, und nachts schleiche ich mich heimlich ins Café und gönne mir zwei, drei Tassen.«

Lachend bereite ich uns beiden einen jungfräulichen Melange zu, für mich eine große Milchtasse voll und für Arian rücksichtsvoll ein Espressotässchen. Dafür, dass er mich so tapfer beim Koffeinfasten unterstützt, hat er sich eine Miniportion verdient.

»Ein Hoch auf die Braut und äh, natürlich auch den Bräutigam.« Beschwingt erhebt sich der Brautvater und bringt dabei seinen Stuhl ins Wanken, der dank des beherzten Eingreifens der Brautmutter nicht auf den Boden der Terrasse poltert. »Seht euch meine wunderschöne Tochter an, da geht sie hin in die Ehe.« Er zupft ein rotweiß kariertes Taschentuch aus der Hosentasche und betupft sich damit das kahle Haupt.

Beim Anblick des leicht schwankenden, emotional derangierten Vaters der Braut beschließe ich, dessen nächsten *Holzländer Rumkaffee* ohne Rum zu servieren.

Die Braut kommt gerade völlig aufgelöst mit ihrem frisch Angetrauten vom Fotoshooting im Rosenpark zurück, und so kahl wie ihr Vater daherkommt, solch eine Haarpracht ist seiner Tochter vergönnt. Diese Frau besteht nur aus Haaren und einem Hochzeitskleid mit dem Volumen eines Fallschirmes. Und wie es aussieht, hat einer der Vögel im Park ihren Haarturban mit einem Vogelklo verwechselt.

»Papa, mach das weg!«, schreit sie und baut sich rotwangig vor ihrem Vater auf. Dabei fuchtelt sie mit den Armen in der Luft umher, sodass ihre Dutzenden goldenen Armreifen gegeneinander klirren. »Igitt, mach es weg!«

Hektisch tupft der Brautvater mit seinem Taschentuch auf dem Haar seiner Tochter herum und bringt dabei ihren kunstvollen Lockentuff gehörig in Schieflage. Leider verschmiert sich der Vogelpups dabei noch mehr.

Durch meine Gehirnwindungen rasen Lösungsmöglichkeiten, doch keine davon erweist sich bei einem zweiten Gedanken als praktikabel. Es sei denn, der Braut macht es weder etwas aus, wenn ich sie mit Kukas Blumenwasser übergieße, noch hat sie etwas gegen einen kahlrasierten Kopf. Wobei ich nicht einmal wüsste, womit ich ihn rasieren sollte.

»Lass uns zu mir rübergehen«, flüstert mir eine hilfreiche Stimme ins Ohr. Ich blinzele und sehe Palina neben mir stehen. »Im Fotostudio gibt es ein großes Waschbecken mit einer Handbrause. Und lass mich mit diesem hysterischen Bündel bloß nicht allein!«

Palina hat recht. Es ist wohl die beste Lösung, wenn wir der Braut schnell nebenan im Fotostudio die Haare waschen. Bei dem warmen Sonnenschein würden sie hier draußen auf der Terrasse gut trocknen. Außerdem ist sie jetzt verheiratet, also benötigt sie auch keine kunstvolle Brautfrisur mehr. Und als Trostpflaster würde ich ihr nachher ein extragroßes Stück Mokkasahnetorte zu einem doppelten *Holländischen Kaffee* reichen. Reines Nervenfutter!

»Larissa, kommen Sie mit. Wir bringen das alles ganz rasch in Ordnung.« Sanft nehme ich die Braut am Arm und lächele sie breit an. Hoffentlich kann sie meine Zuversicht daraus ablesen.

»Und meine Gäste?«, winselt sie.

»Die bekommen alle eine großartige Kaffeespezialität, solange sie auf Sie warten.« Ich drehe mich zur offenen Terrassentür um. »Arian, machst du bitte eine Runde *Überstürzte Neumänner* für alle fertig! Ich bin gleich zurück und helfe dir.«

Ich verstehe Arians Antwort nicht, was mich nicht wundert, so laut wie es drinnen ist. Ich glaube, wir hatten bisher keine Hochzeitsfeier, bei der dermaßen viele Kleinkinder umhergeflitzt sind. Von rechts kommt schon wieder ein Miniexemplar angebraust, sieht uns gerade rechtzeitig, schlägt einen Haken, streift die Brautmutter und ist wieder verschwunden. Leider war die Mutter eben im Begriff, ihrer Brauttochter einen Espresso zu reichen – einen wunderschönen schwarzen Espresso. Nun befindet sich der Espresso nicht mehr in der dafür vorgesehenen Tasse, dafür aber formschön und keinesfalls zu übersehen auf dem ehemals weißen Rock der Braut.

Das Jaulen ist furchterregend. Palina und ich schnappen uns je einen Brautarm und ziehen das heulende Bündel von der Terrasse in Richtung Fotostudio.

Vor der Tür des *Coffee To Stay* fängt mich ein junger Mann in Schlabberhosen ab. »Tach och, ick bin der Fensterputza ...«

»Doch schon! Gehen Sie bitte rein, mein Kollege zeigt Ihnen alles.« Damit haste ich mit Palina und Braut weiter zum Fotostudio nebenan.

Wibke hat geistesgegenwärtig alles vorbereitet. So dauert es keine Viertelstunde und die Haare der Braut glänzen frisch gewaschen. Mit Engelszungen schwatzen wir sie aus ihrem Brautkleid heraus und in eines von Palinas Fotobrautkleidern hinein. Es passt nicht ganz so exakt wie das ursprüngliche, lässt der Braut dafür aber mehr Luft zum Atmen und zusätzlich Platz für das versprochene Megastück Mokkasahnetorte. Wenn das kein Deal ist.

Bald darauf sind die Brauttränen getrocknet, das verschmierte Make-up gerichtet und der Puls der Braut stabilisiert. Im Triumphzug ziehen wir zurück zum *Coffee To Stay* und lachen über das Doppelmalheur, als mir augenblicklich das Lachen in der Kehle stecken bleibt.

Kapitel 11

E wie Economie

Élégant
Feinstes Kristallglas, gefüllt mit einem blendroasted
Doce Diamantina und veredelt mit einem granatroten
Portwein – die pure Eleganz im Glas, für die Dame von
Welt.

»Was zum Teufel tun Sie da mit meinen Scheiben!?!« Mit einem Weitsprung, der mir gleichzeitig olympisches Gold, Silber und Bronze einbringen würde, hechte ich zu dem Fensterputzer, der auf einer Leiter außerhalb des Cafés thront und statt eines herkömmlichen Fensterputzmittels eine Spraydose mit Farbe in den Händen hält. Und diese benutzt! Auf der Fensterfront des *Coffee To Stay*! In Knallrot!

»Hören Sie sofort mit dem Geschmiere auf!« Meine Wut lässt mich gefühlte zwei Meter wachsen.

»Die Wahrheit is ken Geschmiere.« Zischend verewigt er die nächsten roten Buchstaben auf der Fensterscheibe.

Wie schnell dieser Kerl die Scheiben vollsprüht!

Mit Wucht rüttele ich an der Leiter, was der Möchtegern-Fensterputzer mit hochfrequentem Quietschen zur Kenntnis nimmt. Leider bleibt sein Finger hartnäckig auf dem Sprühkopf der Farbflasche und so landet auch noch eine Zickzacklinie quer über der Fensterfront.

»Kaffee schreibt man mit zwei E, Sie Trottel! Und jetzt runter da!« Ich drehe mich zu Palina um, die meinen Arm festhält. »Was?«, zische ich sie an.

»Wackle nicht so doll an der Leiter, wenn der Kerl runterknallt, müssen wir das wegwischen.«

Sie hat recht, und so lasse ich nach einem letzten Fußtritt gegen die Leiter von dieser ab.

»Arian!«, brülle ich durch die offene Eingangstür in das Café. »Arian! Komm raus! Sofort!«

Nun werden auch die Gäste auf der Terrasse um die Ecke aufmerksam und rennen herbei. Von drinnen quellen Pfarrer Ewald und Waltraud Hagen samt ihrer Doppelkopfentourage heraus, gefolgt von Martha Roderich. Super, dass sie jetzt alle aufmerksam werden! Das hätten sie doch sehen müssen! Aber nein, es ist ja zu schön in ihrem La La Land! Und von Arian noch immer keine Spur!

»Arian!«, brülle ich lauter und anscheinend zu laut für den Kerl auf der Leiter, der sich erschrocken eine Stufe nach oben bewegt und die Sprayflasche an sein mausgraues Schlabbershirt drückt.

»Es lebe die Kaffeerevolution!«, skandiert er mit piepsiger Stimme, als er sich der Anzahl an Menschen gewahr wird, die sich mittlerweile um seine Leiter versammelt haben.

Martha Roderich drängt sich an Britta Waldheim vorbei, die ihr Kartenset fest an sich presst, und schlägt die Hände über dem Kopf zusammen. »Was habe ich nur getan. Der Herr Arian ist nicht hier, Frau Claire. Deswegen passe ich auf den Kuchen auf. Ich wollte die guten

Stücke gerade richtig schön hinlegen und war ganz abgelenkt. Und als ich das letzte Mal hingesehen habe, hat der Fensterputzer ordentlich die Fenster geputzt. Oh weh, oh weh.«

»Arian kann doch nicht einfach mitten in einer Hochzeitsgesellschaft alles stehen und liegen lassen! Schon gar nicht, wenn ich nicht hier bin!« Mein Zorn bläst in alle Richtungen, als ich meine Stammgäste anfunkele. »Und ihr wart wieder alle im Doppelkopfland, oder warum habt ihr nichts mitbekommen?«

»Mäßigung, meine liebe Claire«, murmelt Pfarrer Ewald, blickt aber sicherheitshalber betreten zu Boden, wo er mit einem Fuß Halbkreise auf den Gehweg malt.

»Ich geh und hol mein gutes Putzmittel, Fräulein Claire, das kriegt jeden Schmutz weg«, bietet mir Waltraud Hagen an und fächelt sich mit ihrem Kartenset Luft zu. Ihre Wangen sehen auch wirklich leuchtend rot aus, fast als hätte sie etwas von der Schmierfarbe abbekommen.

»Die Wahrheit is keen Schmutz!«, quiekt es oben von der Leiter auf uns herab. »Die Kaffeerevolution bringt die Wahrheit ans Licht.«

»Aber nicht auf meiner Fensterscheibe!«, brülle ich ihn an und so langsam macht sich ein unangenehmes Kratzen in meinem Hals bemerkbar. Ich bin eigentlich nicht der Schreityp und daher sehr ungeübt.

Waltraud Hagen kramt in einer ihrer zahlreichen Rocktaschen und zieht ein Pfefferminzbonbon daraus hervor, welches sie mir reicht. Genervt verdrehe ich die Augen, nehme es ihr dann aber doch ab und stecke es mir in den Mund. Wer weiß, wie lange ich hier noch rumschreien muss.

Aus der Menge der Hochzeitsgäste löst sich eine massige Gestalt und stellt sich zu mir vor die Leiter. Schwankend hält sich der Brautvater daran fest. Ach du meine Güte, haben Arian und Martha mittlerweile den Kaffee im *Holzländer Rumkaffee* ganz weggelassen?

»Schluss jetzt, mein Freund. Runter von der Leiter.« Die imposante Bassstimme des angeheiterten Brautvaters donnert bemerkenswert selbstsicher hinauf zu dem Möchtegern-Revoluzzer und zwingt ihn, noch höher zu klettern. Allerdings hockt er nun am Ende der Leiter – ab sofort geht der Weg nur noch nach unten.

»Lang lebe die Kaffeerevolution!«

Ich weiß, eines Tages werde ich darüber lachen, wie dieses schmächtige Männchen auf einer Leiter vor meinem Café hockt und diese Kaffeeparole kreischt, aber im Moment bin ich vom Lachen so weit entfernt wie die nächste Kaffeeplantage von meinem Café.

Dem Kerl auf der Leiter geht es anscheinend ähnlich. Immer wieder blickt er nervös über unsere Köpfe hinweg und die Straße hinunter, die an der *Kleinen Kirche am Rosenpark* vorbeiführt.

Dem Brautvater reicht es und er erklimmt die ersten beiden Stufen der Leiter. »Schluss jetzt mit deiner Kaffeerevolution. Komm runter, oder ich lasse dich verhaften.«

»Ick habe alles Recht der Welt, hier und jetzt und heute für die jute Sache zu demonstrieren«, piepst es entschuldigend herunter.

»Franz, hast du Handschellen dabei?« Der Brautvater klettert eine Stufe höher und streckt seine Hand einem seiner Gäste entgegen, der ganz blass wird, als er angesprochen wird. »Nein, Chef, leider nicht, Chef. Ich, wir, ich meine, wir haben doch gar keine Handschellen. Und außerdem dachte ich, wir feiern eine Hochzeit und brauchen dafür keine.«

»Mein Vater ist Polizeischulhauptlehrer«, beleuchtet die mittlerweile wieder recht fröhlich dreinschauende Braut das Geschehen hilfreich und wirft ihrem Herrn Papa einen stolzen Blick zu.

»Nur gut, dass der Karsten freiwillig Ja gesagt hat, sonst hätte der die Handschellen bekommen«, kichert ein angeschickertes Stimmchen hinter mir.

»Was ist denn hier los?« Arian drängelt sich durch die Gästeschar, beladen mit drei duftenden Kuchenkartons.

»Viel interessanter ist, wo du warst!« Ich stemme meine Hände in die Hüfte und versuche, mich größer zu machen, um Arian zu verdeutlichen, wie sauer ich über sein Verschwinden bin.

Arian stellt die Kuchenkartons auf die Bank vor das Café und sieht abwechselnd von mir zu dem Heini auf der Leiter und dem Geschmiere auf der Fensterscheibe. »Ich habe dir doch gesagt, dass ich kurz ins *Teetässchen* fahre, um Kuchennachschub zu holen.«

»Hast du nicht. Als ich mich nach dem Amselunfall um die Braut gekümmert habe, habe ich dir gesagt, dass ich kurz weggehe und du aufpassen sollst.«

»Hast du nicht.«

»Klar, ich habe es dir rein gerufen!«

»Und ich es zu dir raus!«

»Nun, nun, ihr beiden, wer wird denn hier Auge um Auge und Zahn um Zahn geben. Ab sofort kein Reingerufe und kein Rausgerufe mehr.« Pfarrer Ewald legt

Arian und mir jeweils eine Hand auf die Schulter. »Sprecht euch vernünftig ab und damit ist dieses Missverständnis geklärt. Dort oben wartet noch ein wichtiger Herr auf euch.« Pfarrer Ewald blickt hinauf und im ersten Moment glaube ich, er meint den lieben Gott, aber er starrt lediglich den Kerl auf der Leiter an. Von wegen Herr!

»Genau! Die Kaffeerevolution wartet auf euch alle!«

»Komm sofort runter!«, brüllt Arian, als plötzlich hinter uns ein Tumult aus Trommelgeräuschen, schrillen Pfeiftönen und Sprechchören ausbricht.

Der Lärm kommt immer näher und bald ist ein Dutzend Männer und Frauen zu sehen, das aus der Schleierkrautstraße neben der *Kleinen Kirche am Rosenpark* auf die Ranunkelstraße einbiegt und auf uns zuströmt.

»Kaffee unser, der du bist in der Tasse, geheiligt werde deine Bohne, dein Röstgrad stimme, dein Aufwecken geschehe, wie am Morgen, so auch auf der Arbeit. Unser tägliches Koffein gib uns heute, und vergib uns unsere Sucht, so auch wir vergeben den Ausbeuter-Trinkern. Und führe uns nicht in den Schlaf, sondern erlöse uns von der Müdigkeit. Denn dein ist der Geschmack, das Aroma und das Koffein, in Ewigkeit, Arabica. Es lebe die Kaffeerevolution! Es lebe die Kaffeerevolution! Es lebe die Kaffeerevolution!«

Arian klatscht sich mit der Hand an die Stirn, dabei schüttelt er seinen Kopf ungewohnt heftig, was seinen wohlgeordneten Blondschopf in Unordnung geraten lässt.

Nun nicht mehr Einzelkämpfer, fällt der Kerl auf der Leiter lautstark in das Gegröle mit ein. »Es lebe die Kaffeerevolution!«

Wenn mein Unterkiefer nicht fest mit meinem Oberkiefer verbunden wäre, würde er jetzt vermutlich auf den Gehweg krachen. Das gibt es doch alles nicht! Das kann es gar nicht geben!

Ein trommelfellzerreißender Pfiff durchdringt das ganze Chaos, und mit Erstaunen nehme ich zur Kenntnis, dass ich selbst gerade diesen schrillen Laut erzeugt habe. Und es funktioniert.

Für einen Augenblick sind alle still und starren mich an wie ein Ding aus dem All.

»Ich weiß ja nicht, wie es euch geht, aber ich brauche erst einmal einen *Ristretto*, ehe die Kaffeerevolution losgeht!« Damit wende ich mich den Demonstranten zu, die mit aufgerissenen Augen und halbgeöffneten Mündern ihre Packpapierplakate unsicher in die Höhe halten. »Und ihr seid jetzt für einen Moment still und wartet.« Nach einer halben Drehung stehe ich den Hochzeitsgästen gegenüber. »Sie begeben sich bitte alle wieder auf die Terrasse hinter dem Café und lassen sich von Frau Roderich einen feinen *Überstürzten Neumann* und ein ordentliches Stück Mokkatorte reichen. Schließlich sind Sie hier zum Feiern, also tun Sie der reizenden Braut und ihrem heldenhaften Vater diesen Gefallen.« Damit drehe ich mich ein Stück weiter im Uhrzeigersinn und wende mich an meine üblichen Stammgäste. »Euch versorgt Martha gleich mit würzigen *Lungos*, damit ihr in Ruhe die Doppelkopfrunde weiterspielen könnt.«

Hinter mir beginnen die Revolutionäre zu tuscheln. »Wir lassen uns nicht mit schlechtem Kaffee ködern.«

Ich wirbele so schnell herum, dass mein Glockenrock aufschwingt, als würde ich eine Pirouette drehen. »Bei mir gibt es keinen schlechten Kaffee! Ich ködere euch selbstverständlich mit gutem Kaffee!« Mit den Händen scheuche ich alle auf ihre zugewiesenen Plätze und bedeute dem Aufmarsch und dem Männchen auf der Leiter, mir ins *Coffee To Stay* zu folgen. Im Vorbeigehen betrachte ich intensiver das Geschmiere auf der Fensterscheibe: *Schlechta Kaffe* steht da geschrieben, unter einer Kaffeetasse mit Teufelshörnchen darauf, und daneben *Gutter Kafee* über einer entzückenden Tasse mit Engelsflügelchen. Die beiden Tassen sind großartig gezeichnet und auch die Schrift sieht edel aus, wenn, ja wenn, es nicht grellrote Sprayfarbe an meinen heißgeliebten Fenstern wäre!

»So, bitte sehr. Ein Krug Ingwerwasser, vier Zichoriengetränke und fünf, äh, Apfelessig-Shots. Wie gut, dass Sie daran gedacht haben, auf Ihre Demonstration Ingwer, Zichorienpulver und Apfelessig mitzunehmen. Das muss ich mir wirklich merken.«

Tief, tief durchatmend lasse ich mich auf einen Stuhl inmitten der Kaffeeprotestler fallen und rücke ihn ein Stück näher an Arians Stuhl heran. Nur für den Fall der Fälle. Welcher auch immer das sein mag.

Arian nippt demonstrativ an einem Tässchen unseres besten Espressos von einer Kaffeeplantage aus der Kilimandscharo-Region. Ein zarter Duft nach Kastanienhonig weht mir aus seiner Tasse entgegen, wird dann jedoch recht schnell von dem quietschigen Apfelessig zu meiner Linken abgemurkst.

Und erst der Ingwergeruch! Der kommt gleich hinter vergessenem Gorgonzola, serviert auf totem Stockfisch. Ich rücke noch näher zu Arian und schnuppere gründlich an meiner eigenen Tasse, aus der mich gebranntes Mandelaroma beglückt.

Besser.

Zappelig schlürfen die merkwürdigen Gestalten um mich herum ihre merkwürdigen Getränke und sehen dabei merkwürdig unentspannt aus. Okay, Zeit für den Showdown.

»Darf ich fragen, warum Sie die Fensterscheiben meines Cafés beschmiert haben und warum Sie überhaupt vor dem *Coffee To Stay* demonstrieren? Und wofür oder auch wogegen?« Fest umklammere ich die Tasse und hoffe, sie möge meiner Anspannung standhalten.

Von Arian kommt ein *Pfff.* Nicht sehr gesprächsbereit, wie ich finde. Aber nachvollziehbar. Allerdings überwiegt bei mir die Neugier, was dieser Haufen im einheitlichen Schlabberlook für Ziele verfolgt. Irgendein Grund muss der Zwergenaufstand schließlich haben. Und ich finde, es gibt nichts, was sich nicht bei einer guten Tasse Kaffee klären lässt. Ich hoffe, das funktioniert auch bei Muckefuck und Ingwerwasser und Apfelessigschorle.

»Ja, also, wir haben natürlich gar nichts gegen Sie oder ihn«, der Seitenblick trifft Arian, »oder gegen Ihr wirklich sehr schönes Café ...«

»Aber?«, hake ich bei der Wortführerin nach, die in ein Leinenkleid gewickelt ist, dessen blasse Farbe perfekt mit ihrer fahlen Haarfarbe harmoniert, sofern man diese Farblosigkeit Farbe nennen kann.

»Nun ja, wir sind ein uneigennütziger Verein zur Wahrung der Rechte armer Kaffeebauern. Für uns alle war Kaffee früher die wichtigste Mahlzeit des Tages, wenn Sie verstehen, was ich meine.«

Oh, und wie ich das verstehe. »Und wieso war?«

»Bis wir uns mit den Umständen der Kaffeeproduktion auseinandergesetzt und die fürchterlichen Arbeitsbedingungen begriffen haben, mit denen Kaffeebauern zu kämpfen haben. Es geht nicht, dass die Reichen arme Menschen ausbeuten, nur damit wir uns ein Tässchen Kaffee schmecken lassen können. Für zehn Cent! Und erst der ganze Billigkaffee, der in umweltschädliche Alukapseln gepresst, Tag für Tag in Wegwerfbechern abgefüllt und ja, und weggeworfen wird! Was für ein Skandal für die Bauern und die Umwelt!«

Sie redet sich gehörig in Rage. Ihre blutarme Gesichtsfarbe changiert mehr und mehr ins Rosé und ihre Hände übertrumpfen sich gegenseitig mit Gesten, die von weit ausholend bis sehr weit ausholend reichen. Ich bin außerordentlich froh, ihr gegenüber zu sitzen, denn die eine oder andere Geste landet diverse Male auf den Armen und in den Gesichtern ihrer Nachbarn.

Wenn ich das richtig aus den Augenwinkeln heraus beobachte, steht Arian kurz vor dem Siedepunkt. Schnell lege ich meine Hand auf seine, mit der er die Armlehne des Stuhls umklammert.

»Jenau, Hilde! Nich jeda darf tun und lassen wat'a will!« Keck beugt sich der Leiterkerl vor, lässt seine Redensführerin dabei aber nicht aus den Augen. Als sie nickt, lehnt er sich zufrieden grinsend zurück.

»Ihr Verein hat es sich also zur Aufgabe gemacht, Kaffeebauern zu unterstützen, richtig?«, fasse ich für alle Anwesende zusammen.

»Sehr wohl! Wir vom *Verein der gerechten Kaffeerevolution* sehen nicht mehr weg und greifen nicht mehr zu, wenn irgendwo Kaffeeplünderei betrieben wird!«

»Und wir sind stolz druff!«

Arian lehnt sich nach vorn und lächelt die Gruppe um ihn herum so kalt an, dass ich fürchte, er spuckt gleich Eiswürfel. »Was genau möchten Sie mit Ihren Schmiereien an unserem Café bewirken?«

Schweres Schweigen legt sich über den Tisch und die Vereinsmitglieder starren sich gegenseitig an. Schließlich strafft sich die Redensführerin-Hilde. »Das *Coffee To Stay* gehört zu den Ausbeutern?«, piepst sie Arian und mir entgegen.

Arians gefrorenes Lächeln erreicht nun auch seine Augen und ich habe das ungute Gefühl, dass er gleich seine Gegenüber schockgefriert. »Wie bitte?«

»Ich kläre das, Arian.« Mit Schwung erhebe ich mich, ziehe ihn mit hoch und drücke ihm mein Handy in die Hand, das seit einer Weile immer wieder in meiner Rocktasche vor sich hin gebrummt hat. »Bist du so nett und nimmst das Gespräch bitte an? Am besten draußen, da ist der Empfang besser.«

»Der Empfang im Café ist genauso gut.«

»Ja, sicher. Aber in der Sonne funktioniert es noch besser.« Damit schiebe ich ihn ein wenig Richtung Tür, und mit ein wenig meine ich bescheidene ein oder zwei Zentimeter. Doch Arian versteht endlich meinen Wink mit dem Zaun und trollt sich.

»Bin gleich wieder da«, werfe ich im Vorbeigehen den Mitgliedern des *Vereins der gerechten Kaffeerevolution* zu und dränge mich an Martha Roderich am Kaffeetresen vorbei. Aus dem kleinen Regal unter der Kasse ziehe ich einen grünen Ordner und von der Wand neben den Kaffeedosen pflücke ich zwei silbergerahmte Zertifikate.

»Martha, wenn es geht, probieren Sie bitte nicht alle Kuchenstücke, sondern nehmen sich die, die Sie mögen, und lassen die anderen heil.« Im Vorbeigehen zeige ich auf die dezent angeknabberten Sahne-Windbeutel. »Danke.«

Zurück am Tisch der Kaffeerevolutionäre lege ich die beiden Zertifikate gut sichtbar darauf und öffne den Ordner, aus dem ich weitere hervorhole. »Bitte sehr! Zertifizierte Siegel von EU-Bio, DE-Öko, Fairtrade, Rainforest Alliance, UTZ, GEPA, fair+, Naturland Fair und siebzehn weiteren. In meinem Café wird nicht ein einziger Kaffeebauer, Kaffeelieferant, Kaffeeröster oder sonst irgendwer ansatzweise unfair behandelt, geschweige denn ausgebeutet! Ich kann jede einzelne Bohne zurück zu ihrer Kaffeepflanze verfolgen. Plus der Weihnachtskarten meiner Kaffeebauern, die ich im Übrigen sehr schätze. Wenn Sie mögen, rufe ich für Sie Senhor Savantes in Barra do Piraí an oder Piedro in San Cristóbal Verapaz, oder wie wäre es mit Annamaria auf Flores? Denn seien Sie gewiss, ich kenne meine Bauern nicht nur vom Hörensagen, sondern die guten Leute tragen ein Foto von mir in ihren Portemonnaies!«

Zwei Kuka-Kaffeekannen, drei Runden *Holzländer Rumkaffee*, zwei Runden *Ristrettos* und vier Extrarunden *Lungos* für irregeleitete Vereinsmitglieder später läuten die Glocken der *Kleinen Kirche am Rosenpark* achtmal. Gemütlich sitze ich zusammen mit Arian auf der Terrasse vor dem Café und genieße den Feierabend, nachdem alle Gäste gegangen sind. Die Tische und Stühle glänzen sauber in der Abendsonne. Langsam lässt die Anspannung dieses verrückten Tages nach und ein breites Grinsen breitet sich auf meinem Gesicht aus.

»Komm schon, Arian, im Nachhinein ist es ganz lustig, oder?«

Arians Gesicht ist mittlerweile ein wenig aufgetaut, doch von einem gemäßigten Klima noch hundert Grad entfernt. »Wie sind die bloß auf diese dämliche Idee gekommen, das Café zu beschmieren! Und dazu diese lächerliche Demonstration. Ich bin immer noch der Meinung, wir hätten die Polizei holen sollen! Du bist einfach zu gutmütig!«

»Die Polizei war doch da«, gluckse ich bei dem Gedanken an den nicht mehr ganz so standhaften Brautvater zum Schluss. Zusammen mit den Kaffeeweltverbesserern hat er noch eine zünftige Polka quer durch den Rosenpark hingelegt.

»Die können froh sein, dass die Schmiererei so leicht mit dem Zeug von Waltraud Hagen wegging«, brummt Arian.

»Tja, entweder ätzt dieses Wundermittel bis morgen die Scheiben durch oder das Geschmiere war nicht viel mehr als Wasserfarbe.«

»Dilettanten!«

»Hilde meinte, sie hätten einen anonymen Hinweis in ihrem Vereinspostfach erhalten, in dem wir beschuldigt wurden, Kaffeeausbeute im großen Stil zu betreiben.«

Arian knallt seine leere Tasse auf den Tisch. »Das ist doch lächerlich!«

Ich wiege bedächtig den Kopf. »So lächerlich ist das nicht, ich glaube ihr schon, dass es eine Anschuldigung gab, und da diese anonym war, kommt für mich nur der Greiner infrage.«

»Und wir können dem Alten nichts nachweisen, richtig?«

»Ich denke nicht, nein. Sie hatte den Brief dabei. Es sah aus wie Kindergekrakel. Und ganz ehrlich, ich habe auch gar keine Lust, auf diesen ganzen Blödsinn einzugehen! Ich habe genug andere Sorgen. Es ist ja nichts passiert.«

Arian schlägt mit der flachen Hand auf den Tisch. »Es ist nichts passiert, findest du?«

»Du bist ja echt sauer.«

»Und du bist viel zu wenig sauer!«

»Dafür bin ich schwanger.« Zaghaft grinse ich ihn an. Ich bin müde und mir dröhnt der Kopf und nach all der Aufregung habe ich absolut und gar keine Lust auf weitere Streitigkeiten. »So bestimmte Hormone haben auch ihre Vorteile, musst du wissen. Das solltest du bei Gelegenheit mal ausprobieren.«

Endlich taut Arians Gesicht auf und er schenkt mir zum ersten Mal an diesem Tag ein Lächeln. »Trotzdem Claire, nimm das nicht zu sehr auf die leichte Schulter. Den Greiner müssen wir unbedingt im Auge behalten, der ist nicht zu unterschätzen, wenn es um seine Geschäfte geht. Der Fuchs hat stets nur seinen Vorteil im Blick.«

Schweigen breitet sich zwischen uns aus, und wir hängen für eine Weile unseren Gedanken nach, ehe ich schließlich mit schmerzendem Rücken aufstehe.

Ruhig räumen wir unsere Kaffeetassen weg und schließen das Café ab.

Zum Abschied drückt mir Arian einen Kuss auf meinen Lockenkopf. »Ruh dich morgen aus, Claire. Die letzten Tage waren sogar für mich anstrengend und ich trage keine zweite Person mit mir herum.«

»Ich bin echt froh, dass morgen Montag ist und ich in Ruhe ausschlafen kann. In den nächsten Wochen haben wir so viele Feiern im Café wie noch nie, und für unser Geburtstagsfest muss ich auch noch einiges erledigen.«

»Mach alles in Ruhe, Claire. Das Meiste ist schon organisiert. Wir telefonieren morgen Abend mal kurz, okay?«

»Geht klar. Apropos, wer hatte vorhin eigentlich auf meinem Handy angerufen?«

»Mensch, dein Telefon!« Hektisch kramt Arian in den Hosentaschen und bringt mein Handy zum Vorschein. »Deine Mutter war dran, sie ist von Funkloch zu Funkloch gesprungen und war deshalb kaum zu verstehen. Irgendwie hat dein Vater sie wohl geärgert. Und dann war der Akku leer. Sorry, ich habe das total vergessen.«

»Nicht so schlimm. Die beiden benehmen sich zurzeit wie Tom und Jerry. Dabei habe ich gehofft, dass der Urlaub sie zu Susi und Strolch macht.«

Ich komme immer gern nach Hause. Und nach solchen Tagen wie heute liebe ich meine Wohnung ganz besonders. Nach Hollys stürmischer Begrüßung lasse ich mir ein Vollbad mit mindestens einem Kubikmeter Lavendelschaum einlaufen. Die Badewanne ist gerade voll und ich will eben aus dem verschwitzten Kleid schlüpfen, da läutet es durchdringend an der Wohnungstür.

Wer ist das denn um diese Zeit? Holly überholt mich krakeelend und flattert im Takt des Klingeltons vor der Tür auf und ab. Ein Blick durch den Spion gibt mir die Antwort.

Hektisch öffne ich. »Papa! Was machst du denn hier? Und wo ist Mama? Wolltet ihr nicht erst morgen zurückkommen?«

»Deine Frau Mutter möchte den Urlaub nicht mit meiner Person fortsetzen. Des Weiteren hat sie mir meine Anwesenheit in unserem Haus untersagt! Ich solle erst wieder zu Sinnen kommen! Ha! Wer von uns beiden hier wohl seine Sinne verloren hat! Ich wohne jetzt bei dir.«

Kapitel 12

C wie Cum Hebdomada

Café au lait
Oh, là, là. Eine große, henkellose Bol schmeichelt der
Hand, und mit ihrer Füllung aus starkem dunklen
Kaffee, der sich mit süßer heißer Milch vereint, auch
dem Gaumen.

»Claire? Ich bin wach.«

Wie toll! Ich nicht.

»Claire? Hast du mich gehört?«

Nein! Ich höre nichts, weil ich schlafe.

»Claire! Ich möchte bitte mein Frühstück.«

Schon klar.

Wieder und wieder klopft mein Vater an die Schlafzimmertür, hinter der ich mich eingemummelt in meiner Decke verstecke.

»Claire? Geht es dir nicht gut? Du hast gestern Abend
bereits angespannt gewirkt.«

Angespannt ist in diesem Fall die Untertreibung des
Jahrzehnts. Denn nachdem ich gegen Mitternacht
schließlich zur Kenntnis genommen habe, dass meine
Mutter nicht bereit ist, meinen Vater abzuholen, den
sie in der Tat bei mir ausgesetzt hat, musste ich unter
strenger Aufsicht seinerseits das Arbeitszimmer in ein
Gästezimmer verwandeln. Was unter normalen Umständen keine große Sache ist. Normal heißt, ich ziehe

die bequeme Schlafcouch aus, beziehe eine Decke und ein Kopfkissen mit frischer Bettwäsche und richte alles nett an. Fertig. Aber nicht bei meinem Herrn Papa!

Der Computer steht zu nah am Bett, die Kissen sind zu wenige, die eine Decke zu dünn, die andere zu dick, die Bettwäsche zu rau, jene Bettwäsche zu weich. Es gibt keinen tickenden Wecker und auch keine anregende Geschichtslektüre, es gibt ja nicht einmal ein Nachtschränkchen, worauf man das alles ablegen könnte. Schließlich hat eine wohltemperierte – drei Versuche waren notwendig – heiße Milch mit Honig ihn sanft eingeschlummert. Möglicherweise lag es auch an dem kräftigen Schluck *Grey Goose Vodka*, den ich nach eigenem Gutdünken hinzugefügt hatte.

Von meinem Schaumbad war letztendlich eine halbe Wanne kalten Wassers übrig, auf dem drei einsame Holly-Federn schwammen. Mein Vater hatte vergessen, die Badezimmertür zu schließen – eine Gelegenheit, auf die der Papagei stets nur wartet. Dieser verrückte Vogel! Entweder ertränkt er sich eines Tages oder er stranguliert sich, wenn ich nicht besser aufpasse. Was sich durch die Anwesenheit meines Vaters nicht als einfacher erweist.

»Claire? Ich komme jetzt rein, um nach dir zu sehen.«
Unter diesen Umständen komme ich lieber raus.

»Ich komme schon«, rufe ich ihm heiser zu. Das Gebrüll von gestern hat einige Kratzer auf meinen Stimmbändern hinterlassen. »Ich muss nur noch kurz aufstehen.« Ach, Tim Bendzko, wie hast du nur so früh am Morgen kurz die Welt gerettet?

Müde von den Haarspitzen bis zu den schlurfenden Füßen öffne ich die Schlafzimmertür und lehne mich gegen den Rahmen. Mir gegenüber steht mein Vater, in voller Montur – Hemd, Fliege, Pullunder, Bügelfaltenhose, Kaschmirpantoffel.

»Guten Morgen, mein Schatz. Hast du gut geschlafen?« Fröhlich sieht er mich an und reibt sich die Hände. »Was gibt es zum Frühstück?«

»Papa! Es ist viertel nach sechs am Morgen, ich schlafe noch. Montag ist der einzige Tag, an dem ich ausschlafen kann. Bitte sei so lieb und lege dich wieder hin.«

»Ich stehe immer um sechs Uhr morgens auf. Und um halb sieben frühstücke ich. Wie wäre es mit einem durchgebratenen Spiegelei auf Vollkorntoast mit Schnittlauchquark? Und dazu einen guten japanischen Sencha.«

»Papa! Selbst wenn ich es wollte, morgens um viertel nach sechs in der Küche zu stehen und Spiegeleier zu braten könnte ich es nicht, weil ich weder Eier habe noch Vollkorntoast oder gar Schnittlauchquark und schon gar keinen grünen Tee. Und auch keinen schwarzen, weißen oder roten.«

Mein Vater schnalzt missbilligend mit der Zunge. »Du führst einen unangenehm legeren Haushalt, meine Dame. Das gefällt Tobias sicher nicht, wenn er wieder zu Hause ist.«

»Tobias trinkt auch keinen Tee«, verteidige ich mich.

»Dennoch solltest du immer einen guten Sencha oder milden Darjeeling im Haus haben, um deinen Gästen ein angemessenes Heißgetränk servieren zu können.«

Leider kann ich den unwillkürlichen Befehl an mein Bein nicht stoppen und stampfe mit dem Fuß auf. »Ich

serviere meinen Gästen jeden Tag angemessene Heiß-
getränke! In Form von Kaffee, in meinem Café!«

»Bitte mäßige dich, junge Dame. Und nun zieh dich
rasch an. Ich begleite dich zum Einkaufen und unter-
weise dich darin, was eine gute Gastgeberin immer im
Haus haben sollte.«

So wie mein Vater heute Morgen an meiner Schlafzimmertür Sturm geklopft hat, klingele ich zwei Stunden später an der Haustür meiner Mutter Sturm – lediglich hundertmal heftiger.

Es dauert einen Moment, doch dann wird die Tür auf-
gerissen. Gut so, denn mein Daumen puckert schon
vom Klingelknopfdrücken.

»Claire! Ich war noch im Bett.« Ohne mich wie sonst
in den Arm zu nehmen, schiebt mich meine Mutter ein
Stück zur Seite und blickt an mir vorbei den Gartenweg
zur Straße hinunter.

»Das war ich heute Morgen auch, als ich aus dem
Schlaf geklopft wurde! Von deinem Ehemann!«

»Du hast ihn doch nicht etwa mitgebracht?«

»Mama! Seit wann bist du so gemein?« Ehrlich scho-
ckiert schüttele ich ihre Hand von meinem Arm. »Du
redest hier von Papa, den du bei mir ausgesetzt hast wie
einen Hund, auf den du keine Lust mehr hast.«

»Mäßige dich, junge Dame.« Meine Mutter, offensichtlich mit dem Ergebnis ihrer Nachforschung zufrieden, zieht mich mit sich ins Haus.

»Diesen Satz habe ich heute schon zwei Dutzend Mal
gehört. Mehr fällt euch beiden auch nicht ein. Und
überhaupt könnt ihr das Mäßige-dich-junge-Dame
endlich mal einstellen. Ich bin erwachsen.«

Meine Mutter wirft mir einen ihrer Mutterblicke zu und ich fühle mich, als versteckte ich eine Handvoll gemopster Gummibärchen hinter dem Rücken. »So benimmst du dich nicht gerade.«

»Ich benehme mich nicht erwachsen? Wer hat denn gerade seinen langjährigen Ehemann bei der Tochter abgesetzt, anstatt sich mit ihm zu arrangieren?«

Mit einem Ruck bleibt meine Mutter stehen und ich pralle gegen sie. »Meine liebe Claire, ich arrangiere mich mit diesem Mann seit einunddreißig Jahren. Doch seit seiner Pensionierung vor drei Monaten ist dieses Arrangement bedenklich in Schieflage geraten. Denn es reicht nicht, wenn es nur von einer Seite gelebt wird.« Der strenge Blick meiner Mutter wird weicher, als sie nach meinen Händen greift. »Claire, ich liebe deinen Vater wirklich. Mit all seinen Schrullen und Macken und schrägen Ansichten und Einsichten. Aber ich brauche eine Pause, denn sonst erstickt meine Liebe unter einem Haufen Arrangements.«

»Hättest du mich nicht vorwarnen können?«, murmele ich. Denn ob ich es wahrhaben will oder nicht, ich weiß, meine Mutter hat recht.

»Habe ich doch. Arian ist gestern an dein Telefon gegangen und ich habe ihn gebeten, dir von Jakobs Ankunft zu berichten. Hat er es etwa vergessen?«

Ich schüttele den Kopf, auf dem der heute Morgen hastig geknotete Knödel immer weiter herunterrutscht. »Nein. Aber du warst nicht gut zu verstehen und er hat nur mitbekommen, dass Papa dich geärgert hat.«

»Tja, so könnte man das auch nennen.« Meine Mutter grinst mich an und es ist einer dieser Momente, in denen ich einen Blick in die Zukunft erhasche. Meiner Zukunft. Ihre moosgrünen Augen strahlen genauso hell wie eh und je und in ihren roten Haaren findet sich kein Grau. Lediglich Fältchen um ihre Augen und ihren Mund verraten die ältere Version von mir selbst. »Lass uns einen schönen Kaffee brühen und im Garten unter der alten Kastanie trinken. Deine Schaukel müsste dort auch noch hängen.«

Mit einem Sack voller Instruktionen rund um meinen Vater mache ich mich auf den Heimweg. Meine Mutter und ich vereinbaren, dass er erst einmal für ein paar Tage bei Tobias und mir wohnt, damit meine Mutter Abstand bekommt und Zeit hat, zu überlegen, wie sie mit Papas Schwierigkeiten nach seiner Pensionierung umgeht. Sie möchte ihn ungern in seine Einzelteile zerlegen, wie sie mir augenzwinkernd mitgeteilt hat. Wobei mir das Augenzwinkern einen Tick zu künstlich wirkte.

Helfen soll angeblich auch eine ominöse astrologische Konvergenz, die sich in den nächsten Tagen am Sternenhimmel bilden würde. Der Einfluss auf uns alle wäre enorm, versicherte mir meine Mutter, und dabei funkelten ihre Augen, als hätte sie sich Diamantstaubtropfen hinein getröpfelt.

Ich bleibe vor meiner Wohnung einen Moment im Auto sitzen. Es ist gerade mal kurz nach zehn Uhr und meine Füße und ich – und leider auch mein Kopf – haben das Gefühl, bereits den ganzen Tag auf den Beinen zu sein. Was wir genau genommen ja auch sind, nur dass leider ein großer Teil des Tages noch immer vor uns liegt.

Wenn mein Leben nach Plan gelaufen wäre, würde ich jetzt langsam aufwachen, eingehüllt in eine Erinnerung an den Lavendelduft meines Schaumbades vom Abend zuvor. Und Tobias würde neben mir liegen und zusammen mit mir meinen winzigen Babybauch streicheln.

Ich vermisse Tobias schrecklich und um diese Zeit kann ich ihn nicht einmal als Trösterli anrufen. In Santa Barbara ist es gerade mal ein Uhr nachts.

Durchhalten Claire, tröste ich mich. Noch zweimal schlafen, dann ist Tobias wieder zu Hause.

»Hey, Claire. Hattest du einen ruhigen Tag?«

»Tobias!« Meine freudige Begrüßung am Telefon lässt meinen Vater aufschrecken, der eben auf dem Sofa mit seiner *Süddeutschen Zeitung* eingedöst ist. Ich bedeute ihm, sich wieder zurückzulehnen, und springe schnell auf, um ins Schlafzimmer zu gehen. »Mein Tag war, sagen wir mal, ungeplant interessant, aber das erzähle ich dir gleich ausführlich. Und bei dir? Hast du gut geschlafen? Regnet es immer noch so doll?«

Tobias' Lachen erreicht über neuntausend Kilometer hinweg direkt mein Herz und vor Sehnsucht schmilzt mir fast das Telefon in der warmen Hand. »Ungeplant interessant trifft es bei uns beiden wohl zurzeit genau, oder?«

Ich nicke, denn die Sehnsucht nach ihm zerdrückt meine Worte.

»Der Regen ist sogar stärker geworden, unsere Pläne werden extrem durcheinandergebracht. Viel Schlaf bekommt hier momentan niemand.«

»Oje, das tut mir leid. Ihr habt so lange daran gefeilt.«

»Und nun feilen wir halt neu.«

»Das ist die richtige Einstellung. Und wenn du übermorgen wieder zu Hause bist, kannst du dich von deinen Maniкürearbeiten erholen.«

»Claire …«

Ich warte, dass Tobias weiterspricht, doch er zögert. »Ja?«

»Claire … ich muss dich leider erneut vertrösten.«

Eine Seifenblase nach der anderen von Tobias und mir platzt mit lautem Plopp in meinem Kopf. »Der Regen?«

Er antwortet nicht gleich und räuspert sich. »Auch. Vermutlich hätte sich mein Heimflug auch ohne den Regen verzögert. Das Projekt ist wirklich gigantisch und hier sind viele Leute, die koordiniert und eingewiesen werden müssen. Und …«

»Und?«

»Und es ist ein ziemlich cooler Job, Claire. Aber ich vermisse dich schrecklich und ich wünschte, du wärst hier bei mir.«

Ich weiß, Tobias meint das völlig ernst, und ich weiß auch, wie sehr er mich vermisst. Dennoch höre ich die Freude heraus, die er an diesem Hotelprojekt weit weg von unserem Zuhause hat. Und ich fühle die Last in mir umso stärker. Als hätte ich Muskelkater, lasse ich mich vor dem Bett auf den Boden sinken und ziehe die Beine nah an mich heran.

»Claire?«

»Alles gut …« Glaube ich zumindest. »Ich brauche nur einen Moment, um die Nachricht zu verdauen. Verstehe mich bitte nicht falsch, ich freue mich sehr für dich, dass du eine Aufgabe hast, der du mit

Leidenschaft nachgehen kannst. Keine weiß das so genau wie ich. Nur … du fehlst mir, Tobias. Du fehlst mir sehr.« Und du fehlst nicht nur mir.

»Da sind wir schon zu zweit. Und stell dir mal vor, wie es Linus und Rebeka erst gehen würde. Da haben wir es allemal besser getroffen.«

Abermals erreicht mich Tobias’ warmes Lächeln und trotz der Distanz fühle ich mich zugleich fest umarmt und durch eine Welt getrennt. Ich weiß leider mehr als genau, wie es den beiden gehen würde, denn jetzt bin ich es, der es so geht. Und es fühlt sich verdammt hässlich an. »Wann darf ich dich denn wieder bei mir haben?«

»Unser Zeitplan verschiebt sich erst einmal um eine Woche.«

»Erst einmal …«

»Ich komme auf jeden Fall nächste Woche Mittwoch nach Hause, Claire.«

»Dir gehen wohl die sauberen Hemden aus?« Tapfer kämpfe ich mit dem kläglichen Scherz gegen das mulmige Gefühl in meinem Bauch an.

»Darum mach dir mal keine Sorgen, mein Schatz. Hier in sunny California laufen alle nackt herum.«

»Dann grüße bitte Enja recht schön von mir, wenn du ihr das nächste Mal in die Augen siehst.« Was ich als Witz meine, kommt leider so stechend heraus, dass ich mich damit selbst verletze. Eifersucht ist echt das Blödeste überhaupt!

Tobias muss meine Gefühlsschwankung bemerkt haben, denn seine Stimme wird ganz sanft. »Ich liebe dich, Claire, von hier bis zu dir nach Berlin.«

»Du wirst Ellas Geburtstag am Montag verpassen.«

»Drück sie ganz fest von mir.«

»Ich werde es versuchen, allerdings nervt sie zurzeit alles, was in ihr Blickfeld gerät.«

»Was gab es bei dir eigentlich ungeplant Interessantes?« Im Hintergrund höre ich jemanden nach Tobias rufen.

»Du musst los. Ich erzähle es dir ein anderes Mal.«

»Claire?«

»Ja?«

»Ist alles gut zwischen uns?«

»Ich liebe dich.«

»Ich dich auch.«

Für einen Moment halte ich das Telefon in der Hand und starre auf das dunkle Display. Es gibt noch so unglaublich viel, was ich Tobias erzählen möchte. Doch das passt alles nicht in dieses kleine Gerät.

Zwei Tage später hat sich noch mehr angestaut, was ich Tobias gern erzählen möchte, doch unsere Telefonate sind zu kurz und sowohl er in Santa Barbara als auch ich in Berlin haben alle Hände voll zu tun.

Meinem Vater fällt in der Wohnung die Decke auf den Kopf und sobald ich nach Hause komme, nimmt er mich als Gesellschafterin, Köchin und Bedienung in Beschlag. Während ich unterwegs bin, zanken sich mein Vater und Holly um jeden Schritt, den er in der Wohnung zurücklegt. Beide beschweren sich abends lauthals über den anderen. Doch irgendwie werde ich das leise Gefühl nicht los, dass sie es fast ein bisschen genießen.

Das *Coffee To Stay* ist von morgens bis abends mehr als gut besucht und zusätzlich zu diesem Alltag kommen die Vorbereitungen für den Café-Geburtstag.

Vermutlich wegen der Schwangerschaft und des Liebeskummers fühle ich mich müde und unkonzentriert. Ist es mir bis vor ein paar Wochen leichtgefallen, jedem meiner Gäste den perfekten Kaffee zu bereiten, ertappe ich mich momentan hin und wieder dabei, wie ich in meinen Notizen nach Inspirationen blättere.

Manchmal gehe ich zum Kaffeebohnenrösten in die Küche, damit ich nicht weiter wie ein Kolibri von einem Tisch zum anderen flattern muss. Leider kommt bei diesen Röstaktionen selten etwas Gutes heraus, in der Regel weisen die herrlichen Bohnen stark grenzwertige Röstaromen auf, mit denen ich höchstens unsere Kaffeepflanze düngen kann – oder echten Männerkaffee daraus mache.

»Claire, darf ich dir Adélia vorstellen?«

Ich sehe von dem Espresso auf, den ich soeben zusammen mit einem Schälchen Cantuccini auf ein Tablett stelle.

Vor mir steht Arian, eine junge Frau neben sich, und wenn ich es nicht schon wüsste, würde ich sie unwillkürlich für eine Brasilianerin halten. Ihr dunkelbraunes Haar lässt sich kaum in dem dicken Zopf bändigen, der ihr über der Schulter hängt, dazu strahlen ihre Augen in derselben Farbe wie ihre Haare. Obwohl sie lediglich eine Jeans und eine einfache weiße Bluse trägt, ruft alles an ihr nach Samba. Gut möglich, dass das auch an den meterhohen High-Heel-Sandaletten liegt.

»Ich freue mich sehr, Sie kennenlernen zu dürfen.« Herzlich reicht sie mir die Hand, lächelt mich über einen angenehm festen Händedruck hinweg an und sieht dann zu der Tasse, die ich gerade hergerichtet habe. »Wie köstlich dieser Kaffee duftet. Ist das ein *Fazenda da Lagoa*? Es riecht so unglaublich gut nach unseren brasilianischen *Brigadeiros*, nach süßer Milch und aromatischem *Criollo* Kakao.«

Mein entkoffeiniertes Herz vollführt bei dermaßen viel Kaffeeverstand einen Doppelsalto. »Es gibt nicht viele Leute, die quer über den Tresen hinweg einen *Fazenda da Lagoa* von einem *Pilão* unterscheiden können. Gut geschnuppert, Adélia.«

»Danke sehr. Aber es ist nicht allein der delikate Duft, es ist auch seine einzigartige Farbe, wie bei jedem außergewöhnlich guten Kaffee.«

Jetzt hat sie mich voll und ganz, ich bin verliebt in diese Frau. »Genau! Der *Fazenda* hat diesen auberginefarbenen Schwarzton ...«

»... mit einer hellelfenbeinfarbenen Crema, wenn der Espresso präzise bei neunzig Grad gebrüht wird ...«

»... bei einer Durchlaufzeit von dreiundzwanzig Sekunden.«

»Exakt.« Adélia strahlt über das ganze Gesicht und wie es sich anfühlt, sehe ich einem Honigkuchenpferd auch nicht ganz unähnlich.

»Und Chefin? Wie es aussieht, haben wir eine neue Mitarbeiterin.« Arian legt stolz den Arm um Adélia und sieht sie an wie eine Mutter ihr Kind, das soeben den Schuleingangstest bestanden hat.

»Willkommen im *Coffee To Stay*.« Adélia und ich grinsen uns an wie verliebte Teenager – Schwestern im Kaffeeherzen.

»Ich freue mich riesig, hier arbeiten zu dürfen«, sprudelt es aus ihr heraus. »Ich hatte solche Angst vor diesem Gespräch. Arian hat mir schon so viel von Ihnen erzählt und auch in der Branche sind Sie natürlich mit Ihrem exzellenten Ruf bekannt. Vielen Dank für diese Chance.«

Ich glaube, ich schwebe gerade. Und Adélias Begeisterung und ihr Charme verpassen mir einen dringend benötigten Schubs zurück in die richtige Richtung. »Lass uns auf das Du anstoßen«, schlage ich ihr vor, drücke Arian den *Fazenda da Lagoa* zum Servieren in die Hand und schenke Adélia einen neuen ein. Mir gönne ich einen weiteren *Costadoro* Espresso, der ohne sein Koffein ein wahres Meisterstück geworden ist.

»Du trinkst entkoffeinierten Kaffee?« Interessiert sieht mir Adélia zu, wie ich um den Kaffeetresen herumgehe und mich neben sie auf einen der Hocker vor der Theke setze.

»Du kannst am Geruch entkoffeinierten Kaffee von Koffeinkaffee unterscheiden?« Ungläubig rieche ich an meiner Tasse.

»Und an der Farbe.«

»Du bist verdammt gut.« Voller Anerkennung hebe ich meine Tasse zum Anstoßen.

Das dickwandige Porzellan unserer Espressotassen klingt melodisch aneinander. »Und ich hoffe, durch dich noch besser zu werden.«

Kapitel 13

O wie Ordnung

Othello
Schon der süße Duft, der dem dickbauchigen Glas ent-
schwebt, wenn die zarte Milchschokolade darin sanft
schmilzt, umweht die Sinne. Doch erst der dunkle Es-
presso darauf, gewürzt mit einem Hauch Zimt, lässt
ein süßes Feuerwerk auf der Zunge tanzen.

Es gibt Tage im Leben einer Frau, da muss es Sahne sein. Fette, frisch geschlagene Sahne. Pur. Aus der Schüssel in den Mund. Und dazu einen herrlich salzigen Rollmops mit einer quietschsauren Gewürzgurke im Bauch.

»Claire, ich möchte an dieser Stelle meinen offiziellen Protest einlegen. Ich finde es sehr befremdlich, dass du dich weigerst, mir ein Frühstück zu bereiten.«

Genüsslich löffele ich aus der Schüssel in meiner Hand eine weitere große Portion weißen Sahneglücks. »Ich weigere mich nicht, dir dein Frühstück zu machen. Ich habe alles auf den Tisch geräumt, was du freitags immer möchtest. Haferflocken, fettarme Frischmilch, Waldheidelbeeren und ungeschälte Mandeln.«

»Ich will aber Porridge essen.« Mit überkreuzten Armen hockt mein Vater auf dem Küchenstuhl und sieht mich verschnupft an, ehe er wieder stur aus dem Fenster starrt.

»Da auf dem Herd steht ein Topf. Bediene dich bitte, ich muss jetzt zur Arbeit und du hast genügend Zeit.«

»Ich habe mir noch nie Porridge selbst gekocht!«, trompetet er in meine Richtung, sogar sein volles weißes Haupthaar plustert sich dabei vor Entrüstung auf. »Ich bin ein Oberstudiendirektor a.D., Fachrichtung Geschichte und Deutsch, und kein Frühstückskoch!«

»Und ich bin die Besitzerin des Cafés *Coffee To Stay* i.D. und keine Frühstücksköchin. Da haben wir beide tatsächlich etwas gemeinsam.«

»So störrisch warst du schon als Kind.«

Nun reicht es aber! Ich klatsche den Löffel in die Sahne, sodass diese aus der Schüssel spritzt. Na toll, nun kann ich mein Kleid wechseln. Und mein geflochtener Zopf hat ebenfalls etwas abbekommen. »Ich bin nicht störrisch! Ich finde lediglich, du könntest das eine oder andere im Haushalt wirklich selbst erledigen. Nur weil du ein begnadeter Geschichtswissenschaftler bist heißt das noch lange nicht, dass dich jeder bedienen muss.«

»Junge Dame! So redest du nicht mit deinem Vater.«

Doch, tue ich gerade. Ich bin wirklich eine schlechte Tochter. Aber wie mein Vater so dasitzt, völlig den Raum einnehmend, daran gewöhnt, dass sich die Welt um ihn dreht und immer jemand anwesend ist, um ihm das Weltliche abzunehmen, das reizt mich bis aufs Blut. Jahrelang hieß es immer *Gewiss, Herr Doktor Herzog* und *Selbstverständlich, Herr Doktor Herzog* und ganz oft *Was kann ich für Sie tun, Herr Doktor Herzog*. Es ist an der Zeit für eine Lektion im echten Leben, das soll auch gegen Langeweile helfen.

»Dann esse ich eben gar nichts.« Sind das Hörnchen, die meinem Vater gerade aus der Stirn wachsen?

»Gut, wie du möchtest, aber räume bitte den Tisch ab, wenn du die Sachen nicht mehr brauchst. Ich muss mich umziehen und los ins Café.«

In Zeitlupe dreht mein Vater sein Gesicht zu mir. Ich kann regelrecht sehen, wie meine, zugegeben gemeine, Ansage buchstabenweise verarbeitet wird. Doch seinem leeren Blick nach zu urteilen, versteht er den Inhalt meines Satzes nicht.

»Claire Leonore Herzog! Ich trete in einen Essstreik und du lässt mich den Tisch abräumen? Ich habe noch nie …«

»Ja, ja, ja. Ich weiß, du hast noch NIE einen Tisch abgeräumt.«

Ich atme einmal tief durch und setze mich zu meinem Vater an den Tisch. Sanft lege ich die Hände auf seine verschränkten Arme. »Papa, jetzt mal im Ernst. Meinst du nicht, es ist an der Zeit, die Schule hinter dir zu lassen und nach vorn zu schauen? Du hast die wunderbare Möglichkeit, neue Dinge zu entdecken. Dinge, für die du vorher keine Zeit hattest. Du warst großartig in deinem Job als Direktor, aber du hast dazu noch einen privaten Job, und in dem kannst du auch richtig gut werden.«

Mein großer, starker Papa verzieht seinen Mund zu einer Schnute, als wäre er nicht sechzig, sondern sechs Jahre alt. Er räuspert sich und ich ahne, was gleich kommt. Und in der Tat findet er wie immer Trost und Rat in seinem Lieblingssatz. »Ich meine, dieser These kann ich durchaus etwas abgewinnen. Wenn ich jedoch an die Antithese der grundsätzlichen Verschiedenheit von Arbeit und Freizeit anknüpfe, wird es schwierig, hieraus eine sinnvolle Synthese zu ziehen. Ich meine, die Dialektik ist hier nicht sauber zielführend.«

Ganz genau. Ich nicke voller Überzeugung und drücke meinem Vater einen dicken Kuss auf die tadellos rasierte Wange, dabei umspielt sein feinherber Wurzelholzduft meine Nase.

»Mein Claire! Mein Claire!« Mit Sprintgeschwindigkeit fliegt Holly in die Küche. Ihr ureigener Radarinstinkt hat zuverlässig Alarm geschlagen. Zielstrebig flattert sie auf meine Schulter und quetscht sich zwischen mich und meinen Vater. »Mein Claire! Mein Claire!«

Mein Vater streckt Holly den Zeigefinger hin, doch sie schiebt ihn mit dem Schnabel zur Seite. »Unsere Claire, einverstanden, du Kobold?«

Holly legt ihr grüngelbes Köpfchen schief und betrachtet meinen Vater, dann wendet sie sich von ihm ab und knabbert an meinem Ohr.

Immerhin, sie hat nicht nach ihm getreten.

Zum ersten Mal seit Tagen, eigentlich seit Wochen, ist der Himmel dick mit Wolken bedeckt. Fröstelnd krame ich auf dem Rücksitz des Volvos nach meinem lindgrünen Kaschmircardigan. Hier müsste dringend jemand aufräumen. Ich ziehe das gute Stück schließlich recht zerknittert unter einem Haufen Geburtstagsgeschenken hervor, die für die Café-Feier bestimmt sind. Eigentlich wollte ich sie schon längst hübsch verpackt haben und eigentlich wollte ich auch die Sonderkaffeekarten für diesen Tag individualisieren und eigentlich und eigentlich.

Ich habe mal gelesen, dass man alles, was man innerhalb von zwei Minuten erledigen kann, sofort machen soll. Kurz überlege ich, einen der Körbe aus dem Kofferraum zu holen und die Geschenke mit in das Café zu nehmen. Ich könnte unter Umständen später irgendwann ... ach schade, die zwei Minuten sind leider vorbei. Nachdrücklich lasse ich die Autotür ins Schloss fallen und schüttele meinen Cardigan aus, nur leider verschwinden die Falten dabei nicht.

»Frau Herzog! Schön wie der Morgen.«

Schnaufend schiebt sich Rudolf Greiner über die Straße in mein Blickfeld. Die Tür zum *Fiadone* schräg gegenüber steht offen und alles, was ich von hier aus erkennen kann, ist Chaos. Selbst für eine Baustelle sieht es darin chaotisch aus. Trotzdem trägt Rudolf Greiner seinen Anzug, der geschätzte sieben Millionen Euro kostet, als würde er geradewegs aus einem Hochglanzbüro stolzieren. Stolzieren ist das falsche Wort, Herr Greiner stolziert nicht, er geht allerdings auch nicht, denn er bewegt sich vorwärts wie ein Walross an Land. Watscheln Walrosse? Oder wälzen sie sich?

»Guten Morgen, Herr Greiner. Wie geht es voran mit dem *Fiadone*?«

»Was für ein *Fiadone*? Ach, Sie meinen den alten Bäckerladen hinter mir? Machen Sie sich keine Sorgen, da kommt was Frisches, Modernes hin.«

»Sie haben also mittlerweile einen Nachmieter?« Ich komme mir unheimlich schlau vor, wie ich meine taktischen Fragen nebenbei im Small Talk stelle. Obwohl ich nichts lieber täte, als mit Herrn Greiner nicht smallzutalken. Am liebsten möchte ich gar nicht mit ihm talken.

Er lacht so herzhaft, dass sein an den Spitzen gekringelter Schnauzbart fröhlich auf und ab wippt. »Sehr verehrte Frau Herzog, bin ich ein Geschäftsmann oder bin ich keiner? Selbstverständlich lasse ich meine Geschäfte nicht leer laufen. Sie etwa?«

»Ich denke nicht, nein, zumindest serviere ich meinen Gästen stets gefüllte Kaffeetassen.«

Als hätte sich ein Schalter umgelegt, stellt er sein Lachen ein und sieht mich mit tiefernster Miene an. Dabei kommt er meiner Komfortzone ungemütlich nah. Prompt liegt seine Walrossflosse auf meinem Arm. »Apropos Gäste. Was muss ich für Geschichten hören? Ihr schönes Café wurde bestreikt und beschmiert und in den Schmutz gezogen. Wie grässlich! Ich hoffe nur, Ihr Ruf hat nicht allzu sehr gelitten.«

Ich zucke die Schultern, ziehe den Arm unter seiner Hand weg und setze ein paar Schritte zur Seite. »So schlimm war das alles gar nicht. Die ganze Sache war eher ein Missverständnis.«

»Ein Missverständnis, so, so. Nehmen Sie das alles mal nicht auf die leichte Schulter, liebe Frau Herzog. Bei jedem *Missverständnis* bleibt ein Körnchen Wahrheit hängen. Nicht jeder ist für das große Geschäft gemacht.« Seine Wortwahl lässt mich drei weitere Schritte Abstand nehmen und jagt mir Gänsehaut den Rücken hinab. »Ich kenne mich in der Branche bestens aus. Und sollten Sie das Gefühl haben, alldem nicht mehr gewachsen zu sein, wenden Sie sich vertrauensvoll an mich. Ich werde sehen, was ich tun kann, um Ihre Kaffeeecke zum besten Preis zu veräußern.«

Kaffeeecke! Hat er tatsächlich Kaffeeecke gesagt? »Dieses Angebot kann ich dankend ablehnen. Dem

Coffee To Stay geht es blendend. Auf Wiedersehen, Herr Greiner.« So aufrecht wie möglich drehe ich mich um und stapfe mit zittrigen Knien in mein Café. Dabei hallt jeder einzelne Satz von ihm als Drohung in meinem Kopf nach.

»Und dann hat er mir tatsächlich angeboten, unsere *Kaffeeecke* zu veräußern!« Ich fühle mich wie ein aufgeplustertes Huhn, wie ich so vor Arian stehe. Meine kurze Unterhaltung mit Rudolf Greiner liegt fast zwei Stunden zurück und Arian hat noch keine drei Schritte in das Café getan, als ich ihn über jedes Detail informiere.

»Der Greiner ist alles andere als blöd. Dem ist klar, was für ein Volltreffer das *Coffee To Stay* ist. Der würde sich seinen Schnurrbart pink färben, wenn er an unseren Mietvertrag rankäme.« Kopfschüttelnd geht Arian an mir vorbei. Mit einem Lächeln, als hätte ich ihm gerade vom neuesten Sonnenschein erzählt, grüßt er die Gäste, die sich bereits an ihrem Morgenkaffee erfreuen.

Weniger die Contenance wahrend, eile ich ihm hinterher. Mein Puls befindet sich weiterhin im dreistelligen Bereich und selbst zwei Tassen Tiroler Kamillenblütentee, den ich mittlerweile als echten Geheimtipp zur Beruhigung schlürfe, zeigen keine Wirkung.

»Guten Morgen, Frau Herzog. Guten Morgen, Herr Scholl.«

»Arian!«

»Claire!«, blaffen Arian und ich gleichzeitig Max genervt an, der das Café munter durch die Terrassentür betritt.

Mit flatternden Lidern blickt der zwischen Arian und mir hin und her und bleibt mit unserer Post in der erhobenen Hand wie eine zu Stein erstarrte Postbotenfigur stehen.

»Tut mir leid, Max.« Sein Anblick aktiviert sofort sämtliche Mutterhormone, die mein Körper bereits fleißig produziert. Impulsiv nehme ich ihn in den Arm, was den Bann leider nicht bricht. Eher steht er noch unbeweglicher da.

»Mach was«, knurre ich Arian an.

»Nichts für ungut, Kumpel.« Damit haut er dem Armen freundschaftlich auf die Schulter. »Ich kümmere mich dann mal um die Kaffeevorbestellungen für heute Nachmittag.«

Das ist nicht hilfreich.

»Die Post, Frau … Claire«, piepst mich Max an und blinzelt nervös mit seinen Welpenaugen, während er mir in Zeitlupe den Briefstapel reicht.

»Max, es tut mir wirklich leid, dass ich dich gerade angepflaumt habe. Heute ist irgendwie ein blöder Tag. Vorhin kam mir der Greiner quer und davor musste ich Gesellschafterin meines Vaters spielen. Seitdem er bei mir wohnt, ist alles etwas anders.«

»Er könnte Sie, äh, dich ins Café begleiten. Hier hat er Gesellschaft.«

Wer sagt das gerade? Doch wirklich, es ist Max, der seinen Mund bewegt.

»Auf die Idee bin ich noch gar nicht gekommen. Max, du bist mein Held!« Ohne an die versteinerten Konsequenzen zu denken, umarme ich Max erneut und drücke ihm obendrein einen Kuss auf die Wange. Unglaublich, wie gut dieser junge Mann duftet, als wäre er gerade von einem Waldspaziergang zurückgekehrt. Die Umarmung dauert ein, zwei Sekunden länger, als es schicklich gewesen wäre. Dann löse ich mich von ihm und vermute, meine rote Gesichtsfarbe harmoniert sehr mit seiner.

»Setz dich, Max. Du hast dir einen großen *Othello* verdient.« Verlegen sortiere ich die Umschläge, zeige auf einen freien Platz vor der Kaffeetheke und eile schleunigst dahinter. Vorsichtig wickele ich eine hauchzarte Tafel Grenadaschokolade aus und verteile sie auf drei Porzellanbecher. Auf dem dazu passenden Porzellanstövchen schmelze ich die Schokolade pro Tasse langsam und gebe zum Schluss jeweils zwei Stück der samtigen Milchschokolade hinzu, um die warme Schokocreme zu temperieren. Mit Bessy bereite ich zwei Espresso aus wundervollen peruanischen Arabica-Bohnen zu, die weich nach Erdnuss und dunklem Toast duften. Über einen Edelstahlhalm lasse ich das dunkle Kaffeegold auf die geschmolzene Milchschokolade fließen und stäube einen Hauch Ceylon-Zimt darüber. Zufrieden schiebe ich Arian und Max je einen *Othello* hin. Meinen gönne ich mir ohne Espresso.

Max schließt vor Wonne die Augen, als er die ersten Schlucke trinkt. »Das ist das Beste, was ich je getrunken habe.«

Grinsend nippe ich an meiner Kinder-*Othello*-Variante. »Das sagst du bei jeder Kaffeespezialität, die ich dir zubereite.«

»Sie ist ja auch eine geborene Kaffeekünstlerin.« Selig schnuppert Arian an seiner Tasse.

»Tja, wer kann, der kann.« Nebenbei blättere ich den Poststapel durch und finde eine Postkarte aus Cassis. »Oh, seht! Éloïse hat geschrieben.«

Éloïses kleine, präzise Handschrift füllt die ganze Rückseite und ich bin erstaunt, wie viele Neuigkeiten auf dieses bisschen Karte passen.

»Geht es Madame Montségur gut?«

»Éloïse«, murmele ich.

»Ich denke, sie hat sich gut eingelebt.« Arian kratzt den letzten Rest seines *Othello* mit einem Löffel heraus und genießt ihn bis zum letzten Tropfen. »Obwohl ihre grand-mère ihr tüchtig auf die Finger sieht, nicht dass sie aus Versehen irgendeine deutsche Bäckersitte in die Boulangerie bringt. Schwarzbrot, mon Dieu.«

Irritiert lasse ich die Karte sinken, denn das, was Arian in diesem Moment erzählt, lese ich gerade. Und er hatte die Karte definitiv noch nicht in der Hand. Auch Max blickt interessiert über den Rand seines Porzellanbechers.

»Woher weißt du das mit ihrer grand-mère denn so genau?« Neugierig wedele ich mit der Karte vor Arians Gesicht.

»Tun das nicht alle französischen Großmütter bei ihren Enkeltöchtern?« Arians Antwort kommt schnell, aber für meinen Geschmack eine halbe Sekunde zu spät, um echt zu sein. »Und nun entschuldigt mich, der Charlottenburger Bibliotheksverein steuert zu seinem monatlichen Brunch-Kaffee auf das *Coffee To Stay* zu. Ich bin dann mal die nächsten drei Stunden unabkömmlich.«

»Du Charmeur! Die Ladys verhätscheln dich immer mehr. Andererseits, wenn es gut ist für das Geschäft, übernehme ich in dieser Zeit natürlich die schnöden Alltagsgäste«, seufze ich theatralisch.

»So ist es recht, Chefin. Bis dann, Max.« Arian hebt eine Hand zum *High five*, doch stattdessen nimmt Max sie in seine und drückt sie artig.

»Auf Wiedersehen, Herr, äh, Arian. Auf Wiedersehen, Frau, äh, Claire. Und denken Sie, äh, denke du an deinen Vati.«

Ich denke an meinen *Vati* und ich glaube fast, er denkt auch an mich. Denn kaum habe ich den Vorschlag ausgesprochen, ob er nicht ein wenig Zeit im Café verbringen möchte, steht er auch schon quasi vor der Tür des *Coffee To Stay*. Ohne dass ich ihn abholen musste. Lediglich ein Taxi sollte ich ihm bestellen. Den Taxidienst hat schließlich Arian mit meinem Volvo übernommen, da er ohnehin eine Lieferung frischgerösteter, delikater Kaffeebohnen aus Sumatra ins Calla Hotel bringen musste. Manchmal sind wir nicht nur ein *Coffee To Stay*, sondern auch ein *Coffee To Bring*.

Strahlend wie die Sonne, die bis gestern Berlin beglückt hat, betritt mein Vater das Café und zieht einen Rollkoffer hinter sich her. Vor dem Tresen bleibt er neben mir und Kuka stehen, die ich soeben mit einer frischen Kanne Kuka-Kaffee verabschiede.

»Seien Sie gegrüßt, verehrte Frau Hämäläinen. Claire, mein Schatz, ich habe dir ein wunderbares Geschenk für dein Café mitgebracht.« Mein Vater schiebt zwei der Hocker vor der Kaffeebar zusammen und legt den Koffer darauf. Als er ihn öffnet, muss ich aufpassen, dass mir nicht die Augen hineinfallen.

»Teebeutel!«, quiekt Kuka und schüttelt sich.

»Warum bringst du denn deine Teebeutelsammlung mit hierher?« Ich muss meine Hand sehr davon abhalten, den Koffer nicht zuzuklappen. Das wäre arg unhöflich meinem Vater gegenüber.

Er nimmt zwei Packungen, eine schimmert tiefviolett, die andere leuchtet grellgrün. »Ich möchte dir gern danken, dass ich bei dir wohnen darf, und deshalb möchte ich dir mit deinem Café helfen. Also habe ich beschlossen, das *Coffee To Stay* um ein paar Variationen zu bereichern.« Mein Vater nimmt eine dritte Teepackung aus dem Koffer, dieses Mal in babyblau. »Meine Idee kommt ja glänzend bei dir an, ich sehe, wie sprachlos du bist. Und du musst mir bitte auch nicht danken, sonst kommen wir aus der gegenseitigen Dankesspirale gar nicht mehr heraus.«

Päckchen um Päckchen zieht er aus dem Koffer und stapelt sie auf der Kaffeebar. Ein Zauberer mit bunten Tüchern könnte es nicht schöner machen.

»Was darf ich Ihnen als Erstes anbieten, Frau Hämäläinen?«

»Was? Ich? Tee?« Mit schreckgeweiteten Augen sieht Kuka meinen Vater an und drückt ihre Kanne finnischen Kaffee fester an sich.

»Ich lade Sie zu einer Probeverkostung ein. Claire, bist du bitte so nett und machst uns Wasser heiß, du weißt ja, ich kann nicht kochen.« Damit wendet er sich von uns ab und hält auf die Gäste des Cafés zu. Bevor meine Gedanken an die richtige Stelle rasen, lädt er die bunte Mischung an Kaffeeliebhabern ein, einen guten Schluck Tee aufs Haus mit ihm zu trinken. »Zur Auswahl stehen wunderbar fruchtige Sorten wie *Kirsch-Erdbeer-Kuss, Heidelbeer-Vanille-Bonbon, Brombeer-*

Granatapfel-Romanze oder auch *Pfirsich-Meer* oder *Orangen-Minz-Brandung.*«

»Oh Papa«, zische ich ihm zu und ziehe ihn weg von den Gästen, zurück zur Kaffeebar. »Diese Tees haben mit viel Glück neben einer dieser Früchte gelegen.«

»Kind, sei nicht so herablassend! Die Tees schmecken ausgezeichnet.«

»Aber nicht meinen Gästen. Dieses Café heißt *Coffee To Stay*, wie du weißt, nicht *Tea Bag.*« Eilig räume ich die Teepackungen zurück in den Koffer.

Mein Vater runzelt die Stirn und greift zu einer der Getränkekarten. »Gleichwohl bietest du selbst Tee an neben deinem heiligen Kaffee. Sehen Sie, Frau Hämäläinen, hier unter Nicht-Kaffees gibt es sogar einen *Rote-Beeren-Früchtetee.* Den kennen Sie bestimmt, oder? Schließlich sind die Nächte in Finnland lang und dunkel, was hilft da besser als ein guter Tee?«

Kuka nickt mit aufgerissenen Augen, dabei wirkt ihr Lächeln sehr verkniffen. »Bitte entschuldigen Sie mich, Herr Herzog. Ich muss leider zurück in meinen Laden. Aber lassen Sie sich Ihren Tee ruhig schmecken.« Als wäre der Teeteufel hinter ihr her, verschwindet Kuka durch die Terrassentür und rennt dabei beinahe Arian über den Haufen. In einem Comic würde er sich jetzt um seine eigene Achse drehen.

Kopfschüttelnd schließt er die Tür hinter sich und erspäht die restlichen, bunten Teepackungen auf der Kaffeebar. »Was ist denn hier los?«

»Wir erweitern das Teeangebot«, legt mein Vater Arian dar.

»Wir haben genug Tee auf der Getränkekarte.« Nun ist es an Arian, die Stirn krauszuziehen.

Seufzend lasse ich mich auf den nächsten Barhocker sinken. »Offensichtlich reicht ausgewählter *Sunderpani Darjeeling* oder *Nepal Jun Chiyabari Grüntee* oder gar *Tonganagaon Assam* nicht.«

»Genau, Claire. Ihr braucht noch etwas Süßes, Fruchtiges neben eurem Beerentee.«

Mein Vater steht stolz vor mir, seine Wangen sind gerötet und seine Augen leuchten. Er ist so begeistert bei der Sache, und diese Sache hat mal nichts mit alten Geschichtsdokumenten zu tun. Mein Herz schmilzt und ich bringe es nicht zustande, ihn abzuweisen. »Papa, das ist wirklich eine interessante Idee, dennoch möchte ich erst einmal darüber nachdenken. Und du wirst sicher verstehen, dass ich als Unternehmerin eines Gewerbes, das mit Lebensmitteln hantiert, gewissen Auflagen gehorchen muss. Und dazu gehört, dass ich nicht einfach Teebeutel als Geschenk annehmen und meinen Gästen anbieten darf. Auch kaufmännisch kann ich dies nicht verantworten.«

Das ist die Sprache, die mein Vater versteht, denn er räumt die verbliebenen Teepackungen zurück in den Koffer. »Da hast du natürlich vollkommen recht, mein Schatz. Dafür stehe ich dir selbstverständlich beratend zur Seite.«

»Das freut mich.« Und was mich noch mehr freut: Ich freue mich wirklich.

Aus den Seitenfächern des Koffers kramt mein Vater jetzt nun auch noch antike Geschichtsbücher hervor. »Und gegenwärtig hätte ich gern einen deiner Rote-Beeren-Früchtetees. Ich setze mich vorn an den Tisch am Fenster in der Ecke. Das Licht ist perfekt für meine Studien der Reformation, Herr Luther hätte mir sicher

zugestimmt.« Mit einem Nicken in Arians und meine
Richtung geht er zu seinem auserwählten Platz.

»Und wir bieten also demnächst künstliches Aroma-
wasser mit Farbe an?«, brummelt Arian.

Ich pikse ihm mit dem Zeigefinger in die Seite. »Sei
nicht so negativ, ich lasse mir etwas einfallen. Möglicherweise würden sich ein, zwei Tees mehr auf unserer
Karte ganz gut machen.«

»Dafür gibt es das *Teetässchen* von Miela und Assa.
Dort trinke selbst ich Tee, dort ist er höchstpersönlich
zu Hause und dort soll er auch bleiben.«

Eine der dauerwellengelockten Damen einer Touris-
tengruppe, die sich am Tisch neben meinem Vater
amüsiert, schwebt auf Arian und mich zu. »Entschuldigen Sie bitte«, flötet sie mit unverkennbarer Hambur-
ger Sprachfarbe. »Ich hätte gern zwei *Kirsch-Erdbeer-
Kuss*, drei *Brombeer-Granatapfel-Romanzen* und eine
Orangen-Minz-Brandung.«

Kapitel 14

F wie Freundin

Franziskaner
Eine Melange einzugehen, ist das Begehren samtigen
Kaffees und süßer Milch. Wird dieser Bund geschlos-
sen durch cremige Schlagsahne, so begleiten liebend
gern sinnliche Schokostreusel diese Liaison.

Dafür, dass Ella an einem Montag Geburtstag hat und ihn mit einem Brunch feiert, finden erstaunlich viele Leute hierher. Auto an Auto reiht sich in dem idyllischen Hänsel-und-Gretel-Weg und lässt mir und meinem Volvo nicht die geringste Parkchance im Umkreis von einem Dutzend Kilometern. Froh, mich für bequeme Schuhe zu meinem Tupfenkleid entschieden zu haben, wandere ich durch das Grimm-Viertel, bei dem niemand auf die Idee kommen würde, dass es sich in Berlin befindet. Vielmehr am Rand von Berlin, sehr nah am Rand. Eigentlich ist das Grimm-Viertel der Rand, aber postalisch definitiv in Berlin.

Ein paar Mal denke ich daran, die schweren Mitbringseltüten für die Kinder am Wegesrand ihrem Schicksal zu überlassen, bringe es aber nicht übers Herz. Unter allen Umständen muss ich meinen guten Ruf als Tante Claire wahren.

Auf dem Rasen vor Ellas und Daniels Haus wuseln auf der einen Seite die Erwachsenen und auf der anderen Seite die Kinder. Bin ich wirklich so spät? Oder die anderen zu früh? Egal, jetzt bin ich da. In diesem Moment entdeckt mich Alexander, springt am höchsten Punkt von der Schaukel, die, plötzlich allein gelassen, in alle Richtungen kippelt. Vor Entsetzen kneife ich die Augen zusammen und will den kleinen Kerl kraft meiner Gedanken auffangen. Doch da erreicht er mich schon und umarmt mich so stürmisch, dass wir beide wie eine Kegelfigur hin und her taumeln. Gut, offenbar hat er seine Landung unverletzt überstanden.

Alexanders lautstarke Begrüßung bleibt seinen Brüdern nicht verborgen, und ich tauche ab zwischen Ärmchen und nassen Schmatzern, einem Knie und diversen Ellenbogen.

Erfolgreich löse ich mich schließlich aus dem Gewirr und bin im wahrsten Sinn des Wortes erleichtert, denn nun muss ich nur noch Ellas Geschenk tragen, und das ist federleicht.

»Wo ist eure Mama?«, rufe ich der Meute hinterher, die wie eine Perlenschnur mit ihren Geschenken von mir hinfortstrebt.

Ich bekomme vier hilfsbereite Antworten: »Oben.« »Unten.« »Din.« »Daußen.«

Danke Jungs.

»Claire! Wie schön, dass wir uns mal wiedersehen.«

Als ich mich umdrehe, steht Ellas Mutter Gloria vor mir, reißt die Arme auseinander, als wolle sie die ganze Welt umarmen, und drückt mich an ihren wogenden Mutterbusen. Gloria duftet seit jeher nach Zimtkeksen und Vanillemilch, und jedes Mal, wenn sie mich in den Armen wiegt, wähne ich mich in Bullerbü.

Mit einem Ruck schiebt sie mich von sich und beäugt mich von oben bis unten und von rechts nach links. »Wo hast du den Kaffee?«

Oh nein! Oh nein, oh nein! Bullerbü zerplatzt mit einem Plopp.

»Claire! Sag bitte nicht, du hast den Kaffee vergessen!« So mütterlich Ellas Mutter sein kann, so streng ist sie auch. »Du weißt ganz genau, ohne deinen Kaffee in diesem Haus sind wir aufgeschmissen. Ellas Kaffeeabstinenz möge ja ihr gefallen, aber dem Rest der Menschheit nicht. Keinen ordentlichen Kaffee trinken! Wo gibt es denn so etwas!«

Ich hebe entschuldigend die Hände. »Ich habe den Kaffee nicht vergessen. Zumindest nicht richtig ...«

»Und wie bitte kann man unrichtig Kaffee vergessen?«

»Er ist im Auto. Ich habe einfach vergessen, die Kiste mit herzubringen.« Zumindest hoffe ich, die Kiste in den Volvo gestellt zu haben. Denn das letzte Bild, das mir mein Kurzzeitgedächtnis liefert, ist die rote Klappkiste, die auf der Kaffeebar des *Coffee To Stay* steht. Vollgepackt mit duftenden, frisch gemahlenen Köstlichkeiten für starken Espresso und feinen Milchkaffee. Dann hat mein Telefon geklingelt und meine Mutter mich auffällig unauffällig über meinen Vater ausgefragt. Danach stand Kuka mit flehendem Blick vor mir und hat sich eine Kanne Kuka-Kaffee erbettelt. Darauf meldete sich erneut mein Telefon zu Wort – mein Vater wollte wissen, ob es in Ordnung wäre, wenn er mit Holly spazieren gehen würde. Schließlich sitze sie sowieso die ganze Zeit auf seiner Schulter, wenn ich nicht daheim wäre. Treuloser Vogel! Und nein, Holly geht bitte nicht auf der Schulter meines Vaters spazieren. Zumindest nicht außerhalb der Wohnung.

»Gerooo!« Glorias Stimme zerreißt meine Gedanken, und sie winkt ihren Mann zu uns heran. »Gero, sei so lieb und hole den Kaffee aus Claires Auto. Wenn die Leute hier nicht bald etwas anderes zu trinken bekommen als grünen Tee, gibt es einen Eklat, der es bis in die BILD schafft.«

»Und das wollen wir natürlich nicht.« Gero verbeugt sich nonchalant vor mir und begrüßt mich mit einem altmodischen Handkuss. Gero Gerloff ist in Aussehen, Auftreten und Charme der Zwillingsbruder von George Clooney. Ich liebe Ellas Vater. Wäre er nicht seit hundert Jahren mit Gloria verheiratet und ich nicht in Tobias verliebt und er nicht Ellas Vater und wäre er dreißig Jahre jünger und wir in einem Roman, dann, ja dann.

»Fährst du noch immer deinen quietschbunten Volvo?« Gloria streckt ihre Hand nach meinem Autoschlüssel aus, den sie an Gero weitergibt. So sind die beiden: sie, die treusorgende Ehefrau und er, der erfolgreiche Zahnarzt. Ellas Eltern bilden eine harmonische Symbiose aus Geben und Nehmen und passen zusammen wie das Herz und die Liebe.

Möglichst unkonfus versuche ich Gero zu erklären, wo ich das Auto geparkt habe, und er macht sich mit einem beruhigenden Augenzwinkern auf den Weg. Wenn einer mein Auto mit oder ohne oder gar falscher Wegbeschreibung entdeckt, dann er. In Gedanken rede ich der Klappkiste gut zu, sich bitte, bitte im Auto zu befinden.

»Weißt du, wo ich Ella finde?« Ich sehe mich zwischen den lachenden und schwatzenden Leuten um, erspähe meine Freundin jedoch nicht.

»Vorhin ist sie hinten im Garten herumgewuselt und hat für die Kinder einen Picknickplatz vorbereitet.« Damit lächelt mir Gloria strahlend zu und eilt zurück unter den Kastanienbaum mit den tausend Ästen, wo Dutzende Köstlichkeiten eines Kuchenbüffets zum Naschen verführen. Die sanfte Maibrise weht mir Erdbeerduft in die Nase, vermischt mit buttrigem Streuselaroma, herbem Rhabarber und zuckersüßen Himbeeren. Die Sonne scheint angenehm warm auf meine nackten Arme und mein pfirsichfarbenes Kleid mit den pinken Tupfen schwingt mir bei jedem Schritt um die Knie.

Auch im Garten hinter dem Haus finde ich Ella nicht. Des Weiteren nicht in der Küche, im Wohnzimmer, im Arbeitszimmer, im Schlafzimmer, in einem der Millionen Kinderzimmer oder im Bad. Ich gehe sogar in den Keller und auf den Dachboden. Nichts, nada, niente.

Das Sirenengeheul in meinem Kopf übertrifft jegliche Lärmschutzverordnung. Das ist so untypisch Ella. Sie liebt Partys, vor allem ihre eigenen.

Vor der Haustür treffe ich Daniel, der einen Tsunami in Form eines heulenden Felix' auf dem Arm hat und in Orkanstärke auf den kleinen Ellenbogen seines Sohnes pustet.

»Hast du Ella gesehen?«

»Zuletzt habe ich sie mit Viviana gesehen, sie wollte die Kleine stillen.«

»Und wo?«

Daniel grinst mich frech an. »An der Brust.«

Ich verdrehe die Augen. »Schon klar. Wo ist Ella mit dem Baby zum Stillen hingegangen?«

»Ich weiß nicht genau. Vielleicht rein oder hinten in den Garten.«

Mäßig begeistert von seiner Antwort winke ich ab. »Da anscheinend alle und keiner weiß, wo Ella ist, suche und finde ich sie lieber selbst.«

Felix, der abgelenkt durch mein Auftauchen war, besinnt sich zurück auf seinen Kinderschmerz und nimmt die Heulerei von Neuem auf. Von Papa getröstet zu werden ist auch zu fein.

Nun gut. Ich schlendere erneut durch den Garten, angefangen hinten bei der bunt blühenden Hecke bis nach vorn zum schmiedeeisernen Gartenzaun, auf dem sich Rotkäppchen neben Aschenputtel, dem Wolf und diversen Tauben tummelt.

Ein wenig abseits parkt Ellas alter, himmelblauer VW Bus, den sie während unserer Studienzeit Stück für Stück zu einer fahrbaren Kuschelhöhle umgebaut hat. Einem Impuls folgend, schlendere ich dorthin, klopfe leise und öffne die Tür. Und in der Tat ruht Ella auf einem zerknautschten Sitzsack mit Baby Viviana auf dem Arm und wiegt die Kleine sanft hin und her.

»Hier bist du.« Erleichtert schließe ich die Tür hinter mir und zeige auf den himmelblauen Sitzsack neben Ellas limettengrünen. »Darf ich?«

»Klar, setz dich. Ich warte schon seit Stunden auf dich.«

»Ja genau. Deswegen hast du mich auch standesgemäß am Gartentor empfangen.« Ich finde eine bequeme Sitzposition und strecke die Arme nach dem schlafenden Baby aus. Sanft legt mir Ella ihre Tochter in die Armbeuge.

»Ich habe dir genug Hinweise hinterlassen.« Ella schaut lächelnd auf Viviana herunter und streicht sich eine Strähne ihres Haares zurück, das sie heute ausnahmsweise offen trägt.

»Die Hinweise waren in der Tat vielfältig. Jeder hat dich irgendwo gesehen und auch nicht.«

»Exakt. Und deswegen konnte ich nur hier sein, Miss Watson.«

Für ein paar Momente schweigen wir und lauschen Vivianas zarten Schnuffelgeräuschen. Unfassbar! In wenigen Monaten werde ich mein eigenes Kind so halten und lieben. Meine Tochter. Meinen Sohn.

Wärme durchströmt mich und das Glück klopft mir schwungvoll auf die Schulter.

»Was sagt denn deine Gyn?«

Ertappt sehe ich mir Baby Viviana intensiver an. Meine Haare rutschen mir dabei praktischerweise so vor das Gesicht, dass ich vor Ellas bohrendem Blick sicher bin.

»Ich höre.« Ihre Stimme durchdringt leider meinen Haarwall.

»Noch nichts«, piepse ich.

»Aber du hattest letzte Woche einen Termin!«

Ich räuspere mich. »Den musste ich verschieben.«

»Das war schon ein verschobener Termin!«

»Genau. Und den verschobenen Termin musste ich einmal oder zweimal verschieben.«

Energisch streicht mir Ella die Haare zurück. »Claire! Bei allem Verständnis für deinen Job und das Café und das Jubiläum und die Tatsache, dass dein Papa bei dir wohnt und Tobias weg ist, aber das ist alles längst nicht so wichtig wie du und dein ungeborenes Baby!«

Zustimmend nicke ich ihr zu. »Du vergisst die ausgiebige Suche nach dem perfekten Geburtstagsgeschenk für dich.«

»Wohl wahr, aber dazu kommen wir gleich.« Ella beugt sich zu mir vor und hebt mein Kinn mit dem Zeigefinger an. »Im Ernst, Claire. Lass dich von der Ärztin anschauen, es ist wichtig für euch beide. Du weißt vermutlich noch nicht einmal, in welcher Schwangerschaftswoche du bist.«

»Einen Mutterpass hätte ich auch gern«, pflichte ich ihr bei. »Ich habe sogar bereits eine süße Hülle mit einer Hummel darauf, die eine Mohnblüte hält, aus der Honig in ein Töpfchen tropft.«

»Na, dann wäre das Wichtigste ja schon erledigt.« Ella entfaltet sich elegant aus dem Sitzsack und holt uns beiden eine Flasche Mineralwasser aus dem Einbaukühlschrank der Miniküche. Zusammen mit der Flasche reicht sie mir ihr Handy. »Da, ruf gleich an.«

Ich weiß, wann Widerrede zwecklos ist, und google die Nummer meiner Frauenärztin. Nach dem ersten Klingeln hebt die weltbeste Sprechstundenhilfe Corinna ab und flötet mir begeistert ins Ohr, ich solle mich morgen um elf Uhr in der Praxis einfinden. Und wehe, wenn dieses Mal nicht!

»Braves Mädchen.« Ella klopft mir wohlwollend auf die Schulter. »Und nun zum Highlight des Tages: mein Geschenk. Mit viel Liebe ausgesucht, von dir für mich.«

»Selbstverständlich! Für dich natürlich das Beste.«

Ella grinst frech und wedelt mit ihrer Hand vor meinem Gesicht. »Sag schon, wie viel Karat?«

»Moment, lass mich kurz nachrechnen – null.«

»Schade. Wie viele Kalorien?«

»Warte, ich muss zählen – null.«

Mit zusammengekniffenen Augen mustert mich Ella. »Wie viele Seiten?«

»Drei, zwei, eins – null.«

»Und eigentlich kann ich auch gar kein Geschenk bei dir entdecken. In den Falten deines Kleides wirst du ja wohl nichts versteckt haben und dein Ausschnitt sieht mir auch nicht üppig genug aus.«

»Na, vielen Dank auch.«

»Liebste BFF, bitte erlöse mich von meiner Neugier.« Wie um zu beten, legt Ella die Hände aneinander.

Ich muss lachen und Viviana maunzt im Schlaf. »Von deiner Neugier kann ich dich sicher nicht erlösen, aber für den Moment kann ich sie befriedigen.«

»Befriedigen hört sich gut an.«

Ich ziehe einen cremefarbenen Umschlag aus meiner Handtasche, die ich vorhin neben mich gelegt habe. Darauf befindet sich eine hellgraue Tuschezeichnung, auf der ein Berggasthof sich idyllisch in eine imposante Bergkulisse schmiegt.

Ella quietscht und klatscht begeistert in die Hände. »Ist es das, was ich vermute?«

Ich nicke und reiche ihr schnell den Umschlag, um beide Hände für das Baby frei zu haben, dem Ellas Freudenschrei nun doch einen Tick zu laut wird.

»Wir beide, zusammen?« Wie einen ihrer Sprösslinge drückt Ella das Geschenk an ihr Herz. »Wann?«

»Im Oktober, wenn es dir passt.«

»Im Oktober, wir beide, im Bayernhaus. Wie cool ist das denn!« Ohne große Babyrücksicht fällt sie mir um den Hals und knuddelt mich fest. »Danke, danke, danke. Ich freue mich.«

»Das ist auch der Sinn der Sache.«

»Cool.«

»Richtig cool.«

Nach einem Maunzen schlummert Viviana wieder ein, während Ella mit glänzenden Augen den Gutschein in ihren Händen studiert, der uns im Herbst für eine Woche an den mächtigen Fuß der Zugspitze führen wird.

Ganz nebenbei stelle ich die Frage, die mir durch den Kopf geht, seitdem ich in den VW Bus gestiegen bin. »Ella? Warum versteckst du dich eigentlich hier? Ist es, weil du nächstes Jahr dreißig wirst? Komm schon, da stehst du doch drüber.«

Ella schüttelt den Kopf. »Das ist es nicht.«

»Was dann?«

Ohne Kommentar greift Ella nach ihrem Handy, tippt darauf herum und hält es mir hin. »Hier, lies mal.«

»Dein letzter Blogeintrag.« Fragend sehe ich sie an. Ich weiß, ich weiß, ich sollte den Blog regelmäßig lesen, aber, aber.

Ella durchschaut mein Zögern sofort. »Keine Angst, Madame, ich bin nicht geknickt, weil du meinem Blog nicht regelmäßig folgst, schließlich hast du genug zu tun und bist in der Mütterszene noch nicht wirklich angekommen.«

Wohl wahr. Ich beginne zu lesen und je mehr ich lese, desto begeisterter bin ich und sauge jedes Wort über Zahnpastaschlangen und Milchbrötchenseen auf. Ella schreibt großartig. Amüsant und mit einem Augenzwinkern, dabei mit dem nötigen Ernst, um nicht in eine Posse abzutauchen.

Hingerissen schaue ich von dem Text auf. »Wie witzig. Es ist fabelhaft, wie du den Kern einer Geschichte immer triffst.«

»Das habe nicht ich geschrieben – das war Daniel.«

»Oh!«

»Richtig! Oh!«

»Dann eben, wie fabelhaft er den Kern der Geschichte trifft. Also nicht, dass du das nicht auch toll machen würdest«, schiebe ich schnell nach.

»Claire, darum geht es gar nicht. Was Daniel für den Blog schreibt, ist super und ich freue mich über seine Unterstützung, aber ...«

»Aber?«

Ella setzt sich aufrecht hin und nimmt ihr Telefon wieder an sich. »Er schreibt nur noch an dem Blog, sein Roman kommt überhaupt nicht vorwärts. Was an sich auch nicht schlimm wäre, wenn es ihn nicht so rasend machen würde. Er leidet! Und ich weiß mir keinen Rat mehr, wie ich ihm helfen kann.«

»Magst du ihn mal ins *Coffee To Stay* schicken? Vielleicht tut ihm der Tapetenwechsel gut.«

»Daniel ist kein Caféschreiber. Er liebt sein Arbeitszimmer, nur leider nicht seinen neuen Roman und was dieser mit ihm macht. Dabei gibt es dieses blöde Ding noch nicht einmal. Wenn Daniel im Haus ist, tigert er von Raum zu Raum. Mehrfach hat er dabei schon die Kinder angebrüllt, wenn sie ihm vor die Füße gelaufen sind. Und mich.«

Es tut mir schrecklich leid, dass sich zwei meiner liebsten Menschen so mies fühlen, und ich streichele

Ella über den Arm. »Willst du ihn lieber mit ins Bayernhaus nehmen?«

Ella schüttelt den Kopf und einzelne Haarsträhnen rutschen ihr ins Gesicht. Mit geübten Händen fasst sie ihre Haarpracht zusammen und flicht einen französischen Zopf, der sie französischer aussehen lässt als so manche Französin. »Daniel und ich, wir müssen das unbedingt wieder hinkriegen. Wir haben fünf Kinder überstanden, da werden wir doch nicht an so einem blöden Buch scheitern. Uns beiden geht es doch eigentlich gut zusammen. Dachte ich zumindest bisher.«

»Eigentlich reicht aber nicht, nicht wahr?«

Schließlich kann ich Ella aus dem VW Bus herauslotsen und sie dazu überreden, ihren Geburtstag zu genießen. Auch braucht Viviana frische Luft, die sie dösend im Kinderwagen bekommt.

Unter dem Kastanienbaum, wo sich zu dem Kuchentisch ein Tisch mit Kaffeeköstlichkeiten gesellt hat, wirbelt Gloria ganz in ihrem Element umher. Mit der einen Hand schneidet sie Torten mit der Präzision einer Konditorin und mit der anderen mischt sie meine mitgebrachten Kaffees zu kunstvollen Kreationen.

»Was darf es sein, meine Lieben«, strahlt sie uns an.

Ich deute auf meine Wasserflasche. »Ich bin versorgt, danke.«

Ella lehnt wie immer das schwarze Zeug kopfschüttelnd ab, was ihre Mutter nicht davon abhält, uns eine Tasse zu reichen. »Ach, Kinders, ihr seid heute echt schwierig.«

»Gloria, gibst du mir bitte einen großen Kaffee?«

Ich drehe mich um. Hinter Ella und mir steht Daniel. Zerzaust und schmutzig. Vermutlich vom Kinderdienst.

»Natürlich, sehr gern. Was darf es sein?«

»Ein Kaffee. Bitte.«

»Cappuccino? Espresso? Latte macchiato?«

»Meine Güte! Ich will einfach einen gewöhnlichen, normalen Kaffee! Ist das denn so schwer?« Damit lässt er Gloria, Ella und mich stehen und zischt weg, wie ein Fußball, den man zu doll gekickt hat.

»Was war das denn, bitte schön?« Gloria starrt ihrem sonst eher zahmen Schwiegersohn entsetzt hinterher.

»Ach, Daniel wurde bestimmt nur von den Kindern geärgert. Da reagiert jeder genervt, nicht wahr, Ella?« Ich umfasse den Arm meiner Freundin und ziehe sie mit einem entschuldigenden Lächeln mit mir fort.

»Das meine ich«, schimpft Ella.

»Kann schon sein. Aber auf jeden Fall hast du nicht auch gerade die Lösung gesehen?«

Entgeistert sieht mich Ella an. »Was denn, bitte? Soll ich ihn etwa – ich zitiere – mit gewöhnlichem Kaffee abfüllen? Bisher wusste ich noch nicht einmal, dass er überhaupt Kaffee trinkt!«

Ich stütze die Hände in die Hüften und baue mich vor Ella auf. »Schaden würde es sicher nicht, allerdings solltest du das lieber mir und meinen Kaffeekünsten überlassen. Bei Gelegenheit werde ich ihm mal einen klassischen Filterkaffee brühen.«

»Und dann ward alles wieder gut und er schrieb glücklich seinen Roman?«

»So in der Art, ja. Ich denke, dass er einfach genug von seinem hochliterarischen Zeug hat.« Ich lasse meine

Info sinken und kann regelrecht zusehen, wie bei Ella ein Gehirnrädchen nach dem anderen den Gehalt meiner Aussage verarbeitet.

Sie schlägt sich mit der flachen Hand an die Stirn. Autsch! Dem Abdruck nach zu urteilen, war dies ein Volltreffer. »Claire, du könntest recht haben! Daniel hat drei Bestseller in den letzten sieben Jahren geschrieben, und alle drei waren auf höchstem literarischen Niveau, bejubelt bis zum Gehtnichtmehr. Der Kerl will schlicht und ergreifend etwas schnödes Belletristisches schreiben, aber er traut sich nicht. Deshalb darf ich ihn im Blog auch nicht als Autor nennen.«

Yeah, Claire Marple hat ganze Arbeit geleistet. Stolz klopfe ich mir für meinen Scharfsinn selbst auf die Schulter. Tja, manchmal muss es eben ein gewöhnlicher, normaler Kaffee sein.

Kapitel 15

F wie Flummi

Filterkaffee
Der volle Geschmack, das volle Aroma, die volle Viel-
falt der Kaffeebohnen, vereint in einer einzigen Tasse
ohne Extras, ohne Drum und Dran, ohne Ablenkung.
Das ist der wahre Genuss einer gemächlich gebrühten
Tasse Filterkaffee.

Die Nacht um mich herum ist tiefschwarz. Gut, ich kann die Kommode zu meiner Linken im Mondlicht erkennen, das ins Schlafzimmer flutet. Auch der Titel des Buches auf meinem Nachttisch lässt sich mühelos entziffern. Allerdings ist genau dieses *Beim ersten Kind gibt's 1000 Fragen: Was Ärzte nicht sagen, Männer nicht wissen und nur die beste Freundin verrät* verantwortlich für die Schwärze in meinem Kopf. Und ganz ehrlich, auf diese Fragen gab es 895 Antworten zu viel.

Schlaflos wälze ich mich zum Trillionsten Mal in meinem Bett umher. *Zwei Uhr fünfunddreißig* informiert mich mein kleiner Kaffeewecker, der unermüdlich Kaffeebohnen in seine virtuelle Tasse plumpsen lässt.

So funktioniert das nicht. Schwungvoll strampele ich die Decke zur Seite und stehe auf, ruhelos wandere ich zum Fenster und sehe hinaus in die mondhelle Nacht.

Was kommt da bloß auf mich zu? Wird die Geburt wirklich so schmerzhaft sein? Ich kann mir das nicht vorstellen, warum sollten sich Frauen das antun? Schmerzen sind blöd. Sie sind gerade so akzeptabel, wenn ein zu heißer Espresso mit im Spiel ist und der Mund und die Zunge nicht schnell genug an das köstliche Nass herankommen können. Aber da ist man selbst schuld.

Schützend lege ich die Hände über meinen Bauch und lehne die Stirn gegen die kühle Fensterscheibe. Im Garten unten ist alles friedlich und still, lediglich ab und an zittern die Blätter der Espe in einem Windhauch und lassen das Glockenspiel erklingen, das ein Nachbar letzten Sommer dort aufgehängt hat.

Voller Mitleid mit der Geburtswelt im Allgemeinen und mir im Besonderen seufze ich schwer. Tobias, ich will so sehr, dass du jetzt hier bist!

Mit einem Ruck löse ich mich vom Fenster, eile in den Flur und krame mein Handy aus der Handtasche, die an der Garderobe hängt. Bei uns ist es kurz vor drei Uhr morgens, also ist es bei Tobias sechs Uhr abends. Mit klopfendem Herzen und einem breiten Lächeln im Gesicht wähle ich seine Nummer. Leider werde ich nur freundlich von seiner Mailbox begrüßt. Wie fast immer in den letzten Tagen.

Mein nächtlicher Streifzug führt mich weiter in die Küche, wo ich mir Milch warm mache und süßen Kirschblütenhonig hineinrühre.

Vorsichtig puste ich in den warmen Milchschaum und genieße den sahnigen Duft, der mir in die Nase steigt. Abrupt halte ich kurz vor dem ersten Schluck inne. Darf ich Honig in der Schwangerschaft zu mir nehmen? Irgendwo stand etwas dazu! Entsetzt blicke ich auf die unschuldige weiße Flüssigkeit in meiner pinken Flamingotasse.

Und überhaupt Milch? Dazu habe ich auch etwas gelesen. Ich werde noch ganz kirre heute Nacht!

Trotzig setze ich mich auf das breite Fensterbrett des Küchenfensters und genieße Schluck für Schluck die wohltuende Wärme der heißen Milch und den sanften Geschmack des Kirschblütenhonigs.

Hoffentlich habe ich jetzt nichts Blödes getan.

Ich wasche die Tasse gründlich ab und stromere zurück ins Schlafzimmer. Gegen halb vier liege ich eingekuschelt wieder in meinem Bett.

Und auch gegen halb fünf. Wach. Putzmunter. Zusammen mit den ersten Blaumeisen und Kohlmeisen. Genervt drehe ich mich auf den Bauch.

Schade ich dem Baby eigentlich, wenn ich auf dem Bauch liege? Ich meine, ich bin ja nicht übermäßig schwer, aber ich liege definitiv auf diesem kleinen Gummibärchen. Verflixt!

Irgendwie ruckele ich mich in eine bequeme Seitenschläferposition und merke, wie ich langsam, sehr langsam, dem Schlummer näherkomme. Endlich ziehen meine Gedanken weiter, hinaus aus meinem Kopf, hinaus aus dem Fenster. Oh! Seit wann schlängelt sich ein Bach durch unseren Garten? Wie laut es hier rauscht. Nun hört das Rauschen wieder auf. Es gurgelt. Oh nein! Das ist Papa, der sich im Bad die Zähne putzt. Er ist schon wach! Ohne auf die Uhr zu sehen, weiß ich, dass es kurz nach sechs Uhr morgens ist. Und ich muss früh ins Café, da ich einiges zu erledigen habe, ehe ich zu meiner Frauenärztin gehe.

Wenigstens klärt sich durch das morgendliche Sonnenlicht langsam die Dunkelheit in meinem Kopf. Entschlossen stopfe ich den Schwangerschaftsratgeber mit den tausend Fragen in die Schublade des Nachttisches. Zusammen mit drei Schwangerschaftsmagazinen, einem Schwangerenroman und zwei weiteren Ratgebern rund um diese abenteuerliche Zeit. Zwar geht die Schublade nicht mehr zu, doch die Sachen sind auch nicht mehr zu sehen. Nach dem Motto *Aus den Augen, aus dem Sinn* schäle ich mich aus dem Bett und mache mich bereit für mein müdes Tagewerk.

Als ich das Wartezimmer meiner langjährig vertrauten Frauenarztpraxis betrete, ist dieses bis auf einen Platz gefüllt – mit schwangeren Frauen jeden Umfanges. Und ihren Partnern.

Befangen durchschreite ich das Wartezimmer zu dem einzigen freien Platz, der sich natürlich ganz hinten am anderen Ende des Wartezimmers befindet. Ich bin mit Abstand die unschwangerste Frau hier. Ein paar der anwesenden Damen fragen sich wahrscheinlich, was ich hier will. Oder sie interessieren sich gar nicht für mich und das ist alles nur in meinem Kopf. Definitiv bin ich hier jedoch die Einsamste.

Demonstrativ lege ich eine Hand auf meinen Minibauch unter dem schicken tannengrünen Etuikleid, für das ich mich heute entschieden habe. Mit der anderen Hand ziehe ich mein Kaffeemagazin aus dem Rucksack und betrachte interessiert das Cover.

Über den Rand hinweg habe ich einen wunderbaren Blick auf meine Mitschwangeren. Die Frauen könnten unterschiedlicher nicht sein, von A wie Aufgedonnert bis Z wie Zauselig ist alles dabei. Werdende Mütter, die Söckchen stricken und werdende Mütter, die Mützchen häkeln. Schwangerschaftsratgeber lesende, Thriller lesende, mit dem Partner Händchen haltende, mit dem Partner auf das Smartphone starrende, Klatschmagazin blätternde, E-Book lesende, Laptop tippende und Tablet wischende Frauen.

In welche Kategorie mich die anderen wohl stecken?

»Kaffee musst du in der Schwangerschaft vermeiden, meine Liebe.« Irritiert sehe ich von meiner Zeitschrift auf und blicke der Frau mit dem anderthalb Meter Umfang hinterher, die mir ungebeten ihren guten Ratschlag aufgedrängt hat. Kaum ist sie durch die Tür verschwunden, richten sich mindestens zwei Drittel der Blicke auf mich und wiederum zwei Drittel davon sind stumme Vorwürfe. Es wird ja wohl noch erlaubt sein, ein Magazin zu lesen, das sich mit dem Thema Kaffee befasst!

Hilfe! Bin ich bitte bald dran?

Knapp zwei Stunden später bin ich die stolzeste Besitzerin eines hellblauen – doch ein Söhnchen? – Mutterpasses, in dem sich die ersten Einträge befinden. Mein Einling wird am ersten Dezember das Licht der weihnachtlich beleuchteten Welt erblicken und ist bereits ein voll entwickelter Mensch im Miniformat mit allem, was dazu gehört.

Erneut steuere ich mit dem Volvo die nächstgelegene Parklücke an, nehme das Ultraschallbild vom Beifahrersitz und betrachte es ausgiebig. Mein Baby! Die Anzahl meiner Tränen übersteigt die Anzahl der Parklücken, und ich bade in Glück.

Bei einem dieser Freudentränenstopps meldet sich mein Handy.

»Tobias!«, schniefe und lache ich gleichzeitig in das Telefon hinein. »Wie geht es dir?«

»Claire, ist etwas passiert?« Seine Sorge lässt mich tief durchatmen und ich schließe kurz die Augen. Ich möchte es ihm hier und jetzt und gleich erzählen, mein Glück mit ihm teilen und es damit verdoppeln. Die ganze Welt soll es erfahren.

»Tobias, ich, wir ...« Ein schriller Ton, begleitet von statischem Rauschen, unterbricht mich jäh und ich muss das Telefon ein Stück von meinem Ohr weghalten. Nachdem nur noch tiefes Brummen zu hören ist, trenne ich die Verbindung und rufe Tobias zurück. Leider teilt mir eine freundliche Dame mit, mein Freund wäre nicht *available*.

Wieder und wieder versuche ich, eine Verbindung herzustellen, doch es gelingt mir nicht. Ein wenig in meiner Euphorie gedämpft, fahre ich ins *Coffee To Stay*, um es dort über sämtliche mir von der modernen Technik zur Verfügung gestellten Kommunikationsmöglichkeiten zu probieren.

Leider lässt mir selbst das gute alte Festnetztelefon keinen Erfolg zuteilwerden.

Viel Zeit bleibt mir nicht, um über den unglücklichen Anruf und die Sorgen, die sich Tobias gerade macht, nachzugrübeln, denn das Café summt und brummt. Arian ist überall gleichzeitig im Einsatz und dennoch schafft er nicht, alle Gäste zeitnah zu bedienen. Was ihn ziemlich verärgert, denn das ist eines seiner ehernen sieben Café-Gebote, die einzuhalten er sich auf die Fahne geschrieben hat.

Hektisch schenke ich für Pfarrer Ewald einen *Caffè latte* ein und serviere ihn. Der Pfarrer sitzt mit Waltraud Hagen draußen auf der Terrasse, direkt neben den duftenden Herzblumen, die ihre magentafarbene Pracht verschwenderisch zur Schau stellen.

»Vielen Dank, Claire. Der Kaffee sieht wunderbar aus.« Pfarrer Ewald betrachtet verzückt das kleine Kunstwerk aus beigem Milchkaffee mit einem Cremaschaumherz, das ich trotz der Eile harmonisch in das Kaffeeglas gezaubert habe.

»Fräulein Claire, der sieht aber wieder recht stark aus«, begutachtet Waltraud Hagen den Kaffee und hält sich dabei an ihrem *Lichten Melange* fest.

Pfarrer Ewald zieht seinen Kaffee näher zu sich heran. »Papperlapapp Waltraudl. Der Kaffee ist genau richtig.«

»Ich mein ja nur.« Vorsichtig linst sie zu mir empor, und ich blinzele ihr zu. »In den letzten Wochen sind die Kaffees grad ein ganz bisserl bitterer als sonst ...«

Zu meinem zuckenden Augenlid gesellt sich ein verzogener Mundwinkel und Waltraud Hagen versteht, dass es nun besser ist, zu schweigen.

Kritik! An! Meinem! Kaffee!

Das geht nicht!

»Ich probiere gerade neue Sorten aus«, verteidige ich mich schnippisch.

»Das machen's doch immer«, bohrt sie weiter. »Geht es Ihnen gut, Fräulein Claire?«

»Sicher geht es ihr gut, Waltraudl«, ergreift Pfarrer Ewald, mächtig wie auf seiner Kanzel, das Wort. »Schau sie dir an! Wie rund und prall sie ausschaut, wie das gesunde Leben.«

»Aber Herr Pfarrer!«, echauffiert sich Waltraud Hagen mehr aus Anstand als aus echter Pikiertheit und lässt ihren Blick von meinem Gesicht über meinen Busen bis zu meinem Bauch und zurück wandern. »Freilich, recht hast du. Ihr fehlt wahrscheinlich der Herr Tobias.«

Hallo? Ich bin auch noch da, möchte ich schreien, besinne mich dennoch rechtzeitig auf die Grundregel, dass Gäste nicht angeschrien werden.

Zuvorkommend zwinge ich meine Gesichtsmuskeln zu einem höflichen Lächeln. »Darf ich Ihnen noch etwas bringen?«

Pfarrer Ewald nickt sofort. »Ich hätte bitte gern ein Stück Mokka-Käsekuchen.«

»Bringen's bitte zwei Gabeln dazu, ich nehm die Hälfte davon«, instruiert mich Pfarrer Ewalds Haushälterin, wie immer um ihn besorgt.

»Sehr gern.« Ehe ich einen weiteren Kommentar zu meiner neuen Rundlichkeit, meinen Kaffees oder meinem Befinden hinnehmen muss, verziehe ich mich in das Café. Hinter der Kaffeebar werkelt Arian an Bessy, die heute einen ihrer lustlosen Tage hat und immer mal wieder vergisst, dass sie Espresso brühen soll und nicht lauwarmes Wasser mit Wasserdampf.

»Schmeckt mein Kaffee in letzter Zeit zu stark oder zu bitter?«

Langsam und mit zusammengekniffenen Augen dreht sich Arian zu mir um. »Ist das eine Fangfrage?«

»Wie bitte?« Ungeduldig wippe ich mit meinem ballerinabeschuhten Fuß.

»Ich meine, gibt es für deine Frage eine richtige Antwort?« Arian dreht sich wieder zu Bessy um und ich starre seinen Rücken an.

»Ja! Einfach ja oder nein.«

»Na ja, Claire«, nuschelt er mehr zu Bessy als zu mir. »Du weißt ja, die Geschmäcker sind verschieden, und was für den einen bitter schmeckt, ist für den nächsten herb. Der eine braucht Kaffee so stark, dass der Löffel darin stecken bleibt, und Mädels wie Kuka bevorzugen homöopathischen Kaffee. Hast du gehört, wie Chuck Norris seinen Kaffee trinkt?« Grinsend dreht sich Arian zu mir um.

»Lenk nicht ab«, knurre ich ihn an, denn seine Antwort ist Antwort genug, was mich unglaublich trifft.

»Chuck Norris trinkt seinen Kaffee am liebsten schwarz. Ohne Wasser.«

»Ja, ja, ich weiß, und wenn du ihn fragst, wie viele Liegestütze er schafft, dann alle. Der Witz hat einen Bart.«

Bevor ich Arian weiter mit Fragen quälen kann, strömen noch mehr Gäste lautstark ins Café und wir müssen uns sputen, die bereits erfolgten Bestellungen abzuarbeiten.

»Bin ich froh, dass uns Adélia ab morgen helfen wird«, murmelt mir Arian im Vorbeigehen zu, ehe er sein Herzlich-willkommen-Lächeln auffrischt und zu den neuen Gästen eilt.

»Wo ist eigentlich mein Vater?«, rufe ich ihm hinterher.

»Spazieren.« Hilfreich antwortet an Arians Stelle Martha Roderich, die neben mir an der Kaffeebar einen *Almkaffee* schlürft.

»Im Rosenpark«, ergänzt Max, der eben zur Terrassentür hereinkommt und mir einen Stapel Briefe in die Hand drückt.

Wie, mein Vater geht spazieren? Mein Vater geht nicht an einem Dienstag spazieren!

Besorgt schwanke ich zwischen meinen töchterlichen Bedenken und meiner Pflicht als Besitzerin des *Coffee To Stay*. Knapp entscheide ich mich angesichts der überfüllten Tatsachen im Café für die Arbeit. Doch sobald mir ein Moment Pause vergönnt und Martha Roderich instruiert ist, für eine Viertelstunde Arian zu helfen, ohne die Kuchen in der Auslage zu verkosten, gehe ich in den Rosenpark.

Dort tummelt sich die typische Wochennachmittagsmischung. Mütter mit ihren Sprösslingen, Väter mit ihrem Nachwuchs, Rentnerdamengrüppchen, Jugendliche mit Eis in der Hand, Skateboardjungs und Mädchencliquen. Hin und wieder huscht ein Fahrradkurier die Wege entlang.

Auf meiner Lieblingsbank am Seerosenteich finde ich schließlich meinen Vater und setze mich zu ihm. »Das ist ja ein seltener Anblick.«

»Ich dachte, ich probiere einmal etwas Neues aus.« Tief entspannt sitzt er mit von sich gestreckten Beinen da. Die Hände locker über dem Bauch gefaltet, den Blick verträumt auf den See mit den rosa Seerosen gerichtet.

»Und wie du aussiehst, gefällt dir dein neues Abenteuer ganz gut.«

»In der Tat, mein Kind, in der Tat.«

Eine dicke Hummel brummt über unsere Köpfe hinweg und steuert die Wildblumenwiese links an. Die

Sonne scheint durch die Zweige der Weide, die neben uns emporragt, und malt goldene Lichtpunkte auf das Gesicht meines Vaters.

»Du vermisst Mama, nicht wahr?«

Er nickt ganz leicht und lächelt mich an. »Wir beide, deine Mutter und ich, sind hin und wieder echte Sturschädel. Und manchmal sehe ich mir selbst dabei zu und schüttele den Kopf ob meiner Macken und Vorbehalte und Gewohnheiten.« Er brummt sein tiefes Lachen, was mich immer sofort fröhlich stimmt. »Und weißt du was, genau so und nicht anders möchte ich meine Isabell haben.«

»Hast du ihr das in letzter Zeit mal gesagt?«

»Sicher, sicher. Auf meine Art, aber ...«

Ich verhalte mich still, um ihn nicht bei seinen Gedanken zu stören.

»... die Zeit nach der Pensionierung fiel mir frappant schwer. Plötzlich war ich alt. Und nutzlos.«

»Oh Papa!« Fest schlinge ich die Arme um meinen Vater und lege die Stirn an seine warme Wange. »Du bist nicht alt und nutzlos schon gar nicht. Und du hast so viele tolle Aufgaben. Dein Geschichtsprojekt zum Beispiel oder deine Steinsammlung, die Vorträge, die du überall hältst und ...« Nun ist es an mir, in Stocken zu geraten, und ich löse mich gerade so weit von ihm, dass wir uns ansehen können. In seinen warmen braunen Augen spiegelt sich das Licht. »Und bald wirst du Großvater sein und dich zurücksehnen nach diesen ruhigen Zeiten.«

»Claire, das sind die allerschönsten Nachrichten!« Vor Freude klatscht mein Vater in die Hände, seine Augen schimmern feucht. Fest zieht er mich erneut an sich und drückt mich liebevoll. »Wann darf ich meinen Enkel begrüßen?«

»Anfang Dezember sollte es so weit sein.«

»Donnerwetter, das nenne ich mal ein Weihnachtsgeschenk. Tobias ist bestimmt mächtig stolz.«

Der Stich in die Wunde sitzt. Ich löse mich aus den Armen meines Vaters und lehne mich auf der Bank zurück.

Dabei sieht er mich streng an, direktorstreng sogar. »Sag nur, er weiß es nicht! Claire?«

»Noch nicht«, nuschele ich.

»Das geht nicht! Ich meine, diese These entbehrt jeglicher Antithese und somit lässt sich auch keine Synthese ziehen, was jede Dialektik vermissen lässt.«

Äh, ja. Ungefähr. »Ich wollte es ihm ja sagen, aber dann kam seine plötzliche Abreise nach Santa Barbara dazwischen und irgendwie hat die Zeit nicht mehr gereicht.«

»Irgendwie hat die Zeit nicht mehr gereicht? Claire, bitte! Ihr telefoniert regelmäßig und skypt.«

Überrascht ziehe ich die Augenbrauen empor. »Woher kennst du denn Skype?«

Er zuckt nur mit den Schultern. »Claire, Tobias liebt dich und er sollte es wissen, und zwar vor uns anderen. Kommt er nicht morgen nach Hause?«

Entsetzt sehe ich meinen Vater an. Ich habe tatsächlich bei all dem Trubel um mich, das Café, Ellas Geburtstag, meine Eltern und das Baby vergessen, dass Tobias morgen nach Hause kommt! So weit ist es schon mit mir. Ich schwanke zwischen Fassungslosigkeit und Begeisterung. Oh je, und der Arme weiß noch immer nicht, warum ich mich vorhin so aufgelöst angehört habe und dass es nichts Schlimmes war.

»Entschuldige bitte kurz«, sage ich zu meinem Vater und krame mein Handy aus der Umhängetasche. Dieses Mal geht der Anruf durch, jedoch erreiche ich nur die Mailbox. Ich hinterlasse ihm eine beruhigende Nachricht und mache ihm mehr als deutlich, wie sehr ich mich auf ihn freue.

Beschwingt springe ich von der Bank auf. »Ich habe noch viel vorzubereiten. Kommst du mit zurück ins Café?«

»Ein Käffchen wäre gerade genau das Richtige.« Nicht ganz so wendig wie ich erhebt sich mein Vater und reicht mir den Arm, damit ich mich bei ihm einhaken kann. »Eine Frage habe ich noch, Claire.«

»Und die wäre?«

»Ich weiß es vor deiner Mutter, oder?«

Kapitel 16

E wie Erfolg

Eiskaffee
Cremig, zart, süß, schmelzend, weich – Vanilleeis aus
der Bourbonvanille ist Geschmackskunst in Vollen-
dung. Genossen in einem kühlen Bad aus feinstem
Kona-Espresso, getoppt von rahmiger Sahne, beschert
der Eiskaffee ein Aromafeuerwerk ohne Gleichen.

»Tobias!« Endlich! Endlich ist er da. Die schnarrende Tür zur Ankunftshalle öffnet sich zum siebenhundertsten Mal und Tobias schreitet hindurch. In Erwartung eines ordentlichen Rückenwindschubs war ich eine Dreiviertelstunde vor dem frühmorgendlichen Ankunftstermin am Flughafen. Leider musste Tobias' Flugzeug wohl mit Gegenwind geflogen sein, denn die lahme Klapperkiste ist erst eineinviertel Stunden nach der regulären Ankunftszeit auf dem Flughafen Tegel gelandet.

Und hier ist er nun: braungebrannt, mit untypisch verstrubbelten, ausgeblichenen Haaren, leger in Jeans und dunkelblauem Polohemd. Der Kerl sieht unfassbar gut aus. Als er mich in seine Arme nimmt und herumwirbelt, stelle ich fest, wie unfassbar gut er nach meinem Tobias und Liebe riecht.

Ich kann mir die eine oder andere Träne nicht verkneifen und schäume über wie eine gut gefüllte Badewanne.

Arm in Arm schlendern wie durch den Flughafen zum Parkplatz. Tobias' Nähe und seine Wärme erfüllen mich und immer wieder muss ich ihn ansehen, so froh bin ich, dass er zurück bei mir ist. Er hat mir in den letzten beiden Wochen riesig gefehlt, aber erst jetzt wird mir bewusst, wie sehr ich meine Sehnsucht nach ihm verdrängt habe und wie erleichtert ich gerade bin. Würde ich mich auf eine Waage stellen, der Zeiger würde sich nicht einen Millimeter bewegen.

Nachdem wir die Koffer im Auto verstaut haben, küsst mich Tobias heftig. Meine Knie verabschieden sich und ich bekomme eine Hitzewallung wie der Ätna während eines Ausbruchs.

»Ich habe dich vermisst, Claire«, murmelt Tobias an meinem Mund und seine Arme umfassen mich enger.

»Lass mich bloß nicht los.«

»Ich werde dich nie loslassen.« Und der Kuss, mit dem er dieses Versprechen besiegelt, geht in die Geschichtsbücher der wundervollsten Küsse ein.

Schließlich müssen wir nach Luft schnappen und ich kann Tobias überreden, seinen Wiedersehenskuss zu Hause fortzuführen.

Ausgerechnet heute sind die Straßen besonders zugestopft und wir stauen uns eine endlose Stunde bis zu unserer Wohnung. Tobias ist mittlerweile eingedöst, mit den besten Grüßen vom Jetlag, nehme ich an.

Seine Schläfrigkeit kommt mir jedoch gerade recht, denn im *Coffee To Stay* feiern die Bridgeladys heute ihr alljährliches Clubtreffen. Da muss ich noch schnell vorbeischauen. Am Nachmittag würde ich mich dann wieder aus dem Café davonstehlen. So kann ich auch bei Adélia sein, die heute als Mitarbeiterin anfängt. Für Papa plane ich, den Spätnachmittag-Gottesdienst von Pfarrer Ewald zu besuchen. Ich weiß zwar noch nicht, wie ich meinen ungläubigen Vater in die Kirche bugsieren soll, aber er wird dort hingehen, während Tobias und ich unkeusch unser Wiedersehen feiern, das steht so fest wie die Rösttrommel im Café.

Flugs habe ich Tobias in der Wohnung abgesetzt und gegen meinen Vater getauscht. Mehr als unpünktlich komme ich kurz vor halb zehn im *Coffee To Stay* an, wo Arian die meisten Vorbereitungen für die Damenrunde getroffen hat und an Bessy herumschraubt. Auf der Terrasse kümmert sich Adélia bereits um das Eindecken der Tische.

»Sorry, sorry, sorry.« Schwer atmend bleibe ich an der Kaffeebar stehen und fächele mir mit der Hand Luft zu. Es war schon letzte Nacht so drückend, als wären wir im tiefsten Dschungel Borneos. Vorsichtshalber habe ich meine Lockenflut in einem strammen Dutt gebändigt, denn sonst würde ich jetzt schon aussehen wie ein aufgeplatztes Sofakissen.

Arian brummelt einen Halbsatz, den ich als Begrüßung werte und der mir mitteilt, es wäre besser, ihn nicht weiter anzusprechen. Es sei denn, es gäbe eine neue Kaffeeart, von der er noch nichts wisse.

Ich bin eine gute Chefin, lasse ihn werkeln und gehe nach draußen, um Adélia zu begrüßen.

»Claire, guten Morgen«, strahlt sie mich an. »Ich freue mich so, dass es heute endlich losgeht.«

»Das höre ich gern und du hast ja auch schon ordentlich gewirbelt, wie ich sehe.« Die Tische sehen großartig aus. An den seidenen Tischtüchern hängen silberne Spangen in Form dampfender Kaffeetassen, in Dreiergruppen stehen kleine Kristallvasen zusammen. In einer blüht je eine pinkfarbene Akelei, in der zweiten blauer Flieder und in der dritten ein gelbes Windröschen. Gemeinsam halten sie die Getränkekarte in ihrer Mitte.

»Schön geworden, gell?« Kuka kommt aus dem *Lakka* herüber und legt mir einen Arm um die Taille. Begeistert blickt sie über die bunte Blumenfülle auf den Tischen. »Leider hält sich die schöne Pracht heute nicht lange.«

»Warum?«, fragen Adélia und ich gemeinsam.

Kuka deutet zum Himmel. »In ein paar Stunden wird es ein kräftiges Unwetter geben und kurz davor werden die Blümchen schlappmachen.«

Für mich sieht der Himmel nicht nach einem Unwetter aus. Sicher, er ist heute merkwürdig milchig trüb und längst nicht so strahlend blau wie in den letzten Wochen, aber von Gewitterwolken keine Spur. »Der Wetterbericht hat nichts von einem Gewitter gesagt.«

»Der Wetterbericht vielleicht nicht, dafür die Blümelein.« Kuka schnalzt mit der Zunge, nickt uns zu und geht zurück zu ihren eigenen Blümelein. Auf der Schwelle zum Laden bleibt sie kurz stehen. »Ich schätze an die dreiundzwanzig Kaffeelängen.«

»Dreiundzwanzig Kaffeelängen?« Adélias dunkelbraune Mandelaugen weiten sich.

»Die Damen vom Grill erscheinen«, ruft Arian von drinnen und ich verschiebe meinen finnischen Kaffeevortrag für Adélia auf später.

Durch die Eingangstür des Cafés ergießt sich eine lustige Damenriege aus zwölf Ladys, deren Passion das Bridgespielen ist. Erst umringen sie meinen Vater, der an seinem Lieblingsplatz in der Ecke zwischen Fenster und Sofa inmitten seiner Geschichtsschwarten sitzt, dann flattern sie gemeinsam mit ihm zu den vorbereiteten Tischen längs der Terrassenfensterseite.

Die zwölf Damen bestellen siebzehn verschiedene Kaffeespezialitäten, was Arian und mich durchaus beschäftigt. Obendrein sind unter den Bestellungen Exoten wie der *Dreifach gegossene Wilde* oder ein *Cold Drip Coffee*.

Schon gestern spät am Abend habe ich das Kaffeekonzentrat für den *Cold Drip* angesetzt. In meinem wunderschönen, handgefertigten Kaltwasserbrüher habe ich in den Glaskolben einen kräftig-würzigen Arabica *Green Moon* gefüllt, der mit seiner leicht erdigen Note sowie einem Hauch von frischem Moos und buntem Laub leicht rauchig schmeckt und einen unvergleichlichen Charakter mitbringt. Perfekt für einen *Cold-Drip-*Genuss. Über Nacht habe ich eiskaltes Wasser Tropfen für Tropfen in das grob gemahlene und hellgeröstete, weiche Pulver dribbeln lassen.

»Hast du einen *Cold Drip Coffee* selbst gemacht?« Adélia linst mir über die Schulter, während ich das Konzentrat in dem runden Glaskolben gegen das Licht schwenke. Die schwarze Flüssigkeit funkelt in der Sonne und duftet wie frisch geröstete Kaffeebohnen.

Stolz nicke ich und biete ihr in einer winzigen Espressotasse einen Schluck zum Kosten an. Ich selbst atme das würzige Aroma tief ein und schließe dabei für einen Moment die Augen. Du mein Kind in mir wirst wohl deinen ersten Kaffee noch vor deiner ersten Milch trinken wollen.

Summend bereite ich aus dem schmackhaften Kaffeeextrakt und einem Tonic Water einen wundervollen Sommerkaffee. Zusammen mit einigen Tropfen frischer Zitrone serviere ich diese und andere Köstlichkeiten meinen gutgelaunten Gästen.

Mein Vater und die Damen sonnen sich gegenseitig in ihrer Aufmerksamkeit, und hin und wieder treibt es mir bei den koketten Sprüchen, die an dem Seniorentisch hin und her fliegen, die Schamröte ins Gesicht.

In den nächsten Stunden kommen viele Gäste. Adélia fügt sich nahtlos in Arians und mein kleines Team ein. Wir zaubern nachtschwarze Espressos, goldene Melange und weiße Franziskaner, ergänzt durch bittersüße heiße Schokolade mit einem Schmelz zum Niederknien und würzigen grünen *Nepal Jun Chiyabari*.

Unsere Gäste lassen es sich gut gehen, genießen die Kaffeevariationen und die süßen Leckereien dazu. Ehe ich mich einmal im Kreis drehen kann, ist es vier Uhr nachmittags. Zeit, nach Hause zu Tobias zu fahren. In meinem Magen kribbelt es wie in einer geschüttelten Champagnerflasche, mir ist heiß und ich lasse den Milchschaum über den Rand der weiten Tasse kleckern, die ich gerade zu füllen versuche.

Arian kommt aus der Küche geeilt, wo er eigentlich frisch geröstete hawaiianische Kona-Bohnen mahlen wollte. »Sorry, Claire, ich muss weg. Luis hat mich gerade angerufen, er hat sich verletzt und braucht Hilfe.«

Meine Vorfreude macht Platz für eine Portion Mitgefühl, was sich nicht mehr schön in meinem Bauch anfühlt. »Oh nein! Wie ist das denn passiert?«

»Er hat wohl die Bildersammlung an seiner Wand neu sortiert und statt einer Leiter einen Küchenstuhl genommen und ist runtergekracht. Sein Knie ist geschwollen.« Arian verzieht das Gesicht und sucht seine Sachen zusammen. »Ich weiß, es ist blöd für dich, weil du heute früher gehen wolltest, aber ich würde ihn gern selbst zum Unfallarzt fahren.«

Ich reiche ihm seinen Fahrradhelm und nicke ihm beruhigend zu. »Schon okay. Luis geht vor, ich hoffe, es ist nichts Schlimmes. Tobias läuft mir nicht weg, jetzt, wo er endlich wieder zu Hause ist.«

»Danke Claire. Ich melde mich später.« Mit einem Winken in Adélias und meine Richtung hastet Arian nach draußen, sprintet über die Terrasse und verschwindet aus unserem Blickfeld.

Nun gut, wenn ich ohnehin bis Ladenschluss bleiben muss, kann ich meinem Vater wenigstens den Gottesdienst ersparen. Die Bridgedamen reichen für seine Anbetung völlig aus.

»Dir geht es noch gut hier, Adélia?« Mit einem Lächeln biete ich ihr einen coolen *Black Eye Coffee* an, den sie mit leuchtenden Augen entgegennimmt.

»Unglaublich, wie exakt du den schwarzen Espressokreis auf dem Filterkaffee hinbekommst. Bei mir vermischen sich die beiden Kaffees immer viel zu schnell.« Vorsichtig nippt sie an dem tiefaromatischen Koffeinbooster.

Mir läuft das Wasser im Mund zusammen, doch ich halte mich genügsam an meinem Kinder-Cappuccino fest. »Wenn es mal ein wenig ruhiger ist, zeige ich dir den Trick. Es kommt nämlich darauf an, den Espresso im richtigen Winkel locker aus dem Handgelenk in den Kaffee fließen zu lassen.«

»Und den *Red Eye* und *Green Eye* dann bitte auch gleich.«

»Selbstverständlich, allerdings erst, wenn dieses kleine Wesen nicht mehr in meinem Bauch wohnt.« Liebevoll lege ich die Hand auf meinen Mini-Mini-Bauch und streichele sanft darüber.

Mit einem Klirren stellt Adélia ihre Tasse samt Untertasse auf der Kaffeebar ab und klatscht euphorisch in die Hände. »Du bist schwanger! Wie großartig!«

Ups.

»Wie schön, Fräulein Claire, ein Baby in unserem *Coffee To Stay*!« Waltraud Hagen, die das Café soeben mit Pfarrer Ewald für einen Vorgottesdienst-Kaffee betritt, stürmt auf mich zu und drückt mich an sich.

Doppel-Ups.

»Wann ist es denn so weit?« Mich weiter festhaltend, wendet sie sich zu Pfarrer Ewald um. »Oh, Herr Pfarrer, da feiern wir eine ganz besonders wunderschöne Taufe, gell? Welche Taufpredigt wollen wir für unsere liebe Claire?« Prompt gilt ihre Aufmerksamkeit wieder mir. »Wie soll denn das Kleine heißen?«

Trippel-Ups.

Mein Vater, der meine akute Not zu bemerken scheint, gesellt sich zu uns und legt mir einen Arm um die Schulter. »Liebe Frau Hagen, ich muss Ihnen meine Claire für einen Moment entführen, aber bitte setzen

Sie sich mit dem verehrten Herrn Pfarrer einstweilen an einen Tisch Ihrer Wahl. Frau Montvalbo serviert Ihnen sogleich ein köstliches Heißgetränk, nicht wahr, meine Liebe?«

Adélia versteht ihren Fauxpas, nickt heftig und begleitet Waltraud Hagen und Pfarrer Ewald zu einem Tisch weit weg von uns.

So, damit wäre jetzt das Viertel eingeweiht, und spätestens nach dem Gottesdienst wird auch die letzte taube Kirchenmaus Bescheid wissen.

»Nun wird es wirklich Zeit, mein Kind.«

Und wie es das wird! Ich würde sagen, ich erzähle Tobias erst die Baby-News und feiere dann ausgiebig mit ihm Wiedersehen und nicht andersherum, wie ich es ursprünglich geplant habe. Nicht, dass ich gierig wäre oder so, nein, nein. Aber so ein Baby im Bauch verändert unter Umständen ein klitzekleines bisschen die körperliche Beziehung zueinander, oder?

Kurz vor sieben Uhr gelingt es Adélia und mir, die letzten Gäste hinauszukomplimentieren. Es ist spät, viel später als geplant, doch Tobias versichert mir am Telefon, dass das kein Problem wäre. Er habe sich genug Arbeit mitgebracht und warte brav zu Hause auf mich.

Der Gottesdienst in der *Kleinen Kirche am Rosenpark* geht gerade zu Ende und die Leute strömen nach draußen, als ich die letzten Tische auf der Terrasse abdecke.

Die Luft klebt an mir und es regt sich nicht das kleinste Blatt an den Bäumen und Sträuchern im Rosenpark, selbst Vögel sind keine zu hören. Der Himmel hat einen merkwürdigen bleigrauen Ton und die Luft schmeckt metallisch und alles andere als frisch.

Mit einem Mal blitzt es wie aus dem Nichts und gleißendes Licht flackert über dem Rosenpark. Wenn das nicht gerade eine Alien-Invasion ist, muss es das Gewitter sein, das uns Kuka heute Vormittag prophezeit hat. Und in der Tat blitzt es erneut sekundenlang und ein Donner kracht in die Stille des Blumenviertels, dass mir die Ohren klingeln. Mit einem Mal geben sich die Blitze mit einem Tempo die Klinke in die Hand, dass die Donner kaum folgen können. Es ist ein einziges Grummeln und Dröhnen und Krachen. Die schweren Wolken reißen auf und es beginnt zu schütten, wie ich es noch nie erlebt habe, nicht einmal im indischen Sommermonsun.

Die Spaziergänger, die eben noch im Park flanierten, sputen sich in alle Richtungen, um einen Unterschlupf zu ergattern. »Kommt rein!« Ich winke alle ins *Coffee To Stay*, und schnell ist es wieder gefüllt. Unter ihnen ist auch Pfarrer Ewald, der sich auf ein Schwätzchen mit seinen Schäfchen begeben hat. Wir tropfen alle wie frisch geduscht und ich krame sämtliche Geschirrtücher hervor, die ich finden kann.

Mein schönes Kleid mit dem weiten Rock klebt mir traurig am Körper, was ich gar nicht leiden kann, mein Dutt hält dagegen wie eine Legokopffrisur. Na immerhin etwas.

Flink erwecke ich Bessy aus dem Schlaf, was diese mit unwilligem Schnauben und Zischen kommentiert. In letzter Zeit benimmt sie sich wirklich wie ein störrischer Teenager, dabei ist sie noch gar nicht so alt.

Als alle unfreiwilligen Gäste versorgt sind, suche ich mir ein ruhiges Plätzchen in der Küche neben der Rösttrommel, um Tobias erneut zu vertrösten. Doch mein Handy zeigt keinen Empfang an und auch dem Festnetztelefon des Cafés lässt sich kein Geräusch entlocken.

Diesen Tag habe ich mir definitiv anders ausgemalt. Tja, es gibt wohl solche Tage und solche, und heute genießen wir eben einen solchen.

Und überhaupt, derartig heftige Gewitter dauern nicht ewig. Meist sind die schnell wieder vorbei.

Ich gönne mir den letzten Sahnewindbeutel und kritzele nebenbei Kaffeeideen in mein Notizbuch für die Café-Geburtstagsfeier. Um die Musik muss ich mich auch noch kümmern, allerdings habe ich bisher keine rechte Idee.

Wenn das Café geöffnet hat, spiele ich meist leise *Klassik Radio* im Hintergrund. Und wenn mir nicht bald etwas Originelleres zum Geburtstag einfällt, wird es dabei auch bleiben.

Der Windbeutel ist verspeist, mein Kamillentee ausgeschlürft. Weiterhin zerreißen draußen Blitze den tiefdunklen Himmel und es ergießen sich Hektoliter von Wasser auf die Erde.

Im Café startet die zweite Runde und die Stimmung neigt sich merklich Richtung Ungeduld. Die ersten Wagemutigen verlassen schnellen Schrittes das *Coffee To Stay* und eilen von dannen, dafür kommen mehr verzweifelte Gäste auf der Suche nach einem trockenen Plätzchen herein. Das warme, tröstende Licht zieht sie vermutlich an. Vielleicht sollte ich es ausschalten? Nein, das wäre gemein.

Seufzend tampere ich einen verführerisch nussigen, jamaikanischen Arabica, spanne Bessys Siebträger ein und starte den Bezug, da passiert es!

Nämlich nichts!

Absolut und rein gar nichts! Nicht einmal ein wütendes Zischen oder beleidigtes Rauschen. Nein, Bessy bleibt einfach stumm und trocken. Mein Impuls, laut zu werden, steigt in dem Maße, in dem ein hysterisches Lachen sich seinen Weg bahnt. Die Hysterie gewinnt knapp vor der Wut, und zwischen Lachen und Heulen errege ich die ungeteilte Aufmerksamkeit der Gäste. Schließlich reicht mir Adélia ein Glas Wasser und mein Gelächter verwandelt sich in Gekicher.

»Und nun?« Bedröppelt zupfe ich an Bessy herum, doch sie weigert sich, mit mir zu kommunizieren. Selbst das sonst so mitteilsame Display bleibt schwarz und wortlos. Sollte mich hier soeben nicht eine Fehlermeldung über Bessys Zustand aufklären? Wenigstens ein Fehlercode? Ein kryptischer Fehlercode?

Pragmatisch schiebt mir Adélia zwei Espresso-Herdkannen zu. »Ich würde sagen, um die kranke Dame kümmern wir uns morgen. Ich blicke dir sowieso lieber über die Schulter, wenn du klassisches Handwerk ausübst.«

Seufzend nehme ich die Kännchen an mich und nicke. Erneut wandert mein Blick auf die Armbanduhr an meinem Handgelenk, während ich herzhaft gähne. Großartig wäre jetzt ein Vollschaumbad mit einem anschließenden Nickerchen in meinem kuscheligen Bett. Langsam glaube ich, es wird heute nichts mehr mit der großen Wiedersehensvereinigung. Aber dafür haben Tobias und ich ja auch morgen noch Zeit oder besser am Wochenende. Hauptsache ich kann ihm endlich von dem Baby erzählen.

Ich schalte Bessy aus und widme mich dem von Adélia gewünschten Kaffeehandwerk.

Quälend langsam zieht das Unwetter ab. Mittlerweile ist es so spät, dass es ohnehin nicht mehr hell werden wird. Die Gäste nutzen die Gelegenheit, bedanken sich recht artig und wagen sich an ihre Heimwege.

Adélia, Pfarrer Ewald, mein Vater und ich räumen notdürftig auf, wobei sich die beiden Herren angeregt über alte Bücher unterhalten.

»Vielen Dank, ich denke, den Rest können wir morgen früh erledigen.« Ich nehme Pfarrer Ewald den Wischmopp ab, der nicht sein bester Freund zu sein scheint, und meinem Vater das Geschirrtuch, mit dem er die Tische so blank poliert, dass ich fürchte, die Oberflächen tragen sich ab.

Müde verabschiede ich mich von Adélia und Pfarrer Ewald, und mein Vater und ich fahren in einvernehmlichem Schweigen nach Hause.

Bevor ich die Wohnungstür aufschließe, hält er mich zurück und sieht mich liebevoll an. »Sagst du es ihm heute noch?«

Mein Herz beginnt stärker zu pochen und die Müdigkeit verwandelt sich in tausend Schmetterlinge. Ein wenig zittrig nicke ich.

»Dann begebe ich mich jetzt auf direktem Weg in mein Bett. Es war wieder ein sehr schöner Tag in deinem Café und gräme dich nicht, Bessy bringen wir auch wieder in Ordnung. Zur Not benutzen wir mehr die Espresso-Herdkannen und die Espro Press. Zumal du auch hervorragenden Kaffee mit den Siphons und der Bayreuther Kanne zubereitest, ebenso mit der Chemex und den französischen Pressen, und selbst dein Filterkaffee ist allerhöchste Kaffeekunst in Vollendung. Gute Nacht, mein Kind.«

Damit drückt mir mein Vater einen Schmatzer auf die Stirn und geht an mir vorbei in sein Zimmer. Bitte, wer war das denn gerade? Woher kennt mein Vater all die Begriffe? Die finden sich sicher nicht in seinen Geschichtsbüchern, oder doch? Gemeinsam mit der Wohnungstür schließe ich meinen Mund. Es ist unglaublich, was hier gerade passiert, und ich freue mich überaus für meinen Vater.

Seufzend streife ich mir die Ballerinas von den schmerzenden Füßen und strecke meine befreiten Zehen. Durch den Flur schleiche ich mich zum Wohnzimmer, wo noch Licht brennt. Bei jedem Schritt nimmt das Klopfen in meinem Herzen zu und mit einem unkontrollierbaren Lächeln schwebe ich ins Wohnzimmer, in dem ich freudig begrüßt werde.

Allerdings nicht von Tobias.

Kapitel 17

E wie Erwartung

Einspänner
Ein kleiner Mokka, schwarz wie die Nacht, wird im Glas heiß gehalten und genossen durch eine dicke, cremige Schicht Schlagsahne, die, bestäubt mit Staubzucker, Augen und Mund gleichermaßen genießen lässt.

»Clairchen, mein Schatz, da bist du ja endlich. Ich warte schon seit einer Ewigkeit. Setz dich zu mir, aber sei leise, Tobias schläft. Der arme Junge sah echt zum Erbarmen müde aus. Ich habe ihn gleich ins Bett gesteckt.«

»Mama?!«

Platt wie eine gestempelte Briefmarke lasse ich mich neben meine Mutter auf das Sofa plumpsen. Das war es dann wohl für diesen Tag mit Tobias' Vaterschaft. Meinem Freund entgeht echt eine Menge. Und mir auch.

»Ich hatte einen Termin in der Nähe und dachte, ich sehe mal nach dem Rechten bei dir. Und Tobias. Und deinem Vater.«

Daher also der Überraschungsbesuch, das schlechte Ehefrauen-Gewissen treibt meine Mutter um. Schläfrig lehne ich mich zurück. »Mir geht es prima, ich bin nur ein wenig müde und mit Tobias hast du ja vorhin selbst gesprochen. Im Gegensatz zu mir.« Ich ziehe einen gekonnten Flunsch.

»Schön, dass er wieder hier ist.« Unruhig rutscht meine Mutter neben mir auf dem Sofa hin und her und blickt mehrfach zu der offenen Wohnzimmertür.

Ich unterdrücke ein Grinsen und sehe sie ganz ernst an. »Erwartest du noch jemanden?«

»Sei nicht albern. Das ist deine Wohnung, also kann ich niemanden erwarten. Dennoch, wenn wir schon beim Thema sind ...«

»Bei welchem Thema?« Ich kann es mir einfach nicht verkneifen.

»Na bei diesem und jenem Thema halt. Und? Wie kommst du so mit deinem Vater klar, so unter einem Dach, so Tochter und Vater?«

»Uns geht es blendend.« Meine Antwort kommt selbst für mich schnell, doch ich meine es völlig ernst. Gut, mit seiner Pedanterie und seinem Hinterfragen von allem und jedem treibt er mich fünfmal pro Viertelstunde in den Wahnsinn, aber davon abgesehen genieße ich die wiedergewonnene Nähe. Zumal er mich jeden Tag aufs Neue überrascht, wie vorhin mit seinem Wissen über Ersatzmöglichkeiten für die Zubereitung von Espresso, sollte Bessy auch morgen streiken.

Meine Mutter knetet ihren bodenlangen, bunten Rock. »Ich habe ein Horoskop für deinen Vater erstellt ...«

Ui, jetzt wird es spannend, langsam kommen wir zum Punkt. »Und?«

»Jakob ist demnach dabei, Neues zu entdecken. Du weißt ja sicherlich, Wassermänner werden oft von sonderbaren Plänen und Wünschen geleitet.«

In der Tat weiß ich das im Moment ziemlich genau, denn Tobias ist ebenfalls ein Wassermann. Trotzdem, das alles ist sowieso nur Zufall und jede Situation kann passend gemacht werden. Schwups passt sie perfekt ins Horoskop. »Total«, ist daher meine mäßig unironische Antwort.

Meine Mutter streicht den zerknautschten Stoff ihres Rockes wieder glatt. »Hat dein Vater eine andere Frau kennengelernt?«

Lachen strömt aus mir heraus, und auch wenn ich sehe, wie pikiert meine Mutter ihre Augenbrauen zusammenzieht, so kann ich es nicht stoppen. Die Idee ist zu komisch. Mein überkorrekter Übervater, die treueste Seele im Universum!

Dann denke ich an die Bridgeladys, an ihre Avancen meinem Vater gegenüber und auch an den einen oder anderen weiblichen Gast in den letzten Tagen, der sich meinem Vater genähert hat, und mein Lachen hört fast von allein auf. Also theoretisch – nein!

Ich nehme die Hände meiner Mutter in meine. »Papa liebt dich, mit allem, was ihn ausmacht, glaube mir. Und was auch immer es ist, was da angeblich Neues auf ihn wartet, es ist keine andere Frau.«

Ein riesiges, schwarzes, diabolisches Teufelchen setzt sich unversehens auf meine Schulter. »Jedoch …«

Meine Mutter reißt ihre Augen auf und sieht mich verzweifelt an. »Was?«

»Eventuell könnte es doch demnächst eine neue kleine Frau in seinem Leben geben.«

Tränen glitzern in den Augen meiner Mutter und sie legt sich erschrocken die Hand auf den Mund.

Mein schlechtes Gewissen schnipst mir den Teufel von der Schulter und sofort tut mir mein Scherz leid. Deshalb nehme ich rasch ihre Hand und lege sie auf meinen Bauch. »Möglicherweise wird es aber auch ein neuer kleiner Mann werden.«

Es dauert keine fünf Sekunden und die Information triggert bei meiner Mutter exakt die richtige Schlussfolgerung. »Ich habe es gewusst! Dein Horoskop letztens! Ich werde Großmutter!« Stürmisch umarmt sie mich. Gemeinsam wiegen wir uns hin und her und lachen und weinen und schluchzen, und das alles auf einmal.

Lange noch dauert es an diesem Abend, bis meine Mutter zufrieden ist mit all den Details, die ich ihr erzähle, und wir uns innig verabschieden.

Leise mache ich mich fürs Bett fertig und ermahne mich, Tobias möglichst rasch von unserem Baby zu erzählen, denn langsam glaube ich, ist er der Einzige in Berlin, der noch nichts von seinem Vaterglück weiß.

Am nächsten Morgen ist Tobias bereits zur Arbeit gefahren, als ich aufwache. Statt seiner erwartet mich auf seinem Kopfkissen eine Nachricht, dass ich süß aussähe, wenn ich schliefe, und er mich heute in der Mittagspause für einen Spaziergang in den Rosenpark abholen komme.

Zufrieden mit Tobias' Wahl der Kulisse für unseren Babytalk schmuse ich ausgiebig mit Holly, bis es ihr reicht und sie mich und meinen Vater zur Tür hinauskomplimentiert.

Dem Anlass gemäß trage ich eines von Tobias' Lieblingskleidern, einen moosgrünen Seidentraum in der Farbe meiner Augen. Mit einem passenden Seidenband binde ich meine Locken cafétauglich zurück und spaziere gemütlich mit meinem Vater ins *Coffee To Stay*.

Gelassen nimmt er den Besuch meiner Mutter zur Kenntnis, und dem Anschein nach gefällt ihm der Gedanke ausgesprochen gut, dass sie nach ihm sieht. Doch ganz im Gegensatz zu der sonstigen Freigiebigkeit seiner Meinungen schweigt er mich an.

Der Himmel glänzt nach dem gestrigen Unwetter frisch gewaschen über uns, und Kuka ist gerade damit beschäftigt, die letzten Blüten einzusammeln, die vom starken Regen malträtiert worden sind. »Guten Morgen, ihr beiden«, begrüßt sie uns traurig.

»Guten Morgen, dein Kaffee kommt gleich und dazu ein großes Stück Mokkatorte«, versuche ich sie aufzuheitern.

Kuka seufzt und richtet sich auf, um die Pflanzen in den Töpfen in ihrer Gesamtheit zu bewundern. »Ich kann einfach keine Blümelein leiden sehen.«

Und da ich keine kaffeehungrigen Gäste leiden sehen kann, begebe ich mich auf direktem Weg ins Café und starte mit der *Coffee-To-Stay*-Morgenroutine. Leider muss ich gleich bei einem der ersten Punkte auf der Liste passen, denn Bessy gibt auch heute keinen Mucks von sich – keinen akustischen und auch keinen virtuellen per Display. Mir schwant ein Haufen zusätzlicher Arbeit für diesen Tag.

Meine Erwartungen werden sogar noch übertroffen, denn als ich nach dem Eingießen der kalten, flüssigen Sahne in einen *Kaffee Obermayer* hochsehe, steht Tobias vor mir, um mich zu einer späten Mittagspause abzuholen. Ich könnte schwören, ich habe das Café erst vor fünf Minuten betreten.

»Ordentlich was los hier!« Tobias küsst mich über die Kaffeebar hinweg und schenkt mir ein Lächeln, das die Sahne, die ich in der Hand halte, zum Blubbern bringt.

»Allerdings.« Der Stolz auf meine kleine Kaffeeoase schwingt unüberhörbar in meiner Stimme mit und ich bin auch gar nicht gewillt, dieses Licht unter irgendeinen Scheffel zu stellen. »Ich bin wirklich froh, neben Arian nun auch Adélia hierzuhaben. Sie sind echt gut.«

Tobias nickt und sieht zu den beiden hinüber, die gerade lachend einen Tisch mit japanischen Touristen bedienen. »Das höre ich gern. Dann mal los.«

Hand in Hand überqueren wir den schmalen Weg, der das Café vom Rosenpark trennt, und schlendern einen verschlungenen Pfad entlang, der, dem Namen angemessen, von den schönsten Rosen gesäumt wird. Dank Kuka kann ich mittlerweile eine Gallica-Rose von einer Damaszener-Rose unterscheiden und das nicht nur ihrer unterschiedlichen Farben wegen.

»Wie früh die Rosen in diesem Jahr blühen«, wundere ich mich.

Tobias grinst mich an. »Claire, die Rosenflüsterin. Kuka hat ganze Arbeit geleistet, wenn du den Blühzeitpunkt einer Rose zur Kenntnis nimmst.«

»Tja, du warst halt ewig weg. So musste ich mir eine sinnvolle Beschäftigung suchen, sonst wäre ich auf dumme Gedanken gekommen. Aber das sind nicht die einzigen Neuigkeiten, mein Lieber.« Meine Stimme bebt und mein Magen rumort vor Aufregung, dazu kreisen Hitzewellen in mir.

»Sag bloß, jetzt wo du Pflanzen verstehen kannst, ist es dir auch möglich, aus dem Kaffeesatz deiner Gäste ihre Zukunft zu lesen?« Mit großer Geste malt Tobias einen Bogen in die Luft und pikst sich dabei an einer Rosenstaude, worüber ich hemmungslos kichere. Dieses Kleinmädchengetue schiebe ich sicherheitshalber mal auf meine Nervosität.

»Auf jeden Fall habe ich auch Neuigkeiten«, fährt Tobias fort und zieht mich zu einer Bank neben einer Birke am Rosenteich. »Und die sind nicht so piksig.«

Heiratsantrag flüstert meine innere Stimme und ich spüre, wie alles an seinen Platz fällt. Ich glühe und fühle mich so schön und geliebt wie nie zuvor in meinem Leben. Dass ich das nicht habe kommen sehen, es ist doch alles so klar! Unser romantisches Treffen hier im Park, Tobias' Unruhe, die meiner in nichts nachsteht, und diese Selbstsicherheit, die er ausstrahlt, seit er nach Amerika gegangen ist. Als wüsste er auf einmal ganz genau, wo sein Platz ist. Dieser Job in Santa Barbara hat ihm echt gutgetan und uns jetzt noch näher zusammengeführt.

Wir sind die perfekte Kleinfamilie, Tobias gleich mit seinem Heiratsantrag und ich darauf mit meiner Baby-Neuigkeit – nachdem ich aus vollem Herzen *Ja* gesagt habe.

Mein Herz tanzt Tango, als ich mich auf die Bank setze. Tobias setzt sich nah neben mich und nimmt meine Hände in seine. Aufmunternd sehe ich ihn an, denn ich möchte es ihm nicht unnötig schwer machen, ich kann mir vorstellen, wie nervös er ist.

»Claire, ich liebe dich über alles und gerade in den letzten beiden Wochen, in denen ich von dir getrennt war, ist mir deutlich bewusst geworden, wie sehr ich deine Gegenwart genieße und wie sehr ich möchte, dass du bei mir bist ...« Tobias' Augen glänzen und sein liebes Lächeln, das ganz allein mir gehört, erreicht meine Seele. Hibbelig wippe ich mit dem Fuß und muss aufpassen, um mein Ja nicht schon vor seiner Frage herauszuposaunen. »Ich möchte dich darum bitten, mich für das Andanca-Hotelprojekt nach Amerika zu begleiten und das nächste Jahr dort mit mir zusammenzuleben.«

»Und dann hat er gesagt, ich hätte gesagt, mit Arian und Adélia hätte ich ein prima Team an meiner Seite, das in meinem Sinn auf das Café aufpassen würde, wenn ich weg bin! Und wir – stell dir vor, er hat wirklich wir gesagt – können ja alle paar Wochen herfliegen und nach dem Rechten sehen«, schniefe ich unkontrolliert in mein Handy.

»Oh«, presst Ella hervor.

»Ja! Oh!« Wütend springe ich von der Parkbank auf und kicke einen Kieselstein aus dem Weg, der sich erdreistet hat, vor meine Schuhspitze zu kullern. »Glaubt er wirklich, ich lasse hier alles stehen und liegen, gebe meinen Job auf und eile zu ihm, um als sein Frauchen brav zu Hause zu warten, bis der Herr Feierabend macht?«

»Nur Claire, ganz so überraschend erscheint mir Tobias' Vorschlag nicht ...«

»Wie bitte?«, fauche ich sie an.

»Ganz ruhig, Füchslein, bitte nicht beißen«, erklingt Ellas Stimme sanft durch den Hörer. »Du hast selbst erzählt, wie glücklich Tobias mit diesem Projekt ist und wie sehr sich gerade sein beruflicher Traum erfüllt, da ist es doch klar, dass er nicht mittendrin aussteigen will, weil der Anfahrtsweg ein wenig länger ist als üblich.«

»Ein wenig!« Ich kann kaum glauben, wie Ella die Sache verdreht.

»Sein Vorschlag hört sich doch eigentlich ganz vernünftig an, oder? Du siehst dir das Ganze zwei Wochen an, und im Anschluss entscheidet ihr beide, wie es weitergehen soll. Immerhin bekommt nicht jeder einen Gratisurlaub in Amerika geschenkt, bei dieser Sache ist die Andanca-Familie echt großzügig. Und Urlaub wäre eh mal wieder dran. Stimmt doch?«

»Ja, nur ... Amerika stand nicht schon wieder auf meiner Reiseliste.«

»So what! Welcome to California, Claire, es muss nicht immer Schwedisch-Lappland sein.«

»Genau! Die Schären reichen vollkommen aus.« Völlig entnervt nehme ich das Telefon für einen Moment vom Ohr, ehe ich es wieder anlege. »Ella, ich liebe mein Café, bestimmt mehr als Tobias dieses eine Projekt. Bei ihm werden häufig neue Aufgaben kommen, doch mein *Coffee To Stay* bleibt.«

»Richtig, Claire. Das Café bleibt und Tobias' Projekt geht vorüber.«

Ich nicke bedächtig und fühle, wie Ellas Worte in mir zu wirken beginnen und ganz leicht Wurzeln schlagen. »Ich verstehe, was du meinst.«

»Das ist meine Claire!« Ella hört wohl an meinem Tonfall, dass sie mich an der Angel hat. »Und nun düse nach Hause, pack deine Kleider und genieße zwei Wochen Südkalifornien, du Glückliche, sonst nehme ich Tobias' Angebot an und lasse dich hier mit fünf Kindern und einem vergebenen Ehemann zurück.«

»Du besitzt nicht einmal mehr einen Bikini.«

»Och, das bisschen Stoff, das ich dort brauche, kann ich mir während des Fluges auch aus einem meiner Still-BHs nähen. Aber Baby Viviana nehme ich auf jeden Fall mit.«

»Dann habe ich ja nur noch vier Kinder und einen vergebenen Ehemann zu betreuen. Ich bin erleichtert.« Und in der Tat, etwas Leichtigkeit kehrt zurück, und nach dem Schreck mit dem Nicht-Heiratsantrag lichtet sich das Nachtschwarz dank Ella ein wenig.

»Apropos Kinder, wie hat Tobias denn auf die Baby-News reagiert?«

Da! Kraxelt da nicht gerade ein Eichhörnchen auf die Birke?

»Claire? Hallo? Bist du noch dran?«

Am liebsten würde ich nein schreien, vermute aber, dass Ella mir daraufhin in spätestens siebenunddreißig Minuten auf den Zehen steht.

»Ich habe es ihm nicht gesagt«, nuschele ich, doch allein das Nuscheln reicht Ella, um die richtige Information aus dem Satz zu ziehen. Bitte, was erwartet sie denn nach diesem unglaublichen Frontalangriff von mir?

»Darüber reden wir noch! Wann fliegt ihr?«

»Übermorgen.«

»Okay, dann wohl eher nicht mehr.«

In den nächsten achtundvierzig Stunden entwickele ich mich zum Bedenkenträger, dessen Bedenken aber nicht tragen, da sie von jedem hinweggewischt werden.

Ich: »Man kann nicht so einfach in die USA einreisen.«

Tobias: »Man nicht, wir schon. Unsere Reisegenehmigung vom letzten Urlaub ist noch gültig, sonst hätte ich ja auch nicht so schnell für Linus einspringen können.«

Ich: »Wer kümmert sich um das Café?«

Arian: »Ich. Fahr du nur und genieße deinen Urlaub.«

Ich: »Das ist zu viel Arbeit, wer soll dich denn unterstützen?«

Adélia: »Ich. Fahr du nur und genieße deinen Urlaub.«

Ich: »Wer kümmert sich um Holly?«

Papa: »Ich. Fahr du nur und genieße deinen Urlaub.«

Ich: »Wer kümmert sich um meinen Vater?«

Mama: »Ich. Fahr du nur und genieße deinen Urlaub.«

Ich: »Wer kümmert sich dann um die beiden?«

Ella: »Ich. Fahr du nur und genieße deinen Urlaub.«

Und so passiert es. Keine zwei Tage nach meinem Nicht-Heiratsantrag steuere ich in einem Flugzeug irgendwo über dem Atlantik einem Urlaub entgegen, der sich bis vor Kurzem nicht einmal mit einem Pieps angekündigt hat.

Tobias murmelt mit sanfter Stimme, wen er mir alles vorstellen und welche Orte er mir unbedingt zeigen möchte, und sanft schlummere ich dabei ein. Die letzten Wochen waren anstrengend und das Baby in mir ruft mich unmissverständlich zur Ruhe.

»Hey groundhog, welcome to California.« Ich spüre Tobias' Lippen auf meiner Stirn. Nicht mehr und nicht weniger. Jeder bewegliche Teil meines Körpers ist inaktiv und außer Betrieb. So gut es auf einem Flugzeugsitz eben geht, strecke ich mich vorsichtig in alle Richtungen. Ich hätte das mal lieber lassen sollen, denn die sensiblen Fasern meiner eingeklemmten Nerven senden

Notsignale an mein Hirn, das in Form von beißendem Kribbeln vom Kopf bis zu den Zehenspitzen antwortet.

Ich fühle mich zermatscht, verschwitzt und pappig. Mein angeblich bügelfreies Reisekleid nennt mehr Falten sein Eigen als die uralte Morla, und von meinem geflochtenen Zopf ist kaum etwas übrig. Dazu bescheren mir kleine Alienbakterien einen scheußlichen Geschmack in meinem Mund.

Anstatt der Einreiseprozedur am Flughafen wären mir derzeitig eine Dusche, eine Zahnbürste und eine Haarbürste höchst willkommen, doch die Flughafenbeamten haben kein Einsehen und gehen stur ihrem Tagewerk nach.

Es dauert seinen bürokratischen Gang, bis wir endlich unser Gepäck wiedersehen und in die Freiheit jenseits der Einreisehalle entlassen werden. Wie eine Oase in der Wüste treibt mich das Bild einer herrlichen, frischen Dusche vorwärts. Bei der Zahnbürste oder gar der Haarbürste bin ich mittlerweile bereit, Abstriche zu machen.

Ich kuschele mich fest an Tobias und ziehe ihn in eine Richtung, in der wir, wie ich hoffe, den Ausgang und somit ein Taxi finden. Der Flughafen ist gigantisch und ich weiß kaum, wohin ich zuerst sehen soll. Meine Augen sind regelrecht überfordert, sodass ich mich einfach auf meine Füße konzentriere.

»Enja!«

»Tobias, Frau Herzog, willkommen in Los Angeles. Ich hoffe, Sie hatten einen angenehmen Flug.«

Mein Kopf schnellt nach oben und ich weigere mich schlicht für eine Minute, die Person vor mir zur

Kenntnis zu nehmen. Ich tue einfach so, als wäre sie nicht da und gehe weiter.

Leider bremst Tobias mich ab. »Ich habe es gehofft, aber nicht auszusprechen gewagt, dass du uns abholen kommst.«

Ich habe es gehofft, aber nicht auszusprechen gewagt, dass du uns abholen kommst, äffe ich meinen Freund in Gedanken nach und trete ein Stück hinter ihn. Hoffentlich sieht sie nicht allzu viel von mir. Allerdings, diesem Blick entgeht wahrscheinlich nichts. Ich spüre, wie ich von oben bis unten gescannt werde, auch wenn sie betont gleichgültig dreinblickt. Nun umarmt sie meinen Freund auch noch. Ganz doll!

Augenblicklich beginnt mein Kopf nach allen Regeln der Spechtkunst zu pochen und der Lärm um mich herum scheint sich zu verdreifachen.

Es ist nach kalifornischer Westküstenzeit knapp drei Uhr nachmittags und diese Frau, deren Namen auszusprechen ich gerade zu bockig bin, sieht aus, als käme sie frisch vom Cover der *Vogue.* Und logisch überragt mich diese Giraffe um Haupteslänge. Tobias' bildreiche Beschreibung damals in seiner betrunkenen Nacht war nicht untertrieben. Dieser wahr gewordene Männertraum steckt in einem Hosenanzug, der dafür sorgt, dass die Beine der Trägerin zwei Meter lang sind. Ihr Blazer sitzt perfekt, um perfekte Rundungen perfekt in Szene zu setzen. Das feine Gesicht mit dem Kussmund und den schokobraunen Riesenaugen kommt geschminkt ungeschminkt daher und die kirschrote Wallemähne fließt in einem tief sitzenden Zopf über den Rücken ihrer Besitzerin. Der hauchzarte Duft eines raffinierten Parfums umgibt mich und lässt das Bild von Evas sündigem Garten vor mir aufflackern.

Nicht mit mir, Fräulein! Und Hosen kann ich schon gar nicht leiden!

»Wie wäre es mit einem Kaffee?« Affektiert lächelt sie mich an, damit ich ihre kleinen Zähne bewundern darf, die sich wie Perlen in ihrem Mund aufreihen. Pfff, gebt mir eine Zahnbürste und eine Tube Zahnpasta, und ich bekomme das genauso gut hin. Besser wahrscheinlich. »Tobias schwärmt mir immer von Ihrem wundervollen Café vor. So etwas habe ich hier in Los Angeles leider noch nicht gefunden, dafür aber einen netten kleinen Coffeeshop in Santa Monica. Dort backen sie die weltbesten Cupcakes.«

»Das hört sich perfekt an.« Mit der vollen Strahlkraft seines Charmes lacht Tobias sie an. »Einer guten Tasse Kaffee kann Claire nicht widerstehen.«

»Aber du, oder was?«, blaffe ich ihn an und wende mich an Miss Assistant. »Und im Übrigen möchte ich gerade keinen wässrigen amerikanischen Kaffeeverschnitt, sondern in mein Hotelzimmer und mich frisch machen.«

Entsetzt reißt Tobias die Augen auf und sieht mich an. »Claire?«

Stur starre ich auf meine Armbanduhr. »Können wir dann bitte mal los oder muss ich mir selbst ein Taxi besorgen?«

Kapitel 18

T wie Trouble

Tee
Tee ist kein Kaffee und wird an dieser Stelle nicht the-
matisiert.
P.S.: Wem es dennoch nach einer wohlschmeckenden
Tasse köstlichen Sunderpani-Darjeelings oder einem
würzigen Tonganagaon-Assam gelüstet, dem empfehle
ich den Sweet-Romance-Roman
♥ Winterzauber in der kleinen Teestube ♥

Leider lässt sich Fräulein Charming durch meine durchaus als pampig zu bezeichnende Art nicht abschütteln. Sie gibt zwar die Coffeeshop-Idee samt Cupcakes auf – als hätte sie in ihrem Leben je einen ganzen Cupcake auf einmal gegessen! –, aber los bin ich sie deswegen noch lange nicht.

Wie von mir nachdrücklich gewünscht, bringt sie Tobias und mich in unser Hotel in Santa Monica, denn aufgrund von Terminen fahren wir erst morgen weiter nach Santa Barbara.

Ich kann mich nicht daran erinnern, je eine Dusche so genossen zu haben. Unser Hotel ist phänomenal und allein diese Duschlandschaft entschädigt für jeden geflogenen Kilometer.

Frisch und munter und voller Tatendrang, eingekuschelt in einen watteweichen Bademantel, entsage ich letztlich diesem Marmortraumbad und tänzele zurück ins Zimmer, wo Tobias am Schreibtisch über Unterlagen brütet.

»Jetzt geht es mir besser.« Aufseufzend quetsche ich mich zwischen Tobias und den Schreibtisch und platziere mich auf seinem Schoß.

»Du siehst auch besser aus. So mit einem Lächeln im Gesicht und ohne verkniffenen Mund und Zornesfalten.«

»So schlimm vorhin?« Zerknirscht verziehe ich den Mund und schäme mich eine Winzigkeit für meine Unfreundlichkeit, die ich zwei Stunden zuvor an den Tag gelegt habe. Normalerweise ist das nicht meine Art, trotzdem, in dieser absoluten Ausnahmesituation allemal nachvollziehbar. Oder? Ich meine, nach zwölf Stunden Flug unvorbereitet Superwoman gegenübertreten zu müssen und dabei zuzusehen, wie der eigene Freund dahinschmilzt, da darf frau kurz die Contenance verlieren. Und außerdem sind es bei mir zurzeit die Hormone.

Fest drücke ich mich an Tobias und schmuse mich an seinem Hals entlang. »Ich bin wieder nett.«

»Richtig überzeugt bin ich noch nicht.« Langsam löst er das Band an meinem Bademantel und seine Hände gleiten an meiner Taille entlang.

»Dann sollte ich mir wohl etwas mehr Mühe geben.« Mit einer Bewegung meiner Schultern lasse ich den Bademantel herabgleiten, während meine Lippen seinen Mund erreichen und ich ihn sanft küsse.

»Diese Nettigkeit gefällt mir viel besser«, murmelt Tobias, umfasst mich und steht zusammen mit mir auf, um mich zu dem grenzenlos großen Bett zu tragen, bei dessen Anblick ich vorhin unwillkürlich Fantasien hatte, die als Aktzeichnung selbst an einer Schlafzimmerwand als zu gewagt bezeichnet werden könnten.

»Hungrig?«

Schläfrig nicke ich und lächele weiter in mich hinein. Mein Magen gluckst und würde sich sicherlich über das eine oder andere Häppchen freuen. Nur wäre ich gezwungen, dafür dieses Bett des Himmels zu verlassen und mich von Tobias zu lösen und so weiter und so fort. Was auch immer ich dafür tun müsste, darauf habe ich gerade gar keine Lust.

Obwohl, Lust ist ein erquickliches Stichwort, und damit schicke ich meine Hände erneut auf Wanderschaft, immer an den Innenseiten von Tobias' Oberschenkeln entlang.

Und was macht dieser herzlose Kerl? Lacht mich aus, nimmt meine Hände in seine, speist die armen, arbeitslos gewordenen Dinger mit einem läppischen Kuss ab und springt aus dem Bett. »Los, raus aus den Federn, du Faulpelz. Es ist Zeit, dir diese großartige Stadt zu zeigen.«

»Als faul kannst du mich nach eben wirklich nicht bezeichnen!« Genüsslich rekele ich mich und schnappe mir dabei ein Kissen, an das ich mich kuschele. »Müssen wir heute echt noch einmal raus? Ich bin ziemlich müde.«

»Glaube mir, es ist besser, wenn du dich gleich an den richtigen Rhythmus hältst. In Berlin würdest du jetzt gerade mal im Café ankommen. Um sieben sind wir mit Andanca junior verabredet, er will es sich nicht nehmen lassen, dich persönlich zu begrüßen. Das heißt,

wir haben knapp eine Stunde Zeit und können gemütlich über den Strand zum Restaurant spazieren. Du
wirst begeistert sein.«

Begeistern würde es mich auch, in diesem Traumho-
tel zu essen und nicht mehr hinauszugehen, aber
Tobias strahlt mich so vergnügt mit seinen braunen
Augen an, dass die Funken, die er versprüht, nicht an
mir vorüberziehen. Und vermutlich hat er recht, je eher
ich mich an die hiesigen Schlafzeiten anpasse, desto
besser komme ich mit der Zeitumstellung klar.

Kurz darauf sind wir beide ausgehfertig und schlendern einen gewundenen Weg hinunter zum Strand.

Die Schönheit des Pazifiks, der plötzlich zu meinen
Füßen liegt, raubt mir den Atem. Weiße Wellenkämme
tanzen auf einem türkisblauen Meer, dass sich am Ho-
rizont mit dem Azurblau des Himmels vereint. Ein mil-
der Wind weht über meine nackten Arme und Beine
und spielt mit den Haarsträhnen, die sich aus meinem
Pferdeschwanz gelöst haben. Es duftet frisch und klar.
Unwillkürlich atme ich tief durch.

»Schön, nicht wahr?« Tobias umarmt mich von hinten und legt sein Kinn auf meinen Kopf.

Ich nicke und spüre seinem kräftigen Herzschlag an
meinem Rücken nach. Ist das nicht genau der Moment,
auf den ich gewartet habe?

»Tobias?«

»Mmh«, höre ich ihn in meinen Haaren murmeln.

Ich zögere und irgendwie formen sich nicht die richtigen Worte, denn ich will nicht irgendwelche Worte
sagen, ich will die Worte der Worte. Dieser Augenblick
soll uns für immer verbinden, so wie der kleine Mensch
in meinem Bauch uns für immer verbindet.

In diesem Moment passieren drei Sachen gleichzeitig.

Um uns herum wirbelt eine Horde Teenager dem Meer entgegen. Johlend und lachend stürzt sie sich in die Fluten, selbst die Brandung ist nur noch ein Hintergrundrauschen dagegen.

Tobias' Handy klingelt lautstark gegen die plötzliche Geräuschkulisse an.

Er lässt mich los, dreht sich um und nimmt das Gespräch an.

Einsam und verlassen stehe ich mit einem Mal an diesem wunderschönen Strand, mein Herz liegt mir auf der Zunge, doch ich bin die Einzige, die es flüstern hört.

Völlig auf das Gespräch fokussiert winkt Tobias mir zu, ihm zu folgen. Hintereinander stapfen wir über den Sand bis zu einer kleinen Strandbar, wo Tobias für mich ein Glas Mineralwasser bestellt.

»Sorry«, wispert er mir zu, »ich brauche einen Moment.« Damit geht er ein Stück von mir weg und setzt sich auf eine Bank in der Nähe.

Nun gut. Gelangweilt trinke ich mein Wasser und beobachte dabei den Strand und die Menschen um mich herum.

Ganz ehrlich, mit meinen neunundzwanzig Jahren bin ich alles andere als alt. Hier fühle ich mich so. All die Frauen und Männer, die sich sexy in der Sonne aalen, am Strand entlang joggen oder mit ihren Skates an mir vorbeidüsen, sind keinen Tag älter als einundzwanzig. Oder sie schlucken zum Frühstück eine Pille, die sie verjüngt, bis um Mitternacht eine Glocke schlägt.

All diese goldbraunen Körper lassen meine blasse Rotschopfhaut, die ich bisher eigentlich immer ganz adrett gefunden habe, bleich wirken. Und erst die Menge an Muskeln, die ich zu sehen bekomme. Hier reiht sich ein Waschbrett an das andere, egal ob Weibchen oder Männchen. Die Knackpos der Damen stehen denen der Herren in nichts nach, und auch wenn die Jungs mit breiten Schultern gesegnet sind, gleichen die Mädels dieses durch Brüste in der Größe von Medizinbällen aus. Von den wohldefinierten Armen und Beinen will ich gar nicht erst anfangen.

Dagegen bin ich ein käsiger Klops und dabei rundet sich mein Bäuchlein kaum schwangerschaftsbedingt.

Ich bin eindeutig im falschen Urlaubsfilm. Resigniert drehe ich mich auf dem Barhocker um und starre auf die Flaschen, die sich in einem verspiegelten Regal präsentieren.

Das übliche Barsortiment an Wodka, Rum und dergleichen fehlt. Dafür stehen dort Mineralwasserflaschen, die wie Champagnerflaschen wirken, mit und ohne Sauerstoff angereichert, mit Vitaminen, extra Mineralstoffen und Vitalstoffen. Mit Koffein, mit Grüntee, mit Kombucha. Gleich ist diesen jedoch allen, dass es nicht das kleinste Krümelchen Zucker zu entdecken gibt.

Neugierig betrachte ich mein Mineralwasser näher. Reinstes Alaskagletscherwasser aus dem Denali-Nationalpark, entnommen und geschmolzen in der dritten Vollmondnacht des Jahres, schonend abgefüllt in der reinen Luft des Mooses Tooth. Kostenpunkt pro Fläschchen: zwölf Dollar. Das ist Irrsinn!

Während ich mich bemühe, auch das kleinste Tröpfchen aus meiner Luxus-Alaska-Wasserflasche zu nuckeln, eilt Tobias auf mich zu. Sein Haarschopf ist total zerrupft und auf den Wangen leuchten hellrote Flecken. Er scheint zu schwitzen, denn er fährt sich immer wieder mit dem Arm über die Stirn.

»Bitte entschuldige Claire, diesen Abend mit dir habe ich wirklich anders geplant.« Abwesend bezahlt er das Wasser, wobei ich mir jeden einzelnen Dollars bewusst bin.

»Was ist denn los?«

»Andrew, einer meiner Architekten, hat mir erzählt, dass ein paar der Gewerke vorhaben zu streiken. Das können wir unter normalen Umständen schon nicht gebrauchen, aber nach dem Verzug durch die Unwetter der vergangenen Wochen wirft uns das total über den Haufen.« Tobias greift nach meiner Hand und schnellen Schrittes laufen wir die Strandpromenade entlang.

»Kannst du etwas dagegen tun?«

Tobias seufzt und tippt mit seiner freien Hand eine Nachricht auf seinem Smartphone. »Wir werden sehen. Sicher ist, ich muss schnellstmöglich eine Lösung finden.«

Ich gebe ihn frei, damit er mit beiden Händen tippen kann. »Kann ich dir irgendwie helfen?«

Er schüttelt den Kopf und zeigt auf ein Gebäude, vor dem über einer Terrasse eine goldene Markise flattert. »Dort ist unser Restaurant.« Er bleibt stehen und umfasst mit den Händen meine Oberarme. Zerknirscht schaut er mich an. »Claire, ich befürchte, es wird gleich mehr ein Arbeitsessen werden als ein gemütliches Beisammensein.«

Ich würde wirklich gern nölen und wünsche mir ganz doll, dass ich vorhin im Hotelzimmer unsere Telefone ausgeschaltet und Tobias überredet hätte, einfach zu bleiben. Dennoch, ich bin eine erwachsene Frau mit einem eigenen Business, bei dem ich flexibel reagieren muss, also zaubere ich ein Lächeln auf mein Gesicht und schmiege mich an Tobias. »Mach dir um mich keine Sorgen. Ich bin sowieso so hungrig, dass ich mich einzig und allein auf die Speisekarte konzentrieren und diese von oben bis unten durchprobieren werde. Ich werde gar keine Zeit haben, mit dir zu plaudern. Außerdem haben wir noch eine ganze Woche.«

Fest drückt mich Tobias an sich. »Du bist großartig, Claire, und ich verspreche dir, alles ganz schnell und sauber zu klären, sodass wir möglichst viel Zeit miteinander genießen können.«

Das ist der letzte vollständige Satz, den ich von meinem Freund an diesem sowie den folgenden zwei Tagen zu hören bekomme.

Zeit miteinander genießen? Pustekuchen!

Der Abend im Restaurant zog sich bis weit nach Mitternacht und verwandelte sich innerhalb von fünf Sekunden in einen lupenreinen Geschäftstermin. Dabei konnte ich mich noch nicht einmal mit der Speisekarte trösten, denn es gab kein einziges Gericht mit mehr als sieben Kilokalorien. Wobei meine gewählten Gerichte dann auch genauso schmeckten. Von einem wohligen Sattsein war ich meilenweit bis nirgendwo entfernt. Kein Wunder, dass hier alle so aussehen, wie sie aussehen, wenn sie dermaßen asketisch essen.

Damit nicht genug, brachen wir am nächsten Morgen noch vor dem Sonnenaufgang auf, um nach Santa Barbara zu fahren. Spektakulär war die Fahrt dennoch. Nachdem wir aus Los Angeles heraus waren, überragten uns auf der einen Seite die zimtbraunen Berge des Nationalparks und auf der anderen Seite lag uns der tiefblaue Pazifik zu Füßen.

Ich genieße die Tage wirklich. Ich schwimme im Pazifik und wandere – trotz des unappetitlichen Namens – auf dem Rattlesnake Canyon Trail, ich schlendere durch den botanischen Garten und bestaune Gorillas und Schneeleoparden im Santa Barbara Zoo. Einmal habe ich mir Tobias' megacoolen BMW geschnappt und bin die Küstenstraße nordwärts gedüst, bis ich schließlich in Morro Bay umgekehrt bin.

Aber egal, was ich Tolles unternehme, und egal, was ich Tolles sehe, ich bin dabei allein. Tobias kann mich nicht dahin begleiten, weil ein wichtiges Meeting ansteht, er kann mich nicht dorthin begleiten, weil wichtige Partner erwartet werden. Sein gesamter Terminplan wirbelt durcheinander wie Dorothys Haus in Kansas auf dem Flug nach Oz.

Es tut ihm alles furchtbar leid – und mir erst! Doch ich beiße in den quietschsauren Apfel und versuche, es ihm so leicht wie möglich zu machen. Denn – daran glaube ich ganz fest – Tobias würde den gleichen Apfel für mich essen, wenn die Situation andersherum wäre.

Der Montagabend soll uns gehören. Tobias hat vor Tagen einen Tisch im *Boathouse at Hendry's Beach* reserviert, wo man buchstäblich am Strand sitzt, mit direktem Blick auf das traumhafte Meer. Auf einem meiner einsamen Spaziergänge bin ich bereits an diesem Restaurant mit den leuchtendblauen Sonnenschirmen vorbeigekommen. Ich war ganz hingerissen von der köstlichen Speisekarte mit Verheißungen wie mexikanische weiße Garnelen oder gegrilltem kanadischen

Buckellachs, dazu Hummerrisotto oder Krabbennudeln, gekrönt von Himbeer-Cheesecake mit vanilliger Crème brûlée.

Seit einer Stunde schon sitze ich elegant herausgeputzt auf der Terrasse unseres Apartments mit Blick über einen Palmengarten auf den Pazifik. Das Rauschen des Meeres umströmt mich und die Sonne verwöhnt meine Haut. Der weite Seidenrock meines Kleides flattert leicht in der Brise und die großen, pinken Blumen auf dem weißen Stoff sehen aus, als würden sie geradewegs erblühen.

Da ich nicht weiß, was ich noch tun kann, um mich abzulenken, während ich auf Tobias warte, flechte ich mir zum dritten Mal die Haare zu einem lockeren Zopf.

Wie es wohl meinem *Coffee To Stay* geht? Heute darf es sich ausruhen. Ob Arian wohl genug Kaffee für Kuka vorbereitet hat, damit sie über den Montag kommt? Mein Vater ist sicherlich wieder mit Pfarrer Ewald verabredet, was Waltraud Hagen bestimmt eifersüchtig macht. Nicht, dass sie das jemals zugeben würde. Vermisst mich Holly auch so doll wie ich sie? Und ob der alte Greiner mittlerweile fertig mit dem Umbau der Bäckerei ist? Ich habe noch immer nicht herausgefunden, was er plant, obwohl ich mit allen mir zur Verfügung stehenden Mitteln Detektivin gespielt habe.

Allerdings scheint dieser Beruf mein Potenzial weniger gut auszuschöpfen. Dabei habe ich mich so schön verstellt, als ich das Vorzimmer vom Greiner angerufen habe, um etwas über das Projekt *Alter Bäckerladen* zu erfahren. Aber der Vorzimmerdrache war bestens auf Abwehr dressiert und ich habe danach tagelang nicht mehr telefoniert, aus Angst, ein zweites Mal durch die Leitung geröstet zu werden.

Auch mein Versuch, Mielas Kontakte zu der Zeitschrift *WeSelf* zu nutzen, war ein Schuss, der gründlich nach hinten losging. Greiner hat auf den investigativen Journalismus so clever reagiert, dass er mit seinem Geheimprojekt einen Volltreffer in den Medien landete. Und so richtig Werbung für sich bekam. Kostenlos!

Angenehmer war da schon der Nachmittag, den ich mit Zoey im Hinterhof der Goldschmiede verbracht habe. Doch durch die Hecken zum Hinterhof der Bäckerei konnte ich lediglich das Gespräch zweier Handwerker belauschen, und das drehte sich um Fußball. Ich bin jetzt bestens im Bilde, wie sich welcher Fußballer wann und wo die Schnürsenkel bindet. Aber nicht, was der Greiner im *Fiadone* dreht.

Endlich höre ich, wie sich die Apartmenttür öffnet und Tobias durch den Wohnbereich zu mir auf die Terrasse kommt.

Er lächelt mir zu und winkt, mit der anderen Hand drückt er sein Handy ans Ohr und lauscht mit abwesendem Blick seinem Gesprächspartner. Ein Anblick, den ich mittlerweile gewohnt bin. Doch dieses Mal ist etwas anders, dieses Mal grummelt es in meinem Bauch – und das nicht vor Hunger! Mein Herz schlägt heftiger, mein Puls beschleunigt sich und ich spüre überdeutlich das Blut in mir pulsieren. Immerhin, noch lächele ich.

Ich weiß, Tobias hat viel Stress im Moment und ich weiß, es geht hier um viel Ehre, Ruhm und Geld. Aber!

Fassungslos sehe ich ihm hinterher, wie er durch den Wohnraum zum Schlafzimmer geht, und nutze die

Zeit, in der er sich duscht und umzieht, um mich zu beruhigen. Tief atme ich die salzige, warme Luft ein und schließe die Augen, um mich auf das Rauschen der Wellen zu konzentrieren. Angeblich soll das ja entspannend wirken.

Richtig gelingen will es mir aber nicht. Vermutlich habe ich schon eine Überdosis Wellenrauschen intus.

Da meine Unruhe eher zunimmt, stehe ich auf und gehe hinein, aber auch nur, um mich auf das Sofa sinken zu lassen. Lustlos blättere ich in einer Architekturzeitschrift, als Tobias aus dem Schlafzimmer kommt.

Barfuß, in Shorts und T-Shirt, die Haare feucht vom Duschen, schlurft er in die offene Küche und holt sich aus dem Kühlschrank Brot, Käse und Apfelsaft.

Irritiert lege ich die Zeitschrift beiseite und gehe zu ihm.

Tobias nimmt zwei Teller aus dem Schrank und gibt mir einen davon. »Möchtest du mitessen?«

Nachtigall, ick hör dir trapsen! Und ich höre nicht nur eine Nachtigall trapsen, sondern gleich einen ganzen Schwarm!

Ich knalle den Teller auf den Küchentresen, und das Grummeln und Brummeln von vorhin nimmt Fahrt auf.

»Alles okay?« Verdutzt hält Tobias beim Brotschneiden inne und sieht mich an. »Du siehst übrigens super aus. Hast du dir das Kleid hier in Santa Barbara gekauft?«

»Nein! Das Kleid habe ich mir nicht in deinem tollen Santa Barbara gekauft! Denn meine Kleidergröße gibt es hier gar nicht!«, fauche ich ihn an.

Tobias legt langsam das Messer beiseite und verschränkt die Arme vor der Brust. »Wird das wieder eine deiner kleinen Zickereien, die du dir so gern in letzter Zeit gönnst?«

Empört schnappe ich nach Luft. Das ist gut so, denn ich brauche sie, um ihn anzuschreien. »Ich zicke nicht rum! Du bist überhaupt nie da, dass ich rumzicken könnte!«

»Und was soll das jetzt? Ich habe mich auf ein ruhiges Abendessen mit dir gefreut und du flippst wieder rum.«

»*Ich* habe mich auf ein ruhiges Abendessen mit *dir* gefreut!« Meine Stimme klingt schrill und ich beginne zu schwitzen.

Tobias wirft die Hände in die Luft. »Dann verstehe ich das hier noch weniger.«

Ein Schluchzen bahnt sich den Weg meinen Hals hinauf. »Du hast mich heute Abend ins *Boathouse* eingeladen! Nur du und ich, vor zwei Stunden wollten wir dort sein. Schon vergessen?«

Tobias' Hand klatscht gegen seine Stirn. »Shit!«

»Shit?«

»Ich meine, es tut mir leid, Claire, wirklich.« Er kommt zwei Schritte auf mich zu und will mich umarmen, doch ich weiche zurück.

»Es tut mir leid, es tut mir leid! Seitdem ich hier angekommen bin, bekomme ich nur von dir zu hören, dass es dir leidtut! Was tut dir denn so furchtbar leid? Dass du mich ständig versetzt oder dass du dir keine Zeit für mich nimmst? Oder tut es dir einfach leid, mich mit hergenommen zu haben?«

Tobias' Augen funkeln dunkel wie Espresso. »Sei nicht albern, du weißt, wie gern ich dich bei mir habe.

Und dass ich so wenig Zeit für dich habe, war nicht geplant, dafür habe ich mich mehrfach entschuldigt.«

»Aber für Enja hast du Zeit!«, schreie ich jetzt wieder. Ich weiß selbst nicht, woher der Satz kommt, doch zusammen mit den Tränen ist er plötzlich da.

»Bitte Claire, nicht deine Eifersüchteleien schon wieder! Dazu hast du wirklich keinen Grund!« Auch Tobias' Stimme wird lauter, was sehr selten vorkommt und mich eigentlich zur Besinnung bringen sollte.

Tut es nur leider nicht. Es ist, als würde ich einer fremden Claire zusehen. Und ich schäme mich zutiefst für diese Claire. »Genierst du dich für mich zwischen all den ach so tollen Leuten hier? Für mich käsegesichtige, plumpe Deutsche mit den wirren Haaren?«

Tobias öffnet den Mund und schließt ihn wieder, seine Augenbrauen ziehen sich zusammen und er schüttelt den Kopf.

Mir strömen unterdessen Tränen die Wangen hinab. All meine Freude darüber, wieder mit Tobias zusammen zu sein, wird hinweggeschwemmt von meiner Enttäuschung, offensichtlich keine Priorität mehr in seinem Alltag zu haben.

Gegen all das aufregende Leben hier in Kalifornien komme ich nicht an. Ich bin eine schnöde Kaffeehausbesitzerin und keine Supersportlerin, die Marathons am Strand läuft und anschließend komplizierte Geschäftsverhandlungen in drei Sprachen führt. Und ich bin auch kein superkluges Supermodel, welches das Gesicht des *Santa Barbara Andanca Grand Hotels* ist.

Ich bin eine unglückliche Frau, die vollgepumpt mit Hormonen jeglicher Sorte um die Liebe ihres Freundes bangt. Ob gerechtfertigt oder nicht, kann ich gerade nicht mehr beurteilen.

Erneut kommt Tobias zwei Schritte auf mich zu und will mich in seine Arme ziehen, und dieses Mal lasse ich es geschehen. Müde lehne ich mich an ihn und genieße es, wie er mich sanft hin und her wiegt.

Der Himmel verdunkelt sich, in einem rotgoldorangen Spektakel versinkt die Sonne vor den Fenstern im Meer und lässt es pfirsichfarben glühen. Ich drehe mich um und lehne meinen Rücken an Tobias' Brust, während er mich umschlungen hält. Gemeinsam sehen wir dem Abschied der Sonne zu, das letzte Licht des Tages scheint auf uns und lässt uns leuchten.

»Ich bin schwanger, Tobias«, flüstere ich und fühle mich mit einem Mal so leicht, wie es eigentlich meinem heiteren Wesen entspricht.

Kapitel 19

O wie Oh je

Olla de Café
Eine warm duftende Zimtstange, vermählt mit scharfer Nelke und süßer Orangenschale, aufgekocht zu einer Essenz der Aromen, trifft auf schwarzes, reines Kaffeepulver von den Hängen Südamerikas.

»Ob dieser kleine Mensch in deinem Bauch auch so kaffeeverrückt wird wie wir?«, murmelt Tobias, während er mit meinen Haaren spielt. Sanft wiegt uns die Terrassenschaukel in der warmen Nachtluft hin und her. Zusammengerollt wie eine Katze liege ich auf den weichen Polstern, mein Kopf ruht auf Tobias' Schoß.

Das flüsternde Rauschen des Pazifiks, untermalt vom Zirpen der Zikaden, durchzieht die nächtliche Stille. Die Mariposa-Lilien aus dem Garten unter uns wetteifern mit dem süßen Duft der wilden Stiefmütterchen in den Tontöpfen auf der Terrasse.

Behaglich streckt Tobias seine Beine aus, was die Schaukel wackeln lässt.

Unser Streit vorhin hat uns ausgelaugt, doch um wieder zueinander zu finden, war er wohl nötig gewesen. In dem Moment, in dem Tobias erfahren hat, dass ich schwanger bin, ist jeder Ärger zerronnen, jeder Kummer zu einem Nichts geworden.

»Ich glaube, unser Baby liebt Kaffee allein schon deswegen, weil ich im *Coffee To Stay* glücklich bin und es jeden Tag aufs Neue dieses Glück mit mir teilt.« Für einen Augenblick schließe ich die Augen und meine, den würzigen Duft eines frisch gebrühten Mokkas wahrzunehmen.

Sanft streicht mir Tobias mit einem Finger über die Wange. »Du vermisst dein Café, nicht wahr?«

Ich nicke stumm.

»Und den ganzen Karten und Briefen nach zu urteilen, die hier jeden Tag hereinflattern, fehlst du deinen Gästen mindestens genauso.« Tobias richtet sich auf und zieht mich dabei ein Stück mit nach oben, sodass wir uns ansehen. »Eigentlich schreiben die Urlauber den Daheimgebliebenen Postkarten und nicht andersherum.«

Lächelnd sehe ich zu Tobias hoch. »Ich glaube, mein Café hat die so ziemlich besten Gäste, die es gibt.«

»Und sie haben die so ziemlich beste Claire, die es gibt.« Zärtlich küsst Tobias meine Stirn. »Das gilt auch für mich.«

Unsere Lippen finden in einem innigen Kuss zueinander, voller Liebe und Zuneigung. Sein warmer Mund, seine warme Haut und sein warmes Herz sind ein einziges Versprechen an unsere gemeinsame Zukunft. Unsere Herzen schlagen füreinander.

Lächelnd lösen wir schließlich unsere Lippen, während sich unsere Blicke weiterküssen.

»Gleich morgen werde ich alles regeln, um schnellstmöglich eine Vertretung für mich zu finden«, flüstert Tobias mir zu, »und dann fliegen wir gemeinsam heim.«

Mein Herz hüpft glücklich und Freude durchrieselt mich wie rosa Konfetti. Aber auch noch etwas Anderes. Und ich sehe den Weg, der vor Tobias und mir liegt, klar und deutlich.

»Danke, Tobias. Aber nein, danke. Du bleibst hier bei deinem Job, den du liebst, und bringst ihn in deinem Sinn zu einem erstklassigen Ende. Ich fliege zurück zu meinem Job, den ich über alles liebe. Allerdings bei Weitem nicht so sehr, wie ich dich liebe.« Fest presse ich mich an Tobias und atme tief seinen vertrauten Geruch nach Zuhause ein. »Wir haben noch viel Zeit. Und in Berlin begleiten mich meine Familie und unsere Freunde durch die Schwangerschaft.«

Mit gesenktem Blick streicht sich Tobias durch die Haare. »Ich weiß nicht so recht, Claire. Meine Verantwortung dir und unserem Kind gegenüber wiegt stärker als mein Job. Jobs gibt es viele, dich hingegen nur einmal. Ich will bei dir sein und dabei zusehen, wie du dick und rund wirst. Außerdem würde ich viel verpassen, wenn ich hierbliebe.«

»Nicht halb so viel, wie du denkst.« Mit dem Zeigefinger tippe ich an seine Nasenspitze. »All die Stimmungsschwankungen einer Schwangeren, die es mit denen jedes Teenagers aufnehmen können, und erst die unberechenbaren Hormone, die dich nachts um drei Uhr aus dem Bett schicken würden, um saure Gurken mit Schlagsahne zu besorgen. Und für den Rest kommst du mich einfach ganz oft besuchen und wir skypen und schreiben uns altmodische Liebesbriefe, einverstanden?«

Es dauert lange, bis er antwortet. Sein Nicken ist kaum wahrnehmbar und gleicht eher einem Kopfschütteln. Dieses Ringen mit sich selbst kenne ich zu gut, habe ich es doch in den vergangenen Wochen perfektioniert. »Du würdest auch viel verpassen, wenn du hier alles abbrichst und jetzt zurück nach Berlin kommst, Tobias. Und da helfen keine Besuche und kein Skype und schon gar keine Liebesbriefe.«

»Und wenn du doch hierbleibst?« Tobias' Stimme ist kaum mehr als ein Flüstern. Voller Liebe schaut er mich an und ich sehe an seinen glänzenden Augen, dass er die Antwort bereits kennt.

Langsam und kaum spürbar lehnt er seine Stirn an meine. »Ich liebe dich, Claire, und unser Baby und unser gemeinsames Leben. Danke für dich und überhaupt für alles.«

»Ich bin wieder da!« Voller Schwung fege ich durch die geöffnete Terrassentür des *Coffee To Stay*. Es ist großartig, hier zu sein. Die Sonne lacht vom blitzblauen Berliner Himmel, Amseln und Goldammern trillern heiter ihre Lieder und der süße Duft der blühenden Linden schwebt durch die Luft. Dazu läuten die Glocken der *Kleinen Kirche am Rosenpark* ihre einladende Melodie zum morgendlichen Freitagsgottesdienst.

Im Gegensatz zum Hinflug war der Rückflug bekömmlicher, denn ich habe ihn zum größten Teil entspannt verschlafen. Als ich gestern Abend in Berlin angekommen bin, war ich munter und fröhlich, kopfschmerzfrei und nur geringfügig zerknautscht. Nach einer erholsamen Nacht bin ich bereit, die Welt zu umarmen.

Arian und Adélia, die ihre Köpfe über der Kaffeebar zusammenstecken und miteinander murmeln, blicken auf.

»Claire! Wie schön, dass du wieder hier bist.« Arian läuft um die Theke herum und umarmt mich herzlich.

Auch Adélia drückt mich fest und schenkt mir ein strahlendes brasilianisches Lächeln. »Herzlich willkommen zurück. Ich bin furchtbar gespannt, was du uns Gutes mitgebracht hast. Deine geheimnisvollen Nachrichten haben uns ordentlich neugierig gemacht.«

Mit einem erleichterten Aufseufzen stelle ich meinen schweren Rucksack auf einem der Barhocker vor der Theke ab. »Ich habe echt leckere Rezepte in den Coffeeshops in Kalifornien entdeckt und auch einen absoluten Spitzenkaffee aus Nicaragua aufgestöbert. Die Amerikaner haben nicht viel Geduld mit allem und jedem, aber in diesen wundervollen versteckten Kaffeeröstereien, die ich gefunden habe, war es für die Leute plötzlich kein Problem mehr, zehn Minuten auf einen frisch gebrühten und aufs Gramm abgewogenen Kaffeegenuss zu warten. Das war echt verrückt.«

Neugierig bleiben Arian und Adélia neben mir stehen, während ich den Rucksack öffne. Mit einem Wedeln scheuche ich sie weg. »Zurück an die Arbeit, ihr Lieben, ich mache das hier schon. Habt noch ein wenig Geduld, gleich bekommt ihr einen fabelhaften Kaffee von mir.«

Ohne mich und meinen Rucksack aus den Augen zu lassen, trotten die beiden zurück hinter die Kaffeebar. Doch anstatt sich ihren Beschäftigungen zu widmen, warten sie darauf, was ich gleich aus dem Hut respektive Rucksack ziehen werde.

Lachend hebe ich ihn hoch und ziehe mich in die Röstküche zurück. Dort duften bereits verführerisch frisch geröstete Bohnen von einer kleinen Kaffeeplantage aus Panama, unweit von Bajo Boquete, und warten auf ihren heutigen Einsatz in delikaten *Galãos*.

Um den erfrischenden *Blended Iced Mokka* zu machen, der mir im Kopf herumschwebt, schnappe ich mir drei Eiswürfelformen und gieße sacht süße, cremige Mandelschokoladenmilch hinein. Die Formen verstaue ich im Tiefkühlschrank, wo ich die Süßigkeit durchfrosten lasse.

In der Zwischenzeit mahle ich einen Teil der Panama-Bohnen und röste dazu noch ein paar der winzigen Bohnen, die ich einem Alt-Hippie-Kaffeehändler aus Kalifornien abgeschwatzt habe. Mildwürziges, gebranntes Erdnussaroma erfüllt kurz darauf die Küche und die Härchen auf meinen Unterarmen richten sich vor Vorfreude wohlig auf. Daraus werde ich nachher wunderbar altmodische *Wiener Melange* zaubern und vielleicht auch einen *Café allongé*.

Hochzufrieden mit mir im Allgemeinen und der Kaffeewelt im Besonderen gehe ich zurück ins Café, wo sich mittlerweile die ersten Gäste einfinden.

Adélia, schlicht gekleidet in einer weißen Bluse und einem schwarzen, knielangen Rock, zieht angesichts ihrer Katzeneleganz die Blicke auf sich. Ihr Charme sprüht Funken. Sie harmoniert perfekt mit Arian, der ebenfalls ein weißes Hemd und dazu eine schwarze Hose trägt. Die beiden geben ein unglaublich schönes Paar ab.

Hier müsste doch etwas zu machen sein, oder?

Verliebte Blicke sehe ich allerdings keine. Wenn sie, wie gerade, miteinander herumalbern, knistert es vor Humor, leider aber nicht vor Lust und Liebe und Leidenschaft.

»Warum beobachtest du die beiden so kritisch?« Erschrocken drehe ich mich zur Seite und sehe mich Kuka gegenüber, die nun ihrerseits Arian und Adélia mustert. »Haben sie etwas angestellt?«

Meine Wangen werden heiß und ich kann mir lebhaft den rosa Farbton vorstellen, der sich gerade dort ausbreitet, trotz meiner dezenten Kalifornienbräune, die vermutlich nur ich auf meiner blassen Haut wahrnehme.

»Arian und Adélia sind ein schönes Paar, stelle ich gerade fest.« Ohne den Blick von meinen beiden Angestellten abzuwenden, nehme ich Kuka ihren Becher ab und gehe hinter die Theke, um ihn mit ihrem finnischen Blümchenkaffee zu füllen.

Kuka wackelt leicht mit dem Kopf und reibt sich die Hände angesichts ihrer mutmaßlichen siebenunddreißigsten Kaffeeportion heute. »Auch andere Paare sind hübsch.«

Ich ziehe meine Augenbrauen in die Höhe und sehe sie fragend an.

»Ich meine ja nur«, orakelt sie weiter. »Ich muss zurück ins *Lakka*. Schön, dass du wieder da bist. Und beobachte ruhig weiter, vielleicht entdeckst du ja, was auch immer du suchst.« Grinsend winkt sie mir zu, verschwindet aus dem Café und macht Platz für Pfarrer Ewald und Waltraud Hagen, die sich, vertieft in die Auslegung der Predigt mit Gästen des Gottesdienstes, einen Platz am Fenster zur Terrasse hin suchen.

Hinter ihnen eilt Max mit einem Stapel Briefe in der Hand herein und kommt mit einer Vollbremsung vor mir zum Stehen. »Claire! Du bist wieder da.«

Hört, hört, Claire hat er mich genannt! Und wo bitte bleibt die sanfte Röte in seinem Gesicht, die ich sonst immer zu sehen bekomme? »Ja, ich bin wieder da.« Ich strecke die Hand nach der Post aus, doch er drückt sie an sich.

»Äh, Frau Montvalbo hat sonst immer die Post entgegengenommen.«

»Das ist nett von ihr, aber jetzt kann ich das machen, zumal sie beschäftigt ist.« Ich deute auf Adélia, die gerade mit Oma Gundel schäkert.

Und da ist er, der feine, aprikotfarbene Ton, den ich so gut auf Max’ attraktivem Gesicht kenne. »Es ist wirklich warm heute. Dürfte ich wohl um ein Glas Wasser bitten, Claire?«

Mittelschwer irritiert komme ich seiner Bitte nach, und als Arian an mir vorbeiläuft, um der gesundeten Bessy einen Espresso abzuschwatzen, halte ich ihn am Arm fest. »Max weigert sich, mir die Post zu geben!«

Arian lacht herzhaft und knufft mich in die Seite. »Tja, mir gibt er sie auch nicht mehr. Dafür kommt Adélia in den Genuss seiner Diensteifrigkeit.«

»Bist du nicht eifersüchtig?«

Bessys finales Espresso-Zischen übertönt Arians Antwort, und ehe ich mich weiter mit dem Thema beschäftigen kann, zupft mich eine Dame am Ärmel meines Kleides. »Fräulein, ich hätte gern eine heiße aufgeschäumte Milch mit einer Kaffeebohne darin.«

»Suchen Sie sich doch bitte einen schönen Platz aus, ich bin gleich bei Ihnen«, wende ich mich der aufdringlichen Dame zu. Ich liebe meine Gäste wirklich, aber am Kleid gezupft zu werden mag ich so gar nicht.

Mit ihrem tabakgelben Zeigefinger pikst sie mir fast ins Gesicht. »Und vergessen Sie bitte nicht, nur eine Kaffeebohne, dunkel geröstet.«

Nachdem sie davongetrottet ist, gestatte ich mir heftiges Augenrollen. Manche Wünsche der Gäste sind unfassbar sensationell. Aber dafür bin ich hier, und ich muss vor mir selbst zugeben, darüber nachzudenken, ob diese nette, kleine Kaffeespezialität nicht einen schönen Platz auf meiner Kaffeekarte verdient hätte. Vielleicht sogar als eigene Kategorie in unterschiedlichen Varianten, wie hellgeröstete Bohnen aus Honduras zu süßer, geschäumter Hafermilch oder feuriger *Monsooned Malabar* mit würziger Erdmandelmilch.

»Ihr werdet es nicht glauben!« Atemlos hetzt mein Vater ins Café und bleibt mitten im Raum stehen. Die dralle Kaffeebohne, die ich eben in die fertig geschäumte Milch betten möchte, bleibt auf halber Höhe in der Luft, ebenso frieren Arian im Türrahmen zur Küche und Adélia beim Servieren eines Milchkaffees ein. »Das *Fiadone* öffnet gerade wieder. Allerdings nicht etwa als Bäckerei, sondern als Kaffeehaus!«

Die Worte meines Vaters reißen alle Anwesenden von den Stühlen und spülen sie zu den Fenstern. Mit großen Schritten folge ich ihnen und trete durch die Eingangstür nach draußen. Entgeistert bleibt mein Blick an dem nun unverhüllten Schriftzug quer über der Fensterscheibe hängen. Immer wieder lese ich die vier Worte: *Coffee Store am Rosenpark.*

So ein Hund! Wie kann der Greiner es wagen, mir ein Café – auch noch ein auf Kaffee spezialisiertes – direkt vor die Nase zu setzen!

Meine Wut treibt mich so schnell über die Straße, dass meine Haare wie eine Fahne bei Sturmstärke hinter mir her wehen.

Rudolf Greiner steht aufgeblasen wie ein überdimensioniertes Gummi-Walross neben dem Eingang und strahlt die heranströmenden Gäste seines Etablissements an, dabei blitzen seine weiß polierten Zähne in der Sonne.

»Willkommen im neuen *Coffee Store am Rosenpark*, meine sehr verehrten Damen«, gurrt er ein weibliches Teenagertrio im identischen Leggings-Bauchfrei-Look an. »Hier gibt es den fanciesten coffee. Nur einen schlappen Euro für einen Mega-Big. WLAN ist natürlich vorhanden und kostenlos.«

Kichernd streichen sich die Mädels ihre geglätteten Mähnen noch glatter und starren auf ihre glitzernden Smartphones. Unter Hühnergeschnatter betreten sie den *Coffee Store*. Und mit ihnen Dutzende andere.

Jedoch ist niemand unter den Gästen, den ich kenne, wie ich zufrieden feststelle.

»Frau Herzog, aber bitte, treten Sie ein und genießen Sie unseren *Fancy Coffee*. Für Sie heute selbstverständlich aufs Haus. Richten Sie nur unseren Coffee-Hostessen meine Grüße aus.« Selbstgefällig zwirbelt sich Greiner die ondulierten Enden seines Schnauzers.

Okay, Claire, lass dich nicht provozieren! Sei selbstbewusst, ruhig und Frau der Situation!

»Was soll dieser Blödsinn?«, höre ich mich schreien. Nun gut, dem Anschein nach nicht unbedingt ruhig, doch mindestens selbstbewusst.

Rudolf Greiner beugt sich zu mir vor. »Wie meinen, bitte? Leider konnte ich Sie nicht verstehen, meine liebe Frau Herzog, es war gerade ziemlich laut.«

»Und wissen Sie was?«, brülle ich ihn postwendend an. »Ich kann noch lauter!«

»Wer schreit hat unrecht, nicht wahr, Herr Scholl?«, spricht das zahngebleichte Walross an mir vorbei Arian an, der offensichtlich hinter mir steht.

»Ansichtssache, vielleicht hat derjenige nur die besseren Lungen.« Arian zwickt mich in den Arm, was ich mit einem unwilligen Schütteln meiner Schulter quittiere.

»Nun, wie dem auch sei, meine verehrten Gäste. Ich hege keinerlei Groll gegen Sie, insbesondere nicht gegen unsere allseits geschätzte Frau Herzog, die mir im Moment prämenstruell angeschlagen zu sein scheint. Also bitte, treten Sie ein und gönnen Sie sich einen unschlagbar günstigen und vor allem schnell servierten Coffee to go.« Nonchalant deutet Greiner eine Verbeugung an und steht, ohne es zu wissen, kurz davor, eine von mir geboxt zu bekommen.

Arian erkennt meine Absicht und tritt neben mich, wobei er den Arm um meine Schultern legt und mich fest an sich zieht.

»Herr Greiner, das ist ein wirklich nettes Angebot, leider können wir Ihre Gastfreundschaft nicht in Anspruch nehmen. Wir müssen nämlich *richtigen* Kaffee für *unsere* Gäste brühen. Nichtsdestotrotz, wenn es Ihnen danach gelüstet, so fühlen Sie sich bitte nicht eingeladen, serviert wird er Ihnen selbstverständlich dennoch.« Damit dreht mich Arian um und ich folge ihm zurück zum *Coffee To Stay*, denn eine Wahl habe ich nicht in seinem eisernen Griff.

Augenblicklich werde ich mir der Gäste aus meinem Café gewahr, die die ganze Zeit hinter mir gestanden haben müssen. Sie sind alle da, angefangen bei den Stammgästen bis hin zu einigen, die ich heute zum ersten Mal im *Coffee To Stay* sehe. Ebenso haben Palina und Wibke ihr Fotogeschäft verlassen, Kuka den Blumenladen, Britta Waldheim das Wollgeschäft, und neben Zoey aus dem Schmuckgeschäft steht sogar, leicht gebeugt und kopfschüttelnd, ihr namenloser Meister.

Rudolf Greiners schmieriges Lachen begleitet mich bis über die Straße. Mit Genugtuung strömen alle meine Gäste und die restlichen Einwohner des Viertels zurück in mein Café und ich knalle nach dem letzten die Eingangstür eindrucksvoll zu. Die Scheibe in der Tür und auch die großen Fensterscheiben klirren empört.

Mit schwingendem Rock drehe ich mich zu der erwartungsvollen Meute um. »Einmal *Türkischer Kaffee* für alle, würde ich sagen. Jemand etwas dagegen?«

In den nächsten Tagen kleben Arian, Adélia und ich mehr hinter dem Ladenfenster als vor Bessy. Ununterbrochen sickern Gäste in den *Coffee Store*, kommen jedoch häufig recht schnell wieder heraus. Dort verkauft sich wahrhaft schneller Kaffee.

Mein Vater hat seinen Lieblingstisch so vor das Fenster gerückt, dass er bequem das vermeintliche Café beobachten kann, ohne selbst gesehen zu werden.

Akribisch fertigt er Strichlisten an, die er abends stundenlang auswertet. Schließlich, nach einer Woche, präsentiert er uns in ausgewählter Runde – das heißt allen, die anwesend sind und zuhören wollen oder einfach nur anwesend sind und ihren Kaffee trinken möchten – seine Ergebnisse.

»Ich meine, eine These aufstellen zu können, der ich durchaus etwas abgewinnen kann. Denn eine reziproke Koexistenz der beiden Obliegenheiten sollte intendiert werden. Dabei muss die Antithese der wohlerwogenen Konkurrenz bedacht werden, jedoch lässt sich in der Synthese durchaus eine Opportunität sehen. Ich meine, die Dialektik zwingt uns hier zum forschen Aktivismus in Form einer Gustation.«

Das Schweigen im Café ist beredter, als jegliche lautstarke Diskussion es je sein könnte.

»Und nun?«, piepst Waltraud Hagen.

Mein Vater hat recht, zustimmend klopfe ich deshalb auf die Kaffeetheke. »Und nun geht einer von uns den *Fancy Coffee* im *Coffee Store am Rosenpark* probieren.«

»Bitte Claire, ich will gehen!« Spontan springt Max von seinem Barhocker auf und mir vor die Füße. Unsicher, ob er gerade einen Salto eingebaut hat oder nicht, trete ich ob seiner stürmischen Begeisterung sicherheitshalber einen Schritt zurück. »Ich kenne mich aus mit gutem Kaffee, dank Ihnen, äh, dir. Und Frau Montvalbo.«

»Adélia«, souffliert sie und lächelt ihn an. Für einen Moment scheint er seine Mission zu vergessen, denn er starrt sie beglückt an, ohne sich zu rühren.

»Dann los, Max«, hole ich ihn in den Alltag des Cafés zurück und drücke ihm einen Fünf-Euro-Schein aus der Kasse in die Hand.

Unter Applaus verlässt Max das *Coffee To Stay* und schlendert zum *Coffee Store*. Wie alle anderen sehe ich ihm hinterher, beteilige mich aber nicht an den Kommentaren meiner Gäste, die von »Der arme Bub, hoffentlich verdirbt er sich nicht den Magen!« von Waltraud Hagen bis »Wollen wir nachher auch mal einen *Fancy Coffee* probieren?« von einem der Touristengäste reichen.

Wir alle wissen nicht, welches Ergebnis Max erzielen wird. Ich weiß nur, der *Coffee Store* zieht so manchen Gast an, der die Ranunkelstraße heraufspaziert kommt. Gäste, die ich vielleicht sonst in meinem Café hätte begrüßen dürfen.

Tobias hat mir gestern per Skype geraten, ruhig zu bleiben und auf meinen Ruf und auf meine Stammgäste zu vertrauen. Aber Stammgäste allein reichen für den Fortbestand des Cafés nicht aus. Und selbst wenn ich eine Preisaktion gegen den *Coffee Store* starten würde, hätte ich dadurch nichts gewonnen, denn egal, wie sehr ich mit meinen Grundzutaten haushalten würde, diese haben eine enorme Qualität und damit auch einen wohlverdienten Preis. Und dabei bleibt es!

Und es geht hier nicht nur um das Geld allein. Das *Coffee To Stay* steht für eine Einstellung dem Leben gegenüber, einer Einstellung, die mittlerweile sogar zu einem Trend geworden ist. Ich will meinen Gästen mehr bieten als schnellgebrühten Massenkaffee, und das ist auch meine Stärke. Darauf muss ich setzen.

Trotzig wende ich mich vom Fenster ab und gehe zurück hinter die Kaffeetheke, um einen *Schümli Pflümli* aufzubrühen. Für mich. Mit ganz viel Zucker anstelle von Pflümli und frisch geschlagener Sahne statt Koffein! Und dunkler glänzender Schokosoße. Viel glänzender Schokosoße!

Kaum schlürfe ich die ersten Schlucke meines abgewandelten *Schümli Pflümli*, kommt Max auch schon zurück. Durch die Terrassentür betritt er das *Coffee To Stay*, seine Augen glänzen und er lacht über das ganze Gesicht. »Ihr werdet es nicht glauben!«

Mein Herz rast noch mehr als vor einer Woche, als ich Rudolf Greiner gegenübergestanden habe.

Max hält einen Kaffeebecher in Form einer Blüte hoch, und wenn mich nicht alles täuscht, befinden sich darauf bunte Einhörner – die Kaffee aus dampfenden Blütentassen genießen! Mit der anderen Hand verwuschelt er sich aufgeregt die Haare. »Der Kaffee in diesem *Coffee Store* ist einfach unglaublich! Und erst das Drumherum!«

Meine Kaffeetasse knallt laut auf die Theke und der heiße Inhalt schwappt mir schmerzhaft über die Finger. Doch dieses Wehwehchen ist nichts gegen die plötzliche Angst, dass drei Jahre Arbeit in meinem geliebten *Coffee To Stay* vielleicht bald nichts mehr wert sein werden.

Kapitel 20

S wie So fern

Schümli Pflümli
Ein Löffelchen voll Zucker, ein Gläschen voll Wild-
pflaumenbrand, ein Tässchen feinsten Bohnenkaffees,
ein Kleckschen Sahne und ein Stäubchen Schokopul-
ver. Viva!

»Dort gibt es das absolut witzigste Kaffeegeschirr, das ich je gesehen habe, und dazu passende Servietten, Shirts, Karten, Bücher! Nächste Woche haben meine Mutter und meine lütte Schwester Geburtstag, die werden begeistert sein!«, sprudelt es aus Max hervor wie Kohlensäure aus einer geschüttelten Champagnerflasche. »Mit einer App, die auf Displays vor den Kassen installiert ist, kann man seine Kaffees zusammenmixen, welches Pulver man will und wie stark und mit oder ohne Milchpulver und welchen Milchpulvergeschmack und welchen Zucker oder Zuckerersatz. Dahinter ist ein Regal mit hundert verschiedenen Aromen, die man sich mischen kann! Ihr könnt euch nicht vorstellen, wie bunt alles ist. Dazu die moderne Einrichtung, alles polierter Edelstahl und Glas. Die Bedienungen tragen alte amerikanische Uniformen, wie früher die Mädels in den Filmen, wenn sie auf Rollschuhen in Burgerrestaurants bedient haben!«

Völlig aus dem Häuschen steht Max vor uns und wie hypnotisiert lauschen ihm die Anwesenden. Wenn ich das schon höre! Zucker oder Zuckerersatz! Milchpulver! Und erst recht Kaffeepulver! Kein Wunder, dass das alles nicht mehr wert ist als einen Euro! Aber ich brauche mir nichts vorzumachen, nur wenige Leute geben mehr Geld für eine bessere Qualität aus. Wenn sie das Gesparte auch gleich noch in eine Einhorntasse investieren können ... Tieftraurig lasse ich mich auf den Hocker hinter der Theke sinken.

»Aber wie ist denn nun der Kaffee, lieber Herr Lindner?« Britta Waldheim mustert Max mit ihrem strengen Britta-Blick samt vielsagend hochgezogener Augenbraue, deutlich hochgezogener als üblich.

Selbst das schafft es heute nicht, Max in den schüchternen Dorfjungen zurückzuverwandeln. Mit großer Geste winkt er ab. »Ach, der Kaffee! Wie gesagt, der ist unglaublich, der schmeckt grässlich, sofern man überhaupt von schmecken sprechen kann! Ich habe nicht einen Gast gesehen, der einen zweiten Schluck getrunken hätte. Das Zeug landet zum größten Teil in den Blumentöpfen. Wahrscheinlich hat der Greiner deshalb in weiser Voraussicht nur Plastikpalmen aufgestellt!«

Die folgenden beiden Wochen verschwimmen in einem Strudel aus neuen Kaffeerezepten, Geschenkeschleifenbinden, Kuchenverkostungen, Serviettenfalten und unendlichen Telefonaten mit Tobias. Ein weiterer Sturm legte die Baustelle erneut lahm und der Bauablauf verzögert sich weiter dramatisch. Tobias wollte dennoch für das Wochenende des Café-Geburtstages herfliegen, aber schweren Herzens habe ich ihn überredet, das nicht zu tun. Der Aufwand ist einfach zu groß, zumal er dort dringender gebraucht wird.

Trotz alledem kreisen meine Gedanken jedoch immer darum, wie ich mit dem *Coffee To Stay* gegenüber der Konkurrenz bestehen kann. Ich bespreche neue Ideen mit meinen Lieferanten, treffe mich mit anderen Kaffeehausbesitzern und höre noch genauer als sonst meinen Gästen zu. Dabei forsche ich nach, was es mit dem Konzept des *Coffee Stores* auf sich hat und nehme einige Angestellte von drüben unter die Lupe. Und langsam beginnt sich ein Plan in meinem Kopf zu formen. Denn wie hat Arian so schön gesagt? Der Fuchs aka Rudolf Greiner hat stets nur seinen Vorteil im Blick. Da sollte ich ihm mal einige aufzeigen, die er unmöglich ablehnen kann.

Von meinem Vater sehe ich in diesen Tagen auch nicht viel. Mittlerweile frühstückt er meist sehr früh ohne mich, da ich in der Regel erst spät abends müde und angeschlagen ins Bett falle. Er ist häufig mit Pfarrer Ewald verabredet, und die beiden stecken über Stunden hinweg ihre grauen Köpfe zusammen. Noch ist es mir nicht gelungen, herauszufinden, was da vor sich geht. Vermutlich seziert er als waschechter Atheist die Bibel, bis These, Antithese, Synthese und Dialektik für beide stimmen. Oder Pfarrer Ewald seinen Job aufgibt und sich selbst enttauft.

Doch heute tritt alles in den Hintergrund. Zur Feier des Tages trage ich mein absolutes Lieblingskleid, das ich auch vor drei Jahren zur Eröffnung des *Coffee To Stay* getragen habe. Ich danke dem klugen und vorausschauenden Designer auf Knien, diesen Kleidertraum so konzipiert zu haben, dass ich auch mit Minibauch und umwerfender Schwangerschaftsfigur hübsch hineinpasse und nichts zwickt oder zwackt. Vor dem Spiegel meines Kleiderschrankes drehe ich mich um mich selbst, um fasziniert wie ein kleines Mädchen dem seidigen, kleeblattgrünen Chiffon dabei zuzusehen, wie er schwingt und sich anschließend sanft auf meine Knie legt. Ein wenig atemlos lockere ich das breite Taillenband unter dem gerafften Oberteil. Perfekt.

Mit zittrigen Fingern ordne ich meine roten Locken zu einem lockeren Chignon und tupfe mir ein weiteres Mal farblich passendes Gloss auf die glänzenden Lippen.

»Claire Burtstag! Claire Burtstag!« Krähend flattert Holly durch die halboffene Schlafzimmertür und lässt sich vor mir auf der Kommode nieder.

Ich muss herzhaft lachen, was meiner Nervosität netterweise einen Dämpfer erteilt. »Nein, du verrückter Vogel, nicht ich habe Geburtstag, sondern das *Coffee To Stay*. Drei Jahre wird es heute alt, ist das zu fassen?«

»Claire Burtstag! Claire Burtstag!«, ignoriert die Papageiendame meinen Einspruch. Na hoffentlich wird das bei meinem Menschenkind später besser funktionieren.

»Claire, du siehst bezaubernd aus.« Sacht klopft mein Vater an den Türrahmen und kommt herein. In den Händen hält er ein winziges rosa Päckchen mit einer goldenen Schleife. »Meine allerherzlichsten Glückwünsche zu deinem dritten Geburtstag, mein Kind.« Unter dröhnendem Lachen drückt er mich fest an sich. Wenn es ums Witzemachen geht, kennt er kein Pardon.

Mit einer leichten Verbeugung reicht er mir das Kästchen. »Das habe ich ganz allein beim Meister anfertigen lassen. Nach meinen Zeichnungen!« Ein Erstklässler mit Zuckertüte könnte nicht stolzer aussehen als mein guter alter Papa in diesem Moment.

Unter Hollys achtsamen Blicken löse ich vorsichtig die Schleife, die sie mir sogleich mit ihrem geschickten Schnabel aus der Hand schnappt und damit in Richtung Geheimversteck möglichst weit oben davonflattert. Aus dem Papier wickele ich ein Schächtelchen, das sich mit einem satten Plopp öffnet. Auf einem Samtbett funkelt mir eine rotgoldene Kette entgegen, zusammen mit einem exquisiten Anhänger in Form einer Kaffeebohne.

»Wie wunderschön«, hauche ich und streiche zart über die glatte Oberfläche, die in ihrer Struktur einer echten Kaffeebohne unglaublich ähnlich ist.

»Darf ich?« Auf mein begeistertes Nicken hin nimmt mein Vater die herrliche Kette aus dem Kästchen und legt sie mir um den Hals. »Das ist ein Sonnen-Topas. Möge er dir immer helfen, du selbst zu sein.«

»Oh Papa …« Schon ist es um mich geschehen. Ich schluchze los und lasse mich in einer warmen Umarmung von ihm wiegen. »Danke, die Kette ist wunderschön.«

»Das habe ich gehofft. Und nun ab in dein Café, du hast heute einen Geburtstag zu feiern.«

Mit einem Taschentuch tupfe ich mir sorgsam die Augen trocken und segne die Erfindung der wasserfesten Wimperntusche.

»Dann los.« Ich biete meinem Vater den Arm, doch er schüttelt den Kopf.

»Ich, äh, komme später nach.« Hüstel, hüstel.

»Warum? Du bist fertig angezogen und um zehn geht es los, wir haben nur noch eine halbe Stunde.« Verwundert schlüpfe ich in meine Ballerinas, die exakt zu der grünen Farbe des Kleides passen.

Hüstel, hüstel. »Ich warte auf, äh, deine Mutter«, hüstel. »Sie wollte mich hier abholen.«

Ich hätte es niemals für möglich gehalten, doch die Wangen meines sonst über den Dingen schwebenden Vaters verfärben sich in der Tat rosa.

Er drängt mich förmlich aus der Wohnung, und ich kann mir gerade noch meine Tasche schnappen, ehe die Tür hinter mir ins Schloss fällt.

Nun gut, dann fahre ich eben allein. Ist auch mal schön, ohne Vortrag über die richtige Drehzahl beim Schalten der Gänge durch die Gegend zu brausen.

Aber was ist das?

Die Ranunkelstraße ist gesperrt, sodass ich nicht wie sonst am Café parken kann. Ausgerechnet heute, wo ich haufenweise Gäste erwarte. Warum wurde die Sperrung nicht schon vorher angekündigt?

Nervös fummele ich herausgerutschte Haarsträhnen zurück in meinen Chignon, während ich zum Café laufe. Die Straße wirkt seltsam ruhig. Das übliche Gewusel an Fußgängern beschränkt sich auf ein paar Herrchen und Frauchen, die ihre Hunde ausführen.

Oh nein!

Nach Aufmerksamkeit kreischend, klebt ein knallrotes Plakat über der Eingangstür des ehemaligen *Fiadone*.

Coffee Store am Rosenpark
– Coffee Festival –
ALLE Fancy Coffees gratis

Darunter steht eine Menschenschlange. Schwatzend und lachend strömen Gäste in den *Coffee Store*. Mit fünf großen Schritten fliege ich regelrecht über die Straße und bleibe schwer atmend vor dem Fenster stehen. Wut, wie ich sie noch nie gekannt habe, lässt mein Herz schmerzhaft gegen meine Brust schlagen. Mit zusammengekniffenen Augen beobachte ich Rudolf Greiner dabei, wie er im Inneren mit großen Gesten Kaffee in Plastikbechern ausschenkt. Mein Magen krallt sich um den Zorn und zwickt schmerzhaft.

Schützend lege ich die Hand auf meinen Bauch und fühle durch den seidigen Stoff des Kleides die winzige Kugel. Aller Ärger, der sich bis eben in mir hochgeschaukelt hat, verflüchtigt sich und ich atme freier ein und aus. Meine Muskeln entkrampfen und mein Blick klärt sich.

Rudolf Greiner kann mir mit seiner Masche nicht schaden. Der billige und schlechte Kaffee, den er seinen Gästen zumutet, wird ihn selbst aus dem Rennen werfen. Mein Bauchgefühl sagt mir, dass ich mit meiner Kaffeeliebe richtig liege. Unwillkürlich greife ich nach dem Kettenanhänger, den mir mein Vater vorhin geschenkt hat. Ich bleibe ich selbst.

Nach einem letzten Blick auf die Gäste im *Coffee Store* drehe ich mich um und laufe zügig zum *Coffee To Stay.*

Der Greiner muss verzweifelt sein, eine solche Aktion zu starten, er weiß ja von dem Café-Geburtstag, den wir heute feiern.

Zum dritten Mal an diesem Tag lässt mich die Überraschung mit offenem Mund stehen.

Erneut sind die Scheiben des *Coffee To Stay* bemalt. Doch dieses Mal ziehen sich entzückende Kaffeetassen wie Ranken am unteren Rand der Fenster entlang. Der Dampf, der aus ihnen aufsteigt, sieht so echt aus, dass ich die Espressos riechen und schmecken kann.

Ein Räuspern an der Tür des Cafés lässt mich aufblicken. Neben Arian steht der Kaffeerevolutionär, der das Café vor wenigen Wochen so schändlich beschmiert hat. Immer wieder reibt er sich über das Gesicht, was die Farbspritzer darauf weiter verwischt. Als ich einen Schritt auf ihn zugehe, weicht er zwei Schritte zurück hinter Arian, der groß und selbstbewusst in einem schicken weißen Hemd im Eingang steht, die Hände lässig in den Taschen seiner schwarzen Hose vergraben.

»Wie findest du es?« Arian lächelt mich wissend an, unterdessen schluckt das Männchen neben ihm heftig.

»Es ist großartig!« Meine Gefühle lassen sich auf die heutige Achterbahnfahrt ein und nach der Wut und der darauffolgenden Überraschung blubbert mein Herz nun über mit Vorfreude.

Stürmisch umarme ich abwechselnd Arian und den Künstler, jedoch in Maßen, um nicht auch in den Genuss der glänzenden Farben zu kommen, die an ihm kleben. Die würden auf meinem Kleid eher unpassend wirken.

Arian klopft dem Malermeister auf die Schulter. »Kalle kam ins Café, als du in Kalifornien warst. Er wollte sich entschuldigen, weil er und seine Kaffeegang das *Coffee To Stay* so falsch eingeschätzt haben. Da sind wir auf seine coolen Zeichnungen zu sprechen gekommen und bald stand die Überraschung für dich fest.«

»Kalle, Sie haben echt Talent … zum Malen.« Ich betrachte die filigranen Dampfschwaden auf dem Fenster näher. Sie bestehen aus Dutzenden Wörtern, die ich alle kenne, da es mein Lieblingswort ist: Kaffee, Coffee, Café, Caffè, Kawa, Kaffe, Kafés, Kahve, Koffie, Kāfēi, Kōhī, Kávé, Kofe. Jedes Mal ein wenig falsch geschrieben, wenn ich die einzelnen Sprachen richtig deute, aber sei es drum. Wer würde bei diesen Kunstwerken schon auf geregelte Orthografie achten?

Mein Vater vermutlich.

Die Glocke der *Kleinen Kirche am Rosenpark* reißt mich aus meinen Betrachtungen. Erstaunt wende ich mich ihr zu. Und wirklich, es ist bereits zehn Uhr, und nicht ein einziger Gast hat seinen Weg ins *Coffee To Stay* gefunden.

Ein zweites Mal an diesem Tag fühle ich mich wie mit Eiswasser übergossen, runzele meine Stirn und schaue die Ranunkelstraße entlang. Dann gehe ich um die Ecke des Cafés. Merkwürdig, auch vom Rosenweg her kommen keine Gäste angeschlendert.

So glücklich ich mich vorhin gefühlt habe, so nah bin ich mit dem zehnten Glockenschlag den Tränen.

Schützend lege ich mir die Hand auf Bauch. Mein armes Baby badet heute in Hormonen jeglicher Couleur. Sie kommen bestimmt bald alle, murmele ich dem Kleinem beruhigend zu.

Arian scheint das alles nicht zu kümmern. Entspannt mit Kalle über moderne Kunst plaudernd, lässt er sich mit ihm an einem der bunt gedeckten Tische nieder.

Jeder stellt ein dampfendes Tässchen Espresso vor sich ab und wirkt mit sich und der Welt zufrieden.

Auch gegenüber im Rosenpark mit seinen in voller Blüte stehenden, purpurroten und schneeweißen Rosen ist nichts los. Keine Spaziergänger, keine tobenden Kinder, keine Hunde. Nicht einmal ein Eichhörnchen kann ich entdecken. Wie schon in den letzten Wochen ist der Himmel azurblau und eine goldene Sonne scheint warm auf uns herunter. Dadurch, dass es nachts oft regnet und sich angenehm abkühlt, grünt und blüht es überall.

Also wo bitte bleiben meine Gäste? Die können nicht alle im *Coffee Store* sein?

Oder doch?

Zumindest habe ich dort vorhin kein bekanntes Gesicht entdeckt.

Verzweifelt drehe ich mich zu Arian um. »Was ist denn hier los? Sonst ist das Café um diese Zeit voll!«

Kalle verzieht angesichts meines Tonfalls das Gesicht und blinzelt irgendwie schuldbewusst.

Arian hingegen lehnt sich mit weit von sich gestreckten Beinen zurück.

»Nicht einmal meine Eltern halten es für notwendig, pünktlich hier zu sein«, schimpfe ich mich in Rage, weil es sich besser anfühlt als das nagende Gefühl, versetzt zu werden. »Oder Adélia! Gerade heute erwarte ich absolute Pünktlichkeit von ihr. Ella sollte auch längst hier sein!«

»Na ja, mit fünf Kindern kann es schon mal zu Verspätungen kommen«, beruhigt mich Arian. »Nicht wahr, Kalle?«

Der Angesprochene nickt so heftig, dass ich um seinen Kopf fürchte. »Ich habe gar keine Kinder.«

Ich rolle mit den Augen. Die beiden sind nicht hilfreich.

Erneut läutet die Glocke der Kirche, um die Viertelstunde anzuzeigen.

»Ist ja gut!« Entnervt wende ich mich zur Kirche um, wo sich gerade das alte, schwere Holztor öffnet.

Um diese Zeit?

Hinaus strömt ein Pulk an Menschen. Allen voran meine Eltern, Ella, Adélia, Pfarrer Ewald, Waltraud Hagen und Britta Waldheim. Sie schieben quer über die Ranunkelstraße ein Wägelchen auf mich zu, auf dem eine riesige Torte prangt. Selbst von hier aus kann ich die Form erkennen: ein überdimensionierter Blütenstand aus erdbeerroten Steinfrüchten eines Kaffeestrauches, umgeben von einem Bett aus dunkel gerösteten Kaffeebohnen. Aus Schokolade nehme ich an.

Auf der Torte versprühen drei goldene Wunderkerzen ihren Funkenzauber, während die Menge *Happy Birthday* schmettert.

Alle sind sie da, angefangen bei Kuka über Max bis hin zu Oma Gundel und Miela sowie Assa, zusammen mit Sunny und Julie. Sogar Éloïses dunklen Schopf entdecke ich in der Menge.

Arian tritt neben mich und legt mir leicht den Arm um die Schulter. »Überraschung.«

Aufgewühlt lehne ich mich an ihn. Wie gern würde ich mich jetzt an Tobias schmiegen, doch schnell schiebe ich den halbtrüben Gedanken beiseite, denn ich habe keinen Grund, gerade in diesem Moment traurig zu sein. »Danke, Arian, du weißt gar nicht, wie viel mir das bedeutet.«

»Du bist es, die den Menschen hier viel bedeutet, Claire. Du bist die Seele des Viertels. Du und dein Herz, mit dem du unser Café führst.«

»Lass das mal nicht Pfarrer Ewald hören«, murmele ich ergriffen. Diese sentimentale Seite kehrt Arian selten nach außen, und ich fühle mich unglaublich reich beschenkt und umarmt, von ihm und meinen Gästen.

»Und die Sache mit dem *Coffee Store* drüben kriegen wir auch hin.« Mit einer wagen Kopfbewegung deutet Arian in Richtung des Billigkaffee-Ausschankes. »Bei deiner Fanbase ist das kein Problem.«

Mittlerweile hat mich meine Überraschungsparty erreicht und ich gehe unter in Umarmungen und Küssen und guten Wünschen.

Berauscht von dem Glück und der Dankbarkeit, die in mir pulsieren, nehme ich Geschenke und Blumen entgegen, erwidere Küsse und tupfe mir gelegentlich die eine oder andere Träne aus den Augenwinkeln.

Fröhlich durcheinander rufend und lachend, lassen sich schließlich alle im und außerhalb des *Coffee To Stay* nieder. In weiser Voraussicht hat Arian zusätzliche Tische und Bänke organisiert, die aus allen Winkeln herbeigeschafft und flink eingedeckt werden.

Zur Feier des Tages komponiere ich aus einem ganz speziellen Kaffee, für den ich verschiedene Bohnen meiner drei liebsten Kaffeeplantagen gemischt habe, die gewünschten Kaffeespezialitäten meiner Gäste.

Während ich mit geübten Händen Espressos mit goldener Crema brühe und mit meiner Chemex delikaten puren Kaffeegenuss erschaffe, setzt sich meine Mutter mir gegenüber an die Theke. Der sahnige Duft des *Almkaffees*, den ich ihr hinschiebe, vermischt sich mit dem Zimt, den ich auf einen *Café de olla* streue.

Wortlos beobachtet sie mich. »Was?«, frage ich sie irritiert. Meine Mutter schweigt höchstens, wenn sie schläft, und selbst dabei erzählt sie manchen Schwank.

»Du siehst glücklich aus, wenn du mit deinen Kaffees hantierst.«

»Dabei bin ich ja auch glücklich.« Sorgfältig platziere ich einen Butterkeks auf der Untertasse des *Café de olla*.

»Claire?«

Ich sehe von meinen emsigen Händen auf und meine Mutter an. »Ja?«

»Pass auf, dass du auch außerhalb des Cafés glücklich bist, mein Schatz.«

Mir liegt schon auf der Zunge, ihr zu sagen, ich wisse nicht, wovon sie spräche. Doch sie weiß genauso wie ich, wie sehr ich sie verstehe.

Ich nicke sacht. »Tobias und ich, wir schaffen das. Wir glauben an uns.«

»Gut zu wissen, denn die Sterne scheinen das auch zu glauben.« Meine Mutter prostet mir mit ihrer Kaffeetasse zu und nimmt einen Schluck von dem heißen Getränk mit der cremigen Schaumkrone. »Claire, das schmeckt unglaublich!«

»Unglaublich gut oder unglaublich schlecht?«

Sie trinkt zwei weitere Schlucke. »Sehr witzig. Wenn ich unglaublich schlechten Kaffee trinken möchte, gehe ich rüber in den komischen *Coffee Store*.«

»Sag bloß, du warst auch schon dort!« Das ist ja unfassbar, mein eigen Fleisch und Blut! »Bin ich denn die

Einzige, die dieses Etablissement boykottiert?« Also nicht, dass ich nicht neugierig wäre oder so. Was ich über das erstaunliche Geschirr und den Nippes zu hören bekomme, der dort rund um den Kaffee verkauft wird, reicht allein, meine Neugier zu kitzeln. Und wenn ich den Gerüchten Glauben schenken darf, die ich natürlich nur nebenbei aufschnappe, stellen die dort eine Bibliothek aus Kaffeebüchern aus der ganzen Welt zur Schau. Angeber!

Meine Mutter lacht mir herzhaft ins Gesicht. »Ach Kind, wenn du dich sehen könntest, aufgeplustert wie dein verrückter Papagei, wenn dir in seiner Gegenwart jemand zu nahekommt. Farblich passt ihr schon mal prächtig zusammen.«

»Das erzähle ich Holly! Dann darfst du unsere Wohnung nur noch nachts betreten, wenn sie schläft.«

»Das klingt fair. Aber im Ernst, Claire, der Laden ist gut gemacht. Allerdings ist der Kaffee das Allerletzte, also nichts, wovor du dich fürchten müsstest.«

Unwillig verziehe ich den Mund und löffele Espressopulver in Bessys Siebträger. »Daraus müsste sich doch etwas machen lassen.«

Nach einem letzten Schluck stellt meine Mutter ihre Kaffeetasse zurück auf die Theke und steht auf. »Dann mach doch endlich mal was.« Ohne weiter darauf einzugehen, hakt sie sich bei meinem Vater ein, der gerade zu uns kommt, und zieht ihn mit sich hinaus, quer über die Terrasse hinüber in den Rosenpark.

Mein Vater strahlt dabei wie der Vollmond bei wolkenlosem Himmel.

Da sowohl Arian als auch Adélia mit Gästen beschäftigt sind, bringe ich die Bestellungen zu den Tischen.

Neben der weit geöffneten Eingangstür sitzt Ella mit Daniel und Baby Viviana. Kichernd verlassen Éloïse und Miela gerade mit den vier Jungs das Café. Ich glaube, das ist mit Abstand die zweisamste Zweisamkeit, die sich Daniel und Ella nur wünschen können.

Ich will nicht stören und gehe zum Nachbartisch, um dort eine heiße Schokolade zu servieren, da hält mich Ella am Arm fest. »Ich hätte gern noch einmal dieses entkoffeinierte Wundergetränk, Claire.«

»Für mich bitte auch.« Daniel hält mir seine leere Tasse entgegen. »Doppelt so groß und mit Koffein bitte.«

Ich schüttele den Kopf. »Du trinkst doch gar keinen Kaffee«, erinnere ich Ella.

»Schnöden Kaffee nicht. Aber das, was du hier heute servierst, ist Nektar für die Götter, meine liebe Claire.« Mit blauen Kulleraugen sieht mich Baby Viviana von Ellas Armen aus an, fast so, als würde sie ihrer Mutter zustimmen.

»Wenn ich gewusst hätte, dass ich dich mit Perlbohnen kriege, hätte ich schon viel früher welche besorgt.«

»Perlbohnen?«

»Perlbohnen sind Kaffeebohnen, die einzeln in ihrer Frucht vorkommen. Sie tragen das geballte Aroma in sich. Sie sind sehr selten und es bedarf einer Schnitzeljagd rund um den Globus, sie zu besorgen.«

Ella nickt anerkennend und verlagert Viviana von einem Arm auf den anderen. »Kein Wunder, dass von dir in den letzten Wochen nicht viel zu sehen war. Da werden ja selbst die Trüffelschweine neidisch.«

Froh über dieses Herzenskompliment gehe ich zurück hinter die Theke und fülle Tasse um Tasse mit dem besten Kaffee.

Immer mehr Gäste strömen herein. Bald reicht der Platz nicht mehr aus und es werden Picknickdecken im Rosenpark ausgebreitet. Miela, Sunny und Julie helfen mit, die Gäste zu bedienen.

Es wird getrunken und gegessen, geplaudert und gesungen. Als Höhepunkt versammeln sich alle um das große Tombolarad vor dem Eingang des Cafés, und unter Applaus erdrehen sich alle, die es möchten, eine schmackhafte Kaffeeaufmerksamkeit.

Da sich die meisten Gäste nun ohnehin draußen auf der Ranunkelstraße befinden, verlagert sich die Feier dorthin, und mein Café-Geburtstagsfest verwandelt sich in ein Straßenfest, zu dem sich nach und nach auch die Gäste des *Coffee Stores* gesellen.

Noch bis weit in die Nacht hinein tanzen wir zu Adélias brasilianischen Rhythmen und wiegen uns im Takt der feurigen Musik aus Guatemala.

Und während ich zusehe, wie sich Alt und Jung, Bekannt und Fremd, Kaffeetrinker und Teetrinker miteinander vermischen, bekomme ich eine Ahnung davon, was meine Mutter vorhin mit *ich solle handeln* meinte.

Kapitel 21

T wie Talent

Türkischer Kaffee
Staubfein gemahlenes Kaffeepulver wird zusammen
mit derselben Menge süßen Zuckers und klarem Was-
ser verrührt und in einem Ibrik erhitzt. Man löffele
den entstehenden Schaum in ein Mokkatässchen und
koche den Kaffee ein zweites Mal auf. Schwenken
nicht vergessen. Aufgießen. Warten. Ist der Kaffeesatz
auf den Boden gesunken – genießen, am besten mit
Freunden.

Das goldene Lichtquadrat auf dem Parkettboden vor meinem Bett wandert immer weiter zu mir herüber. Schon seit einer Weile beobachte ich es träge und ringe mit mir, endlich aufzustehen.

So lange habe ich auf den Café-Geburtstag hingearbeitet. Und just ist alles vorbei. Mit einem Wimpernschlag ist das Wochenende verpufft. Meinen freien Montag gestern habe ich fast ausschließlich auf dem Sofa verbracht, die plappernde Holly mal auf meiner Schulter, mal auf meinem Schoß. Außer zur Mittagszeit, als sie gurrend auf ihrer Lieblingsstange ihr Schönheitsschläfchen gehalten hat.

Es ist still in der Wohnung, mein Vater ist bereits vor Stunden aus dem Haus gegangen, weil er mal wieder mit Pfarrer Ewald verabredet ist. Meine Vermutung, ihre konspirativen Treffen hätten etwas mit dem Café-Geburtstag zu tun, hat sich damit als falsch herausgestellt.

Klickende Geräusche reißen mich aus den Gedanken und ich richte mich im Bett auf, um besser hören zu können. Die Laute kommen aus dem Flur, und ich muss mir die Augen reiben, um zu glauben, was ich sehe.

Klick, klick, klick klackert Holly mit ihren Krallen zu mir ins Schlafzimmer. Vor dem Bett bleibt sie stehen und sieht mich mit kugelrunden Papageienäuglein an. Ihr Köpfchen nickt, was wohl so viel heißt wie *Nun heb mich schon hoch!*

Ich strecke ihr meine Hand entgegen und der Vogel hüpft hinein. Vorsichtig hebe ich die Hand mit Holly und sehe mir besorgt ihre grüngelben Flügel an. Zum Glück sieht alles prima aus.

»Was hast du denn?«, flüstere ich ihr zu und streiche ihr sanft über das weiche Köpfchen.

»Tob weg. Tob weg.«

Mein Herz krampft sich auf die Größe eines Kieselsteines zusammen. Eine Woge aus greller Sehnsucht durchschneidet meine Seele. Ich schluchze auf und Holly lehnt ihre winzige Vogelstirn an meine. »Du vermisst ihn so doll wie ich, nicht wahr?«

»Tob weg. Tob weg.«

»Wollen wir ihn anrufen?« Der Wecker auf dem Nachttisch zeigt eine Zeit an, die einfach nicht stimmen kann. Demnach wäre es bereits halb neun und ich auf dem Weg ins Café. Was für ein blöder Morgen.

Ohne Elan rappele ich mich auf und schwinge die Beine aus dem Bett. Heute ist einer jener Tage, an dem selbst ein Kaffee einen Kaffee braucht, um in Schwung zu kommen.

»Anrufen hat sich jetzt leider erledigt«, tröste ich Holly, die in der Kuhle meines Kopfkissens hockt. »Dafür telefonieren wir heute Abend ganz lange mit Tobias, einverstanden?«

»Tob weg. Tob weg.«

Weil ich viel zu spät dran bin, begnüge ich mich mit einer Banane und einem Rest kalter Peperoni-Pizza vom Vorabend, die ich mit scharfem Gemüsesaft hinunterspüle.

Gegen meine sonstigen Gewohnheiten greife ich zu einer der beiden Jeanshosen, die meinen Kleiderschrank beehren, und schlüpfe hinein.

Na super! Dem blöden Bund fehlen mindestens zehn Zentimeter zum Schließen!

Mit der zweiten Hose sieht es nicht besser aus. Mit einem unclairemäßigen Fluch ziehe ich mir ein geblümtes, langes Kleid über den Kopf, das meine Mutter mal wenig charmant als bunten Kartoffelsack bezeichnet hat. Dafür ist es aber ein bequemer, bunter Kartoffelsack.

Vor dem Café wartet bereits ein Rentnertrüppchen auf mich, das sich, mit Rucksäcken und Wanderstöcken bewehrt, vor den Abenteuern zu stärken wünscht, die da im Berliner Großstadtdschungel liegen. Schnatternd und enthusiastisch bis unter die grauen Löckchen machen sie es sich an dem größten Tisch des *Coffee To Stay* bequem. Und sie bestellen nicht gerade schnöden Filterkaffee, nein, es muss ein *Barbagliata* und ein *Bicerin* sein. Dazu eine *Maria Theresia* und ein *Weißer mit Haut.*

Die fröhliche Bande schafft es nicht, mich aus meiner mausgrauen Strohwitwendepression zu locken, und ich quäle mich mit dem feinen Espressopulver und dem hochprozentigen Orangenlikör.

Nach diesem ersten Gästeansturm arbeite ich unkonzentriert die morgendlichen Café-Pflichten ab. Leider erwische ich mich mehrmals dabei, wie ich einfach dastehe, den Blick irgendwo ins Nirgendwo gerichtet und irgendeinen Gegenstand in der Hand. Wahlweise den Tamper oder einen Deckel zu einer French Press, die nicht zusammengehören. Oder ich finde schlicht und ergreifend eine Handvoll Kaffeebohnen in meinen Händen. Dabei sind meine Gedanken mitnichten auf das Zubereiten eines Espressos gerichtet oder die Herstellung eines Eiskaffees. Eigentlich denke ich überhaupt nicht an Kaffee. Dafür umso mehr an Tobias.

Selbst meine eifersüchtige Holly lässt mittlerweile grüngelbe Federn, weil sie ihn auf ihre Vogelart schrecklich vermisst.

So kann das nicht weitergehen! Unsere Fernbeziehung hat doch gerade erst begonnen.

Es gibt Tage im Leben einer Frau, da muss es einfach ein *Intermezzo* sein. Da ich aber derzeit sehr spezielle Tage durch meine Schwangerschaft erlebe, rühre ich mir den *Intermezzo* natürlich ohne Mokka an. Auch ohne die zwei Deko-Mokkabohnen. Und ohne *Crème de Cacao.* Quasi ein jungfräulicher *Intermezzo*, der allgemein hin auch unter der Bezeichnung *heiße Schokolade mit Schlagsahne* bekannt ist. Dafür mit viel, viel Schlagsahne.

Mmh, ich beglückwünsche mich selbst zu meinem Trösterli und rühre mir gerade eine zweite Portion an, als Pfarrer Ewald durch die Terrassentür geschlichen kommt. Ohne Waltraud Hagen.

Mit einem schiefen Lächeln in meine Richtung huscht er zu dem Platz in der Ecke neben dem Sofa zwischen der Kaffeepflanze und dem Zeitungsständer. Immer wieder reckt er sich über die Pflanze hinweg und linst zur Straße in Richtung Kirche, während er mich zu sich heranwinkt.

»Was darf ich Ihnen bringen, Herr Pfarrer?«

Er zuckt zusammen und legt einen Zeigefinger an die Lippen. »Fräulein Claire, nicht so laut, wenn ich bitten darf. Wenn uns die Waltraudl hört.«

»Frau Hagen ist doch gar nicht hier.«

»Drum ja. Ich hätte bitte gern einen großen Kaffee, einen richtigen mit Koffein und heiß und schwarz und dunkel wie die Hölle.«

»Aber Herr Pfarrer!« Seine Bestellung entlockt mir ein Schmunzeln.

Um ihm den Gefallen zu tun, bereite ich ihm einen starken, handgebrühten Filterkaffee zu, dessen Säure ausgewogen ist und der dennoch vor bekömmlichem Koffein strotzt. Purer, voller Kaffeegenuss in all seinen Facetten.

Mit tiefroten Wangen zieht Pfarrer Ewald die Tasse, die ich ihm serviere, zu sich heran und atmet das rauchige Nussaroma ein. »Ah, nach genau diesem gelüstet es mich, Fräulein Claire. Vielen herzlichen Dank.«

Kaum habe ich die Bestellung von Oma Gundel in Form eines lieblichen *Pfalzer Mandelkaffees* erledigt, winkt mich Pfarrer Ewald erneut zu sich heran.

»Ist etwas nicht in Ordnung?« Neugierig spähe ich in seine Tasse, die er mir reicht und die noch längst nicht ausgetrunken ist.

»Würden Sie mir bitte schnell nachfüllen, liebes Fräulein Claire? Ich fürchte, die liebe Waltraudl wird mich bald gefunden haben. Also, ich meine, ich fürchte mich nicht, ich meine ...«

»Ich verstehe schon, Herr Pfarrer«, erlöse ich ihn. »Allerdings ist Ihre Tasse noch halb voll.«

»Halb voll oder halb leer, meine liebe Claire, das ist egal, denn es ist immer Platz für mehr Kaffee in einer guten Tasse.«

Wie recht er hat, nur leider schaffe ich es nicht mehr rechtzeitig, den Nachschub in seine Tasse zu schmuggeln, denn Waltraud Hagen stürmt mit wogendem Busen in das Café, an mir vorbei und – nicht ohne strengen Seitenblick – direkt hinter die erbebende Kaffeepflanze. »Also Herr Pfarrer, ich tät fast meinen, du bist mit Absicht vorgelaufen. Dabei hast du mich extra beauftragt, dem Herrn Herzog mit seinen Studienbüchern zu helfen. Die hatte er aber schon längst!«

»Wie bedauerlich Waltraudl, aber setz dich doch. Wie wäre es mit einem schönen *Café Bombón*? Der passt heute hervorragend zu deinem Strohhut mit den wundervollen Kornblumen.«

Waltraud Hagen erliegt, wie nicht anders zu erwarten, unverzüglich Pfarrer Ewalds Charme. Ich frage mich, welch ein Herzensbrecher wohl aus ihm geworden wäre, hätte er sich nicht dem lieben Gott verschrieben.

Da ein Charmeur offensichtlich im Café nicht ausreicht, schlendert Arian glühend zur Vordertür herein.

In seinem Arm hält er eine nicht minder entflammte Éloïse.

Mein kleines, geschundenes Herz vollführt einen Hüpfer der Freude, und ein Lächeln, strahlend wie die Sonne draußen, macht es sich auf meinem Gesicht gemütlich.

»Wen haben wir denn da? Den Arian und die Éloïse. Geht es euch gut?«

Dunkelburgunderrot bleiben die beiden vor mir stehen. Nonchalant lehne ich mich an die Kaffeetheke in fröhlicher Erwartung einer Erklärung.

»Die Feier des Cafés war comme ça bellement, Claire!« Éloïse umarmt mich sanft und küsst mich viermal. In ihren typischen Wacholderschokoladenduft mischt sich eine neue, herbe Komponente, die mich an Arian erinnert.

»Ich habe mich auch sehr über deinen Überraschungsbesuch gefreut. Obwohl«, nachdenklich lege ich einen Finger auf die Nasenspitze, »unter Umständen galt er eventuell gar nicht mir?« Mein Wimpernklimpern verstärkt den Rotton auf Éloïses Wangen und ihre Augen funkeln wie Regenbogentropfen.

Für einen Minimoment zieht die Sehnsucht nach Tobias eine Drahtschlinge fest um mein schmerzendes Herz, und ich muss tief durchatmen, um Luft zu bekommen.

Arian fährt sich durch die Haare, was eine äußerst seltene Geste bei ihm ist und meine Vermutung noch mehr bestätigt, dass mein geschätzter Mitarbeiter bis zur Nasenspitze und zurück verliebt ist. Und seine Liebe ihn zurück liebt.

Locker legt Arian den Arm um Éloïse, und die beiden blicken sich dermaßen intensiv an, dass selbst ich wie Schokoladeneis in heißem Mokka dahinschmelze.

»Arian 'at mir Briefe geschrieben nach Cassis. Er 'at misch umworben à la française. Und er 'at immer meine Name rischtig geschrieben.«

»Oh! Na dann konntest du dich ihm ja nur hingeben.«

»Spotte du nur, Claire, aber Arian 'at mein 'erz ganz altmödisch erobert. Cependant, 'ätte ich ihn natürlich länger werben lassen, wenn nischt dieser Vorfall in Cassis gewesen wäre.« Ein Seitenblick auf Arian lässt diesen die Stirn runzeln.

Doch das kann er später klären, erst bin ich dran mit stutzig werden. »Ein Vorfall? In Cassis?«

»Oui. Vor drei Wochen, als du in l'Amérique warst. 'At es dir Arian nischt erzählt?«

Ich reiche die Frage unverzüglich an Arian weiter, indem ich ihn interessiert ansehe.

»Ja, Cassis. Also, da habe ich Éloïse quasi besucht, für ein, zwei, drei Tage. Es gab einen größeren Umbau im *Petit Flan* und ihre Großmutter wohnt doch direkt darüber, und Éloïse klang so angespannt, und deswegen habe ich ihr geholfen.«

»Das finde ich auch wirklich ganz großartig von dir. Ich frage mich nur, wer zu dieser Zeit im *Coffee To Stay* Adélia geholfen hat?«

»Na dein Vater.«

Arian sieht völlig ernst aus, als er mir diesen Witz präsentiert, und ich werde sauer, weil er während meiner Abwesenheit ohne Rücksprache mit mir das Café verlassen hat.

»Und Jakob hat euch beide würdig vertreten.« Lautlos, wie es ihrer geschmeidigen Art entspricht, steht Adélia neben mir. »Guten Morgen, ihr Lieben.«

»Mein Vater kann eine Kaffeetasse nicht von einer Untertasse unterscheiden.« Der Satz klingt schärfer, als ich will, und noch bevor ich ihn beende, tut mir mein Seitenhieb leid. »Sorry, war nicht so gemeint.«

Arian nimmt sich einen der Barhocker und setzt sich neben mich. Nun sind wir fast auf Augenhöhe, obwohl ich stehe. »Du solltest deinem Vater mehr zutrauen, Claire. Als du in Kalifornien warst, hat er uns hier einiges abgenommen. Es war vermutlich nicht alles in deinem Sinn, aber er hat es gut gemeint und vor allem auch gut gemacht.«

Adélia nickt kräftig. »Ich glaube sogar, er war ganz froh, etwas Sinnvolles mit seiner Zeit anstellen zu können. Und die Gäste mögen ihn.«

Das Bild, das ich mir von meinem Vater gemalt habe, wankt mehr und mehr und bekommt neue Farbtupfer. Diese sehen, so aus der Nähe betrachtet, hübsch bunt aus.

»Es gibt eine weitere Sache, Claire, warum wir dich heute sprechen wollten«, murmelt Arian.

Ich verstärke mein Stirnrunzeln deutlich und fordere Arian damit zum Weitersprechen auf. Was kommt wohl jetzt noch? Vielleicht, dass Max zum Pfarrer umschult und Pfarrer Ewald unter die Postboten geht?

Arian räuspert sich und sieht von mir zu Éloïse und wieder zurück. »Ich möchte gern für ein paar Tage mit Éloïse nach Cassis fliegen, um ihr zu helfen. Es gibt noch einige Dinge, die erledigt werden müssen. Und ...«

»Und?«

»Und ich vermisse sie und möchte gern bei ihr sein.«

Arian macht es sich ziemlich einfach. Ich vermisse Tobias auch. Na und? Stürme ich gleich los und lasse alles stehen und liegen? Nun gut, einerseits ist das *Coffee To Stay* mein Café und andererseits haben wir beide die Wahl. Und Arian entscheidet sich für das Gehen, ich hingegen für das Bleiben. Ich habe kein Recht, ihm das vorzuwerfen. »Vermutlich soll mein Vater währenddessen im Café aushelfen?«

Alle drei nicken einvernehmlich.

»Wie lange?«

»Wir fliegen morgen und Arian gommt Anfang nächster Woche 'eim, wenn es dir recht ist, Claire.«

Ich habe Éloïses dunkelblaue Augen noch nie glänzender gesehen und seufze bei dem Gedanken an diese wunderbare Zeit des ersten Verliebtseins. »Dann freue ich mich schon darauf, ganz neue Seiten an meinem Vater kennenzulernen.« Entschieden klatsche ich in die Hände. »Und wisst ihr, was ich gleich machen werde?«

Dreimaliges Kopfschütteln unterstreicht ihre Unwissenheit und ich fühle, wie mir Teufelshörnchen auf der Stirn wachsen. »Ich gehe einen Kaffee trinken. Im *Coffee Store am Rosenpark*.« Mit Schwung tänzele ich hinter die Kaffeetheke, schnappe mir meine Geldbörse aus dem Rucksack im unteren Regal und hauche meinen offenmundigen Freunden ein Luftküsschen zu, ehe ich das *Coffee To Stay* verlasse.

Es wird Zeit, aktiv zu werden. Und damit meine ich nicht, empört über die Straße zu rennen und Rudolf Greiner anzuschreien. Nein, es wird Zeit, meinen Plan ins Rollen zu bringen. Ich habe lange genug gewartet, dass der Greiner zusammen mit seinem *Coffee Store* verpufft. Diesen Gefallen wird er mir nicht tun. Aber ich werde ihm einen Gefallen tun. Und mir.

Nach dem, was ich so höre, ist der Kaffee des *Coffee Stores* untrinkbar. Im Prinzip ist dieses Getränk, welches sie Kaffee nennen, nicht einmal ein angeheirateter Verwandter eines Kaffees. Noch radikalere Meinungen laufen darauf hinaus, es handele sich nicht einmal um ein Getränk, sondern lediglich um eine Flüssigkeit, die den Händen ein angenehmes Gefühl verschaffen soll. Wie eine gute heiße Tasse Kaffee eben.

Wo bleiben hier eigentlich die Kaffeeweltverbesserer mit ihren Demos und Mantras?

Die Frage kann ich mir schnell selbst beantworten. Sie tummeln sich in meinem Café und genießen ausnehmend köstlichen Kaffee, absolut fair und clean.

Dennoch, der *Coffee Store* hat etwas, was die Leute in Massen anzieht. Seit der Eröffnung vor dreieinhalb Wochen strömen die Gäste in Schwärmen hinein. Die Leute, die ich – rein zufällig – beim Hinausgehen beobachte, wirken durchaus zufrieden und beileibe nicht vergiftet. Der kurioseste Effekt hingegen ist, dass die Besucher im Anschluss häufig das *Coffee To Stay* aufsuchen und es sich bei mir gemütlich machen.

Rudolf Greiner habe ich seit einer guten Woche nicht mehr gesehen. Anscheinend denkt er sich woanders neue, fiese Geschäftsideen aus, mit denen er sich unbeliebt machen kann, nachdem er hier erfolgreich ein Konkurrenz-Café aus dem Boden gestampft hat.

So sicher ich weiß, dass Kaffee immer die Lösung ist, so sicher bin ich mir, die Blicke von mindestens einem

Dutzend mir nahestehender Menschen im Rücken zu spüren. Vermutlich werde ich heute Abend beim Entkleiden diverse Löcher auf der Rückseite meines Kleides finden.

Ich straffe die Schultern und gehe schneller weiter. Wie damals auf dem Fünf-Meter-Turm, als ich sehen wollte, wie es oben so ist, jedoch der coole Leo mit seinen Kumpels bereits dort stand. Um mir keine Blöße zu geben, rauschte ich an ihnen vorbei und sprang.

Nie wieder!

Ich komme kaum dazu, einen ersten Blick auf das Innere des *Coffee Stores* zu werfen, da eilt bereits eine junge Frau auf mich zu. Wie von Max beschrieben, trägt sie eine pastellfarbene Uniform, die an die amerikanischen Bedienungen in den Fünfzigerjahren erinnert. Aber nicht in Burgerrestaurants, sondern in diesen entzückenden Eiscafés.

»Hannah Seefeld?« Mit einem Lächeln reiche ich ihr die Hand. »Es freut mich, Sie endlich einmal kennenlernen zu dürfen.«

Sie nickt und schüttelt mir mit festem Druck die Hand.

»Sie wundern sich bestimmt, warum ich Sie kenne. Mein Name ist Claire Herzog. Haben Sie vielleicht einen Moment Zeit für mich? Ich würde gern etwas mit Ihnen besprechen.«

»Da bin ich aber gespannt. Und ich weiß auch, wer Sie sind.« Mit einem verschmitzten Lächeln bedeutet sie mir, ihr zu folgen, und wir setzen uns auf ein lauschiges Sofa neben dem Kamin. Hier war schon im *Fiadone* mein Lieblingsplatz.

Hannah Seefeld winkt eine Bedienung heran und bestellt uns zwei Kaffee, dann wendet sie sich wieder mir zu. »Sie sind hier, um sich selbst von der miesen Qualität unseres Kaffees zu überzeugen, nicht wahr?«

Mein Gesichtsausdruck muss eine deutliche Antwort schreien, sodass sie laut auflacht, und es dauert einen Moment, ehe meine aufgerissenen Augen zurück auf ihre ursprüngliche Größe schrumpfen.

Auch wenn Frau Seefeld sehr offen spricht und mir vertrauenswürdig erscheint, halte ich mich vorerst bedeckt und schweige erst einmal. Das läuft besser, als ich es mir erhofft habe.

»Die Gäste erzählen ständig so viel Großartiges über das *Coffee To Stay,* und seit ich die einschlägigen Kaffeeblogs durchforstet habe, bin ich völlig begeistert von Ihrem Konzept. Aber der alte Greiner will nicht, dass wir rübergehen. Doch nun sind Sie ja hier. Und außerdem hat er sich ein neues Baby angeschafft. Solange der *Coffee Store* läuft, wird er zufrieden sein – und dafür werde ich sorgen.« Lebhaft wippt ihr kinnlanger, schokobrauner Bob hin und her, während sie erzählt, und ihre dunklen Augen blitzen vor Lebensfreude. Sie spricht mit einem leicht norddeutschen Akzent.

»Sie kommen aus Hamburg, richtig?«

»Genau, doch Berlin ist meine große Liebe, seit ich als Fünfjährige die erste Runde mit dem Restaurant im Fernsehturm über der Stadt gedreht habe.«

Die Bedienung, die unsere Bestellung aufgenommen hat, kommt an den Tisch und stellt zwei kunstvoll bemalte Kaffeetassen vor uns ab. Ich nehme eine in die Hand, und sie schmiegt sich wie eine warme Kaffeeblüte darin ein. Nur der Geruch, der passt ganz und gar nicht, denn es riecht bitter nach verbrannter Holzkohle. Und das Zeug darin sieht auch aus wie aufgelöste Asche.

Vorsichtig schnuppere ich intensiver an dem Inhalt, und ja, es erinnert ein klitzekleinesnanobisschen an Kaffee, völlig verbrannten Kaffee – ohne Aroma.

Unter den wachsamen Augen von Hannah Seefeld benetze ich meine Lippen mit der trüben Flüssigkeit. Dabei belasse ich es dann augenblicklich.

Hannah Seefeld grinst breit und nimmt ihre Kaffeetasse erst gar nicht in die Hand. »Und? Können Sie uns helfen, Frau Herzog?«

Ich nicke und strecke ihr meine Hand entgegen. »Claire. Und ja, ich kann und werde euch helfen. Oder besser gesagt, wir werden uns gegenseitig helfen.«

Kapitel 22

A wie Anfänge

Azúcar
Feinster Moreno-de-Cana-Zucker, süß wie die spani-
sche Liebe, verwandelt sich unter Hitze in goldenen
Karamell. Einzig dazu bestimmt, einen stolzen Arabica
während des Röstens zu kandieren. Genossen sodann
als unvergleichlich süßer Espresso.

»Guten Morgen, meine liebe Claire, ich melde mich untertänigst zum Dienst.« Sich die großen Bärenhände reibend, braust mein Vater durch die offene Terrassentür des Cafés herein. Ich ordne gerade die zuckersüßen Kuchenstückchen in der Glasvitrine und kann gerade noch einen mit Schokosahne gekrönten Cupcake auffangen, den ich vor Schreck vom Teller geschubst habe. »Womit kann ich anfangen? Kaffee aufschäumen? Milch kochen? Kaffeepflanzen rösten?«

Von so viel Tatendrang kurzfristig überfordert, schließe ich für einen Moment die Augen. Arian und Adélia haben mir versichert, mein Vater wäre während meiner Abwesenheit eine große Hilfe im Café gewesen.

Theorie eins: Arian wollte mich bezirzen, um in seinen Liebesurlaub nach Frankreich düsen zu können.

Theorie zwei: Adélia wollte mich bezirzen, damit Arian in seinen Liebesurlaub nach Frankreich düsen kann.

Theorie drei: Die beiden wissen etwas, was ich nicht weiß.

»Was genau waren denn bei Arian deine Aufgaben?«, starte ich vertrauensvoll einen Versuch. Denn wenn ich etwas in den vergangenen Wochen mit meinem Vater gelernt habe, dann, dass ich ihn unterschätze.

»Ich kann mit der französischen Presse Kaffee machen.« Mit geschwellter Brust zeigt mein Vater auf das Regal mit meinen French-Press-Schätzen. »Man bringe ausreichend Wasser zum Kochen, unterdessen mahle man den bereitgestellten Kaffee grob in einem für die französische Presse idealen Mahlgrad, sodass er die Struktur von Meersalz annimmt. Pro Liter Wasser empfiehlt sich eine Menge von sechzig bis siebzig Gramm Kaffeepulver, abhängig von der Sorte und dem Bedürfnis des Gastes. Das Pulver fülle man zuerst in die französische Presse und lasse sodann das kochende Wasser auf exakt sechsundneunzig Grad Celsius abkühlen, um es …«

»Prima! Das hört sich gut an! Ich würde sagen, du bist heute der Chef vom Dienst bezüglich aller Bestellungen einer Kaffeespezialität, für die wir die French Press nutzen.«

»Und die wären?«

»Das sage ich dir dann an.«

»Welche Kaffeesorten? Darf ich die selbst aussuchen?«

»Nein. Ich meine, nein danke, das übernehme auch bis auf Weiteres ich.« Wenn mein Vater mit derselben Akkuratesse ans Kaffeemachen geht wie an alles andere in seinem Leben, werde ich genug Zeit zwischen den einzelnen Portionen einplanen müssen und den

Gästen vor allem bereits vorher einen Kaffeeaperitif servieren.

»Darf ich auch servieren? Adélia meint, ich wäre ein Naturtalent.« Es ist nicht zu fassen, die dunkelbraunen Teddybäraugen meines Vaters leuchten wie bei einem verliebten Teenager.

»Sicher, wenn Adélia das sagt. Wir haben noch eine halbe Stunde, ehe der Gottesdienst zu Ende ist und das Café öffnet. Ich muss jetzt in der Küche Kaffeebohnen vorbereiten, die ich vorhin geröstet habe, und du machst für dich hier alles startklar, einverstanden?«

Mein Vater nickt nachdrücklich und reibt sich abermals die Hände, als könne er es gar nicht abwarten, endlich loszulegen. »Soll ich alles genauso machen wie bei Arian?«

»Gern.« Nach dem Vortrag über den Umgang mit der French Press hat er einen großen Vertrauensvorschuss bei mir angehäuft. Ich gehe in dem guten Gewissen in die Café-Küche, für meinen Vater die ideale Beschäftigung und für mich eine recht annehmbare Hilfe gefunden zu haben.

Ich tauche tief ein in das seidig-weiche Aroma mit einem Hauch von Kuchengewürzen der herrlichen Flor-del-Rosario-Bohnen. Einen Teil der frisch gerösteten Bohnen belasse ich pur und den anderen mische ich mit einem Kaffee aus dem Herzen Perus, bis sich die beiden Aromen zu einem harmonischen Ganzen vereinen. Da es sich um eine Kaffeesorte randvoll mit Koffein handelt, kann ich mir leider keine Kostprobe aufbrühen und muss mich allein auf meine Intuition und Nase verlassen. Wobei ich der Intuition mehr traue als der Nase, da diese seit diversen Wochen ungewöhnlich häufig Fehlalarm auslöst und das bei Wohlgerüchen, die außerhalb der Schwangerschaft gut duften, wie zum Beispiel meinem Lieblingsparfum oder schlicht und ergreifend meiner Mutter.

Ich halte für eine Weile inne und lege beide Hände auf die Kugel, die sich unter meinem knallpinken Kleid erhebt. Ich fühle mich so stark und so frei wie noch nie. Zugegeben, auch so traurig und müde wie noch nie.

Ich seufze tief, schnappe mir die hoffentlich leckere Kaffeemischung und gehe zurück ins Café. Das Mischen verschiedener Kaffeesorten ist eine meiner liebsten Aufgaben. Ich gehe so sehr darin auf, dass ich alles um mich herum vergesse. Die Messe ist längst aus und das *Coffee To Stay* gefüllt mit schnatternden Kirchgängern, die sich ein, zwei Tässchen Kaffee gönnen.

Wie konnte ich derart unachtsam sein! Sonst, wenn ich in der Café-Küche wirbele, ist Arian anwesend oder Adélia, aber heute bin ich mit meinem Vater allein!

Allerdings sitzen alle Gäste zufrieden an den Tischen und nippen an ihren diversen Getränken, soweit ich es sehen kann. Die Kuchen auf den Tellern sehen leicht ramponiert aus, andererseits ist auch eine mittelschwere Konditorenmeisterprüfung notwendig, um Mielas kunstvoll getürmte Mokka-Käsesahne-Tortenstücke fein anzurichten.

Mein Vater steht wie ein Kapitän auf seinem Ozeandampfer hinter der Kaffeetheke und überblickt sein Reich. Warm durchrieselt mich die Liebe, und voller Stolz geselle ich mich zu ihm.

»Was ist denn das?« Ich hebe gerade die Arme, um ihn zu umarmen, da sehe ich ein großes Holzgestell vor meinem Vater auf der Kaffeebar. Darin sind unzählige kleine Fächer eingelassen. Das Ganze sieht aus wie eine rustikale Sockenschublade. Nur, dass sich keine Socken darin befinden, sondern quietschbunte Teebeutel!

Ich sehe mir die Tassen auf den Tischen und in den Händen meiner Gäste näher an, und mit einem Mal dringt auch der fremde Geruch in mein olfaktorisches Gedächtnis. Was ich bis gerade noch für eine weitere Verirrung gehalten habe, ist eine Tatsache: Mein Vater hat in meinem Café mit dem beredten Namen *Coffee To Stay* Tee ausgeschenkt! Allen Gästen! »Was ...«

»Was was?« Mein Vater strahlt mit dem Sommer draußen um die Wette und sortiert einen dunkellila Teebeutel von einem Fach in ein anderes. Dafür muss ein zitronengelbes Beutelchen weichen, welches er mir auch noch hinhält. »Möchtest du? Das ist Zitronenblütentee mit Honigaroma.«

»Papa!«

»Ja, mein Kind?«

»Warum servierst du meinen Gästen deine drei Jahrhunderte alte Teebeutelsammlung? Das haben wir längst alles besprochen! Wieso hast du mich nicht gerufen oder ihnen wenigstens einen Kaffee mit der French Press gebrüht?«

Mein Vater zieht die Stirn kraus und kratzt sich an der Wange. »Du hast vorhin extra gesagt, du würdest mich instruieren, wenn ich französisch gepressten Kaffee fertigen soll. Aber das Servieren hast du mir gestattet. Und bei Adèlia durfte ich auch meine Sammlerraritäten ausschenken. Den Leuten schmeckt es, Claire.«

Das Lächeln meines Vaters weicht aus seinem Gesicht, dafür verstärken sich die feinen Fältchen um seine Augen. Er sackt in den Schulten ein und das schlechte Gewissen springt mich an wie ein Schachtelteufel.

»Oi, was riecht denn hier so lecker?« Kuka setzt sich auf den Barhocker vor uns und hält schnuppernd die Nase in die Luft, dabei schiebt sie mir ihre dreiviertel Liter fassende Lieblingstasse entgegen. »Es duftet nach Gummibärchen. Den Kaffee hätte ich auch gern.«

Mit einem Seitenblick auf mich, der mir meinen Pferdeschwanz zu Berge stehen lässt, wendet sich mein Vater an Kuka und lächelt sie mit all seinem Charme an. »Das, meine sehr verehrte Frau Hämäläinen, ist meine drei Jahrhunderte alte Teebeutelsammlung, voller Raritäten und Raffinessen. Wie wäre es mit einem Cassis-Blutorangen-Tee, ergänzt durch einen Feigen-Rosé?«

»Und Kuka hat tatsächlich Tee getrunken statt Kaffee?«

»Wenn ich es dir doch sage.« Mein Kopf hat noch immer nicht aufgehört, sich zu schütteln angesichts der Teevorgänge in meinem geliebten Café, obwohl er mittlerweile zwei Tage Zeit hatte, sich auszuschwingen.

Gemütlich schaukele ich zusammen mit Ella in ihrer fancy Familien-Hängematte im Garten und genieße die Stille um mich herum. Die Kinder dösen, die Nachbarn halten inne mit Rasenmähen und selbst die Piepmätze in den Bäumen um uns herum gönnen sich eine fast zwitscherfreie Siesta.

Mit einem Mal stört Ella unseren Gleichschwung, springt auf, und ich baumele hektisch in der Hängematte hin und her. »Bin sofort wieder da.«

Träge sehe ich ihr hinterher, wie sie über den Rasen zum Haus schlendert. Die tiefgrünen Blätter der alten Kastanie über mir rascheln leise in einer milden Brise, und meine Gedanken schweifen mit ihr ab.

Ich glaube sogar, mir sind die Augen zugefallen, denn mit einem Ruck plumpst Ella zurück in die Hängematte. Wir schweben für zwei Momente in einer gefährlichen Schräglage, aber trotzen dann glücklicherweise doch der Schwerkraft. Nach dem Schreck fühle ich mich so wach wie nach einem doppelten Espresso.

»Lies mal.« Ella drückt mir einen dicken Stapel Papier in die Hand, alle Seiten eng bedruckt.

Ich fummele mir die Sonnenbrille aus den Haaren, in die ich sie wider besseres Wissen verknotet habe, und schiebe sie mir auf die Nase, auf der mich prompt ein paar Haare kribbeln, die sich am Steg verfangen haben.

Der Text fesselt sofort meine Aufmerksamkeit und ich sprudele über vor Lachen. Die Szenen entstehen wie in einem Film vor mir und ich liege nicht länger in einer Hängematte in Ellas Garten, sondern befinde mich in einer alten Finca unter mallorquinischer Sonne.

»Okay reicht, du bist schließlich nicht zum Lesen hier.« Ella zupft mir lachend die Blätter aus der Hand und ich gebe sie nur äußerst ungern her. Im Prinzip gebe ich sie Ella nur zurück, damit die köstliche Geschichte nicht zerreißt bei unserem kleinen Kampf.

»Hast du das geschrieben?« Ella hat einen unverkennbaren Schreibstil auf ihrem Blog, herzlich und sinnlich, mit genau der richtigen Prise Humor. Dieser Text fühlt sich jedoch anders an.

Prompt schüttelt sie den Kopf. »Nope.«

Ich richte mich auf und dieses Mal bringe ich dabei die Hängematte bedenklich ins Wanken. »Ist das etwa von Daniel?«

»Aber Claire!«, Ella zieht die Augenbrauen zusammen. »Daniel Seidel ist ein überaus ernsthafter Schriftsteller, der vollkommene Literatur schreibt. Hier haben wir es mit schnöder Unterhaltung zu tun – und auch noch Romance.«

»Von wem ist es denn dann?« Ich ziehe ihre Hand von der obersten Seite, kann aber nirgendwo einen Autorennamen entdecken.

»Von Daniela Boccale.«

»Daniela Boccale? Kenne ich nicht. Ist sie eine Kollegin von Daniel? Soll er die Geschichte Korrektur lesen? Oh bitte, lass mich ihm die Arbeit abnehmen.«

Ella gibt mir mit dem Papierstapel einen Klaps auf den Oberschenkel. »Das Korrekturlesen übernehme immer noch ich für meinen Mann.«

»Wie? Du hast doch gerade gesagt ...« Mit Schwung klatsche ich mir mit der Hand an die Stirn. »Daniela – Daniel und Boccale heißt bestimmt Seidel, richtig?«

»Si!«

»Español?«

»No!«

»Italiano«, seufze ich.

Ella reicht mir ein paar der Seiten zurück, und gemeinsam versinken wir in der amüsanten Geschichte rund um eine turbulente Familie und deren Urlaubsversuch.

Glücklich verschlinge ich das Geschriebene. »Also hat Daniel endlich zurück zum Schreiben gefunden?«

»Und wie! Wenn ich morgens aufstehe, sitzt er mit dem Laptop am Küchentresen, wenn ich nachmittags mit den Kindern vom Toben komme, sitzt er am Rechner im Arbeitszimmer und wenn mich nachts die mütterliche Intuition aus dem Bett treibt, flüstert er Viviana seine Geschichte ins Ohr, während er sie im Kinderzimmer hin und her trägt und sie sich an ihn schmiegt.«

Gerührt sehe ich meine Freundin an. »Das hört sich wundervoll an.«

»Das ist es auch.«

»Dann ist wieder alles gut zwischen euch?«

»Bestens. Und ich prognostiziere dir, die Buchszene wird aufschreien und wir werden uns herzerfrischend darüber amüsieren.« Ella richtet sich auf, vorsichtig dieses Mal, und umarmt mich fest. »Danke Claire, ohne deinen entscheidenden Hinweis hätte es sich nicht so gefügt.«

Ich winke nonchalant ab, innerlich wachse ich hingegen aufgepumpt mit Stolz auf Riesengröße. »Manchmal ist schnöder Kaffee doch die beste Wahl.«

»Auf jeden Fall ist er ein Anfang.«

Uns bleiben exakt zweieinhalb Minuten zum Weiterlesen, dann werden wir von vier ausgeschlafenen Kindern in unserer Oase aufgestöbert.

»Teer, tommst du mit Eis essen? Papa hat uns danz viel Eis versprochen.« Felix klettert zu Ella und mir in die Hängematte und quetscht sich gemütlich zwischen uns, seine drei Brüder jagen sich unterdessen kreuz und quer durch den Garten. Wie es aussieht, ist jeder hinter jedem her und ein Ziel scheint es nicht zu geben.

»Das ist lieb von dir, Felix, dass du dein Eis mit mir teilen möchtest, aber ich bin mit Tobias am Telefon verabredet.«

»Ich will doch mein Eis nicht mit dir teilen. Du trigst Papas.«

Ella lacht laut auf und kitzelt Felix, bis er kichernd nach Luft schnappt, was keine drei Sekunden dauert. »Was habe ich nicht für großzügige Kinder! Aber so lange es Papas Eis ist und nicht meines, soll es mir recht sein. Und nun ab mit dir zu deinen Brüdern.«

Auf die gleiche Weise, wie Felix in die Hängematte geklettert ist, krabbelt er rückwärts wieder zu Boden.

»Du vermisst ihn ziemlich doll, nicht wahr?«

Aus den Augenwinkeln bemerke ich, wie Ella mich ansieht. Ohne groß darüber nachzudenken, wandern meine Hände auf den Bauch und umschließen die Wölbung dort. »Ich hatte es mir in der Tat einfacher vorgestellt«, flüstere ich. »Er fehlt mir am Tag und er fehlt mir noch mehr in der Nacht. Ständig formuliere ich in Gedanken, was ich ihm alles erzählen möchte, doch irgendwann fällt mir ein, ich werde ihn nicht sehen, um all das loszuwerden, was mir im Kopf herumschwirrt.«

Sanft greift Ella nach meiner Hand und streicht darüber. »Du wirkst auch sehr in dich gekehrt, Claire. Fast, als hättest du ein Tuch über dich gezogen, durch das deine Farben nicht mehr so leuchten wie sonst.«

»Ich fühle mich auch so farblos, wie ich aussehe. Es ist so still in der Wohnung. Ich meine, klar, Holly ist zu Hause und mein Vater, und beide bringen genug Leben in meinen Alltag, aber mein Herz schlägt im Standby und mir ist innerlich immer kalt.« Ein rotschimmerndes Tagpfauenauge landet auf meinem Knie und schlägt mit seinen Flügeln, so bunt und voller Lebensfreude. »Das Schlimme ist, ich glaube, Tobias geht es auch nicht gut. Er sieht immer extrem müde aus, wenn wir skypen, trotzdem tut er so, als sei alles in Ordnung. Dabei liebt er das, was er dort macht, über alles. Und doch steht ihm das schlechte Gewissen, wegen der Schwangerschaft auf der Stirn geschrieben.«

»Aber machst du es nicht auch so?« Ella stupst ihren nackten Fuß vorsichtig gegen meinen.

»Was meinst du?«

»Sagst du Tobias nicht auch, bei dir sei alles in Ordnung, während es eigentlich anders ist?«

Ich zucke mit den Schultern und der Schmetterling auf meinem Knie flattert davon. »Ich will es ihm nicht noch schwerer machen.«

»Genau! Und er dir nicht.«

Müde lehne ich den Kopf an die Schulter meiner Freundin. »Ich liebe mein *Coffee To Stay* wirklich über alles, Ella.«

»Aber?«

»Aber Tobias liebe ich noch mehr.«

Die Wahrheit ist: Mein Café allein macht mich nicht glücklich, wenn ich dafür nicht mit Tobias zusammen sein kann.

Ich bin immer davon ausgegangen, so lange ich das *Coffee To Stay* habe, würde ich alles andere tragen können. Doch dem ist nicht so.

Zögernd schließe ich die Wohnungstür auf. Ich sehne mich quasi ununterbrochen nach den Telefonaten mit Tobias und unseren Skypestunden. Zunehmend fällt es mir schwerer, so unbekümmert und beschwingt zu sein, wie Tobias mich kennt und liebt.

Wir haben uns versprochen, diese Fernbeziehung hinzubekommen, und wir sind stark genug, das durchzuziehen. Und dennoch hüpfen meine Gedanken wie ein Pingpongball hin und her. Ich weiß, wie wichtig das Hotelprojekt für Tobias ist, und er weiß, wie wichtig mein Café für mich ist.

Aber wir wissen auch beide, wie wichtig wir füreinander sind.

Als ich die Wohnung betrete, trippelt Holly mir aus dem Wohnzimmer entgegen. »Claire da. Claire da.«

Ich bücke mich, um sie zu begrüßen. »Hallo Holly, bist du noch immer im Flugstreik?«

»Tob weg. Tob weg.«

»Ich weiß, kleiner Vogel, und bald kommt er uns besuchen.«

»Tob weg. Tob weg.«

Holly nimmt mein Angebot an und klettert auf meine Hand, die ich ihr entgegenstrecke. Aus dem Wohnzimmer sind gedämpfte klassische Musik und Stimmengemurmel zu hören. »Habe ich vergessen, das Radio auszumachen?«

Mit Holly, die ich mir auf die Schulter setze, spaziere ich ins Wohnzimmer, um die Musikanlage auszuschalten.

»Papa! Mama!«

Die aneinandergelegten Köpfe meiner Eltern schnellen auseinander. Beide erheben sich mit recht eleganten Sprüngen für ihr Alter vom Sofa. Wobei meine Mutter ihren spinatgrünen Rock mit dem butterblumengelben Spitzensaum sorgfältiger als nötig glättet. Mein

Vater hingegen zerrt an seinem Pullunder, bis die Nähte auf das Äußerste gespannt sind.

»Claire, mein Schatz, was machst du denn hier?« Meine Mutter lächelt ein sehr schiefes Lächeln. »Ich meine, schön, dass du zu Hause bist.«

»Mama, ich wohne hier. Viel interessanter ist, was ihr hier macht? Papa wollte eigentlich Backgammon mit Pfarrer Ewald spielen, hat er zumindest gesagt, und du meintest, ich zitiere: Ich habe ja in den nächsten Tagen sooo viel in der Oper zu tun mit Kostümen und so weiter, na du weißt schon.«

Mein Vater räuspert sich. »Das Spiel war unbestreitbar recht schnell vorbei.« Mit einer Geste bittet er mich und meine Mutter, uns zu setzen. Meine Mutter lässt sich rückwärts wieder auf das Sofa plumpsen, mit einem Kissen Abstand zu meinem Vater. Ich setze mich in den Sessel den beiden gegenüber.

»Die Oper hat heute hitzefrei. Puh, du kannst dir nicht vorstellen, wie warm es dort gerade ist.«

»So, so, wie jeden Sommer, wenn ich mich recht erinnere. Aber hitzefrei?«

Sie nickt eifrig und ihre roten Locken schwingen um ihr feines Gesicht. »Nicht wahr, Jakob?«

Auf dem Sofatisch vor mir steht eine fast leere Flasche Rieslingwein und zwei halbvolle Gläser. Daneben verströmt eine beige Konfektbox von Julie einen Duft nach dunkler Schokolade und Marzipan. Es ist dieselbe Sorte, die sich meine Mutter einmal im Jahr zu ihrem Geburtstag kauft – heimlich – und dann, wiederum heimlich, in der darauffolgenden Nacht verspeist. Unabhängig davon, was gerade das Kochbuch des Monats empfiehlt, wie zuckerfrei oder schokoladenlos oder vegan.

Heute hat meine Mutter definitiv nicht Geburtstag.

»Claire, mein Schatz, stell dir vor, ich habe endlich das Horoskop für unseren Enkelsohn vervollständigt.« Meine Mutter greift neben das Sofa und zuppelt aus ihrer Tasche einen hellblauen Papphefter hervor.

Wenn sie mich damit ablenken will, hat sie Erfolg. »Wie kommst du darauf, dass es ein Junge wird?« Ich will gar nicht wissen, wie skeptisch mein Gesichtsausdruck wohl gerade wirkt.

»Kind! Das steht doch alles in den Sternen. Also manchmal muss ich mich wirklich über dich wundern.« Aus den Haaren zieht meine Mutter ihre Lesebrille auf die Nase und blättert in dem Hefter.

Ich hole gerade Luft, um meinem Unmut Luft zu machen, da sehe ich aus den Augenwinkeln, wie mein Vater abwinkt und mir bedeutet, mich zurückzunehmen.

Das wird ja immer kurioser hier!

»Ah, hier.« Zufrieden grinst mich meine Mutter über den Hefter hinweg an. »Unser kleiner Schützemann wird uns die hellste Freude machen, das verspreche ich dir. Wenn du die Uhrzeit bei der Geburt in Richtung früher Morgen legen könntest, hätte dein Sohn die besten ...«

Leider erfahre ich nicht mehr, was meine Mutter für meinen ungeborenen Sohn – der mit derselben Wahrscheinlichkeit auch eine ungeborene Tochter sein könnte – für das Beste hält, denn das Telefon klingelt. Ich springe dermaßen hektisch auf, dass Holly, die auf meiner Schulter schlummert, fast herunterplumpst. Mit einem kräftigen Flügelschlag rettet sie sich vor meinem Frevel und mit einer weitaus kräftigeren Papageienschimpftirade flattert sie im Wohnzimmer im Kreis.

Na wenigstens fliegt mein Vogel wieder.

Netterweise befindet sich das Telefon mal nicht versteckt in einer Ecke, sondern im Bücherregal neben mir.

»Hey«, rufe ich in den Hörer und gehe aus dem Wohnzimmer.

Allerdings nur, um sofort zurückzukommen. Ich reiche das Telefon meinem Vater. »Für dich, Pfarrer Ewald. Er möchte wissen, warum du heute nicht zum Backgammon gekommen bist und wann ihr heute denn nun spielen wollt.«

In diesem Moment sehe ich etwas, was ich in neunundzwanzig Jahren noch nicht gesehen habe. Meine Eltern laufen gemeinsam knallrot an.

Das Spieldate der beiden älteren Herren ist schnell geklärt, und ich nehme das Telefon wieder an mich. Die Gesichtsfarbe meiner Eltern hat währenddessen nichts von ihrer Leuchtkraft verloren.

Meine Mutter stupst meinen Vater mit der Hand ans Knie, während dieser sich fortwährend räuspert. »Claire, deine Mutter und ich, also ich und deine Mutter, wir, wir ...«

»... haben dir etwas zu sagen«, beendet sie seinen gestotterten Satz.

Oh, bitte nicht! Bitte, ich will nicht, dass einer von ihnen krank ist! Oder gar beide!

Übelkeit macht sich in mir breit und mein Herz hämmert schmerzhaft in der Brust. Meine Hände ballen sich zu Fäusten. »Nun sagt schon!«, flehe ich.

Mein Vater nimmt die Hand meiner Mutter und sieht von ihr zu mir. »Claire, ich werde demnächst ausziehen und wieder mit deiner Mutter zusammenwohnen.«

Die Information klickert zögerlich in mein Bewusstsein, und als ich die Erkenntnis daraus ziehe, dass meine Eltern beide gesund sind, sehe ich kurz schwarzweiße Pünktchen vor meinen Augen tanzen.

»Wir wissen, wie schwer du es gerade hast. Tobias ist nicht da und du bist schwanger und das Café fordert dich voll und ganz. Wenn es dir also nicht recht sein sollte, kannst du es ruhig sagen.« Meine Mutter steht auf und setzt sich zu mir auf die Lehne des Sessels.

»Ich komme dich natürlich besuchen, und im Café helfe ich selbstverständlich tatkräftig mit«, versichert mir mein Vater mit ernster Miene.

Endlich lässt das Herzrasen nach und ich tätschele meiner Mutter die Hand. »Alles gut, ich dachte nur ...«

»Ja?«

»Ach, nichts. Ich freue mich unglaublich, dass ihr euch endlich versöhnt habt. Es war schrecklich, als Scheidungskind zu leben.«

Mein Vater hebt mahnend den Zeigefinger. »Darüber macht man keine Witze, junge Dame.«

»Ich werde dich vermissen, Papa.« Ich werfe ihm eine Kusshand zu. In diesem Moment klingelt erneut das Telefon. Schlauer als vorhin sehe ich auf das Display, um dann abermals rekordverdächtig aufzuspringen und dieses Mal atemlos das richtige Gespräch anzunehmen.

Kapitel 23

Y wie Yes

Yummy
Lecker, toll, appetitlich, verführerisch, üppig, köstlich,
wohlschmeckend, deliziös, fabelhaft, verlockend:
frisch geröstete Arabica-Bohnen, handgemahlen, mit
heißem Wasser aufgebrüht – zurücklehnen, schnup-
pern, genießen.

»Hey, Claire, du bist spät dran.« Hannah läuft über die Straße auf mich zu – ohne nach rechts und nach links zu sehen, was in der Ranunkelstraße minder riskant ist. Dennoch, seit ich schwanger bin, fallen mir solche potenziell gefährlichen Sachen auf.

Müde lächele ich sie an. Ich habe heute Morgen lange mit Tobias telefoniert, wir konnten irgendwie kein Ende finden, und danach habe ich meinem Vater bei seinem Umzug zurück zu meiner Mutter geholfen. Allerdings müsste es heute recht beschaulich im *Coffee To Stay* zugehen, hoffe ich zumindest. Ich stelle den schweren Korb, den ich eben aus dem Kofferraum geholt habe, zurück und drücke mir mit den Händen den Rücken durch, was meine Wirbelsäule mit aufsteigenden Knackstönen begleitet.

»Dann habe ich genau die richtige Belohnung für dich fleißiges Bienchen. Heute früh kam die Lieferung für die Sortenkaffeedosen an.«

erhoben und sich eigenhändig eine eurer Kreationen zusammengemischt. Er war schließlich der Meinung, das bekäme er mit seinen Pülverchen auch hin. Und – lange Rede, kurzer Sinn – neunundneunzig Prozent des Inhaltes seines Kaffeebechers sind postwendend in der Palme neben ihm gelandet, der es nicht an Kaffee mangelt, wie wir ja alle wissen. Ich hoffe, das war die letzte Portion, die die arme Plastikpflanze über sich ergießen lassen musste.«

»Und dann?« Vor Aufregung beißt Hannah auf ihrer Unterlippe herum.

»Nichts und dann. Er hat zwar noch den einen oder anderen Satz gebrummelt, dass wir *Weiber* immer was zusammen rumklüngeln müssen bei unserem Kaffeeklatsch. Aber den Macho-Zahn konnte ich ihm ziehen. Ich weiß, er ist viel zu viel Geschäftsmann, um nicht den Vorteil unserer Zusammenarbeit zu erkennen. Woraufhin er mir noch ein paar Bedingungen diktierte, die die *Coffee Lifestyle Items* angehen, aber eher nur, um den Boss raushängen zu lassen. Und weg war er, auf zu neuen Ufern, weit weg von uns.«

»Claire, du bist die Größte!«

»Na ja, manchmal sind halt die Kleinen auch mal ganz groß.« Lachend drücken wir uns, ehe Hannah nach einem Winken unbekümmert über die Straße zurück in den *Coffee Store* schlendert.

Vergnügt reibe ich mir die Hände. Wenn das so weitergeht, kann ich mir bald eine zweite Rösttrommel leisten. Tobias und ich könnten nächste Woche mal … Nein, könnten wir nicht. Tobias ist nicht da, um mit mir nach Nürnberg zu fahren, um dort bei Tostados nach einer neuen Trommel Ausschau zu halten. Und er ist auch nicht da, um mit mir meinen Triumph zu feiern.

Das ist doch alles blöd! Was mich wirklich beschäftigt ist, wieso Tobias heute Morgen dermaßen entspannt geklungen hat. So wie früher, ehe er diesen vermaledeiten Sprung über den Teich machen musste. Als habe er einen Weg gefunden, sich damit zu arrangieren. Ich bin wirklich erleichtert, dass es ihm besser geht, eine Sorge weniger für mich, dennoch hätte ich auch gern den Schlüssel zu dieser Einstellung. Tobias meinte, er vermisse mich noch genau so wie am Tag zuvor und ich solle Vertrauen haben. Was bis zum Ende des Gespräches auch funktioniert hat, denn es war unglaublich schön, meinen unbeschwerten Tobias wiederzuhören.

Ein zweites Mal hebe ich die schwere Kiste mit den fünfzehn French Press, die ich in den letzten Tagen zusammengesammelt habe, aus dem Kofferraum und schlurfe zum Café. Dort lassen sich bereits die ersten Gäste von Arian und Adélia verwöhnen. Unter die üblichen Vormittagsgesichter mischen sich einige neue, die aus dem *Coffee Store* zu stammen scheinen, denn sie sind zehn Jahre jünger als mein üblicher Gästealtersdurchschnitt.

Adélia nimmt mir den Korb ab. »Warum hast du mich nicht geholt, Claire? Du sollst nichts Schweres tragen!«

»Ich bin nicht krank, ich bin nur schwanger.«

»Nur! Bei uns in Brasilien werden schwangere Frauen auf Händen getragen, sie sind unsere Fruchtbarkeitsgöttinnen.«

»Mit diesen heidnischen Bräuchen kommen's hier in Deutschland net weiter, Fräulein Adelheid«, mischt sich Waltraud Hagen in das Gespräch ein, die gerade hinter mir das *Coffee To Stay* betritt – ohne Pfarrer Ewald.

»Wo haben Sie denn den Herrn Pfarrer gelassen?« Ich spähe sicherheitshalber nach draußen, doch tatsächlich ist sie allein.

»Der schaut fern!« Empört stemmt sich Waltraud Hagen die Hände in die kaum vorhandene Taille. »Um elf Uhr vormittags, am helllichten, gottgegebenen Tag!«

»Andere schauen schon morgens zum Frühstück fern«, wirft Adélia ein, was wenig hilfreich zu sein scheint, so strafend wie Waltraud Hagen sie unter ihren silbernen Löckchen hervor ansieht. »Äh, ich bringe dann den Korb mal lieber nach hinten.«

»Und an allem ist Ihr Herr Vater schuld, Fräulein Claire.« Nun gilt das Strafgericht mir und ich weiß nicht einmal warum.

Hilflos zucke ich mit den Schultern.

»Ihr Herr Vater wollte dem fleißigen Herrn Pfarrer eine Geschichtsdokumentation in dieser Fernsehkiste zeigen und weil die beiden sich net gescheid mit der Bedienung auskennen, habens den Sender net gleich gefunden und beim Rumschalten sind sie dann bei diesem GZSZ gelandet.«

»GZSZ wie *Geschichte zur schlauen Zeit*?« Mein Vater und Fernsehen? Ich dachte bisher immer, er wüsste gar nicht, wo bei einem Fernseher hinten und vorne wäre.

Waltraud Hagen schüttelt ihr behütetes Köpfchen. »Na, ich glaub net, dass die Sendung so heißt, die singen da immer was von guten und schlechten Zeiten.«

»Vielleicht handelt es sich ja um eine kirchliche Sendung«, versuche ich ihr den Schrecken der modernen Fernsehkultur zu nehmen.

»Dafür ham's zu wenig an!«

Gut, das haben wir dann auch geklärt. Und die News, mein Vater sei ein heimlicher GZSZ-Gucker, ist mir einen Kaffee aufs Haus für Waltraud Hagen wert, einen großen Kaffee.

»Was darf ich Ihnen bringen, Waltraud?«

»Ach, Fräulein Claire, heut brauch ich mal etwas Stärkeres. Eins muss ich meiner Müdigkeit nämlich lassen, Kondition hat sie.«

Halt! Stopp! Zurückspulen! Hat Waltraud Hagen gerade eben einen Witz gemacht? Prüfend sehe ich sie an, doch sie verzieht ihren schmalen, pfirsichfarben angemalten Mund kein Stück. Vermutlich habe ich mich einfach verhört.

Trotzdem frage ich vorsichtig nach. »Und mit etwas Stärkerem meinen Sie ein Löffelchen mehr Koffein oder etwas, sagen wir mal, mit mehr Umdrehungen?«

Waltraud Hagen nimmt ihren Hut ab und presst ihn sich vor den kariert verpackten Busen. »Geht da eventuell ein Katzenkaffee?«, flüstert sie mir ins Ohr.

»Sie meinen bestimmt einen Katerkaffee. Sicher, der passt hervorragend bei einer gewissen Art von Müdigkeit. Und welchen wollen Sie denn gern, den mit oder ohne ein gutes Schlückchen Cherry Brandy?«, flüstere ich zurück und lotse sie dezent zu dem Tisch neben dem Buchregal, wo sich bereits Martha Roderich an einer sehr ähnlichen Spezialität erfreut und bestimmt eine prima Gesellschafterin für die vernachlässigte Pfarrershaushälterin abgibt.

»So ein kleines Kirschlikörchen ist doch sicherlich ganz g'sund, nicht wahr, Fräulein Claire, ich mein, wegen der ganzen guten Kirschen da drin, gell?«

»Kommt sofort. Und heute Abend schlafen Sie bestimmt wieder besser.«

»Am gut schlafen liegt's net, Fräulein Claire. Schlafen tu ich wie ein Stein, wenn ich dazu komm. Aber seitdem Ihr Herr Papa und der gute Pfarrer mit diesem Beggemmen angefangen ham, ist selbst nachts keine Ruh mehr. Da spiel'n die und spiel'n und spiel'n und nebenher läuft die Fernsehkiste mit dem GZSZ-Film.«

Ich pruste los und zwar so, wie ich in meinem Leben noch nie losgeprustet habe. Mein Kichern hält selbst noch an, als Waltraud Hagen und Martha Roderich eine zweite Runde ordern – mit ordentlich Obst darin.

Zur Mittagszeit füllt sich das Café immer mehr und es liegt eine Spannung in der Luft, die mir die Haare zu Berge stehen lässt. Kritisch suche ich den Himmel nach irgendwelchen Gewitterwolken ab, kann aber außer endlosem Azurblau nichts entdecken. Die Sonne malt goldene Muster zwischen die Schatten der Lindenbäume und ein sanfter Windhauch versüßt uns den herrlichen Sommertag.

Selbst Kuka sitzt entspannt auf der Terrasse und trinkt ihren finnischen Lieblingskaffee – seit neuestem im Wechsel mit Cassis-Blutorangen-Feigen-Rosé-Tee – hier im *Coffee To Stay* statt in ihrem *Lakka*. Zusammen mit Palina, Wibke und Zoey kichert sie sich gerade durch ein sehr amüsantes Gespräch, wie es aussieht.

»Müsst ihr nicht arbeiten?« Mit gerunzelter Stirn sammele ich die Kuchenteller von ihrem Tisch ein.

»Ich sehe ja, wenn Kundschaft kommt«, winkt Kuka ab und grinst dabei von einem Ohr zum anderen.

»Wir auch«, bestätigt Palina und beißt sich auf die Lippe, derweil ruckelt Zoey mit ihrem Stuhl ein Stück nach hinten, näher an Britta Waldheim heran, und flüstert ihr etwas zu, was diese mit gesetztem Nicken und einem Blick auf ihre Armbanduhr zur Kenntnis nimmt. Max, der neben Britta sitzt, zuckt mit den Schultern.

Heute ist auch wirklich das ganze Viertel im Café vertreten, obwohl wir erst morgen eine Hochzeit feiern. Mittlerweile sind auch Pfarrer Ewald und mein Vater, zusammen mit meiner Mutter, eingetroffen, doch die Doppelkopfrunde findet sich nicht wie sonst üblich zusammen. Möglicherweise ist Waltraud Hagen noch zu beleidigt und hat die Runde gesprengt.

Arian, Adélia und ich wuseln um Bessy herum, und ich danke ihr auf Knien, dass sie gerade heute brav ihren Dienst versieht.

Voller Stolz blicke ich auf einen äußerst gelungenen Espresso und bewundere die goldene Crema, die sich in die elfenbeinfarbene Tasse schmiegt. Verführerisch duftet es nach Paranuss und dunklem Kakao.

»Hey, du Kaffee-Hexe.«

Pikiert sehe ich auf und direkt in Ellas strahlendes Gesicht. »Wie komme ich denn zu dieser Ehre, du Tee-Elfe?«

»Ich habe aus zuverlässiger Quelle zugeraunt bekommen, hier gäbe es seit neuestem köstlich aromatisierte, quietschbunte Teekreationen.«

So arrogant wie möglich ziehe ich die Augenbrauen nach oben. »Sieht das hier nach einer Teestube aus?«

»Nö. Wenn ich in eine Teestube gehen möchte, besuche ich das *Teetässchen*. Apropos *Teetässchen*, Miela und Assa sind auch gleich hier. Ich sehe mal, dass ich uns draußen ein paar Tische zusammenschiebe, Daniel ist mit den Kindern noch eine Runde joggen im Rosenpark. Machst du mir bitte einen *Nepal Jun Chiyabari*? Ich habe heute Morgen schon versucht, meine Müdigkeit in einem *Tencha* zu ertränken, aber das Biest kann schwimmen.«

Kaum liefere ich drei *Biedermeier* bei Kalle und seinen beiden Kumpels ab, überrascht mich Flo aus dem *Sahneklecks*, die zusammen mit ihrem Mann Oliver und ihrer kleinen Tochter Mona hereinschlendert. Begleitet wird sie von ihren Freundinnen Lucinda, Viktoria und Rosanna, die ich mittlerweile auch ganz gut kenne.

Langsam erstaunt mich die Ansammlung. Für einen Moment grübele ich darüber nach, ob ich heute Geburtstag habe und bei meiner eigenen Überraschungsparty zu Gast bin, nur ruft niemand *Überraschung*. Und Geburtstag habe ich sowieso nicht.

Plötzlich geht ein Raunen durch den Raum und die meisten Gäste wenden sich dem Taxi zu, das vor dem *Coffee To Stay* hält und aus dem kurz darauf Luis aussteigt, Arians weltreisender Mitbewohner.

Ich gehe hinaus, froh, ihn nach seinem Unfall ohne Krücken zu sehen. »Luis, welch Glanz in meinem Café. Das ist ja eine Überraschung! Ich dachte mir schon, dass heute irgendetwas in der Luft liegt, doch mit dir habe ich nicht gerechnet.« Herzhaft küsse ich Luis auf die gebräunte Wange mit dem Dreitagebart.

»Claire, meine Gute, wenn ich schon mal in Berlin weile, lasse ich mir den besten Kaffee der Stadt mit Sicherheit nicht entgehen.«

»Dann folge mir. Möchtest du drinnen oder draußen sitzen?«

Empört hebt Luis den Zeigefinger. »Aber bitte! Ich sehe drinnen noch lange genug, wenn ich alt und gebrechlich bin.«

Arm in Arm schlendern wir zur Terrasse, wo mittlerweile alle Tische zu einer langen Tafel zusammengeschoben wurden. Am Kopfende sind zwei Plätze frei und Luis steuert mich sanft dort hin. Auf dem einen Platz wartet bereits ein *Latte macchiato* auf Luis und auf dem anderen Platz dampft ein Glas Tiroler Kamillentee.

»Setz dich zu mir, meine Gute.« Luis zieht den Stuhl zurück und lässt mich Platz nehmen. Und in dem Moment, in dem mein Po das Polster berührt, atmet nicht nur dieser auf, sondern jeder einzelne Muskel in meinem Körper. Vor sitzender Wonne seufze ich entspannt auf.

Bald versammeln sich alle Gäste um uns herum auf der Terrasse und die Spannung, die vorhin schon greifbar in der Luft gelegen hat, steigt beträchtlich. Irritiert sehe ich mich um.

Lächelnd blicken mich Hannah und die Mädels aus dem *Coffee Store*, Kuka, Palina, Wibke und Zoey an. Adélia steht daneben, zusammen mit Max – sehr nah zusammen mit Max wohlgemerkt. Dahinter Arian, der bald zwischen Cassis und Berlin pendelt. Zu Miela und Assa haben sich Sunny und Julie gesellt. Meine Eltern stehen Hand in Hand vor Ella und Daniel, die von ihren Kindern umringt werden. Dazu all die anderen Gesichter, die ich Tag für Tag in unserem Blumenviertel sehe, sowie solche, die heute das erste Mal hier sind.

Ella räuspert sich und alle werden still. »Liebe Claire, wir ...«

»Mami, nicht weinen.« Felix, der auf Ellas Arm thront, kuschelt sich an sie.

»Ich weine nicht richtig, ich freue mich nur gerade so unglaublich doll.«

»Weil wir Teer endlich das deheime Deheimdeschenk deben dönnen!«

Ella knutscht Felix auf die Wange und lacht die Tränen in ihren Augen weg. »Genau, weil wir endlich unserer lieben Claire das geheime Geheimgeschenk geben können.«

Was ist hier los? Sie haben doch nicht etwa ... nein, das kann nicht sein.

Mein Herz rast los, sodass mein Puls erst gar nicht hinterherkommt. Ich spüre ihn deutlich an meinem Hals pochen und verknote meine Hände.

Aufmerksam sehe ich mich um, doch ich kann Tobias nirgendwo entdecken. Es geht ja eigentlich auch gar nicht, noch vor wenigen Stunden habe ich mit ihm telefoniert und da war er neuntausend Kilometer von mir entfernt. Er ist nicht hier, zumindest nicht körperlich anwesend, in meinem Herzen ist er durchaus bei mir.

»Claire, du mit deinem *Coffee To Stay* bist für uns und dieses Viertel die beste Freundin, die wir uns nur wünschen können. Uns hat es alle in den letzten Wochen sehr betroffen gemacht, wie unglücklich du bist, trotz des herrlichen Sommers und trotz deines geliebten Cafés und vor allem trotz deiner Schwangerschaft, die du eigentlich so sehr genießt.« Daniel nimmt Ella Felix ab und Ella kommt zu mir. Sie nimmt mich bei der Hand und ich stehe auf. Mein Mund fühlt sich derart trocken an, als hätte ich zu stark geröstetes Kaffeepulver gekaut, und meine Augen brennen. »Unter Freunden hilft man sich, Claire, und wir wollen heute dir helfen. Wir wollen dir danke sagen, für all die Male, die du für uns da warst mit deiner Ruhe und Lebensfreude und immer mit dem richtigen Kaffee zur Hand. Und wir wollen dich wieder so lachen sehen, wie wir es von dir kennen. Deswegen schicken wir dich zu Tobias nach Amerika. Er kann nicht herkommen, weil er dort keine Freunde hat, die ihm mit seiner Arbeit helfen. Wir können dich aber hinschicken. Du hast hier Freunde, die auf dein Café aufpassen, während du dort bist, wo du wirklich sein möchtest: bei dem Menschen, den du liebst.«

Applaus, wie das Blumenviertel ihn noch nicht gehört hat, brandet auf und ich blicke in die Gesichter meiner liebsten Freunde, von denen sich nicht wenige die Augen mit einem Taschentuch abtupfen.

Ich stehe lediglich da und versuche, Worte zu finden, gebe es aber bald auf und umarme stattdessen meine beste Freundin.

Mit einem Mal beginnen alle durcheinander zu reden. Ich erfahre, wer wann was im Café übernimmt, wer sich um die einsame Holly kümmert, die laut diesem Plan alles andere als einsam sein wird, und ich erfahre, wie sich meine Gäste ohne meinen speziellen Kaffee trösten werden, bis ich zurück bin und ihnen dann wieder den besten Genuss verschaffen kann.

Luis drückt mir seine gesammelten Meilen in die Hand, mit denen ich dreimal um die Welt reisen könnte, exklusiv und First Class. »Flieg damit hin und her und mit wem du willst. Und ich will keine einzige davon wiedersehen«, raunt er mir zu.

»Aber du möchtest doch bestimmt bald wieder los, schließlich hältst du es keine drei Monate an einem Platz aus.«

Er zwinkert mir fröhlich zu. »Ich bin auch bald wieder weg, allerdings reicht für diese Strecke ein Ticket der Regionalbahn.«

»Keine exotischen Strände oder coole Gletscherspalten?«

»Für die Liebe nimmt sogar Luis einen kurzen Weg in Kauf.« Arian stellt sich neben mich und boxt seinem Mitbewohner leicht gegen den Arm. »Die mecklenburgischen Krankenschwestern sollen die besten sein, habe ich mir sagen lassen.«

»Nun, dem kann ich uneingeschränkt zustimmen.« Luis schmunzelt und ich sehe regelrecht die Herzen um ihn herum fliegen. »Und du, meine Gute, gibst auf dich acht und kommst gesund und fröhlich zurück. Einen kleinen Tipp habe ich noch für dich: Der nächste Direktflug von Berlin nach Los Angeles geht heute Abend um zwanzig Uhr von Tegel aus.«

Bei Luis' Worten und all dem, was soeben geschehen ist, löst sich plötzlich der verheddert Knoten in mir und ich atme tief und befreit durch. Ich weiß nun endlich, was die einzige richtige Lösung für mein Dilemma ist, und diese Lösung beginnt nicht mit dem Wort *Fern* und endet auch nicht auf dem Wort *Beziehung.*

Ich habe noch fünf Stunden Zeit, das Flugzeug heute Abend nach Los Angeles zu betreten, und ich nutze die erste Stunde dafür, mich bei meinen Freunden zu bedanken und mich zu verabschieden. Jeden Einzelnen drücke ich fest und lang und flüstere ihm ins Ohr, welchen Kaffee er von mir bekommt, wenn ich in ein paar Wochen wiederkommen werde. Wenn ich denn wiederkommen werde. Das wird sich alles finden.

Mein Koffer ist schnell gepackt, doch der Abschied von Holly fällt mir schwer. Meine Eltern nehmen sie zu sich und wie sie aussieht, gefällt ihr der Abenteuertrip ausgezeichnet.

»Claire geh Tob. Claire geh Tob«, ruft Holly mir zu und flattert zum Abschied mit ihren grüngelben Flügeln, als würde sie mir zuwinken.

Ella chauffiert mich mit meinem Auto zum Flughafen und nimmt den guten alten Volvo anschließend mit in ihre Garage, die sie der Bequemlichkeit halber sowieso nie benutzt.

Der Abschied von mir und Ella am Flughafen fällt kurz aus, denn das wahre Goodbye haben wir uns bereits vorhin im *Coffee To Stay* gesagt.

Kribbelig, wie mit Tonnen Brausepulver gefüllt, laufe ich den Gang des Flughafens ab, bis ich den richtigen Schalter finde.

Eine Ladung schwatzender und gebräunter Menschen schiebt sich durch die Ankunftstür mir entgegen und ich trete einen Schritt zur Seite, um sie vorbeizulassen. In einigen Stunden Flugzeit werde ich am anderen Ende genauso freudig den dortigen Flughafen verlassen.

Ein einzelner Nachzügler tritt durch die sich automatisch öffnende Milchglastür, und als wir uns in die Augen blicken, bleiben wir beide stehen. Und nicht nur wir beide bleiben stehen, auch die Welt um uns herum steht plötzlich still, so wie die Zeit und die Ewigkeit.

Ich weiß nicht, wie ich in Tobias' Arme komme, doch mit einem Mal liege ich in ihnen und unser Kuss spült all den Kummer und die Sorgen der letzten Wochen hinweg. Ich weine und ich lache, ich jauchze und stammele wirres Zeug, mein Herz klopft in einem Takt, den ich nicht kenne, und alles fühlt sich verzaubert an.

Tobias' vertraute Wärme umströmt mich und sein Mund passt perfekt auf meinen – beim Küssen, beim Lachen und beim Reden.

»Claire«, murmelt Tobias an meinen Lippen, »ich möchte mit dir zusammen sein und ich bin viel lieber hier in Berlin in meinem alten Job, als in Kalifornien ohne dich zu leben.«

»Und ich will nicht ohne dich sein, denn mein Café allein macht mich nicht glücklich. Du bist es, den ich jeden Tag sehen will, berühren will, lieben will.«

Unendlich lange halten wir uns fest, wir sehen weder den Flughafen um uns herum, noch die Menschen, die an uns vorübereilen, wir sind ganz nah bei uns.

Doch zunehmend wird es voller, Fluggäste für den Los-Angeles-Flug drängen sich vorbei, schieben und schubsen.

»Wollen wir nach Hause fahren?« Sanft wiegt mich Tobias in seinen Armen.

Ich sehe zu ihm auf, sehe in seine lieben braunen Augen und entdecke meine Liebe zu ihm in ihnen gespiegelt. Sein Vorschlag klingt fabelhaft, und bis vor wenigen Stunden hätte ich nichts lieber getan. Doch ich schüttele den Kopf.

Tobias runzelt die Stirn und sieht fragend zu mir hinunter. »Nun gut, dann bleiben wir einfach weiter hier stehen und warten, bis wir rausgekehrt werden.«

»Eine entzückende Möglichkeit, aber ich habe eine bessere.« Ich nehme meinen Rucksack von den Schultern und krame eine pinke Mappe daraus hervor. Darin befindet sich Luis' Meilengutschein, den ich Tobias zeige. »Ein Geschenk unserer Freunde. Eigentlich wollte ich es gerade nutzen, um zu dir nach Santa Barbara zu kommen, aber da du jetzt hier bist und ich auch und wir beide nun Kalifornien schon kennen, könnten wir es für ein paar Tage wie Luis machen.«

Ein Strahlen geht über Tobias' Gesicht und er hebt mich begeistert in die Luft, um mich herumzuwirbeln. »Dann auf zur Anzeigetafel würde ich sagen.«

»Allerdings erst, wenn du mich bitte zurück auf den Berliner Flughafenboden stellst.«

»Niemals, ab sofort trage ich dich für immer.«

Ich rümpfe die Nase und gebe ihm einen Kuss auf die Stirn. »Bedenke dennoch, dass ich bald viel mehr wiegen werde.«

Lachend lässt mich Tobias hinunter und gemeinsam schlendern wir, unsere Koffer hinter uns herziehend, zu der riesigen Anzeigetafel mit den Abflügen am Eingang des Flughafens.

»Freie Wahl, in alle vier Himmelsrichtungen.« Überwältigt von der Auswahl wippe ich auf den Füßen auf und ab und lese die Ziele immer wieder durch. »Was meinst du?«

»Ich meine, es ist gar nicht so einfach, sich etwas auszusuchen.« Wie ich starrt er auf die Tafel und wartet auf Eingebung. »Olbia, Ålesund, Wien ...«

»Tobias!«, quieke ich plötzlich aufgeregt.

Erschrocken dreht er sich zu mir um.

»Es hat sich bewegt! Unser Baby! Ich kann es spüren!« Die Welt um mich herum wird mit einem Mal bunter, klangvoller, magischer. Es ist, als würde sich ein seidener Schleier heben und mir den Blick auf das wahre Leben gewähren.

Ich nehme Tobias' Hand in meine und lege sie behutsam auf meinen Bauch, an die Stelle, an der ich das zarte Streicheln unseres Kindes spüre.

Tobias küsst mich, erst ein wenig scheu und schließlich inniger. »Ich liebe dich, Claire«, flüstert er.

»Wir dich auch«, flüstere ich zurück. »Und ich würde sagen, auf Wien fällt die Wahl.«

»Wenn unser Kind das so will, soll es Wien bekommen. Ich kann mir keine grandiosere Stadt vorstellen für uns drei.«

»Dann auf zum Counter A07 und mit Tempo, wenn ich bitten darf, wir sind spät dran.«

Betrunken vor Glück rennen wir zum Counter und kommen atemlos dort an. Eine strahlende Mitarbeiterin heißt uns willkommen – zur Einstimmung mit herrlich weichem Wiener Dialekt.

»Wir möchten bitte nach Wien fliegen«, sprudele ich hervor und reiche ihr den Meilengutschein von Luis.

Ihr Strahlen verdoppelt sich und lässt den Kollegen neben ihr steingrau wirken. »Wie schön, Sie sind Gäste von Herrn Riegler! Folgen Sie mir bitte.« Sie nimmt mir meinen Rucksack ab und will das auch mit Tobias' Gepäck machen, doch der wehrt ab und errötet stattdessen. Mit einem Fingerschnips ist der Kollege der leuchtenden Dame zur Stelle und kümmert sich um unsere Koffer.

Sie führt uns in eine gemütliche Lounge mit großen, gepolsterten Sesseln und einem fabelhaften Ausblick auf das Rollfeld. Eine weitere Kollegin, die durchaus ihre Zwillingsschwester sein könnte, bringt uns Mineralwasser und Nugatpralinen.

»Machen Sie es sich bitte gemütlich, ich kümmere mich um alles Weitere. Wenn Sie mir nur noch Ihre werten Namen nennen würden, bitteschön.«

Ich will eben meinen Namen sagen, da legt Tobias seine Hand auf meinen Arm und bedeutet mir, zu schweigen. »Mein Name ist Tobias Berger und mit mir, durch mein Leben, reist Claire Berger, wenn sie es denn will.« Damit erhebt sich Tobias aus dem Sessel und kniet sich vor mich nieder. Er nimmt meine Hände und lächelt mich mit seinem unvergleichlichen Tobiaslächeln an. »Ich liebe dich, Claire, jeden Tag und immer, ob du gerade Kaffee getrunken hast und glücklich bist bis unter die Nasenspitze, weil du mal wieder eine besondere Sorte entdeckt hast, oder ob du gerade keinen Kaffee getrunken hast, aber in Gedanken schon bei deiner nächsten Tasse weilst. Ich möchte an deiner Seite sein, ob du mir süßen Kaffee servierst oder auch mal bitteren. Claire, möchtest du mich heiraten?«

Die Liebe zu Tobias strömt warm durch meinen Körper, und abermals ist da dieses hauchzarte Gefühl in meinem Inneren, das von unserem Baby stammt. Ich lasse mich wie Tobias auf die Knie sinken. »Ich will, Tobias, ich will nichts lieber, als dich zu heiraten, und ich verspreche dir, bei mir wirst du immer die richtige Tasse Kaffee finden. Und sollte sie mir mal zu bitter geraten, so bitte mich nur um ein wenig Zucker. Denn manchmal im Leben eines Ehepaares muss es ein sü-ßer, zuckriger *Ungarischer Kaffee* sein.«

Danksagung

Von der Idee, einen Kaffeehausroman zu schreiben, bis zu dieser Stelle im Buch war es ein hin und wieder koffeinhaltiger Weg. Es muss schon viel passieren, dass ich meine Tasse Tee stehen lasse und dafür einen Kaffee trinke.

Und doch ist es passiert. Mehrfach. Nun bin ich nicht nur stolzeste Besitzerin wundervoller Hawaii-Kona-Kaffeebohnen samt dazu passender Kaffeemühle, sondern zu meinen Schätzen gehört auch meine geliebte Chemex.

Dass das *Coffee To Stay* seine Türen öffnet, habe ich einem besonderen Menschen zu verdanken: Liebe Melina, mit dir würde ich meine letzte Kaffeebohne teilen, auch wenn du Kaffee so gar nicht magst. Und dennoch liebst du das *Coffee To Stay* genauso wie Claire und ich. Lieb dich ♥♥♥ Thousand.

Danke, liebe Leserinnen und Leser, dass ihr mir bis hierher gefolgt seid. Wir lesen uns! Und wenn ihr mögt, schreibt mir: Sweet-Romance@web.de

Herzlichst
Eure Nadin

Rezepte

Nun, da wir die Tassen mit Claires wundervollem Kaffee leer geschlürft haben, wird es Zeit, dass wir uns selbst an ein paar Kaffee-Leckereien versuchen. Ich schlage vor, wir starten mit purem Kaffeeglück zum Gabeln ...

Kaffeekuchen

Zutaten für eine Gugelhupf- oder Kastenform

- ♥ 250 Gramm Butter
- ♥ 200 Gramm Zucker
- ♥ 1 Vanilleschote
- ♥ 4 Eier
- ♥ 350 Gramm Mehl
- ♥ 1 Prise Salz
- ♥ 50 Gramm Kakao
- ♥ 2 Teelöffel Backpulver
- ♥ 250 Milliliter herrlichen Hawaii Kona Espresso (natürlich schmeckt auch euer Lieblingsespresso hervorragend)
- ♥ 200 Gramm Zartbitter-Kuvertüre

Zubereitung

♥ Die weiche Butter zusammen mit dem Zucker und dem Mark der Vanilleschote zu einer süßen Creme rühren.

♥ Die Eier trennen und die Eigelbe vorsichtig nach und nach unter die Creme heben.

♥ Das Mehl fein sieben, mit dem Kakao und dem Backpulver vermengen und dann locker in die Creme rühren.

♥ Und nun hat der abgekühlte Espresso seinen Auftritt, indem er liebevoll in den Teig eingerührt wird. Mmh, wie das schon duftet.

♥ Jetzt nur noch die Eiweiße steif schlagen und fluffig unter den Teig heben.

♥ Ab damit in die gefettete Form und hinein in den vorgeheizten, 180 Grad Celsius heißen Backofen. Für die nächsten 50 Minuten heißt es Beine hochlegen und die Vorfreude auf den saftigen Kuchen genießen. Vielleicht mit einem Sweet Romance Buch?

♥ Doch ehe wir unser Kaffeekuchenglück genießen, dieses bitte abkühlen lassen und mit der geschmolzenen Kuvertüre überziehen.

Ui, was soll ich sagen ...

Was Claire auch über alles liebt, sind Cupcakes. Zusammen mit Latte macchiato kann sie dieser entzückenden kleinen Süßigkeit nicht widerstehen.

Latte macchiato Cupcakes

Zutaten für 12 Cupcakes

Teig

- ♥ 125 Gramm Butter
- ♥ 80 Gramm feiner Zucker
- ♥ 2 Eier
- ♥ 1 Vanilleschote
- ♥ 125 Gramm Mehl
- ♥ 1 Teelöffel Backpulver
- ♥ 1 Prise Salz
- ♥ 2 Esslöffel frisch gebrühten, abgekühlten und starken Espresso

Tränke

- ♥ etwas frisch gebrühten, abgekühlten Espresso

Frosting

- ♥ 150 Gramm Mascarpone

- ♥ 1 Esslöffel frisch gebrühten, abgekühlten Espresso
- ♥ 1 bis 3 Esslöffel Puderzucker

Zubereitung

- ♥ Die weiche Butter mit dem Zucker und dem Mark der Vanilleschote zu einer glatten Creme rühren.
- ♥ Die beiden Eier verquirlen und Löffelchen für Löffelchen in die Creme rühren. Je geduldiger ihr hier vorgeht, desto schöner wird der Teig.
- ♥ Das Mehl zusammen mit dem Backpulver in die Creme sieben und vorsichtig unterheben. Auch hier wieder mit Liebe und Geduld und nicht alles auf einmal. Es wird sich lohnen ...
- ♥ Und nun den herrlichen Espresso behutsam unterziehen. Wenn möglich, noch nicht naschen, denn sonst reicht es unter Umständen nicht mehr für die Cupcakes.
- ♥ Den Teig gleichmäßig in einem Muffinblech mit Papierförmchen verteilen.
- ♥ Im auf 180 Grad Celsius vorgeheizten Backofen etwa 20 Minuten backen.
- ♥ Sind die Cupcakes abgekühlt, sollten sie nicht direkt aufgefuttert werden, auch wenn sie schon wunderbar lecker schmecken. Denn es fehlt noch das à la macchiato-Häubchen. Wer mag, kann die Cupcakes zusätzlich noch mit ein paar Tropfen Espresso tränken.

♥   Den Mascarpone mit dem Espresso und dem Puderzucker glattrühren – naschen – und nach Belieben auf den kleinen Küchlein verteilen.

♥   Bon appétit ...

Zeit, uns endlich köstlichen Kaffee zu brühen ...

Cappuccino con panna

Zubereitung

- Als Basis für unseren Kapuziner mit Sahne nehmen wir einen Espresso Lungo. Als Grundlage für den Lungo dient uns dieselbe Menge Kaffeepulver wie bei einem klassischen Espresso, etwa 7 Gramm. Hierbei empfiehlt sich gröberes Kaffeepulver, damit der Espresso nicht zu bitter wird. Hinzu kommt beim Durchlauf etwa die doppelte Menge Wasser eines klassischen Espressos: etwa 80 bis 100 Milliliter.
- Nun füllen wir das braune Gold mit kalter Sahne in derselben Menge auf und geben als Häubchen einen Klecks leicht angeschlagene Sahne obendrauf.
- Wer mag, bestäube seine Kaffeeleckerei mit einem Hauch Kakao.
- Zurücklehnen, tief das bittersüße Aroma einatmen und genießen.

Wenn wir schon bei sahnigem Kaffee sind, darf auch die folgende Leckerei nicht fehlen:

Ueberstuerzter Neumann

Zubereitung

♥ Herrliche, frische Sahne wird steif geschlagen und in eine Kaffeetasse gefüllt. Das allein ist ja schon ziemlich lecker, also rege ich an, wir löffeln die Süßigkeit einmal genießerisch aus und beginnen dann von vorn.

♥ Hat es die geschlagene Sahne nun endgültig in die Tasse geschafft, übergießen wir sie liebevoll mit einem Mokka, in diesem Fall einem starken Kaffee.

♥ Fertig mit dem Überstürzen? Schluck für Schluck genießen.

Ihr haltet es lieber wie Kuka und trinkt euren Kaffee literweise?

Bluemchenkaffee

Zubereitung

- ♥ Ungefähr ein Babyteelöffelchen mildester Kaffee wird mit einem bis zwei Liter Wasser liebevoll in einem Handfilter aufgebrüht. Cool dafür ist eine Chemex, ein klassischer Filter ist jedoch ebenso gut.
- ♥ Das helle, sandfarbene Getränk à la Kaffee wird nun in hübsche Tassen mit Blümchenmuster innen gefüllt.
- ♥ Durch den Kaffee hindurch könnt ihr jetzt entspannt die wunderschönen Blümchen der Tasse bewundern.

Jetzt haben wir erst einmal alles für einen zünftigen Kaffeeklatsch. Genießt euer Stück des herrlich saftigen Kaffeekuchens und gönnt euch dazu einen cremigen Cappuccino con panna. Entspannt auf dem Sofa oder draußen im Garten, allein oder in Gesellschaft, ganz nach Lust und Laune.

Herzlichst
Eure Nadin

P.S.: Mögt ihr Kaffee lieber pur oder auch als Kuchen? Darf er mit Milch oder Sahne oder einem Eis daherkommen?
Schreibt mir, wenn ihr mögt, und schickt mir Fotos eurer Köstlichkeiten: Sweet-Romance@web.de

P.P.S.: Ich würde mich freuen, wenn wir uns bald wiedersehen. Im Sommer zu einem Vanilleeis bei Sunny im Schneeflöckchen und im Winter zu herrlichen Mazipan-Trüffeln bei Julie in der Schokofee und Weihnachtstee bei Miela im Teetässchen.